イ・ヨンスク［監修］
姜信子［編］

金石範評論集 I

文学・言語論

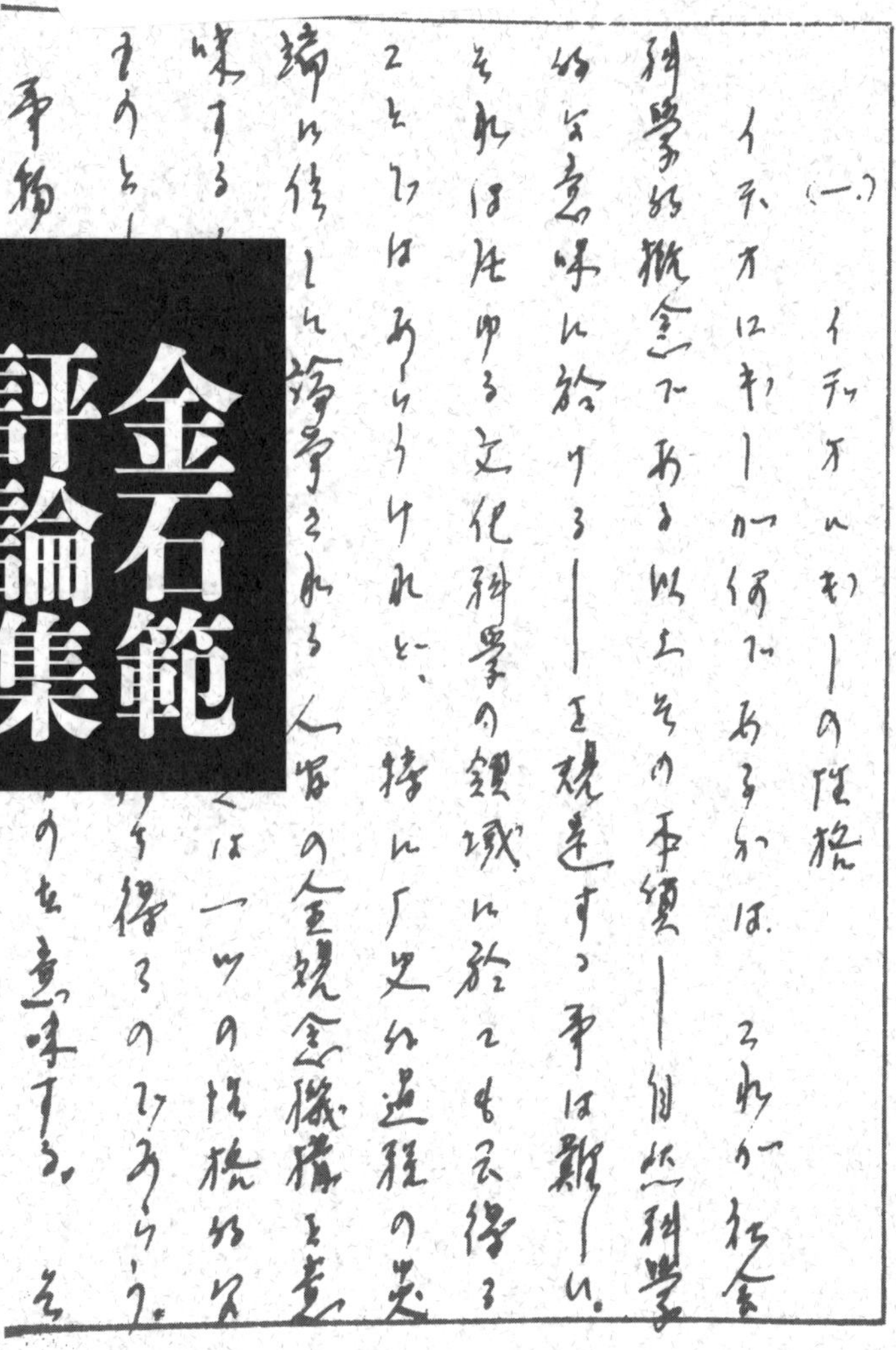

明石書店

金石範評論集Ⅰ　文学・言語論

装丁＝桂川 潤
装画＝朴 京勲

編者まえがき

本書『金石範評論集』（全二巻）の企画が動きだしておよそ二年、ようやく世に送り出すことができました。この間、作家金石範がライフワークとして見つめつづけ、書きつづけてきた〈朝鮮〉は、作家自身もまた身震いするような大きな変化のなかにあります。

そもそも本書の企画は一橋大学韓国学センターにおいて最初に発案されたものなのですが、それはちょうど、ろうそく革命を経て韓国に文在寅《ムンジェイン》政権が誕生した直後のことでした。それから間もなく編集会議が始まり、金石範氏も交えて一橋大学の李妍淑《イヨンスク》先生の研究室で行われた何回目かの打ち合わせのときには、私たちは板門店で行われた南北会談のこと、金正恩《キムジョンウン》と文在寅が三十八度線上で対面し、互いに三十八度線を越え合ったあの瞬間のことを、深い感動をもって語り合ったものでした。

韓国の国民でもなく、北朝鮮の国民でもない、どこの国家の民でもない無国籍の朝鮮人として日本で生きることを選択して、（植民地支配からの解放もつかの間、あの解放空間の混乱に乗じて、朝鮮半島を引き裂いて誕生した植民地主義／帝国主義の継子のような国家の不義を問いつづけて）、小説という虚構のなかに、作家は失われた〈朝鮮〉という夢を追求しつづけてきた。その〈夢〉が、ついに現実となる日が近い将来やってくるかもしれない。そんなほのかな明日の光とともに、虚構こそが真実なのである、という逆説をひしひしと感じる編集の日々でありました。

現実の歴史が不義と歪曲と虚偽と隠蔽にまみれているとき、その偽史に対峙し、偽史を越えて新たな現実を切り拓く力としての〈文学〉がある。日本という地域性、日本語という呪縛を超えた文学の〈普遍〉の力。それを、いま、ひとりの在日朝鮮人作家の半世紀以上にもわたるあまりに孤独な文学的営為の結実として見いだす僥倖。これは本書の企画・編集にたずさわる者たちすべてが共有する喜びです。

作家金石範の孤独な文学的営為を支えてきたのは、作家自身の文学に対する厳しい批判精神でありましょう。作家は、小説のみならず、大変な熱量をそそいで、そのときどきの時代状況の中で数々の評論を世に問うてきた、その点と点をいまこうしてつなげてみれば、金石範文学の大きな揺るぎない流れが滔々と眼前に姿を現わします。

それは〈朝鮮〉の現在・過去・未来を語りながら、同時に〈日本〉の現在・過去・未来をも問い、さらには朝鮮も日本も超えたこの世界そのもの、人間そのものへの深い問いを宿した文学の雄渾な流れとして、いまここにあります。

しかも、本書には、作家がまだ作家になる以前の原風景がくっきりと刻み込まれている。これまで存在は知られていましたが、公表されることのなかった二つの貴重な資料が金石範氏より提供されたのです。一つは、「ソウルの友からの手紙」（第二巻所収）。朝鮮半島の南北分断前後の状況下で、正統性なき権力と闘って死んでいった友からの二十二通の手紙です。そして、もう一つは京都大学文学部哲学科に卒業論文として提出された「芸術とイデオロギー」（第一巻所収）。イデオロギーを超え、時代性を超えた普遍なるものとしての芸術が、未来の作家・青年金石範によって論じられています。

本書は作家の過去の文章の単なる集大成などではなく、いまなお絶えることなく生成し、明日に向かって滔々と流れつづける文学の意志の一つの形です。

この流れを次代に引き継ぐこと、そして偽史とともにある世界に抗すること。

私たちの編集方針を一言でまとめるならば、このようなことになりましょうか。


本書の監修は一橋大学韓国学センター代表の李妍淑先生。朝鮮語の原稿の翻訳は宋恵媛《ソンヘウォン》さんと高橋梓さん、解題は趙秀一《チョスイル》さん、「手紙」の整理・翻訳に関しては一橋大学韓国学センター李圭洙《イキュス》先生、李尚《イサン》炫《ヒョン》さんにお世話になりました。なにより〈世界文学〉としての金石範文学を論じる解説をもって、細見和之さんが、いま本書が世に出ることの意義をあざやかに浮かび上がらせてくださいました。このような多くの方々の力の結集である本書を最終的に本の形に仕上げてくださったのは明石書店の関正則さん。

いまなお生成中の金石範文学の世界に伴走していくための全力疾走の編集作業でありました。本書の編集にご助力くださったすべてのみなさまに心からの謝意と敬意を表したいと思います。ありがとうございました。そして、いま、この本を手に取ってくださったあなたに、このたぐいまれな文学の意志のバトンをお渡ししたいと思います。

二〇一九年三月一日

姜信子

金石範評論集Ⅰ　文学・言語論

目次

第Ⅰ部　なぜ日本語で書くのか――日本語の呪縛から文学の〈普遍性〉を求めて

第Ⅱ部　なぜ「済州島」を書くのか――虚無と歴史を超える想像力の文学

第Ⅲ部　『火山島』をめぐって――二十余年にわたる創作の軌跡

第Ⅳ部　世界文学への途——金石範文学が拓いた地平

第Ⅰ部
なぜ日本語で書くのか
日本語の呪縛から文学の〈普遍性〉を求めて

僕は日本語で朝鮮的なものを表現できなかったら、
僕は日本語で書くのをやめるつもりですわ。

「〈座談会〉日本語で書くことについて」より

言語と自由——日本語で書くということ

『人間として』（筑摩書房）第3号、一九七〇年九月

一　奇妙な存在

人間の存在が言葉と切り離せず、また言葉が衣食住に劣らぬその民族の存在様式を規定するものならば、言葉の問題はつねに民族的な問題の核心的な位置にあるといえる。多くの在日朝鮮人の意識における言語構造とでもいうべきものは、ほとんど日本語によっているといってもよいのだが、それは、そのまま、その存在意識に大きく係わりを持っている。じっさい、在日朝鮮人の言語生活は、朝鮮本国に住む人間とは違う複雑な面貌を呈しているといえるだろう。もちろん、それが母国語としての朝鮮語と、そしてもう一つは日本語によっているのは事実である。しかし、その朝鮮語に限ってみても、それは端的にいって朝鮮語だといえない形のものが、われわれの多くの中にある。その朝鮮語の中における未熟さ、不正確さなどは、そのまま日本語的要素と重なり合っており、いわば、日本語的な朝鮮語とでもいうべき形のものが、在日朝鮮人の言語生活の大半を支配しているといえるのだ。つまり、これらのこと

は、その多くの在日朝鮮人の意識構造にも一定の影響を及ぼすということになるだろう。

ところで、朝鮮語が母国語であれば、日本語は当然外国語である。しかし、われわれにとっては、日本語がたしかに外国語でありながら、しかもその言語感覚からして必ずしもそうではないという矛盾が生れて来る。少なくとも、外国語というからには自分の中に母国語の存在感覚、主体感覚を持ち、その外国語なるものを外国語として客観視する場を持たねばならない。ところが、その母国語である朝鮮語は、たしかに全体としての朝鮮民族の記憶の中に貯蔵されているが、その民族の構成員である在日朝鮮人の大部分の中には日本語がいっぱい詰っていて、その場がないのである。そうして、これでは感覚的に日本語が「外国語」ではありえないというまさに奇妙な、心情的ないい方をすれば、痛ましい事実に行きあたるということになる。

この事実は錯綜している。そしてそれはそのまま歴史の歪みの型から放り出された歪んだ産物である。つまりその事実の生きている存在がわれわれということになる。われわれはまさしく奇妙な存在なのだ。しかしそれでも歪んだ型からの歪んだ産物として出されて来た自分を、何とか自らの力で自らの型に作り上げようとする。われわれは奇妙な存在としての自分を踏まえてはいるが、決してそれを肯定してはいないのである。

もし日本人が、日本語でしかものを書けないという、この奇妙な外国人の存在、個人ではなく一つの社会的集団としての存在とその増殖作用にはじめて気づき、それを異とする気持を持つならば、彼はそこで、すでに一つの朝鮮と日本との関係における歴史的な認識への志向を持つことになるだろう。ということは、個々の人間の意思を越えて、歴史の因果関係によって成立したところの、言葉を奪われた側と奪った側との相関関係が、その意識の志向的な前面に照らし出されて来ることを意味するからである。つまり、いままではっきり見えなかった歪んだ型のことが、彼の眼にも見えてくるのである。

日本における在日朝鮮人問題の基本的な志向は、人間としての平等、民族同士の平等ということにつきる。しかし、現実はそうではない。それは、否定され、解決されて行かねばならぬ多くの問題をかかえている。そしてこれらの問題を少しでもよく見えるようにするためには、われわれは往往にしてその前を素通りしやすいのだが、言葉との関係においてそれを把えるという観点を持つ必要があると思われる。そうでなければ、それは構造的にはっきり見えて来ないのだ。民族間の真の平等というものは、自分の中に民族語を持たない場合においては、原理的に成立しないのだから。在日朝鮮人における言葉の問題が、その存在に深く係わるのは、このために他ならないのである。

在日朝鮮人の日本語作家は、このような事情を背景にして日本語で書いている。そしてその日本語が、自分にとってどのような意味を持っているものであるかを、意識するにせよ、あるいは無意識的であるにせよ、在日朝鮮人作家はこのような状況から自由ではない。かりに無意識的であるならばその意識されなかった矛盾は、いずれ自ら意識化の方向を切り開いて行くだろう。

われわれが日本語で「創作」をするということは、日本の作家の場合とは何らかの意味で違うのだと思われる。その違いは、同じ言葉の持つ約束のもとに作業をする場合における個性の違いとか、方法や手法の違いとかいわれることなどの、作家の個別性の範疇を越えての何らかの違いという意味である。一口にいって在日朝鮮人作家の特殊性とでもいうべきものが持っているような違いといってもよい。それはまた、日本語で書かれる以上はその言葉の持つメカニズムの支配のもとに、朝鮮人としての存在を度外視するのではなく、まさしく朝鮮人であるという自己確認によってのみ、その作品が成立する根拠はないだろうかということでもある。もしそのような違い、根拠があって、それが在日朝鮮人作家たちの作品に特殊性を保証しているものとすれば、それを探し出さねばならない。（極言すれば在日朝鮮人作家たちの特殊性というものは、その歴史的条件からして、われわれ在日朝鮮人の持っている特殊性に還元される）。そしてこの全体としての日本（語）文学に係わる中でのその何らかの違いの根拠を確かめ、それをよりよく発展させて行かねばならぬことは、われわれにとっても日本（語）文学にとっても必要なことと思われる。

今日の日本には、朝鮮人を含めて数多くの外国人が住んでおり、日本に生活する外国人が、その母国語だけによらずに、日本語によってもものを書くことは不思議でもなければ、それは大いに必要なことでさえある。そしてそれは世界がよりインターナショナルなものに、より狭くより開放的になればなるほど、今後とも顕著になって行く性質のものと思われる。しかし、それが文学というものの作業の中に入って行くとき、言葉が文学にとって不可欠のメカニズムであってみれば、必然そこで一つの壁にぶつかる。その壁というのはわれわれの場合、日本語の習得のハンディの問題ではなく、かえって朝鮮の国籍を持ったわれわれが、母国語である朝鮮語を自分の中に持たぬという意識構造の中で、日本語だけによって、その作業がなされているという事実によっている。それは換言すれば朝鮮人と日本語という関係の中における——それは日本の植民地であったところの歴史的な構造を持つものだが——もつれとでもいうべきものに係わって来るのである。

もちろん、日本語で書かれた作品を結果としての客観的な対象物としてしか受容する必要のない読者の側には、そのもつれとか矛盾とかという活字になって出てくる以前のことは無関係である。またそれは日本語作品自体としても何ら本質的な意味を持ちえない。しかし、生産物を作り出すあらゆる生産的な作業の過程と同じように、作る方の、つまり書く方の場合にはそうでないものがある。ここでは在日朝鮮人の日本語作家の場合は、その作家自身の自己確認の問題としての作業が、創作過程に組みこまれ、その結果として出現する作品に一定の作用を及ぼす限りにおいては、当然その作業は問題になってくる。そして同時に「日本語で書くこと」の中における矛盾を明らかにして行くことは、また朝鮮人作家の自己確認、あるいは発見への作業と無関係ではないのである。

さらに在日朝鮮人の中で二世、三世と日本語でしか書けない人たちが、書くことのそこに、自分の存在の矛盾の突破口を求めて出てくる可能性が、今後ますます強まるだろうと予想される。もちろん朝鮮人が日本語で文学をするということは、ここが日本であり、それが日本の朝鮮に対する植民地支配の一つの結果の現われだといえ、ノーマルな現象だとはいえない。自国語ではなく日本語でしか書けぬところに問題があるのであって、それはやはりアブノーマルなのである。われわれが自国語を自分のものとして自分の中に据えおいての、その前提の上で、日本の社会の中で日本語で書くということは、大いに必要なことでさえある、と私は思う。母国語を喪失せしめた過去における日本の朝鮮支配という歴史的条件は、現在において朝鮮語を知らぬということの決定的な条件にはならない。極端をいえば、学ぼうと志せば外国語をも学ぶことができるからである。しかし、だからといって、生活語にまでなっていない、その生半可な朝鮮語で文学をするということは、また簡単なことではないといわねばならない。おそらく人間ははじめに強烈な自己表出の衝動、欲望があって書くものだろう。書かずには耐えられぬ何ものかの力が「言葉」を求めてそのパイプの入口でもだえる。それは現実的世界ではなく、言語的世界の中で記号化(言語化)の過程を促すだろう。そのときすでにその「言語化」の過程は彼の中に進行形をとっているといってよいのであって、それは他の言葉、例えば朝鮮語を新しくおぼえるまでは待てないという事情、言葉の選択の余地を与えない場合がある。問題はいま起っている存在の突き上げにしたがって書くか、それとも書くことを放棄するかという自明の原理に戻る外はない。(もちろんこの場合、言葉の選択の余地がないということは絶対的ではない。その余地を与えるのはどこまでも自分自身であるから)。現実に朝鮮人の日本語作家たちがいるということの根拠の一つはここにある。そしてこのアブノーマルと思われる事態はだんだん増殖こそすれ決して無くなりはしないだろう。

このすでに社会的事実として現前している日本語で書くことは、またつねに矛盾を孕んでいる。日本語で書く朝鮮人作家の場合、この矛盾を自分の中に分ち持っていないものはいないだろう。そしてこの矛盾の中にいるということは、これらが偶然な要素からなる閉鎖的な現象ではないということを意味している。それは個々の偶然性を越えて、一つの社会的現象といえるまでの必然性と広がりを持って現われており、われわれの前に一つの問題提起をしている。(日本の文学団体やサークル誌などに参加している正確な数字は分らないが、その潜在的な層はかなり厚いものと察せられ、中には日本名で参加している人たちもいる)。日本語の枠の中で、はたして朝鮮人作家は自由でありうる根拠はあるかどうかという問題も、作家の主体的自由の問題といっしょに問いただされねばならないだろう。いずれにしても、言葉と民族が対応しており、言葉がその民族の属性であるとすれば、在日朝鮮人作家も、日本語との関係における自分を、単に「言葉」に限定しての問題とは別に、確かめて行くべきだろう。それは自分と日本、さらに在日朝鮮人と日本、朝鮮と日本との問題にも拡がって行く。そしてそれは在日朝鮮人の一人としての状況の中における、作家主体の個別性を持った実践と係わりを持つ。そこには「朝鮮」が前提にならなければならない。いや、それは前提であって、なおかつイデーとしてあらねばならない。つまり日本語で書いても朝鮮人としての作家主体が問われねばならない。そこから、例えば、朝鮮語との係わり合いや自国の文学との係わり合いの問題なども提起される。そしてその上に立って日本語で書き進むときの、同じ言葉の持つ約束＝メカニズムのもとになお特殊性を求めての意識的な作業が起る。そしてそれは朝鮮人作家としての主体的な姿勢によってのみ獲得されるだろう自由の問題と表裏の関係にあると思われるのである。

二　「日本語で書くこと」の歴史

一九二〇年代から現われだした、在日朝鮮人による日本語の創作活動は、すでに半世紀にわたって今日に及んでいる。それは日本の植民地になったところの政治的結果としての文化現象といえるが、一九四五年における八・一五解放という決定的な時機をその間に挟んでいる現在までもなお行なわれているところからいっても、その根は深いのである。いま、朝鮮人によって、日本語の作品が書かれるようになった歴史的な背景を――朝鮮語の辿ったその不運な道と、朝鮮の作家の中で果された日本語の役割について――ごく簡単に見ておきたい。

「朝鮮の民族ほど悲惨な民族は世界に少ないでしょう。私はこの実状をどうかして世界に訴えたい。それには朝鮮語では範囲が狭小である。その点、外国語に翻訳される機会も多いから、どうしても

日本の文壇に出なくてはならないと思いました。」（任展慧、「張赫宙論」『文学』一九六五年十一月号に依拠）

これは一九三二（昭和七）年処女作「餓鬼道」で、日本の文壇に登場した張赫宙の言葉である。この主張は、植民地下の当時としては、それなりの説得力を持つ。（張赫宙以前にも日本のプロレタリア文学運動に参加して、それらの機関紙に作品を発表した金熙明や韓植などの名前も見られる。張赫宙は戦争中に野口稔と改名、そして戦後は野口赫宙となって一九五二年日本に帰化）。彼はまもなく権力の進展と当時の日本文壇の風化作用によって、日本語で書くものの民族的主体性を喪失した場合の、具体的な例を自ら示しながら転落の道を転がって行かざるをえなかったが、しかしその当初の姿勢は、その限りでは朝鮮の現状を直視したものだった。被支配民族の一人であった彼が、支配する民族の「言葉」をもって世界に朝鮮を訴えるといった気持は分るのである。

そして、この初期の張赫宙の中に見られる肯定的な姿勢は、その当人のその後の転落ぶりとは対照的に、一九三九年「光の中に」で日本の文壇に現われた金史良によって独自に押し進められた。金史良は、中日戦争さなかの当時の状況において、作家としての自由を民族的良心と、その行為的表現である民族的抵抗の中に置き、屈折しながらも自分の道を歩みつづけたが、それはその先輩の張赫宙の如くではなかった。彼は太平洋戦争の勃発と同時に、日本の特高警察によって鎌倉警察に検挙され、釈放後は朝鮮に帰り、やがて中国の延安地区に脱出するが、その頃から彼の日本語による創作活動は全的に朝鮮語のそれへと変る。そして八・一五朝鮮解放後は再び帰国して北朝鮮で文学活動、つまり本来の朝鮮文学の中に自分を据え置いて活動をはじめたのだった。（一九五二年朝鮮戦争に従軍して戦死。享年三十六歳）。

張赫宙、金史良とこの対照的な生き方をした二人の在日朝鮮人作家の名をここに挙げたが、他にも多くの朝鮮人作家が、在日本、在朝鮮を問わず――それは植民地統治下にある当時の政治情勢と関連していたが――日本語によって書いていた。一九三一年、日本帝国主義の「満洲事変」に始まる中国大陸への侵略と同時に強化された朝鮮のプロレタリアートへの弾圧につづき、当時朝鮮におけるもっとも大きな文学的・政治的事件は、前年の李箕永などを含むカップ（朝鮮プロレタリア芸術連盟）成員二百余名に対する第二次検挙につづく、一九三五年のカップの弾圧解散であった。その後三九年に朝鮮文人協会が作られ、御用国民（朝鮮国民ではないところの）文学運動なるものが強要されるに至る。四三年には李光洙らが中心になって組織された朝鮮文人報国会が、積極的に日本語による創作活動を押し進めた。朝鮮語が禁じられ、朝鮮の姓が強奪されて日本式の姓を名乗る「創氏改名」（三九年）が行なわれるなど、「内鮮一体」「鮮満一如」の「皇民化」政策が強行される状況の中で、日本語による文学活動が「愛国的」なものとして奨励、また強制されもして多くの朝鮮人作家たちが（朝鮮に在住するものも含めて）日本語によったのも、自然の勢いといえよう。このようにして朝鮮語抹殺、「国語（日本語）常用」の政策遂行の一翼の担い手に彼らはなって、日本語でその言葉を母国語とするところの侵略者のための福音を唱ったのだった。しかしそのような中で、一方ではまた朝鮮語のための闘いがつづけられていたことを忘れてはならない。例えば、三〇年代に起った「ハングル（朝鮮語）運動」の中心的な推進体であった李克魯や李允宰を中心とする朝鮮語学会は、四二年に朝鮮語学会総検挙事件によってその組織が破壊され、すでに一九二九年に着手された『朝鮮語辞典』の編纂事業が官憲の弾圧によって禁圧されたのだった。そして獄死した李允宰の遺著『標準朝鮮語辞典』や、語学会編纂の『朝鮮語辞典』は、六巻になって八・一五解放後になってようやく刊行されるに至るのである。

朝鮮語は抹殺され（民衆の言葉は奪うことはできなかったが）、朝鮮語の新聞や雑誌が、例えば朝鮮の二大紙である『朝鮮日報』と『東亜日報』が停刊される（四〇年）。そして四一年には『国民文学』という日本語雑誌が朝鮮における唯一の文学雑誌として奇声をあげて生まれる。すでに三八年には朝鮮防共協会、国民精神総動員連盟が組織されていて、緑旗連盟などの御用文化団体が猖獗していた時代である。朝鮮の近代小説文学の創始者である李光洙も香山光郎の名のもとに、大東亜文学者会議や、朝鮮青年の学徒兵志願出兵や、朝鮮人の「皇民化」政策の一翼を担って自ら民族裏切りの転落の道を進みながら日本語でまた書いたのだった。

そのような状況の中で、少なくとも、例えば金史良などにおけるその日本語の役割は肯定的であり、その日本語の作品の中に自らの朝鮮を打ちつけたといえるのである。そして心ある作家は彼のように海外へ脱出したり、自ら筆を折ったり、また投獄されたり獄死もしたのだった。李箕永は、江原道の山村で農民たちとともに百姓をしながら、日本の敗戦の日を迎える。

朝鮮文学は、朝鮮の政治文化史上もっとも暗い危機の最中にあって一九四五年八月十五日に、その民族とともに荒廃した姿でもって解放を迎えるのである。しかし、それにもかかわらず、抹殺されて死滅したものと日本帝国主義者が考えていた朝鮮語は、八月十五日というただ一日を契機にして不死鳥のように蘇えり、その翼を拡げはじめたのだった。それは旧支配者などには「そんな筈はない。それはたしかに死んだのだ、死んでいたのだ」と、奇蹟のように映ったに違いない。まさしくそれは奇蹟的な、長いあいだ蓄積された朝鮮民族のエネルギーの噴出だった。

「文学なしに言語は存在するが、言語なしには文学は存在しない。朝鮮文学なしに朝鮮語は存在しうるが、朝鮮語なしには朝鮮文学は存在しえないのである。それ故に日本帝国は朝鮮の文化面において、消極的ではあるがもっとも朝鮮的な性格を維持するところの文化行動であった朝鮮文学を禁ずる前に、まず朝鮮語を禁じたのであり、一石二鳥の政策でもって朝鮮の作家が日本語で書くように誘導したのである。この陰謀を意識しようとしまいとにかかわらず、作家たちが一人二人、孤独になって行く朝鮮語を見捨てて日本語へと筆先を集中した傾向は、われわれ朝鮮の作家の母国語に対する残忍性と芸術的自尊心の欠乏を暴露したものだった。八・一五以前の日本と朝鮮の立場からして、朝鮮の作家が朝鮮語を見捨てるのは朝鮮文学を見捨てることだったのであり、朝鮮の作家が朝鮮文学を見捨てることは、筆を折っての沈黙ではなく日本語へと転向することは、朝鮮文化の否定であり朝鮮民族の否定だったのである。

官公庁で朝鮮語が禁止され、学校で教会で路上で朝鮮語は到るところで追い出された。民族と運命をともにするにふさわしい、わが民族の最初であり、最後の文化である朝鮮語の命脈を死守するにもっともふさわしい人間は、その多少を問わず民衆の支持を持っており、記録を残すところの文学家だったのである。このような重い義務の自覚がなく、たとえ母国語の苦境を救うことができないにしても、日帝権力にへつらい朝鮮語抹殺のために拍車をかけた文学家がわれわれの間にいたとすれば、われわれはきょう朝鮮語と朝鮮語の製作者であるわが民族の前につつしんで懺悔をし、しかる後にまたふたたび朝鮮語に筆を触れることであろう……」(原文は朝鮮語)

これは八・一五解放の翌年一九四六年二月ソウルで開かれた第一回朝鮮文学者大会での「国語再建と

文学家の使命」と題して行なった李泰俊の報告演説の一部分である。この報告には、堰を切ったように迸る民族独立のめくるめく太陽のような興奮の中で、その国の、つい半年前まではすべてのものが奪われていた国の、これからの文学と言語のことが、素朴な形でそして痛みをこめて語られ提起されている。

これは日本語で書くこととは、直接関係のない引用文のように思われるかも知れないが、しかし、在日朝鮮人作家の日本語による作業の発生と進展は、当時の祖国の文学と言語のこのような状態と切り離して考えられない。それはある日忽然としてではなく、一つの歴史的な背景の中で現われ、そしてそれが戦後のいままで今日的な形を持って及んでいるのである。

戦後、祖国では朝鮮文学の再建の事業が力強く押し進められて行く状況の中で、日本においても朝鮮語の復活、建設とともにそれによる文学活動も行なわれた。それは在日朝鮮人自らの手で自主学校が建てられ、子供たちに朝鮮語による教育が始められたことなどを含めての、全般的な在日朝鮮人運動の進展と無関係ではない。そのような大きな流れの中でともに進みながら、日本という地理的条件と環境のもとで、日本語による創作活動がまたなされたのであり、それは主として金達寿たちの活動に代表されるのである。

三　なぜ日本語で書くか

なぜ日本語で書くか。これはつねに自分に向けて発せられ問いつづけられている問いである。しかしわれわれが基本的に朝鮮文学に参加して、そしてなお日本において日本語ででも書くという立場をとれない限り、ここには完全な答えはない。皮肉なことに書きつづけること自体が答えかも知れないのである。そして、そもそもこの問いは先行しているように見えて、ほんとうはこの問いの以前にすでに日本語での作業があったというのが実状である。そしてこの問いは、植民地時代に失われた民族性の回復と民族的主体の確立を目指し、その民族の生活の全領域において必要不可欠の機構である民族語――奪われた朝鮮語を取り戻し発展させる途上において、少なくとも言葉に関する限り、朝鮮人としてその核心に立てなかったという現実と決して無縁ではない。一般的な通念からしてもそうではあるが、特に言葉を奪われた朝鮮人は（それが日本語による創作の存在する原因の一つなのだが）朝鮮語を取り戻し、それによる文学を回復発展させ、朝鮮文学の中に自分を置くべきなのである。いうまでもなくそれは、文学がそれぞれその民族語によって成立するという事情があるからだ。遠い未来世界に想定される民族の平等と、融合によるその差位の消滅と世界共通語への移行の以前においては、言葉は民族語としてその民族に対応し、そして言葉を手段とする文学は当然それを通して一つの民族的な形式を持つだろう。つまり人は原理的には自分の属するところの民族の言葉で文学するようになっているのである。それにもかかわらず在日朝鮮人たちの中の朝鮮語作家でないものは日本語で書いている。母国語である朝鮮語に人知れぬ負い目を持って書いている。歴史の悪戯がわれわれにこの苦渋を遺しているが、その歴史は後始末をわれわれ自身に委せて素知らぬ顔で行ってしまうのである。

再び、なぜ日本語で書くか――を問おう。不完全な答えではあってもそれの動機付けはできるものなのだ。しかしこの場合、一つの前提が不可欠である。それはなぜ書くかというまさに根源的なことと相重なるからである。なぜ書くかということは、人間の生き方に係わる問題であり、それへの係わりの中で各人各様の基本的態度というものは何らかの形ですでにあるものである。朝鮮人が日本語で書く場合も、なぜ書くかという問題意識と切り離すことはできない。ただ「日本語で書くところの在日朝鮮人」という限定語をつけた場合、そこから共通項を引き出してくれば、それは大雑把にいって次のようにくくることができるだろう。

日本語を通してそれを媒介として（つまり日本語は朝鮮と日本とをコミュニケイトする一つの手段としてあるとして）、在日朝鮮人の生活や意識などのこと、そして朝鮮のこと、朝鮮と日本のことなどを、つまり朝鮮人としていいたいことを日本人に向って訴える、あるいは伝達するということにそれは尽きる。そしてこれは特にその青少年期を植民地時代の日本に置いた世代、それを「怨みの世代」といってもよいが、その世代に深い。しかし、それだけでは答の全部を支配しない。日本語で書く限りというその限りでは、それで答の全部にもなるだろうが、その前のところにある日本語で書くもう一つの理由は、それは悲しいことだが、根本的な意味を持つ朝鮮語では小説を書けないということにある。

そもそも文学が自己表出、実在的な世界に対する記号的世界での自己体験である以上、さらに「言葉」そのものの属性がすでに媒介性である以上、ことさらに交流の手段とか、あるいは、朝鮮と日本との、言葉つまり日本語による、媒介ということは、すでに言葉の機能そのものに組込まれている前提であって、問題の前面に押しだされない。これはわれわれの場合、朝鮮語で書いたものを翻訳するのでない限り第一義的にはならない。それは第二義的な意味において重要なのである。そして在日朝鮮人の日本語作家は、文学による「コミュニケーション」というこの第二義的なことに自分を托して、そしてさらにそこに第一義的なもの、つまり文学の本質的な問題を据えて（そこですでに朝鮮人作家としての矛盾を孕む）その作業をしているのである。

これらのことは日本語で書く以上、私ももちろん例外ではない。ただ私の場合は朝鮮語でも書けるということがある。しかしそれでもその私の中の母国語が、私の中の母国語でないものを越えることができない。昔の植民地時代においてもそういうことは決して自慢にはならないことだった。そうではあるが、しかし、私は自分の中にある日本語の貯蔵袋の咽喉もとを封じてしまおうとはいまのところ思わない。私はそれが母国語より駆使しやすいというそのことだけではなく、袋に封印をしてしまうだけ十分に使っていないのである。と同時に、ややもすれば片隅の方へ押しのけられやすい朝鮮語に、私は私の内部で光をあてねばならない。そしてその内部で朝鮮語が私自身を照らし出しているような緊張を持続せねばならないのである。私は日本人が日本語で書く場合のようには、即自的には日本語で書くわけにはいかないのであって、だから私が日本語で書いている状態は、他人の家の鏡の中の自分を見ている意識の状態と似ているといってもよい。

四　日本語の呪縛

虚構はそれがよっている言葉を越えたものとしてあるだろう。それでも言葉が一種のものに化して書く人間の中に消えがたい刻印を遺す点で、それは日常性の話し言葉の機能とは違うと思われる。話し言葉は、伝達の任務を果すと、たいてい忘れ去られるのが普通である。例えば、われわれ朝鮮人同士では日常の会話で朝鮮語と日本語とのチャンポンをする場合がある。その場合、後になって過ぎ去った会話の場面を想起するとしよう。それは「煙草」について話し合ったのだった。しかしそのとき、「煙草」を日本語でタバコといったのか、あるいは朝鮮語でタムベーといったのか、使った言葉の記憶はすでにない。しかし「煙草」について話したのは間違いないという記憶があり、それは表象として頭に浮ぶのである。この場合それはペンを使って紙の上に文字として定着させる作業とは自ら異なるところのあるのは自明だろう。しかも私は虚構という言語的世界（日本語）の秩序の中で、極めて人間的な体験、実践的な体験をする。一回きりで消えて行く日常性の話し言葉ではなく、何回も自ら刻みこまねばならない想像的な言語的世界に生きる。そしてそこに生きる限りの世界に私が押し包まれるとき、この「日本語」としての言葉の機能が他を限定して行くのと同時に（それは際限のない行為だろうが）、自分を、朝鮮人の私を、私の朝鮮人をいかに限定して行くものかを考える。

「日本語」は「日本語」以外の何ものにもなれないという意味でそれをまた「日本的」といってもよいだろう。それらの言葉の中には何千年、何百年のあいだに培われて来た日本民族の感情や感覚がこめられており、そして思考の様式がある。いま私の中のつまり私の中に貯蔵された「日本語」は、少なくともその「日本的」なものの要素を多分に持っているだろう。無数の日本語の語群の総和は変じて「日本的」な感情や感覚を形成し、私は日本語の機能を通して、それらに支配されることになるだろうか。もしそうだとすれば、それは押し寄せる波をゆっくりさらって持って行く干潮のように、主体の意志とは係わりなく、私は徐々に自分の陸から——朝鮮的なものから引き離されてしまうことになる。（何が朝鮮的で、何が日本的かということは、それだけで別のテーマになる問題であるが、ここでは一般的な意味で、例えば民族的という言葉と同義語だといってもよい）。もし自分の陸にしがみついていたいとするのが私の意志だったら、陸から遠く沖へ漂ってしまうのは怖ろしいことである。自分がまさか無意識にでも「日本的」なものになり、「日本化」して行くために日本語で書いているわけではないのにもかかわらず、それを使う人間を等質化して飲みこんでしまう呪術がその国の言葉にあるとすれば、何とかしてその呪縛を解かねばならない。その呪縛を解かねば、それを呪縛と知った以上はそこには自由がないだろう。私は漠然とした一種の不安とともにその呪縛の危険を感ずるのである。

「朝鮮の社会や環境において動機や情熱が盛りたてられ、それ等に依って摑んだ内容を形象化する場合、それを朝鮮語でなしに内地語（日本語のこと―引用者）で書こうとする時には、作品はどうしても日本的な感情や感覚に禍されようとする。感覚や感情や内容は言葉と結び付いて始めて胸の中に浮んで来る。極端に云えばわれわれは朝鮮人の感覚や感情で、うれしさを知り悲しみを覚えるのみならず、それの表現は、それ自体と不可離的に結びついた朝鮮の言葉に依らねばしっくり来ないのである。例えば悲しみにしても悪口にしても、それを内地語（日本語）で移そうとすれば、直観や感情を非常に回りくどいまでに翻訳して行かねばならない。それが出来なければ、純然たる日本的な感覚にすりかえて文章を綴るようになる。だから張赫宙氏や私など、その他多くの内地語（日本語）で書こうとする人々は、作者が意識しているといないとにかかわらず、日本的な感覚や感情への移行に押し負かされそうな危険を感ずる。引いては自分のものでありながらも、エキゾチックなものとして目がくらみ易い。こういうことを、私は実地に朝鮮語と内地語（日本語）の創作を合せて試みながら、痛感する一人である。

何れにしろ、内地語（日本語）で書く書かないは、作者の一個人に関することであって、朝鮮文学が朝鮮語で書かれねばならないことは厳然とした真理であろう。朝鮮という現実社会の中に住んで、そこから情熱や動機を感じて筆を取る場合、自分のてっとり早い言葉で、又自分の言葉しか分らな

い多数の読者のために書くということに対して、何を不思議がることがあろうか。」（金史良『朝鮮文化通信』一九四〇年）

これは当時の朝鮮において朝鮮語で書くのは「非愛国的」であり、朝鮮の作家も日本語で書くべきだという議論に対する金史良の見解の中の一部分の引用である。これだけの引用文の中でも当時の金史良の姿勢を見てとれるが、いまここで関心事となるのは、彼が日本語によって書く場合の一つの危惧についてのべた部分なのである。もちろんこの場合は、朝鮮在住の日本語にうとい作家たちや読者を前提にしており、それは現在の朝鮮語にうとい在日朝鮮人作家の場合とは事情が逆であって、そのまま機械的に当て嵌めるわけにはいかぬ点があるが、しかし朝鮮の作家という主体的な立場に立つ限りは、吟味すべき言葉と思われる。特に、自分のものでありながらもエキゾチックなものとして目がくらみ易いという言葉は、彼がつねに朝鮮的な感覚や感情を下地に持って作品を書いた故に、それが日本語という形式を取ると、自分に何か違和感に似たものを与えるという意味でのそれであろうし、それはまた彼が自らの中に朝鮮語の支柱を持っていた故に、その日本語の作品を客観的に見ることができたことの証左なのである。そういう意味でも金史良はまさしく朝鮮的な作家といえる。

日本語による場合の日本的なもの、その感情や感覚への傾斜の作用、朝鮮語をよくした金史良さえ危険を感じたという、つまりは言葉にそのような呪縛の術があるとすれば、どうかしてそこから逃れる方法はないものだろうかと思う。といって私は日本的な感情や感覚というものを持つことを全的に否定するのではない。われわれはあらゆる感覚に接し相互作用を通して自分を洗練する必要がある。しかし、ただ自分のものの下地がなく空白のままのそこへ、それを横滑りさすことは危険だろう。じっさい私は思うのである。——朝鮮に「ブルガサリ」という鉄を溶かして飲みこんでしまうという奇怪な姿の想像上の動物がいるとされているが、「日本語」はやがて私を溶かしてその「日本的」という胃袋へ果して飲みこんでしまうものだろうかと——。まさかと私は思う。いやそうではなく、かりに私が「日本語」に食われてしかもなお、その鉄の胃袋を「ブルガサリ」のする如くに、食い破って出て来る方法はいったいないものか、どうか。それはいったいどうなんだろう。

ところで次のような文章を読むと、その呪縛はなかなか解きがたいものかも知れないと思えてくる。

森崎和江氏が「二つのことば　二つのこころ」という「訪韓スケッチ」を書いている（『辺境』第一号）。それは朝鮮で青春期まで育ち、その「基本的な感覚」のある部分を朝鮮の風土と人間の中で形成された氏が、幼少の頃の朝鮮の知人たちと会ってのことなどを記した感銘深い文章であった。

「……こんどこちらをお訪ねするために、少しはハングルの勉強をしました。けれど駄目です。そんなふうですのに敗戦後、にほんでことばに悩みました。にほん語がふたつに割れるのです。ふたつの心に割れる。あなた方のお叱りを受けるにちがいないけど、あえていうなら、ふたつの民族の心に割れる。わたしは自分の魂があなた方の生活の呼吸に相当深く影響されていたことを、知らされました。……」「わたしは……国語という言葉が使えないんです。……わたしは国語を使っていない。それはあなた方のことばを朝鮮語と呼ぶか韓国語というのかという次元につながる意味でのものが一つ。もう一つは日本土民の言語感覚とも切れているという意味で。……」

これは森崎氏が最初にソウルで会った金英洙という仮名の人との会話の一部分なのだが、この前に金英洙が、人間は一生の間にふたつの国語を身につけることが可能かと彼女に問い、そして解放後二十数年たってもまだ自分の感覚は日本語を話している。……精神の形成期に使ってきた言葉から人間は完全に抜けられるものか。一生の間にふたつのことばを国語としうるものだろうか――というようなことを質問ふうにいったのだった。

森崎氏と金英洙との場合は、互いに絡み合ったものとして、各々が各々を照らし合っているが、この二つの絡みついたもの、あるいは森崎氏自身の場合は、逆に考えると、われわれ在日朝鮮人のそれに似ていることだろう。（はじめて森崎氏の文章に接したその限りにおいて）。ただいえることは、森崎氏も指摘しているように、これらのことが日本の侵略の結果ではあるが、しかし在日朝鮮人の場合は「結果」でありながら、しかも、結果としての環は未だに閉じられずに現在形で進行中なのである。したがって当然のことながら、その結果に対するわれわれの立場は具体的に違ってくる。過去における朝鮮在住のほとんどの日本人は朝鮮人にならなかったし、その危険もまたなかったわけであるが、在日朝鮮人は帰化して行くものが一方にあり（日本の為政者はそれを歓迎している）、つねにその危険に曝されているといわねばならない。これは過去における支配と被支配という関係から来る、個人の思惑を越えたところの因果的なものである。朝鮮に生まれ、ほとんどの間そこに在住していたと思われる金英洙でさえ、しかも解放後二十数年になった今日もなお、朝鮮語で話してその感覚は日本語を話しているということは、私の背筋を寒くさせるが（ただし、これらのことは過去に日本の治下で教育を受けた、いわゆる知識層にあるものであって、一般の民衆はその圏外にあったといえる）、ともあれ、いやそうであればこそ、在日朝鮮人の場合は朝鮮的な感覚を自分の中に運びこむための、ささやかな手段としても自らの民族語を持たねばならないのである。

このように考えると、日本の生活環境と風土の中に住んでいて、そして、日本語で書く場合における言葉のおそろしさにぎくっとする。戸惑う。そして、しょせん、私も日本語の影響から一生脱しきれないだろうと思うのだが、それ故に、なお自分の姿勢の重要さの所以を痛感するのである。因みに私に朝鮮語で書いたものがいくつかあるが、それらには日本語的な、あるいは翻訳日本語的なもののかげが深くあるのである。しかし、これは私がどちらにも徹底することのできないためだろうか、それでも日本語で書こうとするときは、却って朝鮮的な感覚が強く支配しようとして軀の深部でうごめくのは不思議である。

私が朝鮮を舞台にして作品を書くとき、例えば地文はさておいて、会話の場面などで悩むことが多い。済州島の住民は朝鮮でも独特の方言を持っているのだが、それに対応する日本語をどのようにするかというようなことがある。(ただし翻訳上でのことなら当然の手続きになるが、翻訳ではないのである)。現実に彼らは済州島の方言で話し、考え、感じているわけであって、ごく一般的な場合を例にとってかりに私が「おれが行くだ」とか、「あたしがするだよ」とかの田舎の言葉で書いて行くのは、私の頭の中で済州島の方言が適当に日本のどこかの地方の言葉に翻案されているのである。しかも私はそれをそのまま日本語で、つまりいったん朝鮮語のパイプを必ず通過さすのではなくて、ときにはほとんどストレートに「日本語」のパイプを通して、済州島の農民たちがその土地で、日本のどこかの地方の言葉をしゃべっていることのようにして書いてしまう。しかも書いてしまった後でも、その農民たちのしゃべる日本語の方言の背後には、必ず朝鮮語である済州島の方言がかげろうのように燃え立っていて、それがゆらゆらと私にはよく見えるのである。

そうして私は、いまおれの頭から出て来たのは済州島の方言ではなく、ストレートに日本語だと気付くと、何かのデタラメをしていたみたいな自己嫌悪に陥る。済州島の方言を知っている私は、現実にはそんなことはありえないという、しっくりしない気持に襲われて、虚構の世界から現実の日常性の言葉の中に戻って来る。そして、私は現実に書き言葉としての日本語にたよっているわけだが、いったい自分にとってほんとうの意味での生活の言葉はなんなのであるかという、空虚な気持が胸に拡がって行く。実際のところ、済州島で農民たちが日本の田舎の言葉を話し合っている情景は、想像しえないことなのだ。それを虚構という名のもとに許されたものとしているのである。ところがそれを直接的にではなく、完全に朝鮮語、済州島の方言からの翻訳という廻り道をして、さらに自分の納得する日本語で書いて行くような工程を辿るとする。すると、このような間接的な、つまり、まず朝鮮語から日本語へと二段階の工程の手続きを踏むと、不思議に心がおさまって自足するのである。

それが例えば日本を舞台にした場合はどうなるだろう。そこでは日本人がしゃべり、また朝鮮人がしゃべっても、現実には彼ら自身が日本語をしゃべる場合が多いのであるから、この場合の現実と虚構との私の中における違和感はそれほどではない。済州島の島民が、日本の東北地方かあるいは九州のどこかの言葉を済州島の生活の中でしゃべって暮しているなんて、翻訳ではない以上いくら虚構ではあっても、それは人を奇妙な気持にするものだ。同一人がかりに同じような作品を朝鮮語と日本語で書くにしても、翻訳とはやはり問題は違うのだから。そしてそれはまたかりに済州島の方言をよく知っている日本の作家がいるとして、このような事情のもとで日本語で書く場合とはやはり違うものがあると思われる。それは端的にいって主体的な立場の相異がそこにあって、ただ日本語作品の素材としてだけで扱うことができるかどうかということとも関連してくるだろう。

しかし読者の側にはこれらのことは直接に関係はない。一つのよりよき日本語作品として受容できればば足りるのであり、またそれが全部である。ただ内側から見ればわれわれの場合、翻訳されたものと、ストレートに書かれたものとの間に、具体的にはっきり眼につかなくとも何らかの差があるということなのである。

いま見て来たように、私は日本語で書くことを、基本的に私の中の朝鮮語の媒介を必要としないで、そのまま直接的にすることができるわけである。頭の中で朝鮮語が先行して考え、その後から金魚の糞のようにくっついて日本語に翻訳されて来るのではない。先刻の例のように舞台が朝鮮になったり、人物たちがほんとうは全然日本語を知るはずもない、またしゃべりもしない朝鮮の農民だったりした場合は、そこで私の中の朝鮮語との出会い、衝突、緊張、媒介、翻訳的作用もたしかに頻繁に起るが、しかし全体としての虚構は翻訳ではなく、そのまま日本語で構成されて、そこで日本語をもって朝鮮語でしゃべっていることを代置することになる。

いまかりに問題の提起をいっそう明白にするために、私が日本語でしか書けないとしよう。朝鮮語の貯蔵が自分の中にないとして、つまり朝鮮人の私の内部に日本語しかない場合、それは日本語のみによって書くことから生起する傾斜的な作用への歯止めになるもの――日本語以外の他の言葉の機能――が、私の内部にないことを意味する。私の中に日本語が相対的にではなく絶対的な作用をする場があるということは、日本語の持つ機能、その音や形、そして意味においても日本語特有のニュアンスによる私の思考や感情への影響を意味し、反対に朝鮮的なものの剝落をより促進するのではないのか。

そのようにして、朝鮮的なものが剝落して日本的なものへと傾斜して行くのに、歯止めになるもの（それはもちろん相対的な位置に朝鮮語があるということが重要ではあるが、それをないものとして）、どこまでも特殊性を、異質性を保証さすものは、何かという課題が提起される。これを逆にいえば、私は「日本語」にどこまでも朝鮮人として係わることから始まるのである。日本語作品を作りだす単に朝鮮人という名の機械ではなく、主体的に（かりに朝鮮人としての主体意識とその感覚とのあいだにズレがあるにしても）朝鮮人として日本語によって書こうとする。朝鮮人としてということは、「日本語」以前に私は「朝鮮」に係わって（日本人が日本に係わるようにという意味だが、この場合在日朝鮮人として日本に係わっていることも含めて）いるということを意味する。そしてそこから私はできるならば、私を食ってしまう日本語の「日本化」という胃袋を食い破る「ブルガサリ」になりたいと思うのである。

五　呪縛は解けるか

母国語を喪失したままのものが、かつての支配者の言葉で書かざるをえないということには、やはり一つの痛恨の情を免れ難いものがある。自分が日本語で書きながら、いまさら御託を並べることになるのだが、言葉を奪われていたものには実感としてそれがある。ドーデの「最後の授業」に反映された事情は百年前のフランスの一地方アルザスでのことであるが、われわれのは民族全体のことだったし、それにその出来事はまだ傷痕のいえない新しいことに属する。その結果として日本にはいまだに朝鮮語を知らない朝鮮人がたくさんいるのもその深刻な傷の一例である。

われわれは基本的なもの、あるいは他の人たちには空気のように疑念の余地のないものとして享有されているもの（日本人にとっての日本語など）が、欠けている、私は奪われたままのものには自由がないというまことに常識的な考えを持っているが、それは奪われたものを奪還するための闘いが、自由を目的としながらも自由そのものであるという考えである。そしてそれはいまや大きく自分の中に、闘いのその鉾先を向けねばならないと思われる。巷間に例えば民族的なもの、階級的なものを扱うのはすでに古いといわれるが、われわれはかりに民族的なものを避けて、それで「普遍的」なものへ直截に行き進めない。もちろん文学は何語でもって書かれても、それが追うものは究極は人間存在であって、その国の歴史や風俗ではない。しかし、この普遍的問題に、われわれは一方では具体的な風土の中で生きる具体的な人間を通して入ることができる。具体的なものを通して、そこにはわれわれの場合、祖国の統一というまさに民族の中における人間のドラマがありうるが、文学にそれへの志向を打ち込みながら普遍へと進む。この具体的なものを避けてそれを越えることはできない。民族を擁護する場合は、民族を抑圧するものとの闘いであり、権力に反対する場合は、権力を擁護するものとの闘いである。民族や階級の中を突き抜けることによって、その森の向うに開けた平原のように拡がった普遍的なものの地平に立つ。いや、それは一つの図形のようにしてあるのではないのであって、突き抜けるその具体的な行為自体にすでに普遍との接触があるといえよう。

日本語で書く場合において、その言葉の枠の中での在日朝鮮人作家の自由はありえないのか、また日本語の枠の中でその可能性の上で、いかに「朝鮮」を表現するかということを考えるのはこのためであり、またわれわれの持っている矛盾の反映でもある。それはまた日本語を通しての「奪われたもの」を奪い返すための闘いにもなって行く。（言葉の問題を前提にすれば、朝鮮語を奪われた結果としての日本語の創作で、朝鮮語を奪い返すために闘うということは自家撞着になってナンセンスである。この場合は言葉——朝鮮語の回復を意味しない。あくまで日本語で書くことを前提にしている）。

私は前節で「日本語」はそれ以外の何語にもなれないという意味で「日本的」であり、その無数の語群の連続的な組成で起る機械の動きのような言葉の機能が、ついには自分を「日本的」なものに作りあげて行くのではないかと危惧をもらした。

たしかにそれは私を不安にさせるものを持っているが、ここでその「日本語」によって立つところの現代日本文学の性格を、ちょっと見てみる必要があるように思われる。もちろん私にそれが十分にできるわけでもないが、そして日本語そのものについても厳密な意味において私はよく知らないのであり、ここでは一般にいわれている常識的な見方に私もしたがう。端的にいって、近代日本文学は近代西欧文学の輸入によって、それを根拠にして発達したものであり、文学的発想の根本を貫くものも（自然主義が私小説という方法に変形したとしても）、やはり西欧的な方法意識を前提に置いているといえるだろう。それは当の西欧文学の場合とは異なって、日本のそれ以前の文学伝統とは一応断絶したようなところに、現代文学が起ったといえる。これは日本だけではなく、朝鮮にも大過なくあて嵌ることだ。朝鮮文学における一九〇〇年前後に開化思想の一端として現われる新小説、唱歌等、それからの新文学、近代文学への移行も主として（『泰西文芸新報』によって直接翻訳されて入って来たものもあったが）、日本を経由して逆に入って来た西欧文学の影響が大きい。

このように発達した日本文学はそれによって世界の現代文学に参加する道を自ら開き、当然その発想法や、逆にその言葉への影響を持って来る。近代日本語の急激な変貌や発展は語彙の概念そのものに普遍性と国際性をもたらし（文学だけではなくあらゆる西欧文明の移入によって）、その日本的形式といえる音と形をかりに取り去ることができるとすれば、言葉の意味内容は「言語一般」としての共通性の上に立つようになったといえるだろう。日本語自体のその文法形式に反映された基本的構造は、それは日本民族の存在様式にも係わることだから簡単に動くわけにはゆかないが、例えば江戸時代の日本語の機能と現代のそれとの差は、極めて大きいものがあるというのは推測に難くない。そして当然その言葉を使う人間の意識も大きく変って来た。

各国語はその長い歴史的過程を経て発達して来た民族語としての感覚や感情を含みながらも、同時に国境を越えて通ずる共通概念を持っているだろう。それは過去より現代、現代より未来にかけて民族語としての個別性を持ちながらも、その語彙の意味する内容は、より国際性を持つものと思われる。いまでも科学用語や技術用語は、一定の社会的範囲での合意の体系としての言葉の基本的な枠を越えて、異なる社会間にも成立する合意の体系として記号化されており、それは国境を越えて普遍的な内容を持つに至っている。（「記号表示のあらゆる形式の中で、言語は最も高度に発達し、最も精巧で、最も複雑である。……人間は同意によって何かを何かの代りにすることができる。人間は何世紀にわたる相互依存の過程を経て同意に達したことは、彼等の肺、ノド、舌、歯、唇で体系的に作れる種々の音を、彼等の神経体系の中の特殊な出来事の代表にするということであった。同意の体系をわれわれは言語と呼ぶ。」――S・I・ハヤカワ『思考と行動における言語』大久保忠利訳）。しかし同時に、民族語としての音、形、意味（その民族特有の）などで自ら他国語との差異を示していること自体を、成立根拠にしている個別性は、またそれぞれの民族の存在様式を規定するものでもあるだろう。

「現実的な意識」（マルクス）といわれる言葉は社会的なものであり、同時に歴史的なものである。それは社会的存在としての人間の思惟の歴史的な発展にともなう感覚的素材からの、抽象化による概念の発展に結びついており、――そして低次のそれから高次のそれへの抽象化自体が外界の反映、認識過程であるとすれば、概念はその一定の定着を意味するだろう。そしてこれらは「言葉」になって、つまりその音と形という衣裳をつけて、各民族の記憶の中に各国語となって貯蔵されるが、しかし実在の反映としての概念は共通的なものとしてあるといわねばならない。言葉は一定の限定された社会における「同意の体系」としてある。だからといって、実践を媒介としてなされる対象の認識とともに発達して来た言葉が持つ、その概念的な共通性は、対象の実在性を否定するのではない限り、否定されるものではないだろう。

　文学における言葉の機能・作用は、科学などにおける事実の意味伝達としてのそれとは違うだろう。私は文学における言葉の意義やその関係について、いまここで論ずるだけの余裕と能力を持っていないが、ここでは言葉の持つ現実との関係における原理的な意味を扱えば足りるものと思われる。文学における言葉がおびる一つのものとしての性格を究明するのは別の次元のことである。ここではただ一般的な意味において、言葉はそれに代表されるものそのものではないことをいいたい。これは文学における言葉がもの的な作用をすることを否定することではない。しかし、ものそのものではない。言葉と、それが代表しているところのものとは別々にあるわけであって、それは一方がどちらかに還元できるものではない。ソシュールは言葉を、「言語」を概念と聴覚映像の結合として見る。（彼は「言語活動《ランゲイジ》」を想定し、「言語《ラング》」はその社会的部面であり、「語《パロル》」は個人的部面であって、「言語」は「語」を実現するための道具であり、また同時にその所産であるとする。――『言語学原論』小林英夫訳）。そして彼はその結合としての「言語」を記号と呼んでいるが、その言語記号の「恣意性」なるものについてのべている。もちろんこの恣意性は無原則のものではない。一定の言語状態は歴史的な要因の所産であり、それが言語記号の不易性を規定し、あらゆる恣意的置換に抵抗することを、またその可易性とともに説いている。その恣意性の側面は何かというと、例えば「妹」という観念（概念）はその聴覚映像の役目をする一続きの音、イ、モ、トとは何らかの内的関係を持たない。他の随意のものによって結構表出されうるとする。「言語の間に差異あることが、否、諸言語の存在そのものが、その証拠である。」そして概念「牛」を例にあげて「国境のこちら側では能記（聴覚映像）b-ö-f（boeuf）を有し、あちら側ではo-k-s（Ochs）を有する。」とする。つまり「牛」という概念とある聴覚映像が結合する場合、日本ではそれがウシになり、朝鮮ではそれがソとなるということである。「石」を日本語でイシ、朝鮮語ではトル、英語ではストーンになるその場合、「石」の概念は傷つくわけではなくそのものとしてある。言葉は物質のように不透明で固く、互いに侵透できないようであるが、しかし概念の背後にある物質、ものそのものではない。それは物質的力と実効性は持っているが、ものそのものでは決してないのである。

　言葉はそれが代表しているものから独立している。日本語の「イシ」はそれの代表するもの（石）から、朝鮮語の「トル」はそれの代表するもの（石）からそれぞれ独立している。そして私の中では「イシ」と「トル」とが衝突を起さずに「石」を代表することができる。その独立性が互いに交差して各々が代表していた一つのものを自国の言葉で把えて代表しえ、翻訳しうるのである。これは余りよい例ではないかも知れないが、この頃、流行のテレビ映画の吹き替えを見たり聞いたりしていると、その不自然さはともかくとして、これらの事情がのみこめるだろう。

　私は前節で、済州島の方言を日本のどこかの方言で代置する場合の違和感のようなものについてのべた。それはたしかにその過程において違和感はあるが、しかし日本語による「言語的世界」の中で実現された以上は、それは消えさるものであり、日本語の世界の中でいかにその書こうとするものの本質が具現されるかが問題である。つまり言葉における互いに翻訳しうる要素とは、日本語の形式（音、形）を持つとしても、朝鮮語の形式——音、形で形成されるものの中にある意味、本質を完璧ではないにしても書きうる要素と同一だということである。（翻訳でも文体によって包まれた文学作品の翻訳は、それは創作といわれるほど機械的な意味での完璧さから程遠いといわねばならない）。

　私はここにいわゆる「私」を「日本的」なものに作って行くかも知れない「日本語」の枠、あるいは呪縛から解きうる、在日朝鮮人作家が朝鮮人としての自由を自らに保障しうる現実的な条件があると思う。そして朝鮮語と日本語とは、その音、形などにおいて相異するが、同じ語系といわれるほど言葉の構成上の語の位置などが、ほとんど同一といってよいほど酷似している点において、その要素はなおさら強くあるものと思われる。と同時に、この酷似性はまた一方では、日本語への傾斜をたやすくする作用も働くものだということを忘れてはならないだろう。

　ただ文学作品における場合、言葉が一語一語その概念的な意味内容を伝えるものでない以上、それを機械的にあて嵌めることは難しい。例えば私の中では、朝鮮語でトル（石）といった場合と、日本語でイシ（石）といった場合とでは、その感覚的なものから来るところの表象の違いが起ることがしばしばある。私はトルといえば、溶岩や岩や石の突き出た道や、石垣や、「石多」といわれる済州島の風景を思い浮べることが多々ある。しかしイシといえば、平凡なそこらに転がっている石ころだったりして、不思議にそれは、済州島の風景に、トルの場合のようには密着しないのである。すでに私の中には「イシ」と「トル」の言葉によって換起される形象的な側面、イメージの異なる部分があるのである。この感覚的なものが発する雰囲気を、それを日本語でどのようにすれば表現できるかということがある。それは、それが日本語に移行するあわいめのところで、突然変質して横滑りしてしまうのを防いで、それをしっかり支えて離さない強い意志と志向があれば日本語でもできるのではないかというのが私の考えである。

私は以上で言葉の持つ、ものとは違って互いに置換のきく要素を前提にして、日本語でもって朝鮮的なものを書きうることとの条件を示した。この条件はもちろん十分なものではない。おまけにこれは朝鮮的な「感覚」があることを既定のこととしての話である。しかし、日本の風土と生活の中における風化作用のために、そのようなものが極めて稀薄になっているわれわれには難しいことかも知れない。ここで当然、朝鮮的なものを自分のものにする努力があらためて要求される。そして、さらに重要なのは、この条件に依拠してそれを出現させる作業の前にある作家主体の実践的な行為である。

以上のような私の思惑——朝鮮人が日本語で書いて、それで朝鮮という彼岸に辿り着く（と同時にそこに普遍性を出現させて）というのは虫がいい考えというべきなのか。もちろんその朝鮮というのは、単に玄海灘を渡ればそこにあるという——その道すら現実には遮断されているが——地理的空間ではなく、自分の中における一つのイデー的存在である。

文学の国籍をその言葉によって定めるならば、日本語で書かれる以上はそれは日本文学の国籍を持つ。

それはまた日本文学に参加することだろう。日本語で書く以上は朝鮮人であってもそれは問題にならないし、朝鮮人だということを忘れるべきだということもいわれる。文学の本質的な問題である個と全体との関係の問題に迫るに、何も朝鮮人であることに固執する必要もないということにもなるだろう。それはそうであって、世界文学の課題、あるいはその広がりで見た場合、当然朝鮮や朝鮮人を越えたところにそれらの問題が立てられねばならないはずである。そうではあるが、しかし私は同時に何語で書かれるにしても、作者が朝鮮人としての自分の個別性を通して、その置かれた状況を越えて普遍へと向うべきものだと思う。それは虫のいい考えではない。植民地の人間であった過去の重さと傷をいまだに背負い、そしていまだに持たぬ統一祖国の実現を目指して進んでいるわれわれには、理屈を越えて執念のようなものさえある。極言すれば、在日朝鮮人の日本語作品がどのような位置付けをされるかは、一つの社会的作業であって、それは少なくとも私には関知する必要のないことである。現実において現実的な問題に立ち向う、そして書く作家主体の姿勢は、朝鮮人としての実践を伴う自己確認のたえざる積み重ねなしでは前向きのものにならないと思われる。

アメリカの黒人作家は英語で書いて、そのいわゆるアイデンティティを発見しようとする。よく比較されることだが、それは在日朝鮮人作家の場合と一見似ているようであって、やはり違うだろう。もちろん一方はアメリカ文学に含まれ、また一方は日本文学に含まれるという文学の国籍のことや、抑圧されたものとしての問題意識などでは共通性があるにしても。その根本的な相異はアメリカ黒人と在日朝鮮人の、アメリカ社会と日本社会における、少なくともその現在的な位置によるのである。在日朝鮮人は日本における少数民族として日本の市民権を持っているわけではない。（日本の為政者は一定の政治的意図のもとに少数民族として規定しており、同化政策を「国家百年の大計」として押し進める。——『内閣調査月報』一九六五年七月号「在日朝鮮人に関する諸問題」)。つまりそれはたとえ複雑微妙な要素を抱えこんでいるにしても、日本の国籍ではなく朝鮮の国籍を持った外国人としてである。しかしアメリカ黒人は、そのアメリカの中の夜の部分だけを自分たちに背負わされたようなアメリカから脱出しようとしても、結局はアフリカ大陸へも帰ることのできないアメリカにおけるアメリカ人以外の何物でもないということがある。そしてそれは数多くの混成民族から成る英語国民の中の黒人であるが、在日朝鮮人は日本民族という単一民族の中における、在日外国人のほとんど(約九〇%)を占める単一民族として(朝鮮民族の一構成部分として)ある。現に祖国があり、文学でいえばその朝鮮文学は源流を千数百年の昔に溯ることができる。そしてまた、日本でわれわれは朝鮮語による民族教育を子供たちにしているのであって、いわば二重の言語生活をしていることになる。これらの事情の中に在日朝鮮人作家たちは包まれている。アメリカ黒人が英語で書くことをかりに宿命的といえるならば、在日朝鮮人作家の場合は比較的な意味で宿命的とはいえないものがあるのである。

私は奪われたままのものには自由がないといったが、われわれはアメリカ黒人の場合とは違った意味で奪われたものが多い。それは現に後遺症としてもあり、また傷口を開いたままのものとしてもある。奪われていることに(奪われた結果としての影響をも含めて)自足しているものでなかったならば、彼は単なる現状の認識から、奪い返すための行動へと自分を押し動かすに違いない。つまり私が朝鮮人の自己確認の持続ということは、われわれの中に奪われた部分がまだまだたくさん生きているのであって(私が「日本語で書くこと」という奇妙なテーマの中途半端な小論を書くのもそれである)、したがってわれわれは決して自由ではないという認識から来ている。つまり自己確認を積み重ねて行くことは、それは自分を取巻く状況を越えて、そして自分を越えるという実践を離れてはないのだが、そのまま自由の問題に係わって来るからである。これは決して偏狭なナショナリズムを意味するものではない。

自由は抽象的な概念ではなく、あくまでその置かれた状況の中の具体的な行動する個別性を通しての、普遍との接点におけるたえざる作業であると思われる。もちろん状況の相異することによって、主体と状況との係わり様の違いによって、自由の行動の次元は異なるだろう。いずれにしても自由の概念は、はじめから高次のものでもなければ「高尚」な思弁的なものでもない。それはあくまで歴史的社会に規制されて実現されて行くものであり、ときには血みどろになるものでもある。端的にいって民族解放闘争は自由のための、自由の行動、闘いである。「人間存在は欠如である」（サルトル）といわれるが、この命題は人間の行動の形式を規定するものといえるだろう。人間が欠如した存在としてある以上、つまりそれは自分が欠如している全体へ向っての絶えざる自己超越であるが、その全体との係わり合いにおける超越の表われ方――人間の行動は千差万別であり、しかもその行動の中を貫く本質的な基本的な形式は異なることはないと思われるからである。われわれは歴史的社会的な一定の状況の中で具体的に行動し、実践するしかないだろう。在日朝鮮人はその状況を踏まえねばならないし、また在日朝鮮人作家は完全に在日朝鮮人社会から出ることはできない。

人間の行動の基本的形式というべき自分自身を越えることの底には、想像力の機能が働いているといわれる。野間宏氏はその『サルトル論』において、芸術作品の成立の根拠を想像力と知覚とのたたかいと統一という形で把えているが、なお進めて想像力を全体という現実との係わり合いにおいて把え、その機能を現実超越のバネとしても把えている。

「……想像力はつねに全体をめざしていて、現在に於て決して見ることの出来ない全体をば、その向う側においてその方に向けてとび立って行くものである故に、想像力そのものは、欠如としての人間存在そのものから、放たれて、遠くへだたった非存在のなかへとまいあがって行く力をもつものであり、したがってそれは現に存在するものとして見ることのできない全体をとらえる力をそなえていると認めなければならないわけなのだが、全体というものはそれを想像力そのものが全体としてとらえた瞬間、すでにそこからはみ出してしまうものをばそのうちに収めている大いさのものであるというべきものであるといってもよいでしょう。」

想像力は、その発生地を意識の届かない、それ自身自発性であるとともに超越的である欲望に置いているという。すると経験世界以前の欲望にその源泉を持つ想像力に、例えば小説におけるように言葉が一役買った場合、想像力はその言葉を越えるものとしてあるだろうか。人間が人間としてつねに自分を越えて行くように、意識に属する想像力はそれが欲望の世界から意識の世界に浮上した瞬間から、言葉がそれによった場合、想像力はその言葉（日本語）を言葉（日本語）としてしか越えることはできないだろう。しかし言葉が孤立した単語としてだけは成立せずその言葉の持っている約束のもとで、現実との係わり合いからテーマを選択し（それがすでにその作家の現実に対する姿勢を示すだろう）、それとの係わり合いの中で一定の文脈にしたがって結合し構成される文体によって虚構が成立するならば、そこには言葉によりながら個々の言葉そのものから離れて、しかもそれらの相互連関の中で形象的な実質が（情感的でもあるところの）形成されるだろう。それは絵画におけるような対象物を持った像ではないにしても、それは言葉に媒介されながらやはり言葉そのものではない。

「想像的識知は非常に強力に自らを充たしてくれる筈の直観的存在に向おうとする傾きがあるので、少なくとも時々は、記号に対象物の代表物たるの役割を演じさせるように試みずにはすまないのだ。その場合識知は記号を絵図の一種として用いる。言葉の相貌は対象物の相貌を表示するようになる。現実的感染作用が生ずるのだ。私が『この美貌の人』という文字を読むとき、おそらく、そして何よりも先ず、これらの言葉は、小説のヒロインたる、ある一人のわかい婦人を意味する。しかしそれらの言葉はある程度そのわかい婦人の美そのものを表象している。それらの言葉はうつくしくわかい婦人というその何ものか、の役を果している。（中略）言葉はしばしば記号としての役割をやめないままで表象するものとしての役割を演ずるものであろう。」こうしてときには「小説を読むさいに、言葉は類《アナロゴン》同代理物の中核さえも代表することともなるだろう。」（サルトル『想像力の問題』平井啓之訳）言葉によって成立した世界、人物や事件や場面などの構成によって一連の雰囲気というべき厚みを持ったシチュエーションとしての一つの非現実的な全一の世界は、また、表象的世界である。（これは完全ではないが翻訳でもって近似的に読者の頭の中に再現できるものだ）。つまり想像力によって言葉が、言葉（日本語）としてその言葉（日本語）を越えるというのはこのことなのである。私は日本語によって例えば朝鮮的なものを――その朝鮮的な感性を土台にして――書きうるだろうということをいいたいのである。他の言葉に翻訳できる要素を持ったものから独立している言葉をもって、それを想像力によって（もちろん現実の法則に貫かれながら）一つのシチュエーションとしてある一定の連想的な、時間的な世界を形成して行く場合、それはそれの言葉の枠の中にあって、しかもすでにその枠にとどまっていないだろう。

「詩人は理解してもらうだけに気をくばるのではない。彼の描写はたんに明確なものになるだけではいけない――詩人は彼がわれわれの心によびおこす思想《イデーヤ》を、あたかもわれわれが描かれた対象の真の感覚的表象をみずから経験しているかのように想像し、そしてこの間このために用いられた手段（言語）のことなどすっかり忘れてしまうほど生気あるものたらしめようと欲するのだ。」（レッシング）（チモフェーエフ『文学理論』東郷正延訳に依拠）

だから翻訳が創作だといわれるように、逐語訳では（一語一語に忠実であろうとして）文体として一語一語を離れて相互連関、浸透の中に把えられているその想像的世界――虚構の世界の連想的な像を伝えられない。そしてまたその一語一語を無視した如くであっても、翻訳者の想像力も手伝って、そこに新しい、ただし、二次的な文体の創造が行なわれ、その作品の世界は再現されるのだろう。

日本語の中における朝鮮人作家の自由は、朝鮮人としての主体性を貫くことによって、また貫くために日本語の中に一つの可能性をつくり発見して行かねばならないだろう。日本語であるが、それは日本人の民族的体質のさまざまの反映あるいは具現でもある日本的なものとは違って、例えば中国の翻訳文学で見られるような中国的体質、体臭などがその日本語を通してもなお受容できるように、それは朝鮮文学の翻訳の場合も同じことがいえる。われわれは朝鮮語ではなく直接日本語で書くのだが、だからといってそれがそのまま日本語で朝鮮的な体質、体臭を反映させる道を、それは困難をともなうだろうが、塞ぐものではない。翻訳ではないが、その朝鮮文学の翻訳が持つものとは別の意味で、そこに何らかの朝鮮の体質が反映されてしかるべきだと私は思う。それも何も舞台を朝鮮に設定するとか、人物を必ず朝鮮人にするとかという素材的なことを意味しない。それだけでは風俗的なローカリズムに堕してしまう。ローカリズムは普遍的なものからほど遠いといわねばならない。素材を何に求めようとも、それは作家主体のテーマの撰択に係わっており、その姿勢に係わっている。したがって体質とか体臭というのは（いわゆる感覚的なものを土台にしての）、ここではないものねだり式の生得的な、また体験的なものを意味しない。それはあるにこしたことはないのだが、しかしあくまで作家の行動によって（朝鮮人としての）繰返し確認されて行く自己の発見の過程においても、ある程度作りうるものであり、その作家主体の思想を前提にしている。そして在日朝鮮人というのは一つの状況、小さい多くの状況をその中に含み、それ自身また幾重にも含まれているところの状況である。その状況に朝鮮人として実践的に係わるところから始まる思想である。

野間氏は『サルトル論』の中の最後の「全体の小説」の中で作家における実践についてのべている。そしてそこには、対象の本質を明らかにし、それを人間のものとして行く実践を通して把握した世界と、構想の世界がいかに係わり合い、それが互いにいかに制約し合い（あるいは刺戟し合いながら）、最後に作品世界が生み出されると同時に作家の自由が、それがいかに危険と困難に充ちた道を辿りながらも保証されるものであるかについてのべている。

「……この（構想）世界の生誕地は作家が実践を通して把握した世界の、欠如している全体を想像力をもって得ようとするところにあるといってよいのです。この欠如している全体を想像力により得ることによって、作家が実践を通して把握した世界は、はじめてその姿を全体のなかに置かれることが可能になるのであって、それはその姿をこれまでとはちがった、くっきりした線をもって、全体のなかに浮び出、それ自身を明らかにするということが出来るわけです。（中略）しかしこの構想の世界は現実の世界とは別個のものであるといえ、巨大な現実の全体をその上に置くことが出来るような、現実の世界と向い合い、現実の世界と対置されるものとしてさらに現実の世界と等価なものとして、つくり出されるためには、実践による現実の世界の把握がつみ重ねられていて、作家が自分と自分の置かれている状況そのものである現実を越えて行くところに得ることの出来る自由によって、その構想の世界が支えられていなければならないのです。（略）つまり作家が自分と自分の置かれている状況そのものである現実を越えて行くところに得ることの出来る自由の内深くから、その構想の世界が生み出されるのでなければならないと。」

これは引用文としてここに切り取られた断片的な言葉だが、しかしそれでもなお創作における実践の意義、そして現実に対する作家の実践の意義について深い示唆を与える。

私は自分が「日本語」に食われて、しかもなお、その鉄の胃袋を「ブルガサリ」のするように食い破って出て来ることはできないものかといった。私はそれを志向している。言葉は社会的合意の体系としてであるが、それは同時に個人の自分を実現して行く一つの手段としてある。朝鮮人が日本語で書いても、それは日本語を通して朝鮮人としての自分を実現するものでなければならない。例えば私が済州島を主として書くのは、そこにローカリズムを求めるのではない。それは（日本人が往来し、一部の在日朝鮮人が往来しうるにもかかわらず私は行くことのできないところの）イデーとしての故郷（非存在）に対する私の自己超出でもある。それはまた自分を実現するための、いわば奪われたものへの想像力による「奪い返し」の一つといってもいいだろう。私の自己確認は現実に自分から失われたものとしてある済州島を主軸にして（もちろんそれだけではないが）求心的に進められざるをえない。そこにはいくぶん郷愁というセンチメンタリティがあるかも知れない。もしそうであればそれによる曇りは切り取らねばならないだろう。そうして私は失われた故郷という全体に向って、つまりそれは未だに統一ならざる祖国朝鮮であるが、それに向って迫って行かねばならないと思うのである。

「なぜ日本語で書くか」について

『季刊　文学的立場』（第二次）第5号、近代文学研究所、一九七一年七月

一

「なぜ日本語で書くか」というような日本語を客観的な一つの手段とも見ていういい方は、当の日本語にとっては他人行儀ともいうべきもののそれに違いない。じっさいそのようないい方はまず日本人作家の場合はしないだろうからだ。つまりそれが概して在日朝鮮人作家によっていわれていること自体がすでにそれなりの理由を示しているのだが、それは少なくとも日本語を客観視しようとする朝鮮人としての姿勢の反映ともいえるだろう。ここで客観視するというのは、日本語に対する外国語としての言語感覚がその作家の中に余りないのにも拘らず、それを外国語として認識しようとする姿勢のことである。近ごろの新聞や雑誌などでしばしば見受けられる「なぜ日本語で書くか」に類した発言にはだいたいこのような主体的な意識がうかがわれるのだ。そしてこの「なぜ日本語で書くか」は戦前の植民地時代からの問題でもあって、いまに始まったことではないのだから、その意味では「在日」朝鮮人作家なるも

のがある限りはこの種の問いかけは絶えることがないのかも知れない。

ところで私は、現在においてもなおそのようないい方が、それに何らの注釈をつける作業をも伴わぬままの無反省の中でなされていることには賛成できない。もちろん自分もその一人である在日朝鮮人作家自身の側からの自問自答の形をとりやすい（それは日本語で書いているということから、倫理的な内省を自らに強いる形をとるのだが）、この種の問いかけの朝鮮人作家としての主体的な志向の積極性を私は評価しながらも、もう一度「なぜ日本語で書くか」について考えなおしてみる必要を認めるのだ。そして私が賛成できないというのは、まず第一にそのようないい方がほとんどの場合正確でないということに因っているのである。

いまかりに日本人の側から、それは編集者でもよいのだが、一在日朝鮮人作家に向って、「なぜ（あなたは）日本語で書くか」という問いかけがあったものと仮定してみよう。その場合、その問いかける人の発想は言葉の問題を中心にしてなされているだろう。それである限りその日本語を使う日本人は、計らずもその朝鮮語を持っているだろう作家である朝鮮人に向って対等の関係に立つのである。つまりその日本人は相手の民族的な主体性を彼が日本人でないことにおいて認めているわけだからだ。

あなたは朝鮮人だから、ほんとうはそれは当然のことながら朝鮮語で書くわけだが、日本に住んでいるとかの、またその他の理由から日本語で書くのだろう――その問いかけにはこのような含み、前提があるものとして解釈する余地が十分にある。そしてそのときその作家の内部にはすでに問いかける側のものが前提としたところのものがある（あることになっている）のだから、そこで当然のこととして対等の緊張関係が成立し、かつその朝鮮人作家は、なぜといえば私はしかじかの理由で日本語で書くのだと、その当の日本語にとってはいささかよそよそしいばかりのいい方で自他の問いかけに主体的に対するということになるだろう。

もちろん人間関係における対等とか平等とかは全人格的なものを前提にする場合に起る関係であって、言葉の問題だけを取りあげて断定するわけにはゆかない。ただここで言葉の問題とはいいながら、それは断片的な、用法上の技術的処理などでは片付くものではないということはある。それはその個人が属する民族の言葉、あるいは国語を彼が自分の中に持つか持たぬかという、いわばその全人格を左右するに足る、その存在に係わってくるような意味での言葉の問題であり、やはり軽く見過してしまってはならぬものなのだ。

例えば在日朝鮮人が日本人との関係において日本語をコミュニケーションの手段とすることができるが、その彼がかんじんの朝鮮語はできないということが無数にある。これはもちろん過去の日本帝国に支配され奪われた歴史的関係からくるところの結果としてあるものであって、その個人の責任にだけ帰すべきものではない。にも拘らず彼は自己の中に国語を奪われた破壊の痕だけを持っているだけではなく、日本語を媒介として成立しているはずのその日本人との関係においてすら、その内省的世界においては決して対等ではなくなるのである。じっさい、民族あるいは国籍を異にした人間とのあいだの対等感を自己の内部で意識化するにおいては、相手の言葉だけではなく自らの民族語を持っていなければならぬのであり、少なくともそれへの強い志向が必要とされる。

このような角度から見てくると「なぜ（あなたは）日本語で書くか」というその日本人からの問いかけに、在日朝鮮人作家が自己の内部においてどれほどの「対等」を意識化しうるかということは、実際の問題としてはむずかしいといわねばならない。なぜなら、その朝鮮人作家の内部に朝鮮語がない場合には、「なぜ日本語で書くか」というその自他からの問いかけ自体の成立の根拠が現実的にもなくなってしまうからだ。

私は在日朝鮮人の日本語作家の場合、ほとんどその母国語を持たぬのをそのまま認める気持はないが、それを一概に非難しようとも思わない。それはそれなりの理由があるだろうし、特に若い世代の人たちにとってはそれはかなりむずかしいことである。（かくいう私自身もいま日本語で書くことが多くなってゆくにつれて朝鮮語とのあいだに距離ができてゆき、その私の中の朝鮮語はますます私の中の日本語を越えることができなくなってゆくのだ）。ただその任意の作家はそのとき、自己の中に母国語を持たぬ故の欠落の意識をそれなりに冷静に見つめる必要はあろうと私には思われる。そうでなければ「なぜ（私は）日本語で書くか」という問いかけの文脈が、その作家自身の内部で深く連がらないということをもしかと見つめることができぬようになるだろう。そして「なぜ日本語で書くか」といういい方は日本語が手段だとする見方が前提にあるのであって、現実に朝鮮語でか日本語でかという複数の手段の中からの選択の余地のない場合には、それは論理的に成立しえなくなる自己矛盾の中に落ちこむのである。

二

「朝鮮の民族ほど悲惨な民族は世界に少ないでしょう。私はこの実状をどうかして世界に訴えたい。それには朝鮮語では範囲が狭小である。その点、外国語に翻訳される機会が多いから、どうしても日本の文壇に出なくてはならないと思いました」。（任展慧「張赫宙論」『文学』一九六五年十一月号による）

このよく引用される、一九三二年（昭和七年）に日本の文壇に出た張赫宙の言葉には、日本語を日帝治下の朝鮮の民族的問題を訴えるための手段とする見方がすでにある。「朝鮮語では範囲が狭小」なので日本語でやろうというわけなのだ。と同時にこの短い引用文は「なぜ日本語で書くか」という問いかけ自体へのそれなりの明白な答えにもなっているといえよう。

後に野口赫宙となり朝鮮人であることをやめてしまった張赫宙はその自らの初志を裏切り転落の道を辿ったのだが、彼と対比されることの多い金史良が日本語で書いたその目的も同じようなところに据えられていたものと解される。つまり植民地民族作家の彼らにとって、なぜ日本語で書くかということは、日本語というより広域性のある言葉を手段にして（それは英語であってもかまわない）朝鮮のことを世界に訴えるというきわめて民族的な希求のもとに、自分が持っている朝鮮語をさし置いても日本語を選ぶということであった。それは文学における言葉の自己目的的な機能を踏まえての、日本語を「朝鮮」を訴えるための一つの手段と見なしていたことになるだろう。

このように少なくとも金史良にしても初期の張赫宙にしてもその日本語への道はかなり屈折していた。彼らはそれを論理的に明らかにしてその内部構造を開いて見せてくれているわけではないが、決してストレートに日本語の世界に踏み入ったものではない。自己と朝鮮の置かれていた当時の現実的要求から彼らは手段としての日本語を選んだのである。朝鮮語を自己の中に持っていた彼らにとって、なぜ日本語で書くかという自問自答が成立した所以はそこにある。

しかし戦後における在日朝鮮人作家の場合はどうであろう。植民地支配から解放されながらも、しかも自分の母国語を喪失したままの状態の中で、日本語で書くということを定着させてきたところが戦前の彼らとは全く違うのだ。それにはまずほとんどが日本語以外では書くことができないという事情があった。にも拘らず「なぜ日本語で書くか」という自他からの問いかけがいまもってなされ、それに対する答えはきまって、朝鮮のことや、在日朝鮮人のことや、朝鮮と日本のことなどを日本人読者などに訴えるためというような、植民地時代の作家たちのそれと同じような志向性に裏打ちされるものになるのである。

その答えの内容自体は間違っていない。たしかにそうなのであり、それなりの内的要求に従ったものであって、それは正しい。しかし問題はその答えがすでに見てきたように「なぜ日本語で書くか」という、その場合論理的に成立しえないはずの問いかけを前提にしているところにある。そしてその種の問いかけが成立しないとすれば、その上に乗った答え自体が問いかけの崩れとともに崩れ落ちざるをえなくなるだろう。

私はそこで、そのような場合は「なぜ書くか」というふうの原点に立ち戻った言葉でいうべきではないかと思う。それがより正確なのだ。「なぜ書くか」ということは、それが人間の存在に係わり、つまりその生き方に係わる問題であるのだから、杓子定規式にこうだとはいいきれるものではない。だからこそ朝鮮人として日本語を朝鮮語とともに相対的なもの、選択の余地のあるものとしてではなく、絶対的なものとして持っている限りではなおさら「なぜ日本語で書くか」とはいうべきでないと思われる。それは不用意であり安易でさえもあるだろう。

いったい日本人に向って、つまり日本語をその存在と係わるもっとも重たい言葉とする人間に向って「なぜ（あなたは）日本語で書くか」という問いかけが一般的な意味において成立しうるだろうか。日本人が彼らによって享有されていると信じているところの日本語で書くことは少なくとも言葉に関する限りは即自的である。そしてさらにその言葉に限っていえば在日朝鮮人作家の場合もその事情はよく似ているといわねばならない。おしなべて「なぜ書くか」というふうに問題の設定がなされるべきだとする所以もそこにある。そこでは日本語は手段としてよりもすでに自己目的化しているのだ。端的ないい方をすれば自分の中に日本語しかない場合のその作家にとって、その言葉で書くのは当然のことであって、わざわざ「なぜ（私は）日本語で書くか」などという必要のないのは自明のことになるのではないのか。

三

しかしこのように、書くものの原則にいったん立ち戻ってもう一度もとの場所を見渡してみれば、「なぜ（私は）日本語で書くか」が新しい意味合いをおびはじめるのに気がつく。というのは冒頭でもちょっと触れたように、この種の自他からの問いかけは「在日」朝鮮人作家なるものがある限りはつづくかも知れぬということなのだ。そして自分の中にたとえ母国語としての朝鮮語の存在感覚がないにしても、その彼の朝鮮人としての存在意識、つまり主体的な自覚が「なぜ私は日本語で書いているのか」という自己への問いかけを促すことはありうるからである。そのとき日本語で書く朝鮮人作家はいったい何者なのかという、日本語を通してのいわゆるアイデンティティの問題がそこに同時に提起されているとみなければならない。それを逆にいえば「なぜ日本語で書くか」という問いかけを自己の中に持たぬ作家は、朝鮮人としての存在意識が問いかえされねばならないということにもなる。さらにそれは、なぜ日本語で書かねばならぬかという自己への疑いにくるまれた問いかけを持ちえぬその作家の内的燃焼の炎では、在日朝鮮人としての自己に係わってくるもろもろの問題へ立ち向う大きな起爆力にはなりえないということなのだ。

「なぜ日本語で書くか」といういい方はやめてしかるべきだが、しかしいったん「なぜ書くか」という原点にまで立ち戻っての在日朝鮮人としての自己矛盾の反映として現われる性質のものであるそのような自らの問いかけには、やはり内実の声の重さがまたありうる。それは在日朝鮮人作家をして日本語を客観視しうる内的条件を（たとえ日本語を客観視する主体の場としての朝鮮語がなくとも）自分の中に作らしめるだろう。そのとき即自的なものとしてあった日本語での作業は、自らの朝鮮人の体質をくぐり抜けることにおいて対自的なものにまでなってゆくものと思われる。

そして「なぜ日本語で書くか」（書かねばならないか。書かねばならなくなったか）はその場合、朝鮮人が日本語で書く以上は日本語のメカニズムの中で、何をどのように書いてゆくか。つまり原則的ないい方をすれば「なぜ書くか」から、何をどのように書くか、――それらのことは各自の生き方の問題や立場やその方法論に立ってのそれの実現が試みられていることでもあろうが、この内的要求を在日朝鮮人作家は日本語という言葉のワクの中で実現してゆく上において、いかなる操作が必要となるのかなどの問題が提起される。日本語という言語の持つメカニズムとの係わり合いにおける朝鮮人作家の主体性はいったいどのようなものなのか。端的にいって在日朝鮮人の日本語作家の作家としての自由はどんなものであり、それはいかにして実現されうるかというような問題がなお深められる必要があるだろう。（これらの問題に対する私なりの考えは「言語と自由――日本語で書くということ」で触れている）。

在日朝鮮人作家は日本語で書くことにおいて小児病的になる必要はないが、朝鮮人作家の主体の中で日本語との嚙み合いによって起る燃焼の過程が一定の結果を作品の全体に及ぼすとすれば、やはり彼における日本語の問題はその作家個人だけのものではない。もちろん作品は作家が最後のペンを置いた瞬間からそれがやがて客観的な対象物となり読者の眼のまえに現われてはじめて作品としての実体を開くものだから、それまでの過程は読者には関与する必要のないことだといえば、そうだといえぬことでもない。読者にとっては日本語で書かれた結果としての作品だけが問題なのであり、作者が日本人作家であろうが、朝鮮人作家であろうが、それはかまわない。だからその作品が作品として出現する以前の過程は一向に知る必要がないということになるのだ。在日朝鮮人作家が日本語との問題で苦しむのも（それは言語上のハンディのことではない。そういうことであるならそもそも問題の対象とはならない）、そしてそれに関して、たとえば私のようにくどくどしく書きたてるのも無意味ではないかという人が私の知人の中にもいる。たしかにそういう一面もあるのであって、その意味ではすべての日本語の作家の創作過程の範疇の中に在日朝鮮人作家の場合も当然組み入れられるものである。

たしかにそうでありながら日本語の機構の中での朝鮮人作家としての係わり方は自ら違うところがありうるのだし、そしてそれ自体が朝鮮人の主体的な問題や自己確認の問題と重なり合ってくるのであり、その状況から飛び立つ想像力は日本語によりながらも別の世界を切り開こうとするものであるから、それらはその作家の制作の過程に作用し、その結果として決定的な影響をその作品の全体に与えることになる。日本語で書くことに神経質になる必要はないまでも、日本人作家のように論理的にも倫理的にもとりたてて違和感の生ずるはずのないものとして所有されている母国語としての日本語の体質感とは自ら違うものが、朝鮮人作家の場合にはありうるのだ。もちろん日本語の持つメカニズムはその朝鮮人作家の意識構造にそして体質に絶えざる作用を、影響を与えつづけていることだろう。同時にその日本語はかならずその作家の持つ体質によって逆にあぶられていることもまた事実なのだ。言葉はたしかに約束事として客観的に実在しているが、作家にとっての言葉とは作品を媒介としたところにある言葉のことであって、彼と離れたところには決して存在していないのである。

在日朝鮮人作家が日本語を自分の中に持つということは、日本語が元来その属性として多分にそなえているところの日本的感性をそのまま身につけることを意味しない。それはまた各々別の問題でもある。日本語自体が日本という地域性を越えて質的に変化しつつあるのであって、在日朝鮮人作家はさらにその日本語との関係を覚めた眼で見すえながらその作業をすすめてゆかねばならない。

「なぜ書くか」というのは、言葉の国籍とは係わりなく人間の存在に係わる原理的な問題であり、「なぜ日本語で書くか」というのは、それを踏まえての課題的な問題である。この課題的なものを原理的な位置に据えおこうと錯覚したりするところに、概念上の混乱を惹き起す原因があり、またそれが在日朝鮮人作家の苦衷と矛盾の反映だともいえるのだ。そしてどこまでもその「なぜ日本語で書くか」の課題的な性格を明確に打ち出してのみ、それと朝鮮人作家が日本語で何をどのように書くべきかという方法意識の問題とを重ね合わすことができるだろう。

在日朝鮮人作家が「日本語で書くこと」についてこだわるのは、それが決して実りのないセンチメンタルな空論に終るものではなく明らかに実践的な意義を十分に持っているからである。彼は「なぜ日本語で書くか」などという類のいい方を軽々しく口にすべきではないが、しかし同時になおいっそう「日本語で書くこと」についての原理的な考えを深めてゆく必要があるのであり、それがほんとうの意味での「なぜ日本語で書くか」の課題的な答えをみちびき出すことになるだろう。「なぜ日本語で書くか」という自らの問いかけの成立の根拠を内部に持たぬままに、しかも敢えてその問いかけをせねばならぬ主体的姿勢は単なる朝鮮人作家としてのその外見をつくろうためのものではない。それは言葉の問題をはじめとする大きい矛盾をはらみ、つねにそれを遠く飛び越えようとする在日朝鮮人作家の想像力の結果なのだ。

すでに触れてきたように、いずれにしても在日朝鮮人作家はその言葉における限り朝鮮の「国籍」を脱しているのはたしかである。そしてその言葉によっているところの文学もまたそこから自由でないのは論をまたぬだろう。在日朝鮮人作家がその主体意識の確認や自らの朝鮮人作家としての自由を追い求めてやまぬのは、彼の置かれたその「在日朝鮮人」という奇妙で矛盾に充ちた状況からきている。そして彼はつねにその状況と自ら嚙み合いながらそれを越えようとはするが、そこから逃げようとはしないだろう。在日朝鮮人作家はそのような存在であり、彼が在日朝鮮人である限りにおいてはつねにそのような存在以外のものではないし、また以外のものになってはならないのだ。

金史良について——ことばの側面から

『文学』（岩波書店）一九七二年二月号

一

昨年（一九七一年）は金史良の死後いままでになく彼についての話題の多い年となったようだ。目立つものとして安宇植の長篇評伝「金史良・抵抗の生涯」が完結しており（『文学』一九七〇年十一月号〜一九七一年八月号）、『文芸』は一九七一年五月号に金史良の特集を組んだ。これらの金史良への関心は、それが朝鮮への関心の高まりと重なり合うものであるかどうかは知らぬが歓迎すべきことだろう。

一言にしていえば、金史良はまさに朝鮮的な作家だと私は思っている。「内鮮一体」「皇民化」のつまり日本化の大きな政治の流れの中で、日本語で書きながらしかも奪われてゆく民族的なものをよく支えにすることによってついに抵抗をまっとうしえた点でまさに朝鮮的な作家なのだ。その意味では現在朝鮮的なものあるいは民族的なものがますます風化しつつある在日朝鮮人が包まれている日本の状況の中に金史良を置いて見ること自体が、そのまま在日朝鮮人作家に対して一つの光をあてることになるのだといっても過言ではあるまい。私はそういう観点から、金史良と私もその一人である在日朝鮮人作家のかかわりについて考えてみたい。

「金史良・抵抗の生涯」は力作である。いままで断片的にしか知られていなかった金史良の姿が、制約された資料や取材範囲の中にも拘らず全体的に浮かび上るものとしてまとめあげた努力は大きく評価されるべきだろう。もちろん不満がないわけではないが、それでもこういうたぐいの評伝が出るまでにも戦後四半世紀の時間の経過が必要だったのかなという感慨の方が先立つのだ。そして金史良の評価が朝鮮人の評論家によってなされたことは（日本の評論家によってなされたとしても不思議ではないが）、また当然のことのような気がする。それは「駑馬万里」などの、まだ日本人にはかなり距離のある朝鮮語の文献が扱われているということからではない。いま戦後四半世紀の時点で金史良を支えていた抵抗的な民族的主体をきわめてゆく作業は、それにアプローチする筆者自身が在日朝鮮人としての主体的立場に自らを追いつめてゆく作業をともなうものとしての、一つの内的な要求を持つものと私は見るからだ。

私はいまこの長篇評伝についてゆっくり感想をのべる余裕がないし、またそれがこの小文の目的とするところのものではない。ただそれとの関連の上で同じ筆者による「民族作家の位相——金史良試論——」（『文芸』一九七一年五月号）に対して若干の私見をのべたい。その上に立って、今日の現実に金史良をふたたび置いて見るということはどういうことなのかという、いわばその今日的意義とでもいうべきことについて、それを在日朝鮮人作家とのかかわりにおいて、主にことばの側面から私なりに考えてみたいと思う。もちろんその今日的意義はそれらのことだけに限られるものではない。今日、朝鮮と日本という二つの民族間の問題を考える上において、そしてその前提になる朝鮮を知るという意味においても金史良はそれなりの積極的な意義を失わないだろう。また現状況の中で日本帝国主義末期における金史良という植民地民族作家の辿った息苦しい抵抗のことを考えてみるのも、朝鮮人、日本人双方の立場からのニュアンスの違いはあるにしても何らかの意義があることだ。とくに金史良における民族的主体の堅持の姿勢はいまでもわれわれに直接に働きかける力を持つものといえる。彼のその姿勢は安宇植の「金史良・抵抗の生涯」においてもうかがうことができるのである。

ちなみにその評伝の中でも重要だと思われるのは、筆者が金史良の朝鮮へ帰ってからの挫折のプロセスを克明に辿ってゆき、しかもその結末がついに中国解放地区への脱出へと一つの必然性を持って劇的に高められてゆくものとして描かれている点である。たとえば現在入手困難な、当時朝鮮で発行された御用雑誌『国民文学』に金史良が書いた「太白山脈」について南朝鮮の評論家林鍾国の「金史良論」(林鍾国『親日文学論』所収、一九六六年)の中の作品梗概を援用しながら分析し、その抵抗の作品世界における内的必然性を見せてくれている。

……したがって〈太白山脈〉は、一方に新天地建設への希望に燃える尹天一、日童――火田民(下層民衆)を配し、対極に月童――火田民(下層民衆)をすえて、人民的たたかいへの参与のプロセスを暗示したのであった。このことはいいかえれば、現実には、日本の植民地統治にあえぐ朝鮮民族の悲惨な状況からの解放と、それをたたかいとるための方向、さらには、それ以後における朝鮮民族の進路など、いわば金史良の理想としたところを幾重にもオーバーラップさせたものとみることができる。

もちろん「太白山脈」を読んでいない私は評伝の中の作品の一部からの引用によってその片鱗をうか

がうばかりである。しかしそれでも、「金史良の長篇歴史小説〈太白山脈〉の現時点において知りうる概要のすべて」という安宇植のそれを辿ればいちおうの納得はゆくのだ。筆者はこのような分析を前提にして金史良の挫折のプロセスを追ってゆき、その精神的再起としかも中国解放地区に入ってからも深刻な自己反省を繰返す姿を見せてくれたのだった。

「民族作家の位相──金史良試論──」は『文学』に連載したもののいわばダイジェスト版ともいうべきもので、民族主義作家としての金史良の軌跡を辿りながらその思想と彼の資質としてあるロマンチシズムとのかかわり合いを中心に据えて、「民族作家の位相」を考えたものである。そして一口にいえばその民族作家としての金史良の位相が解放後の北朝鮮の「新しく変革を求められる社会状況のもとでよく耐えうるものであったかという点」に危惧を抱くというところで結論としている。

ところで、結論のこの部分に関連する内容のことがふたたび「金史良・抵抗の生涯」(『文学』一九七一年八月号)の中で触れられているのだが、それが互いに矛盾している点を指摘しておきたい。同じ筆者によってそこの部分はこのように書かれている。

……彼がブルジョアに属していた事実は否定するべくもない。ところが、解放後の三十八度線以北における民主建設は、『土地改革』(一九四六・三)、『重要産業国有化』(一九四六・九)など厳しい階級闘争をともないつつなされたのであった。したがって、このため金史良とその一族とは、厳格な自己変革をしいられずにはおかなかったと思われるのである。しかしながら金史良がよくこれに耐え、みごとに変革をとげた事実は疑うべくもない。彼の文学的資質であるところのロマンチシズムは革命的な性格をおび、これに耐えぬくに大いに支えとなったにちがいないのである。のみならず、抗日地区における生活、そして帰国後のそれらを経るなかで彼が共産主義者として変貌をとげたことも、考えられぬではない。……

「民族作家の位相――金史良試論――」のそれとはまるっきり正反対とも取られる書き方だが、そういう変化は否定されるべきものではないし、私としてはこちらの方に賛同する。というのは、金史良が当時金九を主席とする臨時政府のあった重慶ではなく延安地区を目指して入って行ったことや、それのルポルタージュ「駑馬万里」、そして帰国後の作品活動のその断片からもそのようなことはある程度うかがわれるからだ。たとえば日本で余り文学的評価のよろしくない朝鮮戦争当時の従軍記「海が見える」にしても、戦場の弾雨の中でアメリカという強大な侵略者とまともに向い合ってたたかう、そのたたかいの中に祖国朝鮮の解放を熱烈にねがう一人の作家の姿が見られるのである。それらの中には筆者のいう金史良の「変革」や「変貌」の過程すらうかがいうるのではないかと思われる。しかしそれはさて措いて、私が指摘したいのは筆者自身の変化そのものの必然性が示されていない点なのだ。三、四月の時間が二つの論文のあいだにあるわけだが、それにしても同一線上にあるテーマで筆者の見解の懸隔が大きく、さらにその矛盾を埋めるだけの説明と論理性が見あたらない。この懸隔は埋める必要があるだろうし、そうでなければ先刻私が引用した筆者の文章は十分な根拠を失ってしまうことになるだろう。

それから私が疑問を呈したいのは、同じ論文の中で筆者が、「金史良の民族的位相をもっともよくあらわしたものとして、小説『光の中に』は注目に価する」として、それを島崎藤村の「破戒」と比較している部分である。筆者は平野謙の「(「破戒」は)生まれながらにして特殊な運命を背負った瀬川丑松という部落出身の青年を主人公としている。小学校の教員という知的な青年たる主人公は、周囲の社会的偏見にいわば二重に傷つかざるを得なかった。単に外からの圧迫としてだけではなくその圧迫に屈従する自我との内心のたたかいとして、丑松は二重に傷つかないわけにはいかなかったのだ」という文章を引用しながら、それと「周囲の民族的偏見にいわば二重に傷つかざるかえなかった」「光の中に」の主人公南先生の類似性を見る。そこから金史良が「光の中に」を書いた直接の動機は「破戒」を読んだことによってえたのだと推測する。つまりそれの創作の動機は「あくまで『破戒』によってうることができた」と断定し、「創作の動機をそこからえ、多くの類似点をもちながらも『破戒』が島崎藤村以外のだれのものでもないように、『光の中に』が金史良の作品たるを喪わぬのはこのためである」とする。そして朝鮮人が「破戒」や「冬の宿」などの作品を読むことによって、「その民族意識に目覚めた事実は例挙のいとまがない」とつけ加えるのである。

果してどういうものだろう。筆者はそれ以上のことは余り書いていないので分らぬが、その程度の資料での推測からそこまで断定するのはいささか先走っているように私には思われる。もちろん推測を想像力のテコにして隠された事実を探り出すのも創造的な方法ではあるが、それにしても先刻の引用文の範囲を大きく出ない程度での推測はかりに紙面の都合があったと仮定しても根拠薄弱であり、独断的ですらあるといえる。しかも朝鮮人が「破戒」などの作品から民族的に目覚めた事実は「例挙にいとまがない」というのだが、それは不用意なことばではないのか。私はその例を知らぬものに属するが、まさか例挙にいとまがないというほどのものか、果してどういうものだろう。

金史良が「光の中に」の創作の動機を「破戒」にえたかどうか私は知らない。もしそうであればそれはそれなりに金史良と藤村の関係を探って見るのも面白いし必要なことだと思う。ただ私がいいたいのは、それが「光の中に」の制作を決定づけるくらいの決定的なものだったかどうかを究める必要があるだろうということだ。筆者は断定的に強調しているのだから決定的だとみなしているのかも知れぬが、そうであればそれなりの論旨の十分なる展開がこれからでもなければならない。

そもそも広義の創作過程の中に組入れられるべきその動機は、一つの作品を読んでというより、現実の人生の出来事や経験などによる場合が多い。しかもそれは決してただ一つだけでストレートに与えられるものではない。たしかに動機は外部から与えられるものであるが、作家は多くの複合した動機の中からその一定の、決定的な動機を選択するという能動的な態度を自分のものとしているだろう。つまり動機は与えられ、かつ彼はそれをえらぶのである。外部からの動機は作家の内部でその選択の原理の中に還元されねばならない。もちろん愛するものの死や、あるいは自らの存在を揺さぶりかねない作品に接したりして、その衝撃性がそのまま創作への直接的動機に繋がることもありうる。しかしそれさえもその衝撃力によって、内在的ないわば存在的な動機に、あるいはそれを人生観とか世界観とかいってもよいのだが、そういうものに繋がってしまっていることだろう。だから動機というものはもっと人生的なあるいはその作家の存在的な側面から絶えず噴き出してくるものとして把えねばならない。

あるいは安宇植のいうように、「作品そのものに即していえば、その動機はあくまで『破戒』によってうることができたのであり、作品の感動を昂めるための感情移入の契機は、やはり張赫宙の民族的変節によってもたらせられた、とみるからにほかならない」から、そのいうところの動機はきっかけという程度のものであるかも知れない。「作品の感動を昂めるための感情移入の契機は……」云々といい、動機をあくまで外的なものとしているからだ。たしかに金史良は藤村の「破戒」を読んだかも知れない。

しかしそれが果して金史良の内在的な思想的な動機になるくらいの影響を持つかどうかとなると、私は筆者の示す資料や推測の程度ではその説得力を認めるわけにはゆかない。筆者はその唯一の根拠として二つの作品の中の〝周囲の社会的（または民族的）偏見にいわば二重に傷つかざるをえなかった〟主人公に類似点を求めているのだが、その一方の主人公丑松の世界は、日本の社会では一般的なものではなく特殊なものとしての存在なのだ。しかし植民地朝鮮の場合はそうではない。それはきわめてありふれた姿であって到るところ現実にも、そして作品上の人物にも登場する。何も「光の中に」の南先生に限られるものではない。異民族支配下の被植民地人という存在自体がその表現ですらある。とくに植民地支配下におけるインテリの存在というものには、その社会的条件からしても、そしてそれを内在化する機能を持っているところからしても、分裂症的な性格があるといえよう。

金史良のおそらく最初の朝鮮語の小説と思われる「留置場であった男」（『文章』創作三十四人集・一九四一年二月号特集。後に「Q伯爵」と題して日本語作品になったものの原作）に出てくる朝鮮人知事の息子である王《ワン》伯爵という青年の場合はどうだろう。彼の性格は多分に分裂症的で自虐的であり、おそらく南先生以上に自己内部の分裂、矛盾に苦しんでいる人物だと思われる。作品としては「光の中に」とはテーマが全然ちがうだけではなく、やや妥協的なところも見られ感動もそれに及ばない。しかしそこには当時の朝鮮のせめて良心的ならんとして破れてゆくインテリ青年の姿が、「天馬」の玄竜とは対極的に通ずるものとして現われているのだ。「民族作家の位相」の筆者が強いて「光の中に」の類似性を「破戒」の中に求めるならば、それだけの事実性とそれにともなう文学的な意義をも切り開いて見せてくれるものでなければにわかには納得がゆかない。

もしきっかけとかヒントのような意味での動機ならば、それはもし「破戒」を読んでいたとすれば与えられたかも知れない。それにそのようなことは創作の世界では絶えずありうることなのだ。しかしそれはまた枝葉末節のことに属するだろう。彼が「破戒」だけではなく他の作品からまた多くの暗示《ヒント》を受けていないとは限らないのだから。しかしそれでも筆者によるとこれらのことが特筆大書すべきものとして強調されているのが私には分らない。

「金史良・抵抗の生涯」を読んで気づくことは、たとえば「太白山脈」の内容の一部をうかがっただけでも、当時の日帝治下において金史良がタブーであった朝鮮の歴史にかなり詳しかったということである。また評伝の筆者もたびたび引用し、金史良の民族主義的思想を知る上において重要な意義を持つ「朝鮮文化通信」（一九四〇年）を読んでみても彼が朝鮮の文化一般にきわめて深い関心と愛情を持っていたことが分るだろう。

私は金史良の作品に朝鮮文学あるいは日本文学が、また他の国の文学がどのように影響したのか確信を持っていえるものではない。しかし彼が朝鮮の古典から現代文学に至るまでかなり読んで消化していたことは事実であり、それらが決定的な影響を与えないまでも何らかの形において彼の創作に影を投げていたことは否みえないと思われる。

たとえば私の乏しい知識をもってしても、初期の作品「土城廊」（一九三七年）や「箕子林」（一九三七年）は明らかに日本的なものとは異質のところにその発生の根を持っているとせねばならないのだ。そこに登場する最下層民のタイプはカップ（朝鮮プロレタリヤ芸術同盟）などの進歩派作家だけではなくその他の自然主義作家たちの作品にも登場するような極貧のありふれた存在の人物であり、それ自体が近代化を阻まれた植民地朝鮮の悲惨な現実の反映でもある。自然主義作家に属する金東仁は金史良と同じ平壌の出身であるが、たとえばその「いも」（一九二五年）に描かれている人物や風俗的な世界は、「箕子林」などを連想させるのだ。その作品の舞台も平壌の七星門外の悪徳のはびこる貧民窟になっているが、虫のようにうごめく最下層の人間たちの生活が同じ土壌の上に生きるものとして描かれている。もちろん金史良は自然主義作家ではない。彼は明らかに与えられた現実を乗り越えようとする志向をすでにその初期の作品活動の中に持っていた。だから機械的にそれらの作品を結びつけてはならぬが、その素材や人物像にはいくつかの共通のものが見られるのである。それは「いも」だけに限らない。おしなべて朝鮮の作家の作品に出てくる庶民像と金史良のそれとはどこかで同じ息吹きをしているのだ。

私はまた金史良の作品の中にかいま見るシャマニズムとそれへの関心にふと金東里のいくつかの短篇の世界のシャマニズムを思い浮かべる。もちろん金東里のそれは現実的な矛盾や悲惨の解決をどこまでも原始信仰的な世界へ求めて逃げる現実逃避的な、南朝鮮の評論家金宇鍾の言をかりれば「敗北主義的宿命論に属」している「歴史不在の文学」（『韓国現代小説史』一九六八年）であるが、金史良の全体としての文学はやはり現実の矛盾に真向から立向おうとしているといえるだろう。たとえば以下は偶然にも結末が火事の場面になっているのだが、羅稲香の「唖の三竜」（一九二六年）の結末で、下男の三竜が主人の家に放火をし若奥様を抱いたまま焼死してゆく場面と、「箕子林」の最後の方で出獄したバウイが地主とその妾になった自分の妻を殺して自らは箕子林に放火して自害しはてる場面には、ともに現実への反抗という点でその姿勢には共通のものが見られる。しかし金東里の「山火」（一九三六年）の結末の、村を全滅させるだろう山火事の場面において、饑餓にさまよう農民たちはその不幸の原因を村の搾取者尹参奉にではなく、天の与える運命のせいにするのであって、そこには反抗への姿勢は全く見られない。いずれにしても金史良の作品世界における土俗的なものやそれがかもし出す雰囲気は朝鮮文学との接触やその朝鮮の現実をテコにして生れ出てきたものといえるだろう。「光の中に」に至ってテーマをはじめて日本とのかかわりの中で設定することにおいて作品に新局面が開かれ、前作とはちがったものになっているが、「山の神々」や「草深し」（一九三七年）などをとおして、「ムルオリ島」にも、さらに概要で察しうる限りでの「太白山脈」にも、朝鮮の土俗的なものを、あるいはシャマニズム的なものをさえおりまぜての初期からの作品の影は流れてゆくのである。

もちろん安宇植は、「破戒」との関係の場合は「光の中に」を例にとっているのであって、金史良の全体がそうであるとはいってていない。しかしそれと同時に金史良の作品の全体像としての朝鮮文学あるいは朝鮮との（たとえそれが日本語で書かれているとしても）かかわり合いに、なぜ評論家としての注意を向けようとしていないのだろう。そしてなぜ余り説得性のない根拠でもって「破戒」との関係を強調せねばならないのか。その三十六歳の生涯で約十年ほどの在日朝鮮人であったにすぎない金史良の文学上における朝鮮との関係への関心が、少なくとも朝鮮人の評論家安宇植に欠落しているのは遺憾である。

私は金史良と今日の在日朝鮮人作家たちとの違いはいちおうはっきりさせておく必要があろうと思う。そうすることによって金史良の在日朝鮮人作家にあてる光の効果をもはっきりさせることができるだろう。彼は十年の滞日のあいだ学生時代にも休みに入るとその日のうちに荷物をたたんで郷里へ帰って行ったくらいであるから、その日常の生活感情そのものも大きく朝鮮のそれによって下地ができていたのだ。だから当然そこには日本語で書いてもその言語感覚は、いまの朝鮮語とその生活感情を失いつつある朝鮮人作家たちとはちがうのであり、その限りにおいては金史良とのあいだに非連続的な断絶をみとめねばならない。

このような側面への安宇植の感覚は（それはある意味ではきわめて直観的な志向性なのだが）、せっかく「民族主義作家」としての金史良の軌跡を辿りながらの長篇評伝の中にも稀薄である。少くとも金史良へアプローチが朝鮮人評論家によってなされる以上は、いっそう主体的な姿勢からのライトをあてる必要があるのではないかと思われる。そしてそれは単に評論家だけではなく、今日金史良が取り上げられている状況における在日朝鮮人作家たちにも一様に迫られる姿勢だというべきだろう。

二

金史良は冒頭でもちょっと触れたように、あの苛酷な時代にまことに最後まで朝鮮的な作家で通した作家である。その日本語でする虚構の世界にも拘らず、そこにまぎれもない朝鮮的な生活感情や感覚を浸透させて作品の思想を内側から支えていることは十全に留意されるべきだろう。単に民族的な立場での抵抗思想が強かったというだけではなく、そこには彼自らのいう「朝鮮人の感覚や感情」が根ざしていたのだった。そしてそれらが彼の思想によって方向を与えられ、その思想と矛盾することなく作品の中で一体たりえて金史良の存在を支えたというべきだろう。

金史良が活躍した戦前はたとえそれが日帝支配下であり彼を含めて在日朝鮮人は「日本人」だったとしても、しかし一世たちが大多数を占めていたころでもあって、いまのように風化現象は警察権力の強制にも拘らず起っていなかった。そしてその中で金史良はその自らの日本語に目的意識性を与え、つまりそれを「朝鮮を訴える」ための手段視する立場に立ちながら日本語で書いたのだ。少なくとも当時の金史良には、現在の在日朝鮮人作家とはちがって日本語を手段視するだけの内的条件をそなえていたといえる。つまり自分の持っている朝鮮語よりもいっそう広域性のある支配者のことばである日本語をえらぶことによって、それを植民地「朝鮮」を訴えるための手段とみなすわけだ。それは現在の在日朝鮮人作家が自らの中で日本語をえらびそれを相対的なものとして見る場としての朝鮮語を持たず、日本語がほとんど絶対的位置を占めているのとは事情が異なるというべきだろう。その意味では金史良はより自由であったのであり、いまの在日朝鮮人作家はより自由ではない。在日朝鮮人作家が自分の中の日本語との関係において自らの作家としての自由を問い、そしてそれの実現に向わねばならぬ根拠の一つはそこにあると思われる。

在日朝鮮人作家による日本語の創作は、いま戦後四半世紀、海の向うに独立した祖国を持つとはいえそれはいまだに統一がならず、二、三世たちが大多数を占める在日朝鮮人が「少数民族」的になって風化しつつある状況の中でなされている。日帝時代末期には権力によって日本語の創作が強制されたが、いまはそうではない。もちろんそれは日本の朝鮮に対する植民地政策の結果として生れたものではあっても、自らの意志にもとづいているのだ。そして在日朝鮮人作家は、朝鮮的なものを超越するどころではなく、一方的な風化作用のためにますますその朝鮮人としての生地すら剝げ落しつつあるのであって、それは在日朝鮮人の置かれた状況そのものに相応するものでもあるだろう。

それはまた朝鮮人としての民族的主体のことや、同化への危惧のことなどが論議されうる状況を意味するものでもあり、当然のことながら在日朝鮮人作家はその圏外にいるわけではない。そしてそれは在日朝鮮人作家が日本語で書くゆえに、いっそうことばの問題に自ら関心を持たざるをえない所以にもなるだろう。そういうわけで、まことに朝鮮的な作家だったというべき金史良を、今日の状況に持ちこむことは意義深いのであり、在日朝鮮人作家自体に与える示唆もまた多々あるものと思われる。

私は日本で未紹介短篇として『文芸』特集号に発表された金史良作「ムルオリ島」に対する私なりの感想を記しながら、若干ことばの問題を金史良にからめて考えてみたい。

「ムルオリ島」はロマンチシズムにあふれた、そしてまた民族色のゆたかな作品である。そこには「天馬」や「草深し」などに見られる政治的主張も、社会、文明批評もあからさまな姿を消した現実逃避的とさえ思われなくない世界がひろがっている。しかしそれでいて、それが却って当時の兇暴な日本帝国主義治下における「内鮮一体」「皇民化」政策強行の中で、「朝鮮」をじっとりとにじませたような不思議な、当時としてはきわめて濃厚な「朝鮮」の生地が凝縮されている作品のように私には思われた。

私は「ムルオリ島」を読みながら奇妙な気持の中で揺れている自分を感じたのだった。何かだまされていてそれが真実であるような、いわば芸術というものはそのような機能を持つのだろうが、それともややちがう割りきれなさの中にいた。「ムルオリ島」に登場する人物たちは当時の生活においても現実には朝鮮語でしかしゃべらない農民たちなのだが、ここではじかに日本語でしゃべっている。金史良がこの作品を書いたのはおそらく朝鮮でであり、日常生活ではほとんど朝鮮語しかしゃべらない人々のあいだに自分を置きながら書いたにちがいない、そのあいだのプロセスのことが私を妙な気持にさそう。もちろん当時は朝鮮人が「日本人」だということで、公けには朝鮮語が奪われて「国語（日本語）常用」を強制され、いままでの朝鮮語作家たちまでが日本語で小説を書くという趨勢にあったから、朝鮮で日本語の小説を書いて発表したとしてもそれは不思議ではない。しかしじっさいは土着の人間のあいだで、それは農村に限らず都市においても依然として朝鮮語が使われていた。公的機関や表通りからいったん裏通りに入れば、日常生活のいたるところ家庭ではもちろんのこと、そこでは朝鮮語が支配していた。

その現実に朝鮮語の支配する風土の中に身を置いて、しかも朝鮮人作家がそこから直接日本語でもって虚構のことばを引き出してゆく作業の、つまり書くという行為の結果として成立した作品が何か妙に心を打つのだ。もちろん虚構の世界はことばによって構築されながらいったんそのことばを越えたものとして作用しうるのだから、それはとりたてて不自然といえるものではない。でなければ文学そのものの成立の条件がなくなってしまうだろうから。しかしそうではあっても、それと日本において日本語に包まれた世界に立った在日朝鮮人作家が日本語で書くことは（主題を朝鮮においた場合でも）似ているようでやはり違う。金史良自身も在日朝鮮人作家として活躍したのだが、その作家の肌に触れてくる朝鮮語ととけ合ったざらざらした朝鮮の風土の感触からして違うはずである。しかもその日本語は現実と、現実の日常のことばの場と切れてしまっているのだ。というのは日本語は朝鮮を支配したが、それは学校とか官庁とか集会とかの公けの生活いわば昼の世界であり、その奥のあるいは夜の世界は朝鮮語が支配していたのだった。この現実に身を埋めていてなお金史良の日本語はその現実から切れてしまっている。自分の家族や近隣の人々やそして愛する村々の人の使う朝鮮語の中に挾まれていて、朝鮮人作家が日本語で、抽象的な学術論文でもない、一つの虚構を、もっとも人間くさい世界をつくるというのはどういうことだろう。それは周囲とは隔絶してしまった世界ではないのか。しかも存在をかけたその虚構をつくるのは支配者のことばである。これらのことは日本において在日朝鮮人作家が朝鮮語で書く場合とも違う。それは考えようによっては奇妙な、あるいはアブノーマルな痛ましいくらいに孤独な作業ともいえるだろう。それが植民地の作家というものかも知れぬのだが。

ところでその濃密な朝鮮語の息吹きのする風土から断絶した日本語での虚溝の世界をきずき上げて、しかもそこにふたたび「朝鮮」を、愛する郷里の風土の息吹きを還元してくるそのメカニズムの狡智ともいうべきものが、私を奇妙な感動にさそうのだ。そこでは日常の話しことばの延長線にあるようなことばでの虚構の世界への入場は、はじめから自明のものとして拒絶されているのであって、その意味ではきわめて文学的でさえある。極端にいえば、そこには日常のことばの場は存在せず、はじめからそれとは断絶した記号的世界での作業が作家を待っているといえよう。つまり文学の、あるいはことばの持っている超越的な、想像力のための媒体的な要因が作者の意図いかんに拘らず自明のものとして作用している。そしてそこには残酷ないい方であるが、もっとも想像力の跳梁が許されうる世界の一つの条件があるといえるだろう。

　このようにして、想像力の世界がことばに依拠してなおそのことばを越えるものとしてあることから、「ムルオリ島」の世界は日本語作品であるにも拘らず、それは「朝鮮」の世界を開いて見せてくれるのだ。そしてその場合「ムルオリ島」のロマンチシズムを刺繡している民族的色彩の因ってくるところは何であろうかと思う。

　私は「ムルオリ島」を読んだあと、しばらくのあいだこの作品が日本語で書かれていたということをうっかり忘れていた。たしかに日本語の活字が並んでいたのを私は知覚していたのであり、日本語で書かれていたのはまちがいないのだが、その作品の世界のかもし出すイメージが朝鮮語で書かれていたかのような錯覚に私を引き入れていたのだ。あるいは、ことばそのものを忘れていたのかも知れない。つまり読者である私の想像力が喚起され、その想像力の世界に没入した私はそれ以外のもの、その想像力の世界へと橋渡しをした、あるいはサルトルのいう「類同代理物《アナロゴン》」としてのことば――日本語のことを忘れていたのだった。一つの朝鮮語的な世界にさえ私は身を置いていたともいえる。もちろんこれは一般の日本語の読者が共有すべき経験とは思わないし、それは不可能だろう。しかしそれでもそこに、いちおうテーマのことは別にしても日本文学とはちがったきわめて朝鮮の民族的な情緒や色彩、雰囲気というようなものを読者は感じとることができるにちがいない。それではなぜ読者全体が共有できないはずのことをいうのかといえば、作者金史良の想像力の世界にはそのような朝鮮語の世界が介在していたことが感じとられるからに他ならない。私が「ムルオリ島」を読みすすんだとき、その日本語が私の内部で朝鮮語の世界と交錯していて、イメージがそれの拠ったところの日本語ということばを離れてある程度の自由を獲得していたのである。つまりその日本語によってみちびかれたイメージの世界はすでに日本語でなくともつくりうるイメージの世界へ繋がり、日本語だけの絶対的支配から脱しうる瞬間の持続なのだ。それは超越的な想像力の世界に入ることだ。想像力はことばのパイプを通過せざるをえないが、ことばはまた自分を越えた想像力の支えになってひたすらそれに奉仕をしつづけるのである。

大同江の下流に浮かぶ素朴な碧只《ベギ》島の住民にふさわしい、無口で野良仕事も平気で人の二倍くらいやりとげるという年若く逞ましい弥勒の造形。作者の分身であろう娘という青年の幼時への回想の場面に現われてくる朝鮮の田舎の、つまり碧只島の風俗的な情景。どれもその住民たちの生活感情と融け合ったような美しい自然描写など。そして大同江のおそろしい洪水でムルオリ島の田畑や家といっしょに流されてしまった弥勒の妻スウニのように、無慈悲によろこびも過去の時間の中に押しやられたこれらの人々の世界を包んだこの国、朝鮮の底の方に流れる悲しみ。それをいまは大同江を塩や海魚を積んで上り下りする帆船の舟乗りになった弥勒が、過去の素朴な幸福と妻の幻影を求めてムルオリ島に立ち寄り狂おしく嘆き悲しむ姿に定着させることによって、金史良はこの小説の文学的思想あるいは主題を包む感性的なものとしての朝鮮的なものの雰囲気などを日本語でもって見事にあらわし、一つの「朝鮮」をわれわれのまえに見せてくれるのである。それは決して強い抵抗的な意志を剝き出しにした作品ではなく、却って咏嘆調ともいえるものだが、しかし当時の「国策的」な作品ではさらさらなく、考えようによっては失われた朝鮮の幻影を求めての嘆き悲しみのようにさえ取れないこともないのだ。

郷里の自然に対する深い愛情とこまやかな観察、それは外国人の眼ではなく、どこまでもそこの主人である朝鮮人の眼で見られている感じが伝わる。その自然の中に包まれた素朴な人々の生活や感情が金史良の「皇国臣民」ではない朝鮮人としての感覚にふれ、彼の内部を通過することによって一つの絵となり、それが具体的であってなお人々の共感を呼び起す普遍的なものを獲得している。朝鮮が失われたその時代において、金史良のその朝鮮の自然を見る眼も人々を見る眼も、朝鮮人としての金史良の感性を通して見られている。たとえばこのような描写がある。

……それから数日後牛を連れ帰る途中、径端の桑の葉を摘むとみせかけている彼女に会ったが、彼（弥勒）はそのことが切り出せず、しおしおとそ知らぬ様子で通ろうとすると、スウニが後から自分の長い髪束でぴしゃりと牛のお尻を打ってキリヤーと叫んだ。その拍子に牛が驚いてはね上るのを見て、彼女はころころ笑い出した。……

この「自分の長い髪束でぴしゃりと牛のお尻を打ってキリヤーと叫んだ」というところが私は好きだが、虚構の中にこれを定着させる感覚というのがやはり朝鮮的なのだ。もちろん「ムルオリ島」の方法やその文学的思想についてはまた意見があるかも知れない。それはそれでよい。ただ私はこの美しい作品が、「朝鮮人の感覚と感情」を通して日本語で書かれた代表的な例であることはまちがいないと思う。

朝鮮の社会や環境において動機や情熱が盛りたてられ、それ等に依って摑んだ内容を形象化する場合、それを朝鮮語でなしに内地語（日本語のこと——引用者）で書こうとする時には、作品はどうしても日本的な感情や感覚に禍されようとする。感覚や感情や内容は言葉と結び付いて始めて胸の中に浮んで来る。極端に云えばわれわれは朝鮮人の感覚や感情で、うれしさを知り悲しみを覚えるのみならず、それの表現は、それ自体と不可避的に結びついた朝鮮の言葉に依らねばしっくり来ないのである。例えば悲しみにしても悪口にしても、それを内地語（日本語）で移そうとすれば、直観や感情を非常に曲りくどいまでに翻訳して行かねばならない。それが出来なければ、純然たる日本的な感覚にすりかえて文章を綴るようになる。だから張赫宙氏や私など、その他多くの内地語（日本語）で書こうとする人々は、作者が意識しているといないとにかかわらず、日本的な感覚や感情への移行に押し負かされそうな危険を感ずる。引いては自分のものでありながらも、エキゾチックなものとして目がくらみ易い。こういうことを私は実地に朝鮮語と内地語（日本語）の創作を合せて試みながら、痛感する一人である……（「朝鮮文化通信」）

と危機感を訴えているにも拘らず、金史良は「日本的な感覚や感情への移行に押し負かされそうな危険」への横すべりに自らよく歯止めをして、日本語の世界にこれだけの朝鮮色のゆたかな作品をつくって見せたのだった。

この金史良のことばは彼が自らの内部でつねに朝鮮語と日本語との緊張関係を持続し、たとえ日本語で書いてもそこから「朝鮮人の感覚や感情」がすべり落ちないようにするために深慮していたことを示すものといえよう。

ところが、一つの雰囲気たとえばここでは「ムルオリ島」における朝鮮的な雰囲気のことをいえば、それは単にことばだけによって左右されるものではないということだ。「ムルオリ島」より一年ほどまえに発表された前記の朝鮮語の短篇「留置場であった男」（一九四一年）の場合はそのテーマや手法が全くちがうからそうではあるが、朝鮮語で書かれているからといってそこに朝鮮的な感覚や感情が特別に強いとは限らない。ことばは単なることばではなく想像力に奉仕することばのことであり、朝鮮的な雰囲気のことも作品全体としてそれは大きくイメージ形成とかかわる問題であろう。たとえば映画で俳優がある主人公をわれわれのまえに実現してゆく場合、それが名演技であれば俳優はそこに存在しない。主人公が、「役」が俳優に代って生きているだけだ。もちろん主人公に現実の俳優そのものを知覚する瞬間もあるわけだが、しかしそれは映画の虚構の世界が持続するのに支障にはならない。しかしその演技のつまらぬ場合には観客の想像力を喚起する力が失われ、そこに現実の俳優の生地そのものが透けて見えてしまうだろう。つまり主人公は死ぬ。同様にことばによる虚構の世界においてもやはりそこに、ことばそのものを忘れさせる、つまりことばを越えうるものの根拠をはっきり持っていなければならぬと思われる。

いまここで金史良の文章のことで詳しくのべる余裕はないが、ただ彼の朝鮮人としての言語感覚を示す一、二の例をあげてみたいと思う。

金史良は「江（かわ）」ということばをよく使う。ほとんどそれで通している。江べり、江縁、江上、銀の江、江面、江流、江岸等々であるが、「ムルオリ島」では他の作品で出てくる「江《かわ》」というふりがなすらない。（張赫宙も「江」という使い方をしているが、その時代の日本語作家の朝鮮人としての語感の名残りでもあろう。彼の場合は河や、川も出てくる）。もちろん金史良の「江」は「土城廊」においてもそうだが、大同江の流れを指しており、「川」ではどうしても大河の実感が出ないのだろう。というのは、朝鮮では小川とでもいうべきものを「시내《シネ》」、川にあたるものを「내《ネ》」、そしてもっとも大きいものを「강《カン》（江）」と呼ぶのだが、しかし一般に「かわ」のことをまた「강《カン》」ともいう。すると金史良の内部に起る「江」の言語感覚は、「かわ」ではなくまずは「カン」なのであり、それを漢字自体として投げだして、ときには「江《かわ》」とする。江上は강상《カンサン》であり、江面は강면《カンミヨン》、江流は강류《カンリユウ》などであって、それが日本語の文章の中に体言として挾まれることによって、江上（こうじょう）、江面（こうめん・かわづら）、江流（こうりゅう・かわながれ）になる。私はこれらのことばの適不適を問うているのではない。金史良自身ももちろん、ときたま「大河」「河岸」「河底」などと「河」を使用しているにも拘らず、「강《カン》（江）」というソシュール流にいえば聴覚映像の彼の中に占める重さを、イメージへの内発する言語的（朝鮮語からの）要求というようなものを私はそれらに見る思いがする。だからこの「강《カン》」という「聴覚映像」こそ彼にとっては「概念」としての「江」ともっとも密着するものになるのだろう。それを日本語としては通りやすいただの「河」（かわ）としてしまえないところに、その時代の日本語作家の一つ

の朝鮮的な語感の根を感ずるのだ。「江」を捨ててすべて「河」にしてしまったのでは彼には心もとなく感じられるものだったのかも知れない。それからこれは余り賛同できないのだが、「長堤」（長い堤防のこと）とか「農形」（農耕のでき具合）などという生まの朝鮮語がカッコや注釈などもなしに出てくるのも、それがとくに意識的であるにしても、一つはそのような語感が作用しているのだろう。

「草深し」に「法堂」ということばが出てくる。「法堂の前を通りながら見れば、木彫の仏像が一つ薄暗みの中にぽつんとおかれているだけで、香火は勿論念仏の一つさえ唱えぬ廃寺らしかった」、その「法堂の縁先で」などと出てくるのだから、この法堂というのは日本語でいう本堂のことなのだ。これは明らかに日本語の小説としては金史良のまちがいだが、なぜこのようなことが起るかといえば、「法堂」に対する彼の語感のせいだと思われる。ちなみに広辞苑を引いてみると、本堂が、「寺院で本尊を安置する堂」、法堂（ほうどう・はっとう）が、「禅寺で、法門の教養を講演する堂。他宗の講堂にあたる」とある。ところが朝鮮では「本堂」ということばがないのであり、「法堂《ボッタン》」（법당・beopdang）がいわゆる仏を安置する寺の殿堂であり、それをまた「法殿」ともいうのである。

こういう私もはじめは「法堂」が日本ではお寺の講堂を指すことばだということを辞書を引いて知ったとき、ほんとうはおどろいたのだった。というのは、私の「万徳幽言奇譚」という一人の寺男の話を書いた小説の中に当然のことながら寺のことが出てくるわけだが、その仏像のある堂のことを私は法堂と書いていたからだった。原稿の最後の段階まで「本堂」ではなく「法堂」としていた。それは「法堂」はたしかに「ほうどう」ではあるが、もっと根底のところでは私にはその「聴覚映像」が「법당・beopdang」だったのである。私はむかし朝鮮のお寺にしばらくいたことがあって、いまでも「법당

（法堂）」といえばすぐそこに仏像を安置した寺の建物を思い浮かべる。私が法堂ということばを使っていささかの疑いをも持たなかったのは、そのせいだったが、念のために日本語の辞書を引いておどろいたのは、そこに現われてきた「法堂」のイメージが全くちがっていたからだった。私の「法堂」ということばに託するイメージとそれを日本語として読む読者の中に呼び起されるべきイメージとは同じ寺の中の建物ではあるが、それぞれ別個のものになってすれ違いにならざるをえないことが分ったのである。

さて私は困ってしまった。どうしても私のそれに対する語感を生かして「法堂」ということばを使いたい。私は日本語で「本堂」ということばのあるのを思い起し、辞書で探した結果はそれが朝鮮の寺の「法堂」のことであった。しかし「本堂」ではなかなか私のイメージがそこから湧き上ってこない。私の朝鮮のお寺に対する感情が定着しない。それは絵ではなく、写真のように味気ない。それで私は「法《ボッ》堂《タン》（本堂）」という具合に書きなおしてみたが、これも何か説明的であり、最後にそのまま「本堂」という朝鮮語にはないことばにまた書き変えてしまったのだった。私はいまでもしっくりしないのだが、日本語の小説だから仕方ないと思っている。また馴れてくれれば不思議にそれなりのイメージも湧くものなのだ。その意味では、金史良が「草深し」の中で何の注もなしに「法堂」を本堂のこととして使ったのは不注意の結果だったかも知れぬが賛成できない。かりに意識的であったとしても、本堂ということばを使うのが厭であれば、「法堂」の下にカッコでもして日本語で本堂のことだというようなくらいの配慮が必要ではなかったのかと思われる。

私は金史良にケチをつけるために「法堂」のことを引っぱりだしたのではない。彼の朝鮮語を基底にした言語感覚というものがこのようなところに露骨に現われていることをいいたかったのだ。つまり彼が朝鮮語と日本語と緊張関係の上に均衡を取りながら小説を書いていただろうことを、この小さい体言の用例からもうかがいうるのである。そしてこれら二、三の単語の用例だけではなく、今後ともその文章自体に即して見てゆくことはより多くの示唆を与えるものと私は思う。

三

私は金史良におけることばの問題がそのまま今日の在日朝鮮人作家に当嵌まるものとは考えていない。それは彼が植民地時代の過去に生きた作家だから、その言語感覚もいまとはだいぶ違うだろうという時代的な制約性の問題ではない。そういうこともあるだろう。しかしそれはいまここでは問わない。それよりも却って、いまの在日朝鮮人作家たちの方が朝鮮人としてはすでにだいぶ日本化していて変質しつつあるところに、そのギャップのつまり当嵌まらぬことの根拠がある。そしてまた金史良の日本語に対する姿勢は、当時の「朝鮮の社会や環境において動機や情熱が盛りたてられ、それ等に依って摑んだ内容を形象化する場合、それを朝鮮語ではなしに内地語（日本語）で書こうとする時には作品はどうしても日本的な感情や感覚に禍されようとする」のを前提にしているのであって、それも朝鮮ではない現在の日本の社会ではそのまま当嵌まるものではないだろう。

ただここで自明のこととして再確認する必要があるのは、金史良といまの在日朝鮮人作家とのあいだに一定の距離が見られるにせよ、同じ朝鮮人作家として日本語で書いているという立場である。この原則的な観点に立つ限り、そのギャップは本質的なものではなくある程度埋めうるものとなって、両者の連続性を保障することができるようになる。それはまた在日朝鮮人作家が暗い植民地時代に活躍した朝鮮人作家としての金史良の先達の役割を認めることであり、同時に朝鮮の社会を前提にしているとしても彼の言語的関心をも認めることになるだろう。つまり金史良が「朝鮮人」が日本語で書く場合における基本的な姿勢について自分の経験から語っていることは（それは論理的な展開を見せてはいないのだが）十分に考えてみるに価するのだ。

もちろんその朝鮮的な「感覚や感情」的要素だけで文学の世界が成立するものではない。当然のことながら、金史良の作品を成立させている根拠は文学一般がそうであるようにその「感覚や感情」だけではないのであって、それらに方向を与えている想像力に支えられた思想である。被支配民族である朝鮮人としての主体意識を核とする抵抗の思想が、彼の「朝鮮人の感覚や感情」を汚辱の中に染めて支配者に奉仕することをせず、そうすることによってその朝鮮人としての感覚形成にいっそう意識的な作用をなしえたといえるだろう。このようにして金史良は民族作家としての立場を挫折のプロセスをかかえこみながらもついに守り抜いてゆき、その作品世界を単にローカルなものにとどまることのない衝撃的なものにしたのだった。

ここで一つの現実的な問題にぶつかることになるのだが、それはいまの在日朝鮮人作家はほとんどその内部に朝鮮語を持っていないという事情と関連している。朝鮮語をよくした金史良でさえ危惧を感じたくらいのことだから、ことばの問題は在日朝鮮人作家を不安に追いやって足るものを持っているのだ。

たとえば李恢成や高史明、金鶴泳などの二世作家たちによる、どこまでも朝鮮人としての主体的な立場に自己を据えおくべくつとめながらのその文学的活動の姿勢は高く評価されねばならない。しかしだからといって、それはきわめて残酷なことだが彼らとても言語問題について免罪符を持ちうるわけにはゆかないのだ。それはいちように朝鮮人作家として背負わねばならぬ性質のものであって避けられないだけではなく、つねに課題として迫る問題であるからである。それに「二世」だからといって在日朝鮮人の置かれている状況からはみ出てそれが自由だということもないだろう。いわばそもそもから朝鮮を見る機会を逸したままの「在日」朝鮮人という奇妙な存在として生きることが、そしてそのことによって作家としての想像力を触発すべき一つの大きな根拠――朝鮮を奪われてしまっていることが「二世」にとって残酷なことなのだ。しかしこれらのことがまたそのいわゆるアイデンティティの問題に繋がるだろう。そしてその存在の主体的な自覚が、朝鮮人としての民族的主体の自覚と重なり合うのであって、そこでは「一世」も「二世」も朝鮮人であることにおいてその認識は合致点に達するのである。

ことばの問題も基本的にはこれらの観点から見られるべきである。私はいままでも朝鮮人がその内部に絶対的な位置を占めている日本語だけで書く場合における危惧についていくつかの発言をしてきたのだが、端的にいって自らの風化を食いとめる一つの方法は、つねに日本語と自分との関係を朝鮮人としての他者の眼で見つづけることであろう。そしてその風化への歯止めとしての、日本語を相対的なものとして客観視する場としての朝鮮語を自らの内部に持つことのできない代りに、少なくともそこに重要に提起されるべきは思想のことである。朝鮮人としての主体的な存在意識によって生れる思想に支えられた自己が日本語とかかわり合うとき、そこに緊張が生れうる。ということは、日本語とのあいだに緊張関係を成立させる朝鮮語を自分の中に持つことの問題はいちおう措くとして、少なくとも朝鮮人としての主体意識がその緊張を持続させうるということだ。日本語に対する外国語としての言語感覚がほとんどないのにも拘らず、それを外国語として認識しようとする一つの主体的な姿勢によって日本語との緊張関係が成立するのである。

そしてそれらの姿勢を裏打ちする思想に導かれてそこにまた朝鮮人としてのあるべき感覚や感情の形成に向わねばならないだろう。それは無からつくりだすのにも似てむずかしいことであるかも知れぬが、やはり課題としていちおうは背負いこまねばならぬことなのだ。同時にこのことを含めて日本語とのかかわり合いの中で（それは大げさにいえば日本語に食われるか日本語を食うかというたたかいでもあるが）実現されてゆくべき課題は、在日朝鮮人作家全体のまえに突きつけられているものである。

今日の状況の中で金史良が在日朝鮮人作家に照らしつける幾条もの光の中で、私はまずこれらのことの意義を考える。そしてそれを在日朝鮮人作家とかかわる金史良の一側面にだけ即して見てきたのだった。しかし在日朝鮮人作家内部のこのような屈折の過程を経て生れる作品が、結果的には読者のまえに置かれることによって社会的なかかわりを持つのだから、それはあながち在日朝鮮人作家だけに局限される問題として終ることにはならぬと私は考えるのだ。

「在日朝鮮人文学」の確立は可能か

『週刊読書人』一九七二年二月十四日号

作家とことばとのあいだには想像力によってはりめぐらされた緊張とたたかいがあるだろうが、それでも「国語」で書く場合のそれはまず幸福な関係だといえるのではないか。日本語文学の中で、在日朝鮮人作家が「外国語」である日本語とのあいだにつくっている関係はそうだとはいえない。(ある作家の内部では日本語が母国語同様であって、それに対して外国語としての言語感覚がほとんどないということもあるだろう。そのことをも含めてここでは日本語を外国語として認識しようとする主体的な姿勢が当然のこととして要求される)。いったん意識すれば、ことばのメカニズムのもたらす論理的な面からもそして過去の支配者のことばであるという倫理的な面からいっても、在日朝鮮人作家は日本人作家のような幸福な関係における自分を見出すことはできないはずである。

私がいままでも日本語との関係における朝鮮人作家のことを考えてきたのは、私自身がこのことの含む問題の重さを避けて通るわけにはいかなかったからだ。それは在日朝鮮人作家がいわゆる作家としての自由を自らに問うまえにまずは〝日本語〟のワクの中で果して〝朝鮮人〟作家としての自由を獲得することができるかどうかということを意味する。いい換えれば在日朝鮮人作家が日本語という異なる民族語の持つ呪縛から自由でありうるかどうかということになるだろう。つまり日本語のメカニズムの中に日本人も朝鮮人も同じく一つに機能化、還元されるということではなく、却って日本語で書けばこそ最後までことばとの危険な関係の緊張を持続しながら朝鮮人作家としての主体を貫いて、しかもそのワクの中で自由を得る方法は何か、を問うということなのだ。そして日本語のワクの中で自由を求めうるということが、ひろく朝鮮人作家としての作家の自由とかかわってくるということになるのである。日本語文学の中の独立した単位としての「在日朝鮮人文学」の確立はこれらの保証なしには不可能だといわねばならない。

一般に在日朝鮮人文学という場合、その「独自性」を認めていっているのではない。それは単に在日朝鮮人の書いた日本文学ということであって、その中に含まれるところの在日朝鮮人文学である。

さて問題はここから起るのだが、在日朝鮮人文学が日本語で書かれている限り日本文学だという通念に対して大きく論駁する根拠はない。なぜなら、それは文学がことば——どこかの国語——によってその存在を規定されている以上、つまりことばの「国」籍にしたがって文学のそれも定まるのだという原則に立てば当然のことだろう。それはすべて日本〝語〟文学は日本文学だということになるからだ。ただ私はこの〝日本語文学イコール日本文学だ〟という通念に疑問を持つ。というのは、日本語文学がいまは日本人作家だけでつくられているのではないということだ。量的にそれが小さな部分ではあっても、しかし一個人ではなく一つの社会的性格を持って現われてきている以上、日本語文学の領域は拡大されたといわねばならない。

たとえば私の場合、経験的にいえば自分の日本語作品が、それは「万徳幽霊奇譚」でもよいのだが、どうも日本文学だという気が実感として湧かないということがある。金史良の「ムルオリ島」について、私はそれの読後しばらくのあいだ日本語で書かれていたのをうっかり忘れていたということを含めての感想を書いたのだが（「金史良について――ことばの側面から――」参照）、その作品を私はことばのワクを外してしまうと日本文学だという気がしない。少なくとも私に関する限りそのような違和感の中にいるのは事実である。

いままで在日朝鮮人文学がどこの文学か、日本文学かという場合、当事者であるはずの在日朝鮮人作家自身がはっきりした見解を持っていないだけではなく、正面から論ずることを怠ってきたきらいがあった。それが文学であればどこの文学でもいいではないかという見方もあるが、私はそういう考えには与《くみ》しない。すぐれた文学は結果としてかならず超越的でなければならぬものだが、しかもそれは具体的にはどこかの文学である。文学にははじめから抽象的な超越性はない。

冒頭でふれたように、在日朝鮮人作家と外国語としての日本語とのあいだにできる緊張関係というのは、まずは日本語の持つメカニズム、あるいはことばの持つ「民族性」とでもいうべきもの、つまり音で形（文字）、日本語特有の意味などの民族的形式（能記としての機能）、が朝鮮人としての「民族性」を侵食し風化させはせぬかということだ。

一口にいって、その矛盾をはらみながら在日朝鮮人作家はその日本語による作品活動をしてきた。戦前の金史良、初期の張赫宙などに代表される活動から、現在の金達寿、李恢成、高史明、金鶴泳、張斗植、鄭貴文、金泰生、鄭承博、詩人の金時鐘、姜舜、呉林俊などを含めてすでに半世紀を越える（それは日本帝国の植民地になったがための政治的結果として現われた文化現象である）歴史があるのだが、これらは程度の差こそあれ、やはり日本文学の中で一定の独自的な性格を持つといわねばならない。つまり日本人作家とはその創作過程を含めて（たとえば朝鮮語を自分の中に持った場合の、朝鮮〈語〉的な言語感覚で対象を把握してそれを日本語で実現してゆくことなど）、異なる内的経験、彼らを包む異なる状況の中でその仕事がすすめられてきたと見なしうるのだ。一世、二世のちがい、イデオロギーのちがい、作風のちがいにも拘らず、彼らの仕事は日本語文学の中で一般的な特性としての独自性を持っているとせねばならない。つまり日本語文学でありながらも日本文学ではない、何らかの独立の単位としての「在日朝鮮人文学」のことが考えられるということだ。それは在日朝鮮人文学をどのように見るかという視点の問題である。

小田実はこのような事情に則した一つの問題提起をしている（『人間として』八号「書評座談会」）。要約すれば、英語文学でもカナダ文学、アメリカ文学やイギリス文学がある。一人の同じ朝鮮人作家が朝鮮語で書く場合は先験的にアジア文学の一つと見なし、日本語で書く場合は日本文学というふうに見なすのだが、日本語で書かれているから先験的にそれが日本文学だといわないで、アジア文学だというふうに考えてはどうか。在日朝鮮人が日本社会の中で生きていて、一つの朝鮮語というものをやはり獲得して、そして話している社会を持っている以上、別の社会だと考えた方がいいんじゃないか……。というのだ。

私はこれを日本人作家の方からなされた重要な発言として受けとっているのだが、アジア的な視点まで一挙に移ることは、いまのところそれも主として朝鮮人作家自身の持つ負の条件などがからんでむずかしい。その条件というのは、朝鮮人作家自身の内部にその母国語である朝鮮語がほとんどの場合ないところからくる日本語のメカニズムによる侵食作用の強いこと、その風化作用から朝鮮人作家としての主体を支える一つの要素である朝鮮的なものの剝落が起りやすいことなどである。しかしそれにも拘らず何らかの視点を日本文学というワク組から外して、距離をおいたところから立てる必要はあると考える。かりにアフリカ文学という場合、他の新興諸国の中にもありうることだが、アフリカの中のことばだけではなく、過去の支配者のことばである英語やフランス語によって書かれているという事情があるだろう。もちろん在日朝鮮人作家は本国ではなく日本に住んでいる。しかしその「在日」という条件はやはり一方では日本人社会とはちがった状況の社会を成立させているのであり、それも少数民族としてではなくどこまでも「外国人」として生活しようとしているのである。

「在日朝鮮人文学」の独自性を考える場合、まず朝鮮人作家としての主体確立の伽《かせ》ともなりかねない日本語のメカニズムから自身を解放する根拠は何かを探る必要がある。私はエッセー「言語と自由——日本語で書くということ——」の中で、各国語はその長い歴史的な過程を経て発達してきた民族語としての特性と、同時に国境を越えて通ずる普遍的なものを持つことを前提にして、そして原理的にことばは〝もの〟そのものではないということを辿ってみた。ことばがそれを代表しているものから独立していることからくるその非現実性、つまり「恣意性」によって「翻訳」の可能性が生れるのであり、そこに日本語のワク、呪縛から自らを解きうる、在日朝鮮人作家が自らに自由を保障できる現実的な条件があるだろうということを考えてみた。

ところで人間の思考はことばによって規定されるが、そのことばの二つの機能（能記と所記）を個別的形式と普遍的内容の面から見ることができ、この二つの作用で思考が形成されるように思われる。（ここでは言語外の思想形成の機能は問わない）。個別性とはたとえば日本語の民族的形式といえる音、形、その民族特有の意味などのことであり、普遍的内容とは「言語一般」としての共通性、一つの共通概念的なものとしての「翻訳」しうる側面のことである。しかしこれは大ざっぱにいってのことであって、たしかにことばには翻訳しうる側面があるのであって人はそれを通ってしかことばの普遍性に到達できないのだが、ここでいうその普遍的側面というのが、必ずしも形式的に所記の側にあるとだけいいきれない。竹内芳郎のいうように（「言語・その解体と創造――現代言語論試論――」の四「言語と〈文化革命〉」『展望』一九七一年十一月号）、「両機能（ことばの明示性――所記と含意性――能記）をふくんだ総体としての言語の翻訳可能性の根拠が示されるのでなければ、言語の普遍性の問題はまだ解決されないはずである」。

言語学に門外漢の私にとってはただことばに翻訳できる要素があって、少なくともそれが普遍への道を指し示し、在日朝鮮人作家が日本語に拠りながらも日本語を越えて自らの自由を得るための可能性を探すための糸口を自分のものにできれば足りる。そしてその場合の日本語のメカニズムの持つ呪縛から放たれる見通しが立てばよいのだ。

朝鮮人が日本語で思考する限り、その意識はそのことばで規定されているわけだが、この場合規定している日本語そのもののことばとして持つ普遍性によって同じ日本語のメカニズムから脱することが可能だろう。つまり自由になる条件が自由を拘束するはずの日本語そのものの中にあるだろうということだ。

ことばの民族的形式——一定の民族語としてのことばが、その思考する主体の存在意識を「民族的」に決定するものなのか。たとえば日本語の民族語としての呪縛がそれを使う人間を（ここでは朝鮮人作家を）「民族（日本）的」にしてしまうほど決定的な力を持つものなのか。もちろん日本語の音や形、その個有の意味するところのニュアンス、ことばのかもし出す感情や感覚というものによる日本的形式の作用は、そのことばで思考する主体に一定の力を及ぼしているだろう。それと同時にわれわれは、ことばの持つ普遍的なつまり民族性を越える要素がすでにその民族的要素に対して超越的であるという事実を見なければならない。却って思考する主体の民族精神とか民族性の自覚すらも、その同じことばの概念的な側面のより多い働きによって主体的に一つの思想として形成されてゆくとさえ思われる。人間の主体的意識、思考する主体を規定することばの決定的要因は決してそのことばの民族的形式にあるのではないといわねばならない。朝鮮語を知らない二世がやがて日本語によって朝鮮人としての民族的自覚を自らの中に持つようになる、一見矛盾した過程が現われるのはこの故だろう。

竹内芳郎は前記の文章の中で次のようにいっている。「……たとえどんな国語が内語となって個個人の精神を全的に規定しているにせよ、いわゆる〈民族精神〉なるものの呪縛がそんなに全面的なものではないこと、国語と人種、民族、文化総体との関係はそれほど厳密に相覆うものでないこと——こうしたことは、現代では常識といってもよく……」。それよりも却って、「各民族がこんなにも祖語を異にするコトバを話しながらしかも国際的に何とか一応のコミュニケーションをつけることができ、さらに、偉大な文学作品ならばどんな国語で書かれていても、翻訳をつうじてさえ大いに感動することを私たちに可能にしてくれる、コトバというもののこの不思議な普遍化作用の方にこそ、驚嘆して然るべきであろう」とのべながら、「翻訳」の問題をとりあげているのだ。

このようにして朝鮮人作家としての主体的意識が揺るぎなく形成されるならば、日本語のメカニズムの侵食性に耐え、これを自分のものとして食ってしまうことができるだろう。つまり私流にいえば、「自分が〝日本語〟に食われて、しかもなお、その鉄の胃袋を〝ブルガサリ〟のするように食い破って出て来ること」ができるのである。つまり日本語で書くにも拘らず、その朝鮮人としての作家的主体の確立によって、その作品に独自性を与えるにおいての言語上の障害は取りのぞかれうるということだ。これらのことば自体に内在する普遍的作用とそれとかかわる作家主体との緊張関係が想像力によって大きく打ちあげられる場合、記号的世界におけるその想像力そのものが超越的であることによって、つまりすぐれた作品における想像力の世界はすでにフィクションとしてことばに拠りながらことばを超越したものであるから、日本語のワクの中での朝鮮人作家としての自由の条件がそこで充たされ、したがってその作品の独自性の条件そのものが獲得されることになる。というのは、その独自性の保証を妨げるには日本語は決定的な支配力を失うということなのだ。

もちろんここで強調されねばならぬのは、「在日朝鮮人文学」の独自性はそのまま朝鮮人作家主体の確固とした独自性によって規制されるということである。なまえだけが朝鮮人作家であって、風化されて主体のあやふやな場合は「在日朝鮮人文学」にはなりえない。つまり日本語で書いていて、つねにそのメカニズムの侵食の危険と規制を受けている以上、単に「朝鮮人」という名のついた人間が書いたからといって、それがそのまま独自の「在日朝鮮人文学」にはならない。それは日本語で書かれている限り同じ作者のものがかならずしもつねに「在日朝鮮人文学」になりうる保証がないのと同じことだ。独自性を内から具体的に支えるものとして作品のテーマや素材、表現と文体、作家的姿勢などの別の問題がひかえているのである。そしていうまでもなく母国語との関係のこともつねに自らの中に課題としなければならぬだろう。まずそれは日本語による風化作用に対する歯止めとしての力にもなるのだから。

独自性というのはセクトを意味するのではない。総体としての日本語文学の中で独自のものとしての場を持つべきだということであり、かつ視点の問題である。そうすることによって、在日朝鮮人文学に対して距離をおいてよきにしろあしきにしろ客観的に見ることができるだろう。「在日朝鮮人文学」はその独自性を通してこそ、その個性をはっきりさせることによってこそ単なる独自性にとらわれることのない超越的なもの、世界性をまた同時に具現してゆかねばならない。そしてそれの確立がまずなされた段階で、小田実のいうようにアジア文学の一つとして見うる視点がふたたび要求されうるものと思う。しかしこれは単なる理論的な問題にとどまらず、何よりも実作による実現において定まることであり、朝鮮人作家自身の多大な努力にかかっているといえるだろう。そのときになって日本語は在日朝鮮人作家にとって一種の国際語としての役をになうものになると思われるのだ。

ことば、普遍への架橋をするもの

『群像』（講談社）一九七二年十二月号

一　ことば、まずは当事者の問題

本誌（『群像』）の予告に出ていた「独自な存在としての在日朝鮮人文学（仮）」というのは、編集部で考えた題名であるが、私はいいなと思った。題名に適しているかどうかよりも、たった十六字で私の考えの注釈をしてくれたような気がして、いいなと思ったのだった。しかし私はその題名を使わなかった。この小文の題名にしては重すぎて腰が立たぬ思いだし、それにここでは別にこと新しい理論的な問題を提起しようというつもりはないからだ。私はいままで考えてきたことを下地にして、それを確認するようなつもりでこれを書いて行きたいと思う。

さいきん相次いで、在日朝鮮人文学についてのまとまった評論が出てきたが、それはいままで余りなかったことだった。小田切秀雄「〝内向の世代〟と異質なもの」（『文学的立場』6・7号）、伊藤成彦「在日朝鮮人文学とわれわれ」（『文学的立場』7号）、松原新一「在日朝鮮人の文学とは何か」（『群像』七二年九月）などがそれである。

これらの文章はどれも在日朝鮮人文学に対する真摯な関心と姿勢に裏付けされているもので、それはまた三氏の日本文学の現状に対する姿勢にもそのままつながるものだといってもよい。ただ、一言ここで触れておけば、小田切秀雄、伊藤成彦のそれには、題名にもあらわれているとおり、日本文学の現状、とくに若い世代の作家たちに代表される〝内向〟の傾向に対するかなりの憂慮の念がうかがわれるのだが、それが同時に在日朝鮮人文学を客観的に異質の存在として見ようとする姿勢をもたらせているように思われた。松原新一の場合はまだ在日朝鮮人文学を客観的に突きはなしえていないところがあり、それだけにねっちりとしていて、それがまた在日朝鮮人作家に対する深刻な問題提起を同時になしえていると思われた。

ところで、これらの文章の内容をここで一括して示すわけにはいかぬが、共通していえるのは、そのアクチュアルなアプローチの仕方にも拘らず、ことば、在日朝鮮人作家とことばの問題からその文学を捉えようとなされていないということだ。そしてまた、それは彼らのさして関心をひくテーマになりえないもののようにも思われる。

なぜかと私は考えるのだが、捉えようとしないのではなく、捉えることができないのだろう。なぜ捉えることができぬかといえば、それはまず創造の当事者自身にかかわることであり、在日朝鮮人作家自らが踏まえて、出発すべき問題だからである。過去の支配者のことばという、在日朝鮮人作家の主体に心情的にもかかわってくる日本語との関係の仕方の問題は、まだ十分に客観的なものとして、批評家たちから対象化される段階までにはなっていないといわねばならない。

私はこれはあくまでも当事者である在日朝鮮人作家自身の問題だといったが、それはまた意識の問題だということでもある。だいたいこのようなきわめて主観的な、いわば創造体験に属することは、当事者である朝鮮人作家自身の意識化の段階を経なければ問題になりにくい性質のものなのだ。

たとえば、差別の問題にしても同じようなことがいえるだろう。つまり差別の壁、あるいは矛盾を突き破る力はつねに差別される方のものの主体的な力にかかっているということと、この問題の位置はちょっと似ているのだ。それは被差別者が自らを解放する場合の壁が、外部の差別者の方だけにあるのではなく、自らの内部にもあるという側面の認識が、また被差別者のものでなければならないという位置のことでもある。われわれの周辺に見られる「加害」「被害」の関係の図式をとってみても、両者がこの図式を乗り越えていっそうの高みにのぼって行くために、これを打ち破って一歩を進めるものは、つねに被害者の方にあるのだ。少くとも加害者の方はその倫理的根拠をもっていない。つまりこの側面の認識と、それにともなう発言は倫理的に「優位」に立ったものからなされるべき性質のものとしてある。差別の問題における被差別者の告発の中に裏はらにありうる、相手側の「同情」を触発しかねない被害者意識のもつ負の側面をえぐりだすのは、被害者自身でなければならない。そのように自らを乗り越える作業に裏打ちされてのみ、在日朝鮮人は自ら主体的な存在となりうるだろう。したがって、双方にかかわるこのような意識の作業の場では、加害者の方は被害者側からの発言待ちという事態がしばしば起りうるのである。

それと全く同じではないにしても、似たような事情が、在日朝鮮人作家と日本語との関係にもあるのであって、それはもっとも在日朝鮮人作家主体にゆだねねばならぬ性質のものとしてあるものだ。この問題についての日本人文学者側の発言がきわめて少かったというのは、それは怠惰というよりは、在日朝鮮人作家と相関関係にある問題の性質が、日本人文学者の方からはまず発言しにくいものにしたのだということとかかわるように私には思われる。

だから、ことばの問題はまずは在日朝鮮人作家自身の認識の問題としてはじまるものだというべきなのだ。認識しない限りは、世に明きめくらということばもあるように、この世界のものでも、在って無いのに等しい。自らの日本語との、日本人作家とはちがった関係の認識がはじまってこそ、自己の中の矛盾をはっきり照らし出しうるのであり、矛盾からの解放への志向の見取り図もそれだけはっきりすることになるだろう。つまり民族的な主体というものの実体がいっそうはっきり見えてくることにもなるのだ。過去における日本と朝鮮との不幸な歴史的な関係の構造をかえりみるならば、支配者のことばとして倫理的にも呪縛力を及ぼす日本語と在日朝鮮人作家との問題は、在日朝鮮人作家自身がときに口にする、西洋諸国などにおけるその創作が他国語によっている作家たちの例とは、だいぶちがった様相をもっていることに気がつくだろう。

この、まずは在日朝鮮人作家自身の創作過程における意識化からはじまる実践的性格が、冒頭にあげた日本人文学者の文章が在日朝鮮人作家のことばの問題からその文学にアプローチしえていないことの、一つの根拠になっているのではないかと思われる。

二　独自性の見透しをもつ

私事にわたるが、私はさいきん『ことばの呪縛』という本を出した。

「副題が〈〝在日朝鮮人文学〟と日本語〉とあるように、この本は在日朝鮮人作家がその創作において日本語に呪縛されるものとしてとらえるという観点から書かれている評論が中心になっている。日本語の呪縛というのは、在日朝鮮人作家の主体的な自由を拘束するという意味でのそれであり、いかに呪縛するかといえば、一つは日本語の持つことばとしての機能あるいはメカニズムの在日朝鮮人作家に対する拘束力と（論理的側面）、もう一つは過去における支配者のことばとしての日本語でもって創作するものの苦渋とでもいうべき倫理的な側面である。

在日朝鮮人作家は自らの存在を解放すべきところの文学においてすら、自分を呪縛するものとしてある日本語に拠っているという矛盾の中にある。

本書はこの矛盾を自分なりに切りひらき、呪縛からの解放をめざす模索の道で書かれたといってもよい。それはまた日本語で小説を書いている私としては、どうしても避けて通れぬ道でもあった。したがって私はこれを書かずには、おそらく日本語で小説を書き進めることができなかっただろう。

こうしてことばのことを考えてゆくうちに、日本〝語〟文学の中における独立した単位としての〈在日朝鮮人文学〉について、つまり日本文学ではない、独自の〈在日朝鮮人文学〉の確立が可能かどうかということについて考えざるをえなくなったという事情が私の中に生れたのである」

これは『ことばの呪縛』の中の文ではないが、他のところに書いたものを、私と日本語とのかかわり方の一端を示していると思えるのでここに引用した次第である。

この在日朝鮮人作家の内部にある矛盾の認識と、矛盾を切りひらく方向、解放への志向は実作の中から生れてきたものであって、それらの事情が、冒頭でも触れたように、この問題提起をまずは朝鮮人作家の方からなすべき性質のものだということを規定しているといえるだろう。いまのところ私の考えはほぼこの本に集約されているので、繰返しの煩は避けたいが、在日朝鮮人文学の独自性の確立の可能、不可能はあくまで実作にかかっているものであって、エッセーで明らかにできるのは、ただ確立の条件の明示の問題だけである。そして私はその条件を在日朝鮮人作家が自らのものになしうると考えているわけだ。いま多くをのべる余裕はないが、確立の可能、つまりは自己の解放、いいかえれば在日朝鮮人作家が日本語との関係のワクにおいて自由になりうる条件というのは、簡単に要約すれば次のようなことになる。

まずは、いわゆるアイデンティティの問題にからませていえば、朝鮮人作家としての主体的意識の形成が前提にならねばならない。つまり日本語で書くにも拘らず、その朝鮮人としての作家的主体の確立によって、その作品に独自性を与えるにおいての日本語のもつ言語上の障害が取りのぞかれる最初の条件ができるということだ。大まかにいえば、ことばには個別性と普遍性との両側面の作用があり、ことばの個別の肌合いをとおしてさらに、ことば自体に内在する普遍的作用と作家はかかわることになる。それはすでに想像力の領域に属するだろう。そしてそのことばの普遍的作用とそれにかかわる作家主体との緊張関係が想像力によって大きく虚構の世界へ打ち上げられる。その非日常的な記号的世界における想像力そのものが超越的であることによって、つまり虚構の世界はことばに拠りながら同時にことばを超越したものであることによって、呪縛としてのことばが普遍的世界へと解放されるだろう。

つまり、ことば――日本語によってみちびかれた想像力の世界は、日本語でなくともつくりうる世界へと架橋され、その特定のことばだけの絶対的支配から脱しうる瞬間の持続がありうるということだ。

繰返していえば、それはフィクションの世界でのことばを越えた想像力の作用によって、呪縛が解かれるということである。

だいたいの骨子はこういうことだが、私はいままで自分が当面する問題として、自分が進む一歩先を切りひらくために、ことばの問題を考えてきたのだった。そしてそれを私なりに一冊の中にまとめることにおいて、いまはそれでもある程度自分を客観的に見ることができるようになったといえる。もちろんまだ出発点に立ったばかりではあるが、しかしことばのことを考えはじめた当初のような、深い森の入口に差しかかったような暗さはない。日本語との馴れの感覚から自分を引きはなしたときに、これは自分の祖国語ではないという、心情のうずきをおぼえながらも、私はいささか森の中に射しこむ光を見ている思いをしているのだ。

私はこうして、自らの解放のための条件を少しずつ明らかにすることによって、独自性の確立の見通しを持つようになったのだが、一方で、それではおまえは何のために、その独自性を主張するのかという、いわばたわいない自問が私にないのではない。極端ないい方をすれば、独自性を固執する必要は何のためかということになってくるのだ。それにだいたいこういう主張は憎まれ口をたたくことにもなるのであって、だれかにおまえは黙って小説でも書いておればいいといわれもしたのだが、まさにそのとおりだという俗っぽい考えが私にないのでもない。

ともかく、独自性の確立の根拠はあるのかないのか、日本語のメカニズムの拘束から自由になるための課題的問題を追求しているあいだはよい。それ自体が目的であり、意義でありうるからだ。しかし、何のために、その在日朝鮮人文学の独自性そのものを追求するのかという問いは、すでに限定された課題的問題の追求の枠組を外れているといわねばならない。課題的問題だけではない。在日朝鮮人文学そのものの枠内に限定することのできない問いだということになる。そして結局、私は単純に、それは在日朝鮮人のおかれている状況そのものにかかわるのだというしかなくなるのである。

その結果、気がついたのは、在日朝鮮人文学の独自性の主張は、結局は大きく在日朝鮮人の主体の問題に収斂されねばならぬものだということだった。それはタテマエとしては単純のように見えるが、そこには風化の問題は別におくにしても、なお朝鮮人と日本人とのあいだの一種の馴れ合いの意識がからんでいるのだ。たとえば先にふれた加害、被害という関係の図式がそれである。その関係にもたれかかっている限りでは、被害者側からの告発のまえには加害者は沈黙の道しかとりえない。その反映としての「同情」で均衡を保っているような関係からは、双方ともに拘束し合うことになるのであって、互いに自由ではありえないのだ。加害者に沈黙を強いてはならない。だから、同じ地平に出てゆくためには、歴史的な構造の反映であるこの図式を踏まえながらも、なおかつそれを乗り越えるという作業が求められねばならない。そうでないところに、「差別」を突き破る真の方法や視点を生みだすことはできない。つまり一種の癒着、馴れ合いの変形になったともいえる、その図式の関係をいったん断ち切らねばならないということだ。それと同じようなことが在日朝鮮人文学にもあてはまるといえるだろう。それはたとえその文学が日本語で書かれているにしても、本来の日本文学的なものに還元されてはならないということだ。将来の歴史の淘汰作用の結果、それはどのようなものになるか予測しがたいにしても、作家の現在的な姿勢としてそのことが要求される。そうして、文学の独自性の主張は、「在日」という状況のもたらす風化に抗しうる主体的存在としての「在日朝鮮人」の主張の中に組み入れらるべきなのだ。

それは自明のものとして日本文学であったところのものからの、独立、引きはなしの作業だともいえるだろう。そしてそれは在日朝鮮人文学の主体性の、ささやかな主張に他ならない。

三　文学的大国主義

私は個々の作家のそれではなく、一つの社会的性格を持ったものとしての在日朝鮮人文学の主体性のことを主張している。日本（語）文学の中における独立した単位としての在日朝鮮人文学を見る視点がもたれるべきだということを、つまり客観的に見うる距離をおくべきだということをいっているわけだ。というわけの一つは、双方に距離感がないだけではなく、日本の文学界の一部には大国主義的なものがあるように思われるからでもある。

いま私が在日朝鮮人文学という場合、ただ個々の作家が在日朝鮮人だからそれで在日朝鮮人文学だというふうの、個々のものとしてのそれを意味してはいない。各々の作家の個性、そして作品世界の内実のちがいなどの個別性を越えてなお、総体としての在日朝鮮人文学の存在根拠を求めているわけだ。それは日本語で書かれていながら、なおかつ日本人作家によってつくられた日本文学とはちがう異質のものを持つものとしての独自性のある文学のことである。逆にいえば、在日朝鮮人作家が日本人作家と異なる条件は、単に創造の主体が一方は朝鮮人で他方は日本人だからということにあるのではなく、彼らによって産出される文学が日本人作家のそれとはちがうということが明らかにされるところにあるのであり、そのとき在日朝鮮人作家は独自の文学をつくりうる存在であって、そしてそれゆえに彼はまさに作家なのだ。

私はさっき大国主義的ということばを使ったが、それは文学に「大国主義」があるはずのものではないにも拘わらず、文学界の一部にはそのような意識があるように思われたからだった。

私はよく例にあげるのだが、たとえば外国文学と日本の読者のことがある。日本語に翻訳された外国文学は、ことばを基本にしていえば、ある意味では日本文学だともいえるだろう。しかしまた一方では翻訳されているにも拘らず、外国文学としてあるわけだ。その外国文学に接する場合の日本の読者は、作品を日本的な嗜好や感覚ではかろうとはしない。それがたとえなじみの薄い世界ではあっても、読者の方が想像力を発揮してその作品に接近せねばならぬという姿勢がそこには見られる。つまり読者は賢明にもはじめから、その作品に対して客観的な立場に立ちえているといえるのだ。ところが、在日朝鮮人文学に接する場合には自明のものとして日本文学だという前提、あるいは安心感がある反面で距離感がないために、無意識のうちに自分に向いて作品の方から歩みよってくることを期待してしまう。もちろん、それがいわゆる外国文学でもなければ、なお日本語で書かれているために、そのような要求があっても無理だとはいえぬだろう。しかし、おしなべてそうであってはその文学の持つ実体を見失うことになってしまうのだ。つまり日本的な肌合いに合わなければ、一種の拒絶反応を起しやすいということがそれである。そこには在日朝鮮人文学に対する同質のものとしての要求性がある上に、ワンクッションをおく距離がないため、異質的な文学現象に出合わすと、一種の戸惑いを起しやすいということにもなるだろう。

その読者というのは、文学界の一部もその例外ではない。その好例が一九七一年上半期の芥川賞の選考経過のことをつたえた新聞記事である。そのときたまたま二人の在日朝鮮人作家の作品が候補になった。その記事によると、二つとも朝鮮（あるいは在日朝鮮人）のことをテーマにしているからフヘン性がないということであった。だれがこういう主張をしだしたかは知らぬが、まさに珍説である。私は新聞のそれだけでは詳細の知りようがなかったので、いずれ出てくるだろう選評を待つことにし、それから反論を書くことにきめていた。ところが、選評にはそれらしきことが一切ふれられていなかった。しかも私が多分その主張をしたのだろうと想像をしていたある選考委員は、委員会には出席していながら病気ということで選評をのせていなかった。委員会の現場ではそのフヘン性なるものについて一応の論議はあったはずのものと思われるが、その片鱗を新聞記事にのぞかせただけであって、あとはその発言の尻ぬぐいもせぬままに通りすぎてしまったというわけだ。不明瞭である。私は反論するきっかけを失った。「朝鮮がテーマだからフヘン性がない」云々というようないい方は、ここで詳しくふれるまでもなく論をなす体のものではない。それは裏がえせばかなり気分的な表現にすぎない。それでは「日本」をテーマにすればフヘン性があるのかというようなことにもなろうが、そこには文学以前のこととして、はからずもその選考委員の「朝鮮」に対する観点が露呈された感じだった。いったい、朝鮮をどのように見ているかである。朝鮮に対する観点がそのようなものだから、まして在日朝鮮人文学に対する客観的な視点がないのも当然のこととなってくるのだ。このような発言のまえでは、そもそも在日朝鮮人文学の独自性という考え自体がおかしいということになるだろう。みなおしなべて日本文学であるのに、いまさら何の独自性云々なのか。それなら、九州文学にも北海道文学にもみな独自性がある……とまではいわなくとも、そのような発想に近いものがあるのではないかと、私はかんぐりたくなる。

そしてこのような発想は、さっきふれた読者の要求と五十歩百歩のところにあるものだといえよう。

「朝鮮がテーマだからフヘン性がない」という鼻もちならぬ珍説の出てくる要素が日本の文学界の一部に牢固としてあり、そしてそれがそのまま一種の権威のオブラートに包まれてまかり通る土壌があるのが、私には不思議だった。

私はこのようなことを、文学的大国主義だといったのである。つまり、非文学的だということだ。少くとも在日朝鮮人文学とその作家は、そのような文学的土壌に還元されてはならない。そこから身を切りはなすべきだというのが私の考えなのだ。

在日朝鮮人文学が日本文学とのあいだに距離をおき、自らの独自性の確立に向うとき、日本人文学者の方にもそれに対応すべきものがあってもよいのではないかと私は思う。というのは、在日朝鮮人作家が何をいおうとも、いわば日本語による文学世界のリングの中のことではないかということだ。日本語というリングがあるいは歪んだり脹れたりすることはあっても、それが崩れ去ることはないだろうからだ。その意味ではもう少し大きく視野をひろげて、在日朝鮮人文学を見る目を持つべきではなかろうかと思われる。

『ことばの呪縛』のあとがきでもふれているが、私はいままで、日本人以外の書き手の出現以前とほとんど変らない日本文学という発想のもとで、毫も疑われることのなかった在日朝鮮人文学の位置や性格について、私なりの問いかけをしているにすぎない。少くとも日本人文学者の方から、自明のものとしての日本文学である在日朝鮮人文学の、その「自明のものとして」について、ことあらためて問いかける発言はほとんどなかったというのが現状だと思われる。

そしてそれは、ことばの問題もからむ性質上、在日朝鮮人作家の方からまず自らの問題として、問いかけをはじめねばならなかった。いずれにしても、在日朝鮮人文学に対する客観的な姿勢を持つことは、お互いのために必要ではあるまいかと考えられる。リングは日本語によって張りめぐされている以上、そこから飛び出すわけにはゆかぬものなのだ。そのリングの中での私の発言である。

四　条件としての「民族的主体性」

私もそうだが、在日朝鮮人作家は民族的主体性ということばをよく使う。ところで、松原新一は前記の「在日朝鮮人の文学とは何か」の中で、その「民族的主体性」なるものが何か先験性を帯びたテーゼのようなものになることはないかという疑問を投げかけている。

「在日朝鮮人文学者が〝民族的主体性〟なるものを自己の存在の核ともし、表現行為の核ともしようとするその志向のなかに、はたして陥穽が全くない、といいきれるだろうか」。そのような視野からは在日朝鮮人の存在領域のようなものがこぼれ落ちてしまうしかないのではないか。民族的主体性という至上命題と、たとえば「自分自身の主体性を真に問わずに、それを通過せずに、朝鮮人だ日本人だといわれるとき、ぼくは逆にそこに主体化されていないことばを感じる」（高史明）、そのような在日朝鮮人の現実の状況とのあいだによこたわる複雑な距離こそが、問題の本質としてうかび上るのではないか。そして松原新一は〝差別がいやだったら、国へお帰りになったらいいのです〟という日本の一主婦の新聞投書の声を例にあげながら、「そういう〝日本人の庶民の感覚〟のレベルにおいて発せられる恥ずべき問い」の出てくる「その〝在日〟という存在土壌の全現実にこめられた意味こそが問われねばならぬだろう」とし、その「恥ずべき問い」を在日朝鮮人が逆手にとってゆかねばならぬのではないかという。

「〝在日〟という、日本に在留する他のどんな外国人とも比較することのできない特別の存在土壌における在日朝鮮人の全生活過程のなかで、失われ、破損されていったものは、いったい何であったのか。そこにこそ、在日朝鮮人全体の状況の核心がある……」それをえぐり出して行く困難な作業を通してこそ、一人間としての、つまり朝鮮人としての人間回復の過程がつくりだされるのであり、それがまた〝なぜ祖国へ帰らないのか〟というあの「日本の庶民感覚の無倫理性をむきだしにする問いを、本質的な深さからうちたおしてゆく道すじ」でもなかろうかという、問題提起を松原新一はするのだ。

そして、在日朝鮮人文学の主要な普遍的な課題の一つが、文学の場において剔抉されず深く埋もれている在日朝鮮人の「在日」という存在土壌の状況を照射し、ほりおこしてゆく方向のなかにあるのではないかということで、終りを結んでいる。

私はこの苦渋をかみしめた真摯な文章の運びの結論に異論はない。あえてそのような問題提起を行なったことに敬意さえおぼえるものだ。何よりも在日朝鮮人が日本在住の意味をたしかめねばならぬことの問題提起をもふくんでいるのはたしかである。

私はそれをすなおに受け入れたい。しかし、私は自分がなぜ日本に在住をつづけているのかということについて、すぐには答えられないのだ。いくつかの「りっぱな」理由をあげられぬこともないのだが、考えればもともとから意味があったわけではない。ゆがんだ歴史のいたずらによって、ぽつんと日本で生れ落ちたのがそもそものはじまりなのだ。つまり、在日朝鮮人のその日本居住の動機がほとんど自由な意思によるものではないというのが実情である。だからこそ、それはすでにきわめて文学的なテーマでありうるし、私に限っていえば、それはそれなりのはっきりした形のものとして、いずれは書かねばならぬと思っている。

しかしそれでも、ここは日本の国だから出ていきなさいと、すべての日本人の総意としていわれれば、出ていくしかないだろう。何十年にわたる生活基盤を持った日本から、まるで日本の昔話の浦島太郎のような恰好でしか踏むことのできぬ、その祖国の土地へ帰れといわれても、しかし帰るしかないということだ。そこには二、三世たちの人間としての存在理由のようなものが、深刻にからみこんでくる。それだけに、在日朝鮮人の日本在住の根拠は、人間の存在の深部にかかわるまさしくデリケートな倫理性を帯びるものといえるだろう。

その意味では、日本から出ていけといわれれば、在日朝鮮人は居坐るためのリクツを考えるべきではないと私は考えるのだ。リクツは歴史的な時間に支えられた、そのときの彼に迫ってくるきわめて現実的な状況が自らつくりだすものだろう。日本に住み、住みつづけてきたという事実性はあらゆる論理に先行する。在日朝鮮人は一定の目的を持ってやってきて、それが果されれば帰るという、自らの意思において生活を左右できる存在ではなかった。地を這う虫のように生き、そしていつのまにか、雑草のように日本に根づいてしまったのである。だから、日本に住みつづける特別の論理的根拠はない。生活の根拠だけがある。しかも、その精神は民族的なものを核に自立しようとして飛翔する。そして、その自立しようとする精神がはじめて、日本在住の理由、というよりも、その意味をたしかめることができるのである。

そこに松原新一のいうような在日朝鮮人文学の主要なテーマの一つがあるともいえるだろう。そして事実、十分ではないにしても在日朝鮮人作家の関心の多くは、決してここを避けて通っているわけではない。

ここで、松原新一の在日朝鮮人作家がその存在の核ともしているという「民族的主体性」のもつ陥穽のことが問題になってくるだろう。

私は『ことばの呪縛』で、在日朝鮮人の風化の状況にふれ、「非朝鮮的朝鮮人」の裾野が拡大し、なし崩しに朝鮮人が溶解していく中で、〈朝鮮人〉たることこそが人間回復と自己変革の条件だといった。たしかに、「非朝鮮的朝鮮人」の性格をもつ在日朝鮮人にとっては、この〈朝鮮人〉は理念的要請としての抽象的存在であり、テーゼ的性格をもつものであって、いわば「民族的主体性」なるものと同義語だといえる。しかし同時に、「この民族的なものは自己の主体の確立のプロセスであり条件」でもあるのだ。

先にそのことばにふれた在日朝鮮人作家の高史明が、「自分自身の主体性を真に問」うというとき、その主体性はおそらく近代的自我意識に裏打ちされたものを指すのだと思われる。ところで、自己喪失を意識した人間にとっての真の主体性とは、そのまさしく失われたものの回復がその人間的な回復をともなうということであり、その場合の条件になるものが、失われたものとしての民族的なものという逆説が成立することになる。近代的自我は、その拠って立つところの土壌をはなれて普遍性を帯びるという、抽象的なものではないだろう。その土壌的なものが、いわば「民族的主体性」であり、それがまた一人間としての主体性確立の条件となり、テコともなるものだ。彼はいったんその条件に拠らずには、たとえば民族そのものを超越するにしても、自らの主体性を問うことはできぬだろう。奪われた存在としての在日朝鮮人の、その人間としての主体性の確立は、たとえば卑近な例が、日本人の場合とはちがって、奪い返すべきものとしての民族的なものの回復との同時性によってなされるといえる。それは偏狭なナショナリズムではない。ここで、「民族的主体性」なるものは、テーゼ、あるいは目的そのものではなく、人間的存在としての主体を確立するための、「プロセス」であり、手段的性格さえ帯びるのである。

伊藤成彦は、「在日朝鮮人文学とわれわれ」の中で、今日の日本人の内部に抜きがたくある反国家反民族の感情にふれて、次のようにつづけているのは、在日朝鮮人の状況とは対照的であってきわめて示唆的である。

「民族や国家という言葉は、ただちにわれわれの内部において、凶々《まがまが》しいイメージを呼びおこすのである。

ところが、どのような形においてであれ、その基底に民族の命運をふまえて成立している在日朝鮮人文学をまえにして、いわばそれを〝鏡〟としてみると、われわれのこの反国家、反民族の感情が、実はどのような陥穽と問題をもっているかが、そこに鮮明にうつしだされてくる。その陥穽とは、われわれのこの感情をよそに、日本国家、日本民族は今日なお厳然として、他国家、他民族にかかわっている、という客観的な現実を直視せず、この現実に背を向けてそれを考えまいとするか、あるいはこの現実をとびこして、これを〈克服〉したつもりにえてしてなりがちだということだ。そして前者の態度をとれば、視界は自然に身辺の些末な事柄に限られて、それへの感覚の微細な動きを観照することとなり、また後者の態度をとるとすれば、自然に根のない〝インターナショナリズム〟、つまり軽佻なコスモポリティシズムへの道が開けてくることとなる……」

在日朝鮮人における「民族的主体性」ということは、その人間としての主体意識の基調を支えるものとして獲得されねばならない、きわめて具体的な血脈のかよったものとしてある。「朝鮮人一般に解消してはならない個別性、自己責任……」という高史明のことばを松原新一は引用しているのだが、その場合の「個別性」というのは、「朝鮮人一般」がまことに実体の稀薄なものになっている「在日」の現状では、ありえない。というのは、それはテーゼか官僚組織のように強固としたものに見えるのだが、「個別性」を解消してしまうほど、「朝鮮人一般」の内実は強力なものではないからだ。それは悲しいほどきわめてもろいものなのだ。だからこそ、失われたものとしてあるそのかよわい「朝鮮人一般」は自らの意思と自己責任によってかちとり強めてゆかねばならぬものとしてある。その過程で、「朝鮮人一般」の中に自己が入り、それが自己の中に入り組む過程で、真の個別性は眼に見えてくるだろう。

ついでに、松原新一が『ことばの呪縛』の書評（『週刊読書人』七二・九・十一）の中で、私のいう「民族的主体性」に疑問を呈していることに、いささか問題の焦点がずれていると感じたので、簡単に私見を記しておきたい。

南北に分れている朝鮮民族のあいだにおけるその民族的主体性の内実の問題（松原新一の問うているのはそのことなのだが）はともかく、日本の状況の中で、総体としての在日朝鮮人が、風化しつつある自らの存在の歯どめとするものは、南北のイデオロギーにかかわることなく、朝鮮人としての民族的なものなのだ。いうまでもなく、朝鮮人としての民族的なそのものが風化、溶解しつつあるからだ。この民族的なものはあくまで「在日」の状況で、風化に抗する意味でしか私は使っていない。在日朝鮮人文学におけることばの問題で、私が繰返していう、朝鮮的なもの、民族的主体性なるものも、まさに「日本（語）」との関係において限定されており、それ以上のものではありえない。つまり、風化に抗する条件としての性格が取りのぞかれうる朝鮮本土での、民族的主体性なることばは、別のニュアンスをもちうるのであって、私がいま「日本」との関係で使う民族的主体性は、本国ではその南北の差を越えて、必要のないものなのだ。

松原新一のいうように「〝北〟を志向する在日朝鮮人と〝南〟を志向する在日朝鮮人という相克・対立の構造」をもつ「民族的主体性」の内実の、文学的究明は必要であり、それの問題提起は妥当である。ただ、それが日本語と在日朝鮮人作家との関係の、ことばの問題に照らしてみる限りは、問題の次元がずれているように思われた。日本語の問題にしてもそうだが、「日本」との関係での風化に抗する主体は、南北を問わず、イデオロギーを越えた総体としての在日朝鮮人だからである。

人間は、やぼないい方をすれば生きるために生きているのであり、同じく書く場合も、結局書かざるをえないから書くのだということになるだろう。

自己の脈打つ温かい肉体を踏まえて虚無を認識することができるという逆説の上に立ちうる人間の存在を前提にした場合、人はたとえば「民族的」なことを、あるいは「在日朝鮮人」のことを書きながら、普遍的な問題としての人間の存在そのものを問わねばならない。そうでない限り、そこに現代文学はありえない。

在日朝鮮人作家が自らの存在の根拠をそこにおく「在日」の状況を書かねばならぬのは当然のことだ。と同時に、そこには具体的状況を踏まえてそれを越える存在の問題が問われねばならぬのだと思われる。

金史良や初期の張赫宙などにおいては、植民地支配下の民族的問題をひろく訴えるための武器として、支配者のことばが逆手に取られた。それは文学におけることばの自己目的的な機能を踏まえての、武器、手段とみなしていたことを意味するだろう。しかしいまは単にそれだけではなく、人間の存在を問う手段としての日本語の問題がある。虚構の世界では、ことばそのものが普遍への架橋の役割りを果しうるものである以上、私はその手段としての日本語のことを考える。朝鮮人作家の想像力が、日本語に拠るという関係のことだ。それは日本語を通しても「朝鮮」へつながるということである。朝鮮を書くということは、在日「朝鮮人」としての痛切な逆説的な反映といえるものなのだ。

そして、一つの想像力の任意の空間で展開される「在日」、「朝鮮」を通して究極には普遍世界へつながるものでなければならない。

私は自分がかかわっているものとしての在日朝鮮人文学のことについて、いままでたびたび書いてきた。それはたしかに独自性の主張ではあるが、何も日本文学との訣別を意味するものではない。先にもふれているように、そもそも同じ日本語ということばのリングの中でのことなのだ。日本人文学者とその志向するところは各々異なるにしても、われわれは互いに共通する現実の基盤を踏まえて立っているはずである。その上での、それぞれの立場のまえに具体的に突きだされた異なる課題をくぐりながら、現代文学としての普遍的なテーマの実現へ向ってともに進むべきではないかと思われる。

小田切秀雄は、冒頭にふれたその「〝内向の世代〟と異質なもの」の結末の部分で次のようにのべている。

「これらの作家（在日朝鮮人作家）がただ〝内向〟にだけ自己を集中しているわけにゆかぬこと、

自己の内面の切実なもの（〝私の存在の求めるもの〟）が、自己を現に重く規制し抑圧しているものとのむきだしな鋭い緊張関係にあることを見ないではいられないこと、それが現代文学においてのかれらの作品のまったく独自な性格をつくりだしていること、（略）そして、在日朝鮮人作家と日本人作家とは万里の長城をもって切り離されているのではなく、同じく現代というものに立ち向っているのであること、このことは両者のあいだの関係を積極的な方向にむかって流動させてゆくことが可能だということを意味し、その可能性を具体的に追求することがこんにちの日本文学の切実な課題である……」

ここには朝鮮人の側からいえば、日本人文学者からの在日朝鮮人文学に対する距離感の設定への志向が見られる。それは同時に在日朝鮮人、そして朝鮮に対する距離感に通じるものであり、ほんとうの意味でそれが両者を近づけるものだと私は思うのだ。

『鴉の死』が世に出るまで

『部落解放』第51号、部落解放研究所、一九七四年二月号

「私はいかに文学に進んできたか」というのがこのシリーズのテーマなのだが、私はいままでそういうことについて書いたことがなかった。書いたことがないなら、書くことが残されているだけにもっと書きやすいということもありうるだろうが、しかし考えてみると、空っぽの器にすぐ水を注ぐようなわけにはいかない。それでも書かざるをえないとすれば、いったい何から切り出せばよいものか。じっさい私は困惑した。

私はいま四十八歳、処女作といえる「看守朴書《ソ》房《バン》」と「鴉の死」を『文芸首都』という同人誌に発表したのが三十一歳（一九五七年）のときだった。それから二、三の作品を書いただけで約十年ほど私は創作から離れていたのである。朝鮮総連系の組織の仕事についていたのだが、そのかたわら朝鮮語での創作をしはじめ、それを細々と続けていたくらいのものだった。

一九六七年の秋から冬にかけて私は胃切開の手術で約三カ月入院したが、それを境にして組織の仕事から離れることになった。すでにそのころは、私の属していた文学関係の組織を中心にして折角もり上っていた朝鮮語での創作の気運さえ押し潰すような雰囲気になっていた。そして私も病気のためもあったが、『文学芸術』という機関誌に連載中だった長篇を四百枚余りで中断してしまった。

ちょうどそのころ、私が入院するまえだったが、いまは故人の朴元俊氏が新興書房という小さな出版社をはじめていて（まもなく潰れてしまった）、私の作品を出したいといってきた。それがどこか押入れの片隅で約十年間ほこりをかぶっていたものが外気に触れるきっかけになったのであって、私は作品に手を加え、「鴉の死」、「看守朴書房」、「糞と自由と」、「観徳亭」を合せて五百枚余りを一冊の本にした。書名を『鴉の死』とした。

十二月の末に退院した私は翌一年をほぼ療養のために過ごした。しかし『鴉の死』がきっかけになって、私は六九年に『世界』(八月号)に「虚夢譚」を書いたが、それが再度の日本語での小説の書きはじめであり、「虚夢譚」を入れて新たに講談社で『鴉の死』を七一年十月に出し、そしてさらに昨年十二月に、講談社文庫になって出た。

以上は『鴉の死』が世に出るようになるまでのごく簡単な経過であるが、なぜ私がそれに触れるかといえば、私の文学への道は「鴉の死」にはじまるといえるからである。私は若いころから作家になりたいという明確な意思を持っていたのではなかった。しかし「看守朴書房」のまえに数は少ないが、いくつかの習作は試みたことがあるし、じっさい、発表は「看守朴書房」のほうが先になったのだが、その以前からずうっと胸で温め、かつ苦しんでいたのは「鴉の死」のほうなのだった。そして「鴉の死」一篇をいちおう書き上げることによって、私は自分の精神的危機とでもいうべきものを越えることができたという事実があるのである。

「鴉の死」を私に書かせたものは、いわゆる済州島四・三事件(一九四八年)の衝撃だった。もちろんそれは外的要因としてやってきたのだが、同時にそれは私の内にあるニヒリズムを叩いた。その内なるものは多分にセンチメンタルなものであったかも知れぬがそうであればあるほどにそれを殺さねばならなかった。いったい、絶望とか虚無とは何だろう。それはどのような顔をしているものなのか。暗闇に隠れているものなら明るみに出してそれに形を与えてみたい。そしてそれははた目には特に変ったところはないが、それ自体はあべこべの顔をして私のまえに現われるようになる。つまり作品の世界に形を与えられて出てきたものはどれも絶望とか虚無の顔をしていないということなのだ。

「鴉の死」はその舞台になったふるさと済州島の、私の手には直接触れることのできないその苛酷な現実から生まれたのはたしかだった。しかし登場人物もそして話の筋書も架空のものである。その済州島事件そのものではない架空のものつまりフィクションに託することによって、私は自分の内的な危機をより明確にし、かつ自分を越えるよりたしかな反応をそのなかに求めたかったのである。当時の私は「鴉の死」によって救われたといわねばならない。

　私は「鴉の死」が私自身の体験に根ざしたものであるようにいわれたり、また「万徳《マンドギ》幽霊奇譚」などが、その主人公の万徳を含めてじっさい済州島であった話ではないのかと、よく訊ねられて当惑することが多い。私は先にも書いたように、自分の生活体験などを土台にして書くというところから出発したのではなかった。私が私小説的なものを好まぬせいもあるが、完璧に近いフィクションの、確固とした建築物のような世界の実現の過程と、実現こそ作家の自由に大きくかかわるものだと私は考えている。体験的なことを素材にしたりしながらも少なくともそれを志向している。しかも母国語でない日本語で書く場合は、そのことばの個別性の持っているメカニズムから自由になるためにもいっそうフィクショナルなものが求められねばならないだろう。

　つまり私は私なりに一つの文学的普遍を志向しているということである。普遍への志向といってもそれは自分を越えるということに他ならないだろう。そしてそれはまた民族とか国境を越えて作用するものでもある。ただしその普遍への作業の持続は、どこまでも個を離れてあるのではなく、個に則して行なわれねばならない。私は私にとってもっともかかわりの深いものと認める民族的なものを通してのみその普遍は具現されねばならないと考えている。つまり個から出発して普遍、個を越えるものに至り、それを自らのなかに持った個へと自らを越えるという関係での作業の持続である。

　先にのべたように私は小説を書きはじめたのも早いほうではなく、また長いあいだのブランクがあった。そしてふたたび日本語ではあるが（だから、作品はその日本語ということばの呪縛を解き放って超越的でなければならない要請が一方では生まれてくる）、それで小説を書くという気持を持って数年にしかならない。私はいわばいま書きだしたばかりであって、そしてこれからも書きつづけるつもりでいる。少なくとも日本にいるあいだは書きつづけたいと思っているのである。

『1945年夏』の周辺

『新刊ニュース』一九七四年五月号

最近フィリッピン・ルバング島のジャングルから三十年ぶりに日本へ帰ってきた小野田さんが、自分にとっての終戦の日は上官から命令書を受けた三月十日だというようなことをいっていた。つまり日本の戦後のはじまりでもある一九四五年八月十五日が、彼の場合は三十年遅れてやってきたということだ。

戦前の軍国主義日本を知らぬ若い人たちは、小野田さんを見て想像してみるのもよいだろう。私は、一人の人間の奇蹟的な生還をよろこぶと同時に、被植民地民族であったものの一人として、眼のまえに日本帝国主義の亡霊を見る思いがする。かつて軍国主義日本の支配層は、人間をこのように作るための教育を徹底的にした。そして帝国軍人カラーで日本を塗りつぶした。日本人だけではない。他民族、たとえば朝鮮民族をも天皇の名でそのように作りあげようと血眼になった。つまり朝鮮民族を歴史から抹殺しようと図ったのである。

八・一五はそのような天皇主義的価値の顚倒の日として歴史の上に現われた。われわれからすれば、朝鮮が独立するためにはその神がかり的な価値の破壊が必要だったのであり、日本の敗戦と照応する形で独立がもたらされたのだった。

しかし一方では、このかがやかしい八月十五日が日本人以上に朝鮮人にとってはまた恥多き日でもあった。というのは、朝鮮人でありながら「皇国臣民」に徹底して生きてきた人々にとっても八・一五は容赦なくやってきたからである。

この小説にひたすら日本人になり切ろうとする朝鮮人たちが登場してくる。私は彼らの心を恥ずかしく思うのだが、しかしそれはまた、それを強要してきた日本人と切り離して考えるわけにはいかない。それだけにこの場合の朝鮮人の恥ずかしさはまた日本人をも貫くべきものだろう。

「八・一五」はいろいろの角度から掘り下げられるべき多くの問題をかかえたままである。私は『1

945年夏』で八・一五の全体を書こうとしたのではない。ただ、「内鮮一体」が強制される状況のなかで、一人の青年の、人間として自己に目醒めた場合に生まれてくる生き方そのものがすでに、当時の日本人の生き方とは決して同質なものにはなりえないという、ある意味では当然のことが書ければよかった。とくに在日朝鮮人には今日に至るまでも、つねに同質性を要求されているといった現実があるのであって、その根は日帝時代のなかにまで届いて行くのである。

私はいま「八・一五」に触れながら、われわれにはいわゆる戦後がまだ終っていないという思いを強くしている。三十八度線そのものが、米ソ両軍による降伏日本軍の武装解除のための境界線であったという事実が（三十八度線を置いた規準はソ連の対日参戦に備えて、関東軍と十七方面軍がほぼ三十八度線を境にして、南北朝鮮の防衛分担線を決めていたことからきている）、あらためて想起されるのだ。いまだに祖国統一を達成していないわれわれにとって、八・一五の問題はなお生きつづけていて現実性を失っていないのである。

「八・一五」にかかわるもう一つの問題がある。われわれは八・一五解放を迎えたとき、まさか朝鮮が分裂して、それがこうも長くつづくとは思いもよらなかった。解放当時、日帝の手先になったものや、いわゆる民族叛逆者たちは逃げまどったものだったが、それがどうだろう。三十年後のいま南朝鮮の支配層は、朴正熙をはじめとしてほとんど過去の日本帝国の亡霊をおのれのなかに持っているものたちによって占められているのである。ものごとは時間が経ってみなければ分らぬにしても、これは恐ろしい現実だ。

『1945年夏』ではこの問題に全く触れられていない。それだけに私はこの小説を書き終ってから、いささか空しい感じがした。この小説では、「八・一五」という価値の顚倒に会って驚愕し、一時は逃げまどったものたちも、将来ふたたび民族を売り権力を握って歴史の表舞台に登場するだろうということを、少しも暗示していないからである。つまりそれを書くことは、「八・一五」の意義が一度否定されねばならないのだ。私はそれを恐れて書かなかったのではなかった。それはまた別のテーマなのである。

歴史はときには逆さにも動くものだとしても、しかしいつまでも眼のまえにあるようなままのものではないだろう。われわれの場合、民衆の力による完全な統一がかち取られたときには無くなりうることなのだ。しかしそれにもかかわらず、いま在る現実がそのようなものであるという事実からまた眼をそらすわけにはいかない。私はいつか「八・一五」との関連の上でこの問題を捉えてみたいと思っている。

ある原稿のこと

『野間宏全集　第7巻』月報18
筑摩書房、一九七四年

私の手元に「外国人学校制度について」という野間宏氏の生原稿がある。四百字詰め原稿用紙で約十三枚、青インキと後で書き足して挿入した二枚足らずの部分が青のボールペンで書かれ、それから赤エンピツでところどころ筆者自身が直した跡のある原稿で、それも二つの印刷所を経てきたためにひどく汚れ、いちばん上側の原稿用紙はよれよれになってしまったものである。書かれたのは一九六六年四月、「韓日条約」締結からまだ一年がたっていないころであった。

去年の六月にあった野間宏氏のロータス賞受賞祝賀会の席で、私はお祝いのことばをのべることになり、それが果してお祝いのことばになるものかどうか分らないままに、ともかく、そのとき野間氏について世間には知られていない一つの話をさせていただいた。その話というのが冒頭にのべた原稿にかかわるものであった。

紙数の関係から多くを語るわけにはいかぬが、一九六六年のそのころ私は朝鮮総連の傘下組織である文芸同（在日朝鮮文学芸術家同盟）で『文学芸術』という朝鮮語機関誌の編集をしていた。当時は「韓日条約」を仕上げた日本政府が、朝鮮人学校を規制するための「外国人学校制度」という弾圧法案をつくって国会に提出しようとしているときだった。それで『文学芸術』が緊急に民族教育特集の日本語版を出すことになって、多くの日本人文学者の方に執筆をお願いすることになったのである。

私は四月十二日、友人の金君といっしょに野間氏のところへ原稿のお願いに行った。金君は野間氏とは親しい間柄だったので口添えもしてもらうつもりだった。野間氏は原稿依頼の趣旨を黙ってうなずきながら聞いていた。そして三、四日中に書いてほしいという失礼になりかねない急な注文にもかかわらず、「よろこんで、書きましょう」とその重たいゆっくりした口調でいった。当時の野間氏は『青年の環』の完成に全力を注いでいて、いっさい他の原稿執筆は断っているという話を聞いていたこともあり、同行してくれた金君といっしょに私たちは大いによろこび合ったのだった。

なぜ、あのとき野間氏は原稿料も出ない、そして馴染みの薄い雑誌に書いたのか。根本にはそこに全体的な人間の問題が据えられていただろうが、少なくとも一つは不幸であった朝鮮と日本という二つの民族の連帯と、そしてさらにそれを越えた階級的な連帯をお互いに確かめ合うためのものだったと私はいまも思っている。逆説めくが、野間氏はあの当時在日朝鮮人の民族教育を抑圧する側からの原稿依頼には応ずるはずもなかったからだ。なぜ、この分り切ったことを私はことさらにいわねばならぬのか。それは後で野間氏のそのような原稿を結局は「ボツ」にしたという事情と逆にかかわるからなのだ。私はいまでもこれを書きながら自分への恥ずかしさを蔽い隠すことができない。自分としては「組織」というものの枠のなかで懸命にやったつもりだったが、結局上部組織の原稿を取り外せという指示に抗するすべもなく、組版までして印刷にかかる直前にそれだけを外さざるをえなかった。最初に私が「二つの印刷所を経てきた……」といったのは、一つは私が編集の割付けをして印刷所で組版までしてからそれが崩され、こんどは一年余り後に他の編集者の手で別の印刷所で活字になったという事情を指しているのである。

ところが「ボツ」だけではない。四月末に組版を崩してようやく五月十九日に雑誌が刷り上ったが、そのあいだもそしてそれからも野間氏を訪ねて事情を話しお詫びすることができなかったのである。すったもんだを繰返しながらも、原稿を持ってお詫びに行く「個人的」な行動は許されぬという「組織原則」に結局従わざるをえなかった私は、組織を代表して他のものが行くという約束を取りつけただけで、それは翌年の一月まで延びに延びて行ったのだった。私はたしかに「個人的」な行動は取らなかったし、「原則」を守った。しかしそれが正しかったか、どうか。たとえその「原則」がまちがっていたとしても「大きい組織」のためにそれを守るべきだったか、どうか。組織から離れることの辛さや恐ろしさの度合いはどうだったのか。私は卑怯で怠慢かも知れぬが、いまここでも明確な答えができない。この問題は私の内部ではまだ解決していないのである。ただ、いまの私だったらあのようにはできなかっただろうということだけだ。——いったい、なぜ「ボツ」になったのか？　いまはそれが原稿そのものの問題ではなく、それ以外の「政治」の問題とからむものだったとだけいっておこう。

三日後の十五日にわざわざ野間氏から原稿ができたからという電話があって、私はすぐ金君に連絡すると同時にまた彼を誘った。私たちは二人で雨の中を行った。原稿は私が遠慮をしてせめて五、六枚程度にとたのんであったものが十枚を越えていた。これがまたうれしかった。野間氏は原稿を読んでくれるようにいった。私は恐縮しながら読み終ってからいわれた通りに意見をのべた。やがて野間氏はその意見を入れて、しばらく待ってくれるようにと一言いい残してから応接室を出て行った。そしてそのちょっとのあいだが、それから約一時間余り、普通なら眼のまえで赤を入れたりするくらいですむだろうことをせずに、自らの書斎に閉じこもってしまったのである。そのあいだ、こんどは奥様が食べ物などを出されていろいろ気をつかわれたのだった。長い時間に感じられた。野間氏がふたたび応接室に現われたときは、新しく二枚ほどの原稿が書き加えられていた。

あの原稿はこのようにして、まことに愚直ともいえるような態度で書かれたものである。そして結果はいまのべたようなことになった。しかし野間氏は沈黙を守った。私たちに抗議の電話も手紙もなければ、非難の文章も発表しなかった。何と重たい沈黙だったことだろう。おそらく悲しみをもまでこめられていた怖ろしい沈黙だったに違いない。私たちの常識では考えられないことに対するに、これまた常識では測りがたい心で、じっと待ちつづけていたのである。それは何の心であろうか、私にはいまもって分らない。その怒りのこもった沈黙の底に、原稿を書いた当初のその心がまだ生きていたと思うのは、余りにも甘い、いや傲慢な想像だろうか、分らないのである。

年が明けて一月に、ようやく組織の代表が行って陳謝し、そしてその後に私がはじめてお詫びの手紙を出した。意外にもすぐ折り返し返事があったのだが、それは私に対する励ましといたわりのことばで充たされていた。それからまもなく十カ月ぶりで私は金君といっしょに野間氏を訪ねたのである。

私はいまその一月二十八日付けの野間氏の手紙を読み返しているのだが、たしかに私はこの手紙で大きく許されたのだった。許すということばを使われずに私は許されたのだった。しかし許すということはどういうことだろう。許しえぬ事態をまえにして、許しえぬ心を幾重にもあざないながらそれが大きく許す心にひろがるとすれば、それはどういうことだろう。ある意味では人間のあいだの信頼の心であり、相手に相手自らの責任を自分のものとして手渡してやることでもあるのか。もしそうであるなら、それはまた地獄をもともに手渡すことでもあるだろう。

私の手を離れたまま保管されていた原稿は組織の代表の陳謝の際にようやく野間氏に返された。それがその年九月、合同出版から出された『青年の問題、文化の問題』に収録されたのだった。（野間宏全集第二十一巻『人生の探究』に収録されている）。その後私はお願いしてその原稿を野間氏から頂戴した。それがいま手元にある無残に傷痕の残っている原稿なのである。その傷ゆえに、あの黙って待ちつづけた不思議な怖ろしい心を生んだ原稿である。

「懐しさ」を拒否するもの

『小林勝作品集　第5巻』「解説」
白川書院、一九七六年

一

　私はいま小林勝のいくつかの作品を読んで重苦しい感動で心が重いが、なぜ彼がこれほど朝鮮にかかわって苦しまねばならなかったのかという気持、あるいは素朴な疑問といってよいものを持った。作家がそれぞれに自分のテーマを担い苦しみながら作品世界の実現に向うのは当然のことであって、何も小林勝一人に限られるものではない。それを知っているつもりでいながら、しかしふと、多くの日本人の、そして作家のなかで、なぜ、たとえば小林勝のような作家が〈朝鮮〉を自分の内部に据えつづけ、それとの苦しいたたかいのなかで自分の実現に向わねばならぬのかという疑問が起こる。

　もちろん、たまたま朝鮮で生まれその土地で大きくなった小林勝が、〈朝鮮〉をテーマにしたとしても別に不思議ではあるまい。つまり彼の朝鮮での生活の歴史から〈朝鮮〉とのかかわり方を考えることができる。そして日本人の、よくいわれる「贖罪意識」を朝鮮体験者の小林勝が集中的に表現しているといえないこともない。またあるいは、朝鮮体験を持った多くの日本人とともに小林勝のなかにもある朝鮮への「ノスタルジヤ」が彼の創作上のモチーフになったといえないこともないだろう。しかし、それでも私が先にふれた素朴な疑問は消えない。

　小林勝にノスタルジヤがなかったのではない（ついでにいえば、日本人の朝鮮に対するノスタルジヤはわれわれ朝鮮人を、少くとも私を非常に気持悪くさせるものだ）。小林勝は人一倍朝鮮に引かれていたのであり、その作品の多くはその牽引力によって書かれたといえる。しかし彼は自分のその「ノスタルジヤ」が何ものであるかを知り、だからそれを拒否することを知っていた。知っていたというより、拒否するに至ったといったほうがよいかも知れない。

「この小説集の中には、朝鮮に長く住み、朝鮮人に直接に暴力的有形の加害を加えず、親しい朝鮮人の友人を多く持ち、平和で平凡な家庭生活をいとなんだ、もしくは、いとなもうとした日本人が登場してくる。かつて下積みの、平凡な日本人の多くがそうだったと思う。それらの人々、あるいはいまは中年に達した、それらの人々の子供たちの多くが、二十数年をへだてた今、朝鮮を懐しがっていることも知っている。

しかし、私は私自身にあっては、私の内なる懐しさを拒否する。平凡、平和で無害な存在であったかのように見える〈外見〉をその存在の根源にさかのぼって拒否する。ことは過去としてうつろい去ったのでは決してないのである。敗戦によって、あれらの歴史と生活が断絶されたのでも決してない。……」（新興書房版『朝鮮・明治五十二年』あとがきより）

小林勝はここで「郷愁」とか「ノスタルジヤ」とはいわず、「懐しさ」といっているが、それはことばを選んだ結果だと思われる。作中では登場人物が、朝鮮を故郷だというくだりがかなり出てくるのだから、「郷愁」といってもよさそうなものだが、「二十数年をへだてた今」、小林勝はあえてそのようなことばを使わなかった。もちろんいまは日本人にとって「外国」になったその土地に「郷愁」をおぼえるというのもためらわれるだろうが、しかし心情としては一種のノスタルジヤ以外の何ものでもない。彼は左翼作家だったので渡航はむつかしかったが、おそらく死ぬまでには〈故郷〉の土地へ行って来たかったのに違いないと思う。しかし彼は「懐しさ」そのものを拒否した。

あとがきだけではなく、「瞻星」のなかにもそれに似た表現が見られる。「瞻星」は陸軍航空士官学校を舞台にした小説だが、主人公の朝鮮人学生達城（朴）天地が朝鮮の学校からいっしょにやって来た小郡という日本人学生と話し合った後のことを書いたくだりがそれである。

「達城は気が重かった。小郡の顔を見、彼の話を聞いていると、いやでも朝鮮を思い出す。それは懐しいというより、切なく、苦しい。それに、朝鮮に生まれた小郡が、なんのためらいもなくあの山や町を自分の故郷として懐しむのを見ると、腹の中がどす黒くなるくらいいらだたしく、やり切れなくなってくる……」

作者はここで自分のなかにある「内なる懐しさ」を、それも朝鮮人少年の口を通して拒否させているというべきだろう。

初期の作品である「フォード・一九二七年」にも「壊しさ」に対する拒否がないとはいえない。もちろん、この作品もほろ苦いほほえましささえ呼び起こす少年時代に対する「懐しさ」によって書かれているといえよう。しかし、それは幼ない少年の眼だけにとどまるものでなく、戦場における成長した「ぼく」の眼を通して重ねて見られているところに、つまり作品が重層的であるところに、先にのべた拒否への意志を読みとることができるのではあるまいか。そして後年作者は、あるさわやかさを持つこの作品にひそむ重苦しい息吹きに場所を与え、自らそこへ軀を乗り入れることになったのだと思う。

二

ところで、この「懐しさ」はどこから出てきたものなのか。その因ってくるところを考えれば、〈朝鮮〉が朝鮮人のものではなく日本人のものだという所有意識にあるだろう。これは決して唐突ないい方ではない。朝鮮人の私から見れば、不合理を通り越して極めて理解しがたいことであっても、日本人は朝鮮の所有者として臨んだのだった。この巻に収められた作品のなかにもそのようなところが多く出てくる。

たとえば「朝鮮・明治五十二年」で、「自分は財産を求めて玄海灘を渡ってきたのではない」という主人公大村でさえ、その考えは「自分が求めているものは、一個の自由な、自然児として思うままにふるまうことの出来る、一切の束縛から脱した広々とした天地なのだ、ただそれだけなのだ、と彼は思った」程度を越えることができない。（傍点、作者）

大村は朝鮮の小さな町の実業学校の書記をしなが

らつつましく生きている男だが、「故郷での泥沼のような財産争いから脱出して、彼にとって殆んど無限の自由の土地とも思われた大陸をめざして海を渡ってきたのである。」

他の日本人とは違う大村でさえ、無意識の特権者としてやって来ている。当の朝鮮人にとって朝鮮は「……一切の束縛から脱した広々とした天地」などではなかった。また「殆んど無限の自由の土地とも思われた大陸をめざす」といっても、その大陸はだれのものなのか。朝鮮人のものであり、そしてその朝鮮人にとって「無限の自由」などありはしないのである。朝鮮人から見れば何ともいい気のものだということにしかならない。

先に引用した「瞻星」のなかで、中学時代の達城が同級の小郡とふとしたことから「朝鮮独立」云々ということばを交したことがあったが、それを思い出した小郡が達城に確かめる場面がある。それにつづけて作者は次のように書いている。

「中学生にしては空恐ろしいこんな会話をかわしながら小郡は、その言葉の重大さを自覚していなかったようである。小郡だけではなく、この植民地うまれのいわば二世たちにとっては、朝鮮の独立などということは、この世に絶対に起こり得ない、架空の物語にすぎない。そこが植民地へ乗りこんで来た、軍人たち、警官たち、銀行家たち、商人たち、高利貸したち、教師たち、僧侶たち、鉄道員たち、一世とは根本的にちがっているところだった。彼等一世たちは、朝鮮が植民地化されてまだ三十年間を経ているにすぎないことを、直接体験した独立運動の生々しい出来事と共に知っていた。しかし、二世たちにとっては、朝鮮は彼等が生れた時から日本であった。ここでは三十年という年月などには何の現実感もない。彼等は日本に生まれていた。だから、それは日本内地と共に永遠であった。……」（傍点、作者）

大村や二世たちにしてそうであるから、「軍人たち、官吏たち、警官たち……」と小林勝が書くところの他の日本人にとっては、〈朝鮮〉は当然日本人のものでしかなかった。大村や二世たちと他の日本人たちとの違いは、意識的かどうかの差はあるにしても、支配者の意識構造からはみ出ていないのはどちらも同じことだといえる。

この所有意識が後年、日本人のなかにできる「懐しさ」の要素になるだろう。そして、日本人のこの所有意識が意識的であればあるほど、当然それは植民地に住む支配者（所有者）としての不安と恐怖に繋がって行く。

不安と恐怖――（「朝鮮・明治五十二年」はまさにそれを扱った作品である）朝鮮に住む日本人たちの心を支えていたものは何だったのか。根本的な意味で朝鮮人との関係におけるそれは、人間としての自信でも、そして良心でもなかった。影のように日本人の心を脅やかした不安がそれを証明しているのだが、日本人の不安を支えてくれるのは、力としての法、警察力、武力……その他もろもろの総体としての権力であった。

日本人の人間としての誇りは何だろう……。これらの小説はそのような疑問を突きつける。一九一九年、「明治」がつづけば「明治五十二年」になるその年に起こった朝鮮の三・一独立運動をテーマにした「朝鮮・明治五十二年」もそうだが、二十数枚の短篇「全員蒸発」は日本人の不安を象徴的に見事に表現している。

そして、ついにはその恐怖がはっきり形を取って現われるときが来た。それが一九四五年八月十五日、日本の敗戦だった。「蹄の割れたもの」には、そのときの情況が次のように書かれている。

「……その夜が、たった一晩で呼び起こしたものは、形はそれぞれ違っていたが結果は一つ、つまり恐怖だった。ぼくは学校へ出かけ、多くの友人に会い、（中略）ぼくは下宿に戻ると、書籍をとりまとめ、そして、下宿のおばさんにことわって外へ出た。駅までの道は、いたるところ、見なれない旗が立っていた。朝鮮人が自分の手で作った、自分の国の国旗だった。それだけで、街は一変していた。それはもう、ぼくたちの街、ではなかった。街の建物も、舗装道路も、電柱も、塀も、街路のプラタナスも、そして遠くに見える思い出の深い前山も、高い山脈も、青い空と積乱雲も、ポプラの深緑も、蟬の声すらもすべてがよそよそしく、すべてが敵対的で、そして、八月の太陽は昨日の朝と同じようにぎらぎら輝いているというのに、ぼくのまわりは、しんとひえてうそ寒ささえ感じたのだった。」

こうして所有も崩壊した。

それにしても小林勝はなぜ、あえて「内なる懐しさ」を拒否せねばならなかったのか。壊しさは懐しさで、素朴な心情的なものとしてあってもよいのではないか。しかし考えてみると、日本人の所有としての〈朝鮮〉はあのとき崩壊したのだが、それは意識として記憶のなかに残っているということだろう。小林勝の「過去としてうつろい去ったのでは決してない……」というそれである。また、彼自身が「日本人」の一人として自由になれなかったからだった。そして、その人間としての自由をむしばむものを「内なる懐しさ」として捉え、拒否した。

しかしそれにしても、なぜ小林勝は他の「日本人」のそれを自分の「懐しさ」として組み込まねばならなかったのか。「蹄の割れたもの」のなかで、外科医の「私」が自分を訪ねてきた二人の学生に向っていう、結局ことばにならずに終った内心の独白が、そのことに示唆を与える。「……あなた方は、朝鮮人の前で大学生個人でもなく、大学生加藤菊子個人でもなく、掘あるいは加藤によって代表される日本人という自分の存在を実感したことがありますか？　朝鮮人にとっての日本人とは、一六世紀末豊臣秀吉による文禄、慶長の役以来の……（中略）、強制連行以来の、強制労働以来の、それから朝鮮戦争と特需景気による日本産業復興以来の、その他もろもろ以来の、その綜合的統一体としての日本人なのですよ、これと関係のない別の日本人というのは、一つの抽象であって、つまり、あなたが何時どんなところで、どんな朝鮮人とむかいあおうとも、あなたによって代表される〈日本人〉という存在以外のなにものでもないのだというふうに自分を実感したことがありますか？」（傍点、作者）

つまり、小林勝は「あなたによって代表される〈日本人〉という存在」としての、その「内なる懐しさ」を見ていたということだ。

三

この拒否する意志が、「チョッパリの直接的な意味は蹄の割れたもの、というので、人間の姿をしていながら、犬畜生にもおとるもの」と彼自身が書くところの、その内なるチョッパリ（日本人）を打つ苦しい作業へ向う。彼の耳には日本人が朝鮮人を、ヨボ！とか、鮮人！と呼んだときのひびきが蘇ってきたのではなかろうか。彼はこの苦しい仕事を進めることによって、「蹄の割れたもの」の主人公のように〈朝鮮〉から自由になることができなくなって行く。作者が主人公をして、日本に住んでいて直接的にではなくても、朝鮮と名のつくものから身を避け通すことはできないのだといわせているのもそのことだろう。どんな小さな活字でも〈朝鮮〉の二文字を見ると、考えるよりも先に「それらをつつみこんでいるこの体、このやわらかな肉体、この全存在の感覚の芯を恥と呪いの火で焼かれる思いがする」と書かざるをえない作者がそうだろう。

〈朝鮮〉にがんじがらめになり、そのおのれの内に下降しつづける彼がどうして〈故郷〉に対する「郷愁」を持ちえようか。彼の拒否、しかしこれは彼を束縛するが、同時にまた彼をひらかれた場所へ、ほんとうの自由へみちびくものに他ならない。その〈朝鮮〉から自らを解放する過程が小林勝の自由であった。これは単なる「贖罪」ではない。「贖罪」を突き抜けたところにある広がりを朝鮮人と共有する道であり、その方法としての「内なる懐しさを拒否する」意志が読者を、そして朝鮮人の私をも照らす。

小林勝が、「明治百年」（彼はこれを〝恥知らずな総称〟、〝虚偽概念〟だという）は朝鮮や中国をぬきにしては成立しえないというときの重さは、彼のこの自由によって支えられているといわねばならない。小林勝の「明治百年」への問いかけは彼の〈朝鮮体験〉をはるかに越えたものとしてある。

私の素朴な疑問、最初になぜ多くの日本の作家のなかで小林勝がこれほど〈朝鮮〉にかかわって苦しむのかといったのは、「明治百年」が朝鮮体験をした小林勝個人だけの問題ではないということから来る。しかも彼がそれを背負いつづけたということだ。私が朝鮮人であるところから、それが一層眼につくということだろう。しかし、それが文学というものかも知れない。

懐しさは表象をともなう。それには一種の快の感情がありしばしば美にさえ通ずるものだが、小林勝は「内なる壊しさ」に醜を見るようになった。つまりそれを理性的に見ざるをえない苦しい眼を持つようになったのだった。私が最初に感じたといった疑問を解くきっかけは、その辺にあるようにも思う。

この巻には絶筆になった「日本狂人日記」が収められている。おそらくこの作品の全体では、「朝鮮・明治五十二年」などの〈朝鮮〉と格闘しつづけるなかで生まれた自由がさらにひらけた場所を得、一層大きな展開が試みられるはずのものだったのではあるまいか。ここには前記の作品などにはない硬質のユーモアを感じさせるものさえある。しかし彼は死んだ。そしてわれわれはすぐれた作家を、朝鮮のよき友人を失ったのである。四十四歳、二度の大手術を経たあと『生命の大陸』を残しているだけにその若さが痛ましい。

この巻に収められた作品のなかのところどころで朝鮮語読みのまちがいがあり、そのうちここで指摘しておいたほうがよいと思うものがあるので一言つけ加えたい。それは「倭奴」の朝鮮語音の表記のことだが、文中に「倭奴《いのむ》」というルビがかなり出てくる。そしてまた、「いのむ」とか「イノムジャシギ！」「イノムジャシグ」というふうの書き方がある。「倭奴」は「ウェノム」と読む。「ウェ」と「イ」との繋がりは何もない。朝鮮語のこの場合の「イ」は、これとか、このとかの指示代名詞で英語の「ジス」と同じようなものだ。だから「いのむ」は日本語でいえば、「こいつ」とか「この野郎」というようなことばになるのであって、日本人を意味する倭奴とは違う。作者がそれを知っていながら、意図して「いのむ」を使ったのだろうかとも考えてみたが、「ウェ」が「イ」に転化したのでもないのであるから、やはり作者がまちがったのだと思う。

小林勝が幼いときから「ウェ」を「イ」と勘違いして聞いたり、日本人の大人たちから「鮮人はわれわれのことを倭奴《いのむ》というんだ」などといわれていたことが、記憶に刻まれて生き残ったのだろう。

小林勝にして、「倭奴」を「いのむ」としか表現できなかった。つまり彼も自ら認めるように植民者の子なのである。戦後二十数年、小林勝は「いのむ」のまちがいに気付かないままに死んだが、生前の彼を知らず、いまはじめて読む作品をまえにして、私はいささか複雑な思いがしないでもない。朝鮮と日本の関係は、それは朝鮮人自身の問題としてもあるものだが、まだ遠い。この何でもないようなことが、ふと私にそう感じさせる。

私は白川書院の編集部とこの機会にまちがいを訂正すべきかどうかを相談した。編集部の意向は原文のままがよいだろうということだったので、蛇足とは知りながら一言つけ加えた。（一九七六・二・一）

第Ⅱ部 なぜ「済州島」を書くのか

虚無と歴史を超える想像力の文学

私が日本語でもって朝鮮を描く場合に、何に私はよりかかるか。ことばのもっている普遍的な側面とそれをフィクションの世界に打ち上げるイマジネーション、想像力によりかかるほかないわけです。

「「在日朝鮮人文学」について」より

私にとっての虚構

『季刊 文芸・教育』十号（明治図書、一九七三年七月）に「「民族・ことば・文学」と私」として掲載
『民族・ことば・文学』（創樹社、一九七六年）収録にあたり、「私にとっての虚構」と改題

一

本誌（『文芸・教育』）の特集のテーマである「民族・ことば・文芸」をやや具体的にいいかえれば、一定の民族、その民族のことば、そしてそのことばによる文学ということになるだろう。そこに任意の民族や、その民族語などをあてはめればよい。いずれにしてもこの場合、その意味での民族・ことば・文芸（文学）を一本の線でつなげるのは一般的に妥当であって、まずは大きくはみ出る例外はないという基本的な発想が前提になっている。

あらためていうまでもなく、ことばは基本的には「民族語」あるいは「国語」という具体性——他国語とはちがうという意味での個別性をもって存在し、機能するのであり、はじめからことば一般という形での、ずんべらぼうのものとしてあるのではない。ただし、日本のように単一民族が単一国家を構成している場合、その民族語イコール国語ということになりうるが、たとえばアメリカのような混成民族

で成りたっているようなところでは民族語ではなく、「国語」として機能する。そして、ことば、つまりは「民族語」あるいは「国語」によってつくられる文学もまた、何らかの形でそのことばの個別性に包まれて、抽象的なものではなく、まずは日本文学とか、日本語の文学とかという具体性をおびたものになる。厄介なことではあるが、翻訳の仕事というものは、そのことばの個別性——各国語間のちがいという事実性の上にたってなされるものだ。これは絵画などの視覚芸術や、また音楽における原作曲の翻訳ともいわれる演奏ともちがうものである。

そしてまた同じく一定の「国語」で書かれるものとしても、記号による事実の意味伝達としての科学におけることばの機能と、存在にかかわるものとしての文学におけることばのそれはちがってくる。たとえば、「ある国の歴史」が直接日本語で書かれたとして、それがことばの「国籍」にしたがって「日本歴史」というふうにはならない。ことばではなく、そのことばを使ってなされる科学の対象に規定される。ところが、朝鮮のことをテーマにして、そして朝鮮人作家が書いても、ことばが日本語であればその「国籍」にしたがって「日本文学」ということに一般的にはなるだろう。私はそれにいささかの疑義がないわけではなく、一定の問題提起はしているのだが、しかし、ことばと文学との関係はそういうものだといえる。文学におけることばが、科学におけるような単に意味伝達、あるいは概念性の明示だけではありえない、自己目的的な機能をも併せもったところに複雑さがあるといえるだろう。

こうしてみると、当然のことながら、はじめにのべた「民族・ことば・文芸」という特集の題目は一種のテーゼ的なテーマの立て方だともいえるように思われる。

二

ところで、「民族」とか「ことば」とかということばから受ける朝鮮人の心象が日本人とは大きくちがうということを一言ふれておいた方がよいだろう。在日朝鮮人作家、少なくともその一人である私と日本語との関係における日本人作家とはちがう矛盾した意識やジレンマというようなものも、そもそもはそこから出ているといってよいのだ。これらの「民族」とか「ことば」とかということばにはそれぞれ深い歴史の傷痕が刻みこまれていて、どの一つを取ってみても、かつて民族の独立やことばを奪われたものとしての朝鮮人の心をいまだに激しく揺りうごかすものをもつ。そしてこれらのことばの朝鮮人の心にもたらせる表象は、日本との関係を抜きにしては成り立たぬという事情がある。

一言でいえば、朝鮮人にとっての「民族」はつねに奪いかえさねばならぬものとしての独立や侵略者への抵抗の主体、核を意味するものだった。超国家的民族主義の侵略、つまり「皇国日本」に対する民族解放のためのナショナリズムを意味した。一方は植民地民族であり、一方は抑圧し支配した民族である。

「ことば」もこれに準ずる。朝鮮民族を抹殺して「同化」するためにはいずれはその精神を殺す必要があった。そのために、その民族の文化の支えであることば——朝鮮語を抹殺し、朝鮮の歴史を歪曲しただけではなく、まるで歴史がないもののようにタブーとさえしたのであり、それに取って替ったのが、銃剣に守られた日本語であった。それによる皇国精神や、皇国日本史というようなものだった。そもそもことばの運命がこういう具合であるのに、そのことばによる文学の存在が安泰であるはずはない。日帝末期には朝鮮本土においてさえ、日本語による文学が「国民文学」という奇怪な名で朝鮮語による朝鮮文学に取って替ったのだった。

いま、大半の在日朝鮮人における母国語喪失の状態や、私もその一人である在日朝鮮人作家による日本語作品の存在するのも、つきつめれば日本の植民地政策の結果としてあるものだといえるだろう。

「民族・ことば・文芸」というこのテーゼ的なことばが示すように、日本人が日本語で文学をするのはあたりまえのことであって、それはまた幸福なことだといわねばならない。日本人が日本語を使うのは、空気があるのがあたりまえであるのにも似て、取りたててそれを意識することもあるまいといえるかも知れない。それはそうなのだ。ただ、日本語は他国語を抹殺し、空気があるのがあたりまえのようには他国民に対してその国のことばを使わせなかったところの銃剣の同伴者というきわめて神がかり的なことばだったのであり、他国語の不幸の上での幸福を保証されていたことばだということは、どこかで踏まえられていなければなるまい。奪いはしたが、奪われることがなかったというのは、たしかに幸福なことだが、その意味では倫理的なアイロニーを自ら生みだしうることばだともいえるだろう。

ところで在日朝鮮人の大半は、日本人のようにことばを意識しないですむどころではなく、母国語である朝鮮語を自分の中にほとんどもっていないのが実情である。そして、個人ではなく、一つの社会的集団としての性格をすでにおびつつある在日朝鮮人作家たちが日本語で文学を、しかも彼ら自身祖国語喪失の状態のままでその作業をしているわけだ。したがって、在日朝鮮人文学とことばとの関係というものは、たとえば「民族・(その民族に対応する)ことば・(そのことばによる)文学」というような原則的なテーマからは外れる例外的なものになるということになるだろう。

私はいまここで言語理論を書くつもりでいるのではない。そのような柄でもないし、もともと私がことばの問題を考えてきたのもそういうところに目的があるのではなかった。私にとってのことばは思弁的なものではない。いままであちこちに、在日朝鮮人文学と日本語のことについて書いてきたわけだが、それは日本語で小説を書く私にとって、どうしても最少限度に必要だったからだった。日本語でものを書いている私にとって、あるいは在日朝鮮人作家たちにとって、自らの日本語との関係におけるさまざまの問いは避けられぬものとしてあるはずなのだ。

私にとってのことばというのは、具体的に「日本語」という、私とのあいだに生身をぶつけ合っている、私の中で刻々として一定の作用をしつづけ、かつ私から逆に作用されていることばのことである。日本語のもつ民族的形式というべきその個別の肌合いをとおしてつねに在日朝鮮人作家に触れ、いやその内部を血管のようにめぐっていることばを「外国語」として客観視しようとするならば（少なくとも「外国語」として客観視しようとする姿勢は必要である）、その機能を意識化する作業が起らざるをえない。意識化とは客観化の過程である。多くの在日朝鮮人作家のあいだに日本語に対する外国語としての言語感覚がほとんどないのにもかかわらず、それを外国語として認識しようとする主体的な意志によって、日本語とのあいだに客観的な距離を生むことができるだろう。この日本語を客観視できるという距離感が重要なのであり、距離をもつことにおいていっそうそれが呪縛の形をとってくるのがはっきり見えるようになるのだ。呪縛を解き放つためには、呪縛の作用するものの正体がよく見えていなければならない。

民族とことばが対応し、文学がそのことばに規定されて存立するものであるからには、ことばはそれによって限定される対象だけではなく、それを使うもの、たとえば作家をどのような形であるにしても縛ろうとする。その縛ろうとするメカニズムと作家とのたたかいの過程で、はじめて作家自身もそしてメカニズムとして作用したことばそのものも解放されることになるだろう。しかも在日朝鮮人作家と日本語とのその力学的関係は二重に緊張していて、その束縛の力とそれを解くためのたたかいは、いっそう強まるものとしてありうるわけである。

三

実情に即していえば、これは私の基本的なテーマだが、在日朝鮮人作家が日本語で創作する場合に、果してその日本語の枠――メカニズムの中で自由でありうる根拠があるか、一定の民族語としての機能をもつ日本語のもたらす呪縛を自ら解きうるか、つまり日本語のもつメカニズムに日本人も朝鮮人もいっしょに還元されてしまうことなく、朝鮮人の主体意識をもって風化に抗しうるかという論理的な側面が一つある。そしてさらに過去の支配者のことばという、母国語を抹殺した侵略者のことばとしての日本語という心情的な苦痛をともなう倫理的側面があって、この二つが微妙にからんで日本語で書くという一つの具体的な行為をとおして、朝鮮人の私を呪縛しようとするわけなのだ。

私はこれらの問題を私なりに考えてきた。そして、在日朝鮮人作家は日本語の呪縛から自らを解放し、日本語の枠の中で自由でありうるのであり、そしてその解放の条件を前提にして、「日本語に食われながら、かつ日本語の胃袋を食い破る」方向に向って自分を解放してゆくべきだということを、いくつかのエッセーで書いてきた。日本語で書く限りにおいて、その心情のもたらす苦痛というものが完全に消えさるものではないにしても、しかし自らの解放のための論理的な条件を解明してゆくにしたがって、またその心情に裏打ちされた倫理的な呪縛もある程度は断ち切られてゆくものだといえる。なぜなら、その心情の痛みは、そうでなくとも過去の支配者のことばである日本語に、いままたがんじがらめに支配されて、それから自由でありえぬのではないかという惧れが先立つところに一つの根拠があるからだ。

そういうわけで、できれば、これはむずかしいことだが、在日朝鮮人作家は日本語との関係においてそれを手段的なものとしうる位置にまで自分を高めてゆかねばならぬと思われる。その場合のことばを、在日朝鮮人作家にとって一種の国際語的な性格をおびたものといってもよいのだろう。そしてそれは、在日朝鮮人作家の想像力のもとに奉仕することばとしての、つまり日本語自身のメカニズムが変質したものとしての性格をもつようにならなければならない。

ところで、在日朝鮮人作家が日本語との関係において自らを解放しうる条件というのは、大まかにいえば次のようなことだが、それを私が他に書いたところから引用することにする。

「まずは、いわゆるアイデンティティの問題にからませていえば、朝鮮人作家としての主体的意識の形成が前提にならねばならない。つまり日本語で書くにも拘らず、その朝鮮人としての作家的主体の確立によって、その作品に独自性を与えるにおいての日本語のもつ言語上の障害が取りのぞかれる最初の条件ができるということだ。大まかにいえば、ことばの個別の肌合いをとおして、さらにことば自体に内在する普遍的作用と作家はかかわることになる。それはすでに想像力の領域に属するだろう。そしてそのことばの普遍的作用とそれにかかわる作家主体との緊張関係が想像力によって大きく虚構の世界へ打ち上げられる。その非日常的な記号的世界における想像力そのものが超越的であることによって、つまり虚構の世界はことばに拠りながら同時にことばを超越したものであることによって、呪縛としてのことばが普遍的世界へと解放されるだろう。

つまり、ことば——日本語によってみちびかれた想像力の世界は、日本語でなくともつくりうる世界へと架橋され、その特定のことばだけの絶対的支配から脱しうる瞬間の持続がありうるということだ。繰返していえば、それはフィクションの世界でのことばを越えた想像力の作用によって、呪縛が解かれるということである」（「ことば、普遍への架橋をするもの」『群像』一九七二年十二月号）

こうしてことばの問題を考えてゆくうちに、私は在日朝鮮人文学の独自性の確立のことについて考えざるをえなくなったのだが、ここではそれには触れない。（これらの一連の問題についてのエッセーは、拙著『ことばの呪縛——「在日朝鮮人文学」と日本語——』に収められている）

いずれにしても、これらの作業は、呪縛として自分の上にのしかかってくる「日本語」ということばの具体的な個別性をこえるもの——普遍性への、私のひたすらな志向そのものでもあった。つまり、日本語の個別性の束縛からはなれたいがためにひたすら普遍への眼を向け、飛翔しようとつとめてきたのだが、日本語で書いていながらの、いや、書いているがゆえのこの矛盾する心情は私が在日朝鮮人作家としてある限りはつづくものでもある。そしてそれは一方では虚構への（それは私にとっての普遍的世界であるが）眼をひらかせてくれるだろう。

じっさい、ことばがフィクションという建築物を構成する材料となり、同時にそこにちりばめられることによって、ことばそのものが普遍的なものとの結合をとげて変質をきたす。ということは、それがそのままことばを呪縛として意識する作者には一つの救いになるということだ。虚構の世界こそ、地上を蹴ってそこから自らを引きはなし、そしてなお地上と照応するものだといえよう。その意味では、私小説的な世界は体験的なものから大きく切れていないがために、その想像力はより自由ではない。とくに在日朝鮮人作家のように、ことばの呪縛を意識せざるをえない存在にとっては、私小説的な世界はそのことばの呪縛を十分に解きうる場であるとはいいがたい。もちろん文学（私小説であっても）イコール事実性ということはないのであって、すべて何らかの形でフィクショナルなものがそこにはかかるようになる。単なる事実の引き写しにすぎないものであるなら、それは事物とほとんど距離のない、したがって文学の、ということは想像力のということだが、それの自由は一かけらもないということになるだろう。ただ私の望むのは、私小説的でないところの、できる限り完璧に近い虚構、建築物のような空間をもちうる虚構のことである。私小説的世界では、作者自身の創作過程において、自らの存在を、呪縛としてのことばそのものが解放されうる虚構の機能する世界へ思いきり打ちあげられていないがために、十分に呪縛から救われたものとしてのカタルシスを味わうことができない。一般に読者にとっては、結果としての作品しか必要のないものではあるが、それでも作者自身の作品を完成させるにいたるまでの創造過程は同時に自己を解放する過程ともいえるものなのだ。

虚構が成立するなかでことばが再生する。つまりことばそのものが普遍的なものとの結合を果して変質することでことばが個別としてもっていた呪縛を自ら解くとき、そこに作者が救われうる道がひらかれることになるだろうと私は考える。これは一般的にもいえることだが、とくに母国語でないことばで書いている場合においては、それは切実なものとして同時的に実現されねばならない課題として迫るものなのだ。少なくとも私はそこのところに、日本語の中での自己解放の道を探してゆきたい。そしてこれは単にことばだけではなく、在日朝鮮人作家たちの方法の問題にも一定の作用を与えるものだと私には思われる。在日朝鮮人作家はことばの問題からみても、できる限り私小説的なものを排除した方向へ向ってその方法を切りひらいてゆくべきだろう。

このようにして私は、朝鮮人でありながら日本語で書くものの危惧の反映として、日本語の個別性のもつ拘束力から逃れるために、普遍的なものを探し求めてきたのだが、本誌（『文芸・教育』）のように、読者層がほとんど日本の「国語」の教師関係だということになると、これの強調はやや誤解を与えるおそれがないともいえない。

ことばの生命はその音や形などの具体的なものをとおしてあらわれるのであり、つねにわれわれのまえに現前しているのは具体的なことばだけである。絵画などに見られる翻訳を媒介としない共通言語的なものは、ことばにはありえない。その意味では一般的にことばの普遍性は抽象的なものだといえよう。朝鮮語と日本語とは形も音もちがうのであり、まして英語などとは文法構造も大きくちがってくる。まさにそれゆえの「国語」なのだ。

あらためていうまでもないことだが、私はこの具体的なものとしての「国語」の尊重を否定するものではない。朝鮮語がその個別的な具体性をもってより美しく、よりよきことばとならねばならぬように、それは日本語とて同じことである。「国語」の教育は当然のことだがあくまでことばの個別性の、そしてそれによる教育であり、普遍性は同時的でありながらそれにしたがうものだ。ただ朝鮮人である私が、過去の支配者のことばである日本語と関係している場合、そこにきわめて強い普遍的な世界へつながるものへの止揚の作用を見ていかねば、作家としての存立の根拠をもちえないという内的な動機があるのはやむをえない。

「民族・ことば・文芸」という原則的な立場に立ってみれば、在日朝鮮人作家のおかれている事情はともかく、私はやはり一つの民族文化の一環としての文学をどうしても考えるようになってしまう。民族的な性格(ここではまずその民族語による文学語の保証である)をなくしてしまっての普遍ではなく、同時的な普遍性の具現である。とくに先にも少しばかり触れたように、過去に喪失の歴史をもつ朝鮮のような場合には、かつ祖国統一の曙光は見えるとはいうもののいまだに分断民族の状態では、その欲求がいっそう強いものとならざるをえない。過去に植民地であったというそのために、われわれは民族的なものの多くをなくしているわけだ。それらのものの回復と建設の作業が何よりも人間的ないとなみとなるのである。

このようなことをいう私は、現に朝鮮語による朝鮮文学をしているわけではない。もちろん日本語ではあっても、その内容は普遍を目指している。日本語で一つの「朝鮮」の世界を書きうるということが、すでに私にとっては普遍を意味することになり同時にその書かれた「朝鮮」をとおしてそれがそのまままた普遍へと通ずることになるだろう。しかし「朝鮮」をその中に包みこんだ普遍を目指しながら、それでも絵画などとはちがって、「国語」としてのことばのもつ相互浸透を許さぬ外皮のぶ厚さのまえに、ふとたじろがざるをえぬ自分を見つめることがある。もちろんことばはたがいに翻訳可能なものではあるが、しかし、そのときじっと地上にうずくまったことばは壁のように不透明なのだ。それは私に拒絶を示す日本語の姿である。私が自分が朝鮮人でありながら日本語で書いているということを強く意識するのは、そのようなときだ。そしてそれはふと自分にかえるというような瞬間でもあり、日本語があかの他人として見える瞬間でもある。こうして私の中にはふたたびことばの相互浸透の可能な、透明な普遍の世界への飛翔の志向が生れてくるのである。

わが虚構を支えるもの――なぜ「済州島」を書くか

『月刊　エコノミスト』（毎日新聞社）一九七四年十二月号

一

われわれは支配者（具体的にはどこかの大統領でもよい）の暗殺を笑うことはできても、同じ人民の虐殺を笑うことはできないだろう。

たとえば、現在の韓国のことはさておいて、いまから二十数年前に私のふるさとの済州島で、島民の三分の一の約八万人が虐殺された事件、アメリカ占領軍と李承晩軍隊に抵抗してたたかった結果としての大虐殺事件があった。私はそのとき日本にいた。済州島にいたとしたら、おそらく私もどうかなっていたに違いない。しかし、日本にいても私は虐殺される側の人間という事実は変わらないのだから、地理的条件が違っていただけで、虐殺の可能性は潜在的に私にもあったわけだ。その殺される側の人間の一人である私がどうして虐殺を笑うことができよう。

だから、私の「済州島四・三事件」をテーマにした作品と笑いは、密接な関係があるにしても、じっさいの済州島事件の惨劇と笑いとは関係のあるはずのものではないのだ。ときのアメリカ軍政庁や李承晩をよろこばし、笑わせたことはあったにしても。

じっさいの人生における笑いと、文学におけるそれは違うだろう。笑う側の人間の心理のメカニズムは共通するところがあるにしても、後者は虚構が前提になっているということだけでも違う。文学は人生の営みの一つではあっても、じっさいの人生と文学のそれとは違うように、笑いもまた違うだろう。そして文学の場合、作者自身が自分は笑わないで笑いを書くという逆説が成立するので、笑いの持つ意味は一律的ではない。しかもその笑いは、一回転ひねっているだけに観念的、つまり一つの認識でさえありうる。その意味では、じっさいの人生より笑いの冒険の可能性が大きいといえるだろう。

すぐれた喜劇俳優が偉大なのは、彼は現実には決して、舞台の主人公のときのように惨めで人のなぶりものになったりして、人を笑わす人間ではないということだ。もし現実の人生が、やたらに尻を蹴られたり、頭をぽかんと殴られたりばかりする喜劇俳優や道化のような人間であふれているとしたら、それは笑いではなく惨めさ以外のものにしかならない。文学における笑いは、その意味でも実人生より冒険的であるだけではなく、われわれを救うものだともいえるだろう。

もうずいぶん以前のことで、だれだったか、たしか武田泰淳氏だと思うのだが（記憶違いかも知れないが、日本の作家にはまちがいない）、酒でも飲まねばしらふでは白けてしまって、小説など書けるものではないという風のことを、どこかに書いていたのを読んだことがあった。もし武田氏のことばが単なる比喩ではなかったとしたら、私はその実際を真似ることはできないにしても、しかしそれでも小説家の無残さをいいあてているようなそのことばをいまでも感銘深く受け止められる。

小説書きになったような人間は、すでにどこかで人生から逃げ切れずにいるようなところがあるのであって、笑いはその一つの方法にもなるのではないかと私は考えている。

私自身、つねに笑いを底に敷いているような作品ばかり書いているわけではない。肩肘を張ったり、しかめ面をした作品も書いたりしているのだが、しかし妙にくそまじめな顔付きばかりが大きく映ってくると、私は自分の精神の退屈さ加減に苛立ち、厭気がさしてくる。気恥ずかしい気持がちらちらとあたりをうかがったりするのだ。といって、酔っぱらって作品を書くというところまではいっていない。

そういうこともあって、私は一人の作家が倦むことなく笑わない作品ばかり書きつづけているのを見ると、その上品さに感心もし、かつ首をかしげたりもする。だいたい東洋の紳士は昔から笑わない。心中、酷薄な笑いを蔵していながら、士大夫は、朝鮮の両班《ヤンバン》たちも、そして日本の武士たちもみだりに笑わない。それをまた民衆が笑う。李朝後期の小説「両班伝」における笑いは、両班の称号の売買を通して、この笑わない士大夫のバカさ加減に向けられた痛烈な諷刺である。

私は文学における笑いにひかれる。どちらかというと、笑いを包み込んだ文学を高く見る癖があって、深刻面ばかりのオーバーラップの連続は余り気に入らない。私は文学に笑いがなければならぬと決めつけはしないが、しかし、笑いは文学のもっとも本質的なところにかかわるものだと考えている。

笑いは一様でない。ストレートで明るい笑いもあれば、くすぐるような感覚的な笑いもある。逆説的な笑いともいえるブラックユーモア、そして諷刺に見られる抵抗的、攻撃的な笑いもある。何を笑うかはその人によって決まるだろう。そしていろいろの笑いを包み込みながら文学における笑いは、その作家の個性と世界観によって、ある傾向を軸にパターンがつくられていくものと思う。

私はいままでも、自分の小説に喜劇的な人物、人を笑わす、いや、人を笑わすのは作者のほうであって、ほんとうは人に笑われる人物を登場させることを試みてきたし、これからもそのような作業をつづけたいと思っている。私が作品における笑いに関心を持つのは、それの読者に与える効果を考えることはもちろんだが、より多くは内発的な自己の必要性にかられたところからきている。つまり何か絶望的な気持と同時におのれに対する照れみたいなものが私にあるということで、笑いはその煙幕にも似ているだろう。くそまじめに、セリフや、あるシーンを書いていて、ふと意識したとたんバカバカしくて笑いだしたくなってしまうのは、だれにでもごく普通にありうることなのだ。人はそれでもなお書きつづけ、各自それへの処方を持っているものだが、作中に笑いを注入するのも、そのような白々しさに対する一つの方法、処方になりうるといえるのではないか。

しかし、私にとって文学における笑いが必要なのは、それだけではない他の理由があった。

私の小説の書きはじめは、済州島四・三事件をテーマにしたものだといえるのだが、その悲惨な事件に立ち向かうには、それに圧倒され、踏みつぶされないだけの何らかの方法が必要だった。直接の体験者でない私は、ことばの尺度を突き抜けてしまった悲惨と恐怖の現実に立ち向かうには、事件のリアルな再現というものではなく、完全な虚構でかわすしかなかった。かわすということばは適切でないが、いわば虚構のるつぼで現実を解体し、再組織して、一つの新しい空間、秩序をつくらぬ限り、その事件の事実性の持つ圧倒的な生の影を振り切ることができない。つまり事実性を越えた、しかも現実に対応できる虚構のなかで、事件の状況が語られるほどに、私は救われる。私は小説のなかで歴史を書いているのではないからだ。その虚構性をいっそう強調するファクターとして笑いが必要になる。その意味では、笑いの創造は虚構を支える想像力とどこかで深くかかわっているように感じられるのだ。

こうして、私の済州島四・三事件をテーマにした「鴉の死」やその他のいくつかの作品には、いわゆる明るい笑いではないが、それぞれに笑いが流れることになった。どれも人を楽しませる結末の作品ではないにしても、「鴉の死」を除いてはすべて「笑い」を基調にしているといえよう。そして私はこれを大事にしたいと思っている。

ところで、私は最近、笑いを大事にしたい気持に変わりないのだが、自分の「笑い」についていささか疑問を感ずるようになった。一言でいえば、これからの済州島事件をテーマにする作品のなかで、果たして笑いを書けるかどうかいささか自信をなくしてきたということだ。ある種の不安がある。この不安は私に反省を強いるが、その反省そのものが、また笑いを消すかも知れないのだ。

二

「百人の死は悲劇だが、百万人の死は統計にすぎない」

これは一九六〇年、アルゼンチンのブエノスアイレス近郊で逮捕、六二年イスラエルで絞首刑になったナチス残党のアイヒマンのことばである。彼は三百万人がガス室へ送られて殺されたというアウシュビッツ強制収容所の幹部だった。「一人を殺せば殺人だが、大量の殺人は英雄だ」というのも似たようなことばだが、アイヒマンのことばは殺戮の当事者だけに実感がある。

このような経験の上に再建された歴史を持つ戦後の人間にとって、「人間」復権の可能性があるとすれば、それはこの「統計」を「悲劇」によって、つまり一つ一つの具体的な死によって崩すことでなければならなかったはずだ。つまり数字の一つ一つが人間であり、「悲劇」でなければならない。ふたたび「統計」の魔手に人間の死をゆだねてはならぬということだ。

ある日、私は歴史を研究している同胞の青年といっぱい飲みながら話し合ったことがあった。それは今年の春で、民青学連事件が起こり金芝河氏たちもすでに投獄されていたときだから、当然話はそこへいった。愉快な話ではなかった。青年はそのとき、私をなぐさめるつもりだったのだろうか、いまはこんなに暗くとも、必ず歴史は人民が勝ってまえへ進みますよといった。それはそうだろう。それを疑っているわけじゃない、と私は答えた。しかし、ちょっと酔っぱらっていたこともあって、私は青年に、私もよく口にするんだが、余り人民とか民衆とかということばは簡単に使わんほうがいいよといった。

大きく歴史的に見れば、人民という一くくりの言い方をできるかも知れないが、またそういうわけにもいかないもんだ。人民はマスだが、しかしそれは具体的に一人一人の人間だ。人民が勝って歴史を進めるためには犠牲が必要であり、それは一人一人の人間が殺されることを意味する。その一人と朴正煕一人とは等価ではないのか。いや、人間的な見地からいえば、朴正煕よりはるかに尊いのだ。朴を倒すのは人民の力であっても、その人民というマス概念で言い表しているものは、具体的には一人一人のたたかいのことであり、一人一人の死なんだと、私はややむきになっていったことがあった。

「『……狭い島の中で三人に一人が、それも八万人も死んだでしょう。（中略）いまでこそ八万だとか数字の上でのことでいうけれど、あたしには限りない一人一人としてそれがはっきり見えてくるのよ』」

「……暗い川面に裸の死体が一つ浮んでいた。人間は一人ずつ死んで、死体は一つでないといけないと思う。ふるさとでは道ばたの石ころみたいに見馴れた死体だった。天地が人間の死骸で埋まった。無造作に殺されて、山と積まれた死体を探しにくるものもいなかった……」

これは在日朝鮮人の生活をテーマにした私の作品からの引用である。前者（「夜」）は済州島事件で日本に逃れてきて、こちらで家庭を持つようになった蘭女という一子の若い母のセリフからであり、次（「夜の声」）は同じく済州島事件で日本へ逃れてきた、いまはラーメン屋台を引いている男が橋の上でぼんやりと考えているところである。

つまり、捜しにくるものもいない山と積まれた死体、「統計」でしかない死への作中人物の反省というべきだろう。犠牲者たちとともに死なずに、生き残っているということへの反省なのだ。しかしこれら庶民の祈りにも似た願いにもかかわらず、人間の死が統計にすぎぬという恐ろしいことばは、アウシュビッツの過去だけではなく、現在もその実効を失っていない。ベトナムの死がそうであり、戦後済州島の死がそうであった。

私はこの（済州島で起こったところの）統計でしかない死と笑いとの関係を考える。私はいままでも虐殺されたマスとしての民衆を、一人の具体的な死として捉えるべく志してきたが、しかしその具体の恐ろしさをどれほど知っていたかというと、疑わしい。知るということは、どれほど自分を恐ろしさのなかに沈めていたかということだ。その反省がある。そして想像力といっしょに恐ろしさに沈みこむことが、これからの作品のなかにつくろうとする笑いに不安を与えるのである。

一昨年の春だったが、私は東京で「アウシュユビッツ展」を見た。ポーランドのアウシュユビッツ博物館から、わざわざ当時の遺品や資料などを送ってきたものだった。

アウシュビッツだけで毎日一万人近い人間が殺されたという事実のまえで、われわれが自分の存在を支えている根拠は何かという不安に、私は揺すぶられていた。人間は生まれるべきではなかったと、まさに意味をなさぬことでも思うより仕方がなかった。そこには善悪の概念さえ寄せつけない、途方もない殺戮の事実だけが、山脈のようにひろがっていたのである。

しかしそれでも私には、日本のデパートに「陳列」されているのを見る者としての距離と余裕があった。そして満員の会場をのろのろ廻りながら、アウシュビッツを経験したはずの戦後の世界でいちばん最初に起きた済州島の虐殺のことを、私はしきりに考えていた。私はアウシュビッツを見ながら、ふるさとで起こった虐殺の事実は、その具体的な遺品や写真のような形でも（二、三の不鮮明な写真を除いては）見ていないのである。

私が展覧会場を廻りながらうらやましく思ったのは、少なくとも克明に資料が残されているという事実だった。とくに、一メートル四方はある、強制収容所やガス室、焼却炉、銃殺処刑地、犠牲者の墓などを示す記号で埋まったポーランド全土の地図は、資料の集大成といえるものであった。地図のなかの無数の記号の背後には、しつように調査され、資料となった過去の事実が横たわっていることが示されていた。私は正直いってうらやましかった。南朝鮮では権力によってタブーにされ、人びとの記憶からも消えていって、いまや歴史の闇のなかに埋もれようとしている済州島事件のことを考えると、猛烈にうらやましかった。そしてその克明な地図の背後にある復讐の事実のすばらしさに私は賛嘆したのである。

去年〔一九七三年〕の夏、金大中事件が朴政権によって惹き起こされてから、この一年、とくに今年に入って韓国におけるファシズムは狂暴さを増した。いまの国際環境では大量虐殺をするわけにはいかぬが、しかしその一人一人に対して拷問を加え、虐殺すら辞さない彼らのメンタリティは過去の殺戮者たちのそれと変わるものではない。このような極限状況のなかに多くの学生たちや宗教人、金芝河氏などの文学者、その他の愛国者たちが置かれている。

私はこの春、ソウルで民青学連事件が起こってから、いままで政治的配慮もあって余りふれなかった金芝河氏のことについて、そして窒息する韓国の状況と沈黙について若干の文章を書いてきた。私は自分でそれらの文章を「犬の遠吠え」といっているように、無力感に打たれながら書いてきた。

そのなかに済州島事件について書いたものがある。「済州島四・三事件と李徳九」がそれだが、私は済州島パルチザンの指揮官だった李徳九のことを書きながら、あらためて彼の置かれていた状況の恐ろしさを思い知らされたのだった。

李徳九は壊滅期のパルチザンを指揮して悲劇的な最期をとげた青年だが、彼についての資料は残っていない。在日朝鮮人のなかの彼を知っている何人かのそれも断片的な話をまとめて、私なりの李徳九のデッサンをしてみると、済州島事件のいままでなかった新しい状況が見えてくる感じがした。それは大量虐殺の進行するなかでの勝算のない絶望的なたたかいの、それも私の想像力でしか摑むことのできない状況のことだが、私はそれにあらためて恐怖をおぼえたのだった。小説にするというような、一人の物書きに太刀打ちできるようなものではないのだ。そして、実地に済州島へ行き石ころ一つ手に取ることのできない私の観念的な、したがって貧弱な想像力の起こす程度のものでしかないその恐怖さえ、私は支える自信を失いそうな自分をしきりに感じる。そこには笑いの余地がない。「凄惨な事件の事実性に圧倒され、踏みつぶされない何らかの方法が必要だ。それは事件のリアルな再現というものではなく、完全な虚構性の要求であり、それをいっそう強めるための笑いだ」などと、いっていられない気持なのである。

山と積まれた死体のガソリンで焼いた燃え残りをブルドーザーでならし、島が血の海に沈んでしまっているような状況でなんの笑いがあろう。私の「笑い」は、その恐ろしさと悲しみを徹底して知らなかったためのものではなかったか。こういう状況での笑いとはどういうことか。人びとは気でも狂って顔面筋肉が異常な痙攣でも惹き起こさない限り、笑えないのである。恐怖のまえには憎悪さえ消えるといわれるが、恐怖のまえに立ちつくす笑いとは何だろう。ありえない。

私はもちろん、その現実のなかに置かれた当事者ではない。私はその状況に想像力とともに深く身を沈め、そして浮かび上がるとき笑いを盗んでこなければならぬほうの人間である。しかし、真実その恐ろしさを知っている場合、果たしてそのような状況に身を沈めることができるかどうか。

その済州島から日本に逃れてきた多くの人は、体験を語るのをいやがった。彼らは沈黙し忘れ去ることで、恐ろしい体験に距離をつくり、忌わしい過去の記憶から遠ざかろうとした。私はその彼らの領域に足を踏み入れていたのである。めくら蛇におじずの、知らないゆえの大胆さで、そこに足を踏み入れていたのだった。

私は李徳九のことについて書きながら、あらためて四・三事件に対する恐怖の眼を見開かされた思いがする。それが私の「笑い」にかかわっていくわけだが、現実には笑いがないということだ。笑いは事件の事実性から離れてある状況（虚構）を設定することによって生まれえ、事件そのもの、あるいは再現からは生まれえないということになる（再現とはいっても資料がないのでそのことば自体が虚構性をおびることになる。つまり事実性そのものが歴史の風化作用で破壊されているということだ）。しかも状況は事件の事実性の上に立ってこそつくられるもので、笑いはそれに従う。しかし、やはり現実には笑いがない。つまり恐怖のリアルな認識のまえに笑いは死ぬということだ。

三

私は自分が済州島事件をテーマにして書くようになったきっかけは何だろうかと、いまでもよく考える。もちろん、ふるさとの地で起こった事件の衝撃性だろう。しかしそれだけではない。事件の衝撃性を軸にしながらいろいろの要因がからんでいるように思われる。

済州島四・三事件は一九四八年四月三日に起こった。他のところで書いているので事件の説明は省略するが、一言でいえば、日本に代わるアメリカの新しい植民地支配と、朝鮮分断政策に反対する民衆のたたかいであった（ちなみに、四八年五月十日に南朝鮮だけの単独選挙——俗にいう五・一〇単選——実施。八月十五日に李承晩を大統領とする単独政府、つまり「大韓民国」がアメリカの手によってつくられた。この李承晩政府は南朝鮮の民衆の、とくに済州島民の虐殺と犠牲の上に立てられたものである）。

アウシュビッツが解放されて三年目に戦後最初の虐殺が、東洋の一角で起こったのは記憶されるべきである。ナチスの残虐が明るみに出されてニュルンベルク裁判が終わり、一方、日本軍の南京虐殺事件などを明らかにして極東軍事裁判が東京で行なわれているあいだに、事件は起こっている。「正義をともなわない文明は背理であり、この裁判の要求は実に文明と人間存在の要求である」というキーナン・アメリカ首席検事の論告にもとづいて、人類の名による厳粛な裁判が行なわれているというのに、当の審判者であるアメリカが李承晩を表に立てて「密島の虐殺」をしていたのだった。その済州島の虐殺は後年ベトナムで起こった虐殺の原型になっていると、いまいえるだろう。

私は四・三事件の体験者でないので、それとの具体的な関係はない。強いていえば、難を避けて日本に逃れてきた何人かの体験者たちと直接会ったことが、私にとってもっとも具体的な事件との関係の仕方だった。

一九四九年の早春だったと思うが*、私は遠縁の叔父にあたる人にたのまれて対馬へ密航者を連れに行った。行く先は厳原から北にのぼった海岸べりの小さな山の中で、炭焼きをしている人の家だった。密航者は二人だった。一人は遠縁の叔父の妻であり、もう一人は私より四、五歳年長と思われる二十六、七歳の美しい人だった。大阪にいた叔父もそうだったが、二人の女性はともに投獄と拷問の体験者であった。といえば、人は女闘士を想像するかも知れないが、見かけはごく平凡な女性にすぎないのである。夕方到着した私は、狭い三畳たらずの真っ暗な部屋で、三人雑魚寝をして一夜を明かした。

その晩、明かりがなかったのは、おそらく光が外にもれるのを恐れた隠れ家の主人によって禁じられたためだったと思われる。私を迎えてようやく安心した二人は、私がたのんだこともあって、真っ暗な部屋のなかで、ぽつりぽつり小さな声で、済州島での体験を話したのだった。闇のなかで、たがいの顔も確かめられないまま低い押し殺した声に乗って運ばれてくるその血なまぐさい話に、私の心は打ち震えた。話によると、若いほうの女の人は両の乳房がなかった。拷問でえぐり取られたという。私はふたたび聞き返す気持が起こらなかった。ただ、私はそのとき、乳房を切り取られても人間は生きているという、ひどく不安でしかも妙な平衡感覚のなかで揺れていたのだった。

話を聞いたときは、そのことだけで圧倒されて他の想像をする余地もなかったが、いま考えると、乳房をえぐり取ったぐらいだから、拷問者たちはどんなサディスチックなことをしたか、だいたいの想像ができるのである。

彼女はまた済州警察監房にいた同僚が死刑に連行されたときのことを話したのだが、それが後日までいたく私の心に残っていた。

死刑の日の朝（済州警察監房では、「釈放！」と叫んで監房から人びとを引き出し、そしてトラックに押し込んで死刑場へ運んで行った）、二十を出たばかりのその同僚は、長いあいだ裳《チマ》のなかに隠し持っていた白いタオルを取り出した。彼女は看守に筆と墨汁をたのんだ。そして、いぶかる人びとのまえで、ひろげたタオルに自分の出身の村と、年齢と氏名を書き込み、それを太ももに強くしばりつけた。死刑になったあと（あるいはそのまま生き埋めになるかも知れない）、無造作に多くの死体といっしょに一つの穴へ埋められてしまえば、やがて軀が腐ってしまって、だれがだれか判別ができなくなってしまうだろう。家の者が彼女を捜しにきても分からない。しかしタオルに墨字でなまえをはっきり書いておけば、何かの目印になるだろうということだった。乳房のない女性は、その死者の話を対馬の山中の闇のなかでした。美しく凄惨な話だった。私は後にその話を、小説「看守朴《パン》書房《ソバン》」のなかで生かしたのである。

私たちは無事に大阪へ辿り着くことができた。乳房のないその女性とはふたたび会うことはなかったが、彼女は大阪で働きながら、一九五九年に新潟からひらかれた北朝鮮への帰国の道を通って帰って行ったという。遠縁の叔父は済州島での拷問のあとがたたって日本で病死。肺結核だった。その妻は、日本で大学を出てりっぱに成人した息子夫婦や孫たちといっしょに、三年ほどまえ北の共和国へ帰って行った。

ほとんど寝たきりだった生前の叔父からは、近所に住んでいたこともあって、私はいろいろの話を聞いたものだった。私の済州島事件のイメージは、これらの話によって脹れあがり、そして温められ、やがて一連のフィクションとなっていったのである。

考えてみれば、私が済州島事件を書くようになった動機のもっとも大きなものは、その死線をくぐり抜けてきた人びとに会ったということだろう。日本のすぐ近くの島で起こったこの惨劇が、ほとんど日本に報道されなかったのだから、私が事件を知るメディアは活字ではない、まさしく生きた人間だったのである。そして、これらの人びとによって知らされた虐殺と残虐の事実は、そこをふるさととする私のなかに大きな怒りをつくり上げたのだった。

それまでも済州島は私にとって、単なるふるさとというよりも、朝鮮そのものを表徴するイデー的性格を持つものとして存在していた。日本で育った私が、少年期にはじめて接した済州島の自然の圧倒的なすばらしさは、その陽光のはねるまばゆい豊かな海と、雄大でまことに美しい漢拏《ハルラ》山の姿のもたらす圧倒感は、やがて何かの放射線のように私の内部にあるものを破壊しはじめるようになった。そして、なんどか済州島への往来を重ねることによって、その破壊力ははっきりと実効を持ちはじめる。私の内部である「日本人」が打ちこわされはじめ、その「日本人」が外部から強制されたものであるという認識が、私を民族的に目ざめさせるようになる。つまり私は自分でいう「小さな民族主義者」になっていったのである。

こうして、済州島は私のなかに「ふるさと」として存在しはじめた。それははじめから、ふるさととして私に与えられていたものではない。「ふるさと」として認識されたものだ。済州島は私の朝鮮の集約されたものであり、凝縮された形、核である。済州島をヌキにした朝鮮は私にはありえない。その済州島で生まれそこで育ちえなかったことへの痛恨の心が、亡国の民、流浪の民の子として、失われた祖国の独立を夢想する強いバネになったのだった。

いわば、私と済州島のあいだには、結ばれてしかるべきものの、引き裂かれることによって生まれる強い牽引力が作用しているといえよう。その摩擦によって起こる熱が、私のふるさとへ寄せる熱い心に他ならなかった。

しかし引き裂かれすぎると、やがて牽引力にも限界が見えてくるものだ。この限界への抵抗、そのあいだの緊張をバネにしてする自己確認の持続が、いわば私の済州島へのかかわり方ということになるだろう。ことばを換えれば、ふるさとの地で起こった虐殺とたたかいの事実は、私の自己確認をやはり済州島で、しかも四・三事件そのものにかかわることによってなされるべく決定づけたのである。

四

街を歩いていると、「朝鮮料理」とか「韓国料理」、または「焼肉」、「レストラン」だけの看板が眼につく。なかへ入ってみると、メニューはどれも同じようなもので、とくに変わっているわけではない。どれも同じ朝鮮料理なのだ。それでは看板をどれかの一つに統一してもよさそうなものだが、そうにはならない。食事をするほうの客には関係のないことでも、この看板には「国籍」が明示されていることになるだろう。

在日朝鮮人は大きく北朝鮮と南朝鮮系に分かれており、それぞれ在日朝鮮人総連合会（総連）と、在日大韓民国居留民団（民団）の組織の影響下にある。民団はさらに、朴正熙を支持する主流派と、反朴運動を進めている反主流派に分かれている。これは大まかな分け方であって、両方に属していない人も多い。しかし、われわれがつねに携帯していなければならない外国人登録証の国籍欄には「朝鮮」と「韓国」のどちらかの一つになっている現実がある。

「朝鮮料理」の看板は総連系であり、「韓国料理」のほうは民団系だと見てよいだろう。そして「焼肉」とか「レストラン」だけの「国籍」のない看板もあっていっそう複雑さを増しているが、それはいろいろと配慮をした結果だと思われる。

こういうことを書くのはいささか憂鬱だが、それが現実だから仕方がない。私はどちらの店にも出入りするが、民団系の人士は「朝鮮料理」の店へは余り入らないようだ。とくに韓国からやってきた人たちは、タブーとして絶対その看板の店を避ける。出国の際に、決して「朝鮮料理」店には入ってはならぬということの一札をKCIAに取られているからだ。

ところで、「韓国料理」店に行くと、韓国への観光案内のカタログが置いてあるのが眼につく。私は同じものを二、三枚持っているのだが、店から出てくるとき、カウンターの上にマッチといっしょに置いてあるそれを持って帰るのである。

もともと韓国へ出入りできない私にとっては、旅行案内をポケットに入れて持って帰ったところで、ほんとうは何にもならないのだ。しかし、私はそれを手に取る。表紙の民族衣裳をつけた若い女性の写真がまず私の眼を引く。「アリランツアー」と印刷された、ソウルの街や名所の写真入りのそれは、大韓航空のカタログだが、たとえば、こういうPR文がある。「……韓国ソウルまでは、わずか二時間。韓国は日本からいちばん近い国です。李朝五〇〇年の古代から現代までの観光地として知られ、韓国名妓のナイトツアー、これは特に、日本人に大好評だそうです……」（傍点は筆者。昔という意味だろうが、李朝は古代ではない）。

「韓国名妓のナイトツアー」とは「ナイトライフ」なみのハレンチな造語だが、しかしそれをあげつらうのが私の目的ではない。ともかく、ソウルまで二時間だとか、「二泊三日、ソウルコース」とか、「三泊四日、釜山、慶州、ソウルコース」、その他の案内の内容を見ているだけでけっこう楽しいのだ。

私にはまた「国立公園済州道」というソウルで発行されたりっぱなカラー写真帖がある。私はこれらの観光ガイドやカタログを見ているあいだ、ぼんやりとふるさとの夢にひたるわけだ。しかし、その夢はやがて無残に無機物に化してしまうのをさとる。つい先刻まで私の想像のなかでかがやいていた漢拏山の写真の上を指でなでてみても、もはやそれはガラスのなかのパノラマの風景と同じで、私には無縁のものとして死んだ表情になってくる。私はぼんやりとしていた夢から醒めたわけだ。そして、私はガラスのように冷ややかなカタログをまえにして、それを見る以前よりも空虚な気持になる自分を感ずる。繋がれた犬の鼻先に肉片を突き出しては引っ込めてしまうようなものなのだ。私は観光ガイドを畳の上へ投げ出してしまう。

私は結局、観念のなかの「済州島」を食《は》んでいるのにすぎない。イデー的性格うんぬんがそれであって、何と実体のない虚ろなことばだろう。現実には済州島は私の手の届かぬ遠いところにあるのだ。この分かりきったことをあらためて認める私の心のなかに苦々しいものがひろがる。片思いにすぎない。

現実の済州島に私は何の関係もしえない。

私は女にふられた男のように、それでも、なぜ自分は済州島を書くのかと自問する。なぜ、ふるさとの地を踏むこともできぬ者が、こんな空しい作業をするのか。たとえ虚構であるにしても、ふるさとの地の肌をこの手で触れえぬ無残さを味わいながら。

私のフィクションへの志向は、しかし、こういうところから生まれたのかも知れない。

私は、「鴉の死」が私自身の体験にもとづいた小説で、主人公を私に擬する読者に出会うことがよくある。「鴉の死」だけではない。「万徳《マンドキ》幽霊奇譚」にしても「看守朴書房」にしても、じっさいあった話が軸になっているのではないかといわれるが、そうではない。「鴉の死」が体験でなかったら、それではノンフィクションかと問い返される場合も同じことだろう。このあいだも群馬県の伊勢崎市へ講演に行ったとき、学校の先生にそのようにいわれたのだった。日本の読者は私小説的な文学風土に馴れているからだろうか。

たとえば、「観徳亭」に出てくるでんぼう（腫れ物）爺が生首を入れた竹かごを肩からぶら下げて歩くのだが、じっさいはそういうことはなかったし、当時でんぼう爺がいたわけでもない。しかし、だからといって事件の持つ凄惨さが軽減されるということにはならないだろう。それは、私の小説に書かれている程度のもので、その全貌をはかり切れるものではない。現実は小説に押し込めるほど従順ではないのだ。

私の作品に現れてくる済州島事件は、事実ではなく、一つの「状況」である。作家は事実を動かすことはできないが、状況はつくりうるだろう。そして、事実の底に流れているものを明るみに出すことができるかも知れない。それは私にとっての虚構と同じことになる。

『鴉の死』（一九五七年）を私に書かせたのは、いわゆる済州島四・三事件の衝撃だった。もちろんそれは外的要因としてやってきたのだが、同時にそれは私の内なるニヒリズムを叩いた。その内なるものは多分にセンチメンタルなものであったかも知れぬが、そうであればあるほどそれを殺さねばならなかった。（中略）その済州島事件そのものでない架空のつまりフィクションに託することによって私は自分の内的な危機をより明確にし、かつ自分を越えるよりたしかな反応をそのなかに求めたかったのである。当時の私は『鴉の死』によって救われたといわねばならない」（「『鴉の死』が世に出るまで」『部落解放』七四年二月号）

こうして、私の「済州島」に対するかかわり方は、事件になるべく忠実に依拠して物語をつくるというのではなく、はじめからフィクションへの志向を強く持ったものだった。架空の状況を設定して、そこに一つの観念的な意図を実現させることが目的にあった。そして、その虚構の「済州島」は済州島の個別性を越えて普遍を志向する。悪くいえば、私は事件を利用しているともいえよう。

しかし、はじめから虚構を意図したというのは、資料もなく、じっさいに現地を歩くとか調査するとかの方法が完全に閉ざされていた事情によるものだといえなくもない。私が体験者ではなくとも、じっさいに現地へ行くことができたとしたら、また別の作品が生まれていたかも知れないのだ。

私は私における「笑い」の問題からこの小文を書きはじめた。私は「笑い」の理論ではなく、私におけるそれの位置について書いてきた。笑いは虚構を強く支える方法であると同時に、フィクションだからこそ、また笑いが生まれてきたものだともいえるだろう。しかしそうだと考えながら、私はすでに書いたように、「笑い」のまえに足踏みをしている。そして、これからの「笑い」はどうなるものかと自分自身に問いかけているところである。

いずれにしても、笑いは残酷だという思いがする。笑いには距離が必要だ。虐殺の事実を突き放すより仕方がない。事実を知れば知るほどに突き放すことはできなくなるが、しかしそこでなお虚構をしてそれに対応させねばならなくなるだろう。

「虚構のるつぼで現実を解体し、再組織して……」うんぬんと大げさな表現をしたが、現実はそう簡単に解体されるものではない。それを知りながら、やはり虚構によらぬ限り、いまのところ「済州島」を書く方法はないのだ。

私は、なぜ「済州島」を書くのかと自問しながら、それは私にとっての「なぜ書くか」という、つまり私の存在の問題と重なるのを知る。そしてそれがまた「なにを書くか」という課題的な問題と重なってくる。

「済州島」を書くことは（「済州島」だけを書いているわけではないが）、結局、私の解放、自己救済に繋がるだろう。私にはいまだに解放されていないという思いがある。それにしても、自己救済とか解放とは口はばったいことばだ。だいたい朝鮮人の私が、おのれを呪縛してかかる日本語で小説を書いていること自体が一つの虚構なのだから、それでもって自己解放をとげようとする自分の奇妙さ加減にうんざりする。しかしそれをふり切らざるをえない。いつ私が自分を解放できるかは分からないが、書くことでのみそれが可能だとすれば、矛盾のなかに自分を置きながらも書いていくより仕方がないのである。

＊（編者注）二〇一〇年代に金石範自身によって一九五一年の早春だったと記憶が定性されている（三九八頁参照）。

在日朝鮮人文学

『岩波講座　文学　8　表現の方法5――新しい世界の文学』岩波書店、一九七六年

一

冒頭から私事にわたるようで心すすまぬが、この小稿のかなり重要なモチーフになる問題でもあるので、一言ふれて通りたい。私は文学関係の集まりなどでなにがしかの話をした後、話し手の本人が眼のまえにいるせいだろうが、聞き手から自作を褒められることがある。そしてそれは作品の内容だけではなく、当然日本語で書かれているものだから、日本語の〝文体〟にまで話が及び、〝在日朝鮮人文学〟は日本語と日本文学の発展に寄与すると思う……などと、光栄なことをいわれたりする。果してそうであるかどうかは別にして、相手は私を褒めているのであり、それはそれなりに作者としてはありがたいことなのだ。しかしこのことばがその善意にもかかわらず、私をかなり苦しませ、私をいたたまれない気持に突き落しさえするのをその人は知らない。それでも曖昧な微笑を浮かべて、「そうですか……」という程度でその場をにごして来たのがいままでの私の態度だった。

ところが、最近はそのような場合は次のようにかなり率直に答えることにしている。

「もし、私のことばがみなさんの気持を害するようなことがあれば、許していただきたい。褒めてもらってありがたいが、私は率直にいって日本語や日本文学を発展させようと思って日本語で小説を書いているわけではない。……日本語はかつて朝鮮民族を抹殺するための日本の政策のもっとも強力な武器として、朝鮮語を奪った代りのものとして働いたことばである。それはもちろん過去のことだが、その傷跡は私を含めて在日朝鮮人のなかに生きている。その意味では、同じ日本語を使いながらも日本人作家とは日本語に対する立場がちがう。ただ私を含めて在日朝鮮人作家たちの書いた文学が、もし結果的に日本語や日本文学にプラスの作用をするのであれば、それはまた別の問題である……」

瞬間人々のあいだに微妙な沈黙が生まれるのだが、しかしこのような私の返答はすでに自己矛盾の上に立っているようなもので、私もつい沈黙してしまう。もし聞き手の指摘したように何かの「寄与」をするとしても、それは私の意志如何に左右されるものではないからだ。日本語で文学をしていて、日本語のメカニズムの圏外に立とうとするような考えは実際的でない。文学は言語以上のものだが、具体的には言語そのものであるのは間違いない。言語以上であって、また言語以外のものではないのであり、存在としての文学における言語は単なる意味伝達の手段だけに終るものではないからだ。しかし、私の立つ矛盾は同時に、在日朝鮮人文学が同じ日本語の文学でありながら、日本人作家のそれとはちがう性格を持っていることの反映でもある。そもそも在日朝鮮人の存在が矛盾に充《み》ちた奇妙なものになっているが、在日朝鮮人文学がそれと全く無関係ではありえないのだ。

一言でいえば、在日朝鮮人文学は日本の植民地支配の所産である。といっても、過去の歴史的事実の認識の問題としてならともかく、戦後（朝鮮では南北ともに朝鮮戦争後を戦後と呼ぶが、ここでは一九四五年八月以後の意味に使う）三十年のいまなお、日本の植民地支配の所産云々といっても、すぐには人々の時間的な感覚になじまないかも知れない。しかしそれでも、現在約六五万の在日朝鮮人がいるという実情を踏まえてみれば、植民地主義の所産云々といういい方は決して突飛でもなければ、それが単なる歴史上の過去としてとどまるべきものではないことに気がつくと思う。

いま植民地主義の所産といったが、いうまでもなくその根底には言語の問題がある。かつての時代に、敵の言語――おのれの存在を抹殺する者の言語で文学がなされたというところにその植民地性がはじまる。そして、一九四五年の日本の敗戦、われわれがかつて解放《ヘーバン》と呼んだところの（いまは苦渋の思いでしか解放と呼べないところの）、植民地からの独立によってそれが立ち消えたのではなく、戦後このかた在日朝鮮人の存在とともに日本語の文学行為がつづけられ、いま一つの社会的性格を持つようになった事実が、それに重なる。かつては張赫宙や金史良らに代表される程度だったとすれば、いまは小説家に金達寿、李恢成、高史明、金鶴泳、鄭承博、金泰生、金石範など、詩人に許南麒、金時鐘、姜舜、最近死亡した呉林俊など、創作ではないが文芸評論に安宇植、尹学準、任展慧、金学鉉などがいるように、かなりの広がりを持つに至っていて、それが一つの市民権を得ているせいといえるだろう。しかし一方では、在日朝鮮人文学が日本の文学界に市民権を得たことは何を意味するのか、存在領域の拡張か、それとも風化の促進かという、複雑な思いがしないでもないのだ。

先に私は在日朝鮮人文学は在日朝鮮人の存在の矛盾の反映でもあるといったが（在日朝鮮人だけではなく、在日朝鮮人作家が朝鮮民族の一構成分子であるからには、朝鮮全体の矛盾をも反映する）、そこには当然、正負の側面がありうる。文学自体としての自律性における植民地主義の所産としての矛盾、植民地主義の所産でありながら文学自体としての自律性、この正負のからむ矛盾を在日朝鮮人文学は担いつづけねばならない。生誕のときから刻印された負と、文学自体として持つ正の作用をなしうる側面の統一としての性格を在日朝鮮人文学は持っているわけであり、この矛盾は文学自体として見れば一つのエネルギーに転化しうる要素だともいえるだろう。

在日朝鮮人作家は意識的にせよ無意識的にせよ、このおのれのなかに刻まれた植民地性、いわば負の刻印からの解放と自由を志向しているといえる。これは日本語に拠るということばの問題だけではない。朝鮮全体が（とくに在日朝鮮人が）因ってきたところの道程、それが意識に刻みつけた問題と切り離せないのであり、これは朝鮮人にとっての「日本問題」と表裏をなすものだ。しかし一口に「日本問題」とはいっても、全朝鮮の民族的な立場からすれば量り知れないものがある。在日朝鮮人に限定していえば、それはいわば自己喪失と自己回復の過程だといえるだろう。はじめから「喪失」していて自己喪失の体験のない二、三世たちの場合は、追体験としての自己喪失からの自己発見と確認の作業を含めた回復の過程である。抑圧と差別が構造的に自分に立ち向って来、そして自分の内面に民族的コンプレックスや社会的疎外感を持ちながらもまた抑圧や差別に立ち向って行く、そのようなあるいは破滅に繫がるかも知れないたたかいの過程である。それが社会的には殺人を含めてもろもろの犯罪となり、あるいは人権や民族的権利の主張などから市民的な運動、組織的な政治運動となり、おしなべてこれらは日本における民族問題となる。それが日本人にとっての「朝鮮問題」に他ならない（この場合、在日朝鮮人を少数民族論的に見ようとする傾向がある）。したがって「朝鮮問題」を見る視点は、まず朝鮮人における

「日本問題」は何かを見る視点と対応するものでなければならないだろう。

この意味では在日朝鮮人文学の存在は（日本語による文学の存在自体だけでも）、日本人にとっての「朝鮮問題」にあるライトを差し向けるだけの十分な条件を持っている。しかしいうまでもなく、在日朝鮮人文学はそのためにあるのではない。それは植民地主義の所産でありながらそれをバネにして独自の自立の仕方をするものであり、狭い意味での「在日」の条件だけがその文学を規定するものではない。

二

在日朝鮮人文学という呼称は戦後にはじまるが、在日朝鮮人の日本語による文学活動は戦前からあった。すでに一九二〇年代のプロレタリア文学運動時代の機関誌などに散発的に名前が見えているが、ひろく知られるようになったのは一九三〇年代の、先に名をあげた張赫宙や金史良の出現からである。この二人は植民地支配下における作家として、朝鮮人としての生き方が対照的だったが、いずれにしても当時の日本文壇で活躍した代表的な朝鮮人作家だった。

二人が対照的だというのは、一九三二年（昭和七年）「餓鬼道」で日本文壇に登場した張赫宙がまもなく日本帝国主義の国策に忠実な、したがって朝鮮民族を裏切る転落の道を走ったことと、一九三九年「光の中に」で出てきた金史良が三、四年間の日本文壇での活動に見切りをつけて朝鮮へ帰り、後に中国の解放地区に脱出して屈折の多い抵抗の道を歩んだことを指す（彼は日本の敗戦で北朝鮮に帰国して、本来の朝鮮文学に参加したが、一九五〇年朝鮮戦争で戦死した。享年三十六歳）。

しかし張赫宙にしても「餓鬼道」が『改造』に当選して作家的出発をはじめたころは、「朝鮮の民族ほど悲惨な民族は世界にないでせう。私はこの実状をどうかして世界に訴へたい。それには朝鮮語では範囲が狭小である。その点、外国語に翻訳される機会が多いから、どうしても日本の文壇に出なくてはならないと思ひました」（任展慧「張赫宙論」）と、植民地下の当時としてはそれなりに説得力のある発言をしていた。金史良も日本語で創作をする根本的な動機は同じようなものだった。必要によってはそれが日本語ではなく、英語でであっても差支えなかったのである。

ところが金史良が登場したころの、日本の中国侵略がエスカレートしはじめる一九四〇年前後になると、朝鮮人作家が日本語で書くことの事情が大きく変ってくる。日本や朝鮮の文学者たちがこのことを多く論じているが、張赫宙にしぼっていえば、彼にとっての日本語はもはや〝朝鮮の実情を世界に訴える〟というようなものではなくなっていた。「餓鬼道」から二年後には「私は日本語で物を考へ、空想する。これは、私にとつては、自然であつて、それを誇りともしなければ、母国語を軽んずるとて、恥ぢもしない……」（「我が抱負」『文芸』一九三四・九）というふうになって行き、やがて日本の朝鮮抹殺政策を代弁し、実践するための道具になり下る。彼が一九三九年に書いた「朝鮮の知識人に訴ふ」（『文芸』二月号）は、日本文壇における自分の立場と〝地位〟擁護のためにどれほど腐心しているかを示しているいやな文章だが、結論では「内鮮一体」を主張し、そしてことばの問題に論を及ぼしている。

……三十年後には朝鮮語の勢力は今日の半分に減退する。更に三十年後には？　アイルランドは三百年にして英語になり、今日ではよほどの山間の住民の間でなければケルト語はきけんやうになつたといふ。今日に於いては三百年のことは百年あれば足りる。

ここで、文人諸氏は益々朝鮮語にかぢりつくであらう。それを私は壮とする。けれども、それと同時に、内地語（日本語）に進出することも、必ずしも排撃することはないと思ふが何うであらう。日本語は今後益々東洋の国際語たらんとしつつある。ショウもイエーツもケルト語でかいてゐたとすれば、今日の世界的作家になつただらうか。アイルランドと朝鮮の今日とは些か事情が違ふであらうか。が、三十年後に、京城（ソウル）に内地語文壇が出来ないと、誰も予言は出来まい……。

このころ、一九四〇年前後には「朝鮮ブーム」的なものがあって、「朝鮮」や「朝鮮文学」への関心が急に高まるのだが、それは文化的要求よりは政治的要求に支えられたものだった。政治的要求というのは、「内鮮一体」つまり朝鮮民族と文化の抹殺であり、「朝鮮」の存在の否定の上に立つものである。その片棒を日本の文壇が担いでいるわけだが、たとえば、

……現代の朝鮮文学が朝鮮語で書かれてゐようなどとは……（略）現代の朝鮮文学にして、朝鮮語で書かれつつあるものがあるといふことを、不思議だと怪しまないのが、むしろ迂闊といへるかも知れない。（略）文化の枢要な位置をしめるべき文学の上で、もしも永久に、朝鮮文学といふものが、こんにち在るやうな在りかたを継続するとすれば、民族の渾一的な融合といふやうなことは、いったいどう解決づけられるのだらう。朝鮮文学にたいする国内の関心がたかめられつつあるとき、この疑問もまたそれに応じてたかまつて来ることを否めない……。

（「朝鮮文学についての一つの疑問」『新潮』一九四〇・五）

と、〝新潮評論〟が書いているが、一年後には同じ欄の「内鮮文学の一体化について」（一九四一・五）で、もっと突っ込んだ形の言及がなされる。

これは「内鮮文学の一体化」のためには距離をおいてはいけない、「本当の文化的熱情や同胞的親切

さに基い」て朝鮮文学に接すべきであって、そのためにはきびしい相互批判が必要だ……といったふうのエッセーである。文化的熱情とはいうが、それも「内鮮一体化」の国策からどれほど自由だったか、はなはだ疑問だ。しかも相互批判とはいっても、日本文学は日本語のままで、朝鮮文学の場合は日本語訳（それも朝鮮人によって訳された、ごく限られたもの）でしか朝鮮文学に接することができないのだから、フェアな批判の基準というものがはじめからなかった。いわばそういう時代だった。

……朝鮮文学を日本文学から独立したものとして取扱ふのは、今でも早や狭い考へであると思ふ。（略）もしそれをひとつの地方文学として、現代日本文学にふくまれるものと見れば、文壇の関心なりがそれから外らされると云ふことはあるまい。（略）（日本文壇は）朝鮮文学をその内部にしつかりと取り入れて、自己を文学的に肥沃ならしめることでなければならない。また朝鮮文学の方で云へば、その民族的な性格を文学的に生かしつつ、現代日本文学の一肢体として、自己を完成することでなければならない……。

「内鮮文学一体化」の対象には、自明のこととして、当時の金史良や張赫宙などの在日朝鮮人が書いたものは含まれない。それは当初から日本文学だという前提があって、何ら客体化される必要がなかった。それにしても政治家や軍人でないはずの〝新潮評論〟氏の、朝鮮文学が朝鮮語で書かれていようなどとは思いもよらなかった……といういい方は何だろう。無知の問題ではない。

このような論旨は先に引用した張赫宙の文章とも繋がっているものだが、一部の雑誌だけの主張ではなかった。たとえば自ら「内地語論者」と認め、日本語での創作を主張している林房雄はかなり朝鮮文学を持ち上げているが、それも「〝内鮮一体〟の理想は着々と実現しつつある。朝鮮文学の内地への盛んな紹介もそのひとつの現はれといふべきか」（「朝鮮の精神」『文芸』一九四〇・七）というふうな形になる。つまり「もしも、朝鮮作家の作品がもつと早くから内地に紹介されてゐたら、内地人はもつと朝鮮人の心情と精神を知り、その長所を知り苦痛と悩みを知り、内鮮一体の運動はもつと早く、もつと根本的な形で始められてゐたかもしれぬ」（「東洋の作家たち」『文芸春秋』一九四〇・四）といっているように、同じ文章で文学は政治から独立したものだといいながら、文学を「内鮮一体」の政治目的に結びつけているのだ。

日本のジャーナリズムだけではなく、当の朝鮮・京城（ソウル）では「内鮮一体」化のための狂的な現象が起こっていた。支配者のお先棒を植民地の文学者が担ぐわけだが、この「内鮮文学一体化」問題は、朝鮮文学の存在の否定にまで行きつく。たしかにこれは文学上の、文壇上の現象にはちがいなかった。しかし当時の「国策」が文学者の口を借りて形を変えただけのことであって、単なる文学的な問題として切り離して考えるべきものではない。

因みに一九四〇年といえば、朝鮮で二大民族紙の『東亜日報』と『朝鮮日報』が強制廃刊された年であり、前年の一九三九年には「創氏改名」で朝鮮の氏名が戸籍上から消され日本式の氏名が強要されたのだった。そして朝鮮語の新聞、『文章』、『人文評論』、『三千里』などの雑誌が廃刊された代りに（朝鮮語新聞でも、総督府の機関紙『毎日新報』だけは残された）、『国民文学』（一九四一年十一月創刊）という日本語雑誌が評論家崔載瑞の編集によって、朝鮮における唯一の文学雑誌として登場するようになる。

このころの朝鮮文学界における「国民文学」論については、金允植『傷痕と克服』（大村益夫訳、朝日新聞社刊）に詳しくのべられているが、そのなかで「国民文学」の理論的主導者になった崔載瑞のことばを引用している。

今後日本文学は一方その純粋化の度を益々高めると同時に、他方その拡大の範囲を益々拡げるであらう。前者は伝統の維持と国体の明徴に連なる一面であり、後者は異民族の包擁《ママ》と世界新秩序とに連なる一面である。前者を天皇帰一の傾向と云ふならば、後者は八紘一宇の現はれと云ふべきであらう。（「朝鮮文学の現段階」）

彼はここで「日本文学」の方向まで規定づけて主人より先に立って吠えているのだが、さらに国民文学は「内鮮一体」を実現することによって「日本民族の理想を謳歌」する文学にならねばならないとする。結局、「国民文学」は必然的に「国語（日本語）常用」の精神に則って、日本語で創作するしかないことになり、それは日本語以外で書かれた「国民文学」は存在しないということでしかなかった。当時の日本人が軍人以上に軍人らしく振舞ったように、朝鮮人が日本人以上に日本人らしく振舞った一つの形がここに現われた。まさに状況は、「朝鮮語が朝鮮人にとって文化の遺産であるよりは、むしろ苦悶の種」（崔載瑞）といい切るところまでになる。

こうして事態は、先にふれた〝新潮評論〟氏の「内鮮文学の一体化」の段階を越えて、朝鮮語による文学、朝鮮文学の否定へとすすむ。朝鮮の文壇は全的に日本語が朝鮮語に取って替り、したがって朝鮮文学という名称もなくなって「国民文学」（日本〝国民〟という意味だが）という新しい名称が登場するに至った。

もちろん当時すべての文学者がそうだったのではない。四二年には朝鮮語学会総検挙事件（李允宰、崔鉉培、韓澄など朝鮮語学会会員二十数名が検挙され、その他嫌疑者、証人として尋問を受けた者五十余名にのぼった。李允宰、韓澄が八・一五解放前に拷問で獄死。この検挙で語学会は解散、朝鮮語辞典の原稿は証拠として押収され、多くを散逸した）が起こっているし、筆を折った者、戦争が終るまえに獄死した李陸史や尹東柱のような文学者たちもいた。また、先にふれたように金史良も国内でのたたかいの道を探しえないままに国外へ脱出するのだが（解散後、彼は自らそれを「逃避」と呼んでいる。〈前掲『傷痕と克服』〉）、抵抗の道を歩んだ作家といわねばならない。

いま大まかにふれた当時の状況のなかに金史良の次のような発言を置いてみると、それがかなり大胆なものだったということが分かる。彼も真っ向からこれらの論調には反対しがたいのであり、「……朝鮮文学の存在も確かに日本文学の一翼を飾るものであると私は信じて疑はない」（「朝鮮文化通信」『現地報告』一九四〇）と、心にもないことをいっているが、しかし日本語が結局は役に立たなくなった状況では、その汚れにまみれてともに転落することを拒否しているのだ。張赫宙と比べてみればその違いがはっきりする。

……張赫宙氏の〝訴状〟（前掲の「朝鮮の知識人に訴ふ」）も極めて思ひ切つた所論として注目される。それは（略）朝鮮語はぢきに滅びるに違ひないから、今のうちから朝鮮語で書くやうなことを止めて、内地語で書くやうにしなければならないといふことである。しかしこれは実際の問題として出来ない相談と思ふ。われわれは朝鮮語での感覚でのみ、うれしさを知り悲しみを覚え怒りを感じて来た。勿論われわれの一部の者は内地語で自分の意志発表は出来るであらう。しかし感覚や感情の表現はできない。（略）内地語で書くべきであらうか？　勿論書ける人は書いていい。だがわざわざあらゆる犠牲を払つて内地語で書きものをするといふ場合には、その当人に非常に積極的な動機がなければならないと思ふ。朝鮮の文化や生活や人間をもつとひろい内地（日本）の読者層へ訴へ出るといふ動機。又謙遜な意味でいへば、引いては朝鮮文化を東洋や世界へひろめるためにその仲介者の労をとりたいといふ動機。この貴いものがなければ、自分の言葉と話しかけるべき広い読者をもちながらそれをすててわざわざ書きにくい内地語で書かうとする必要が今のところどこにあらうか。（略）やはり朝鮮の作家は自分の読者層のために立派な自分の言葉で書くべきであり又書かなくてはならない。若しも作家が自分の言葉を捨て、読者層からはなれるといふなら、それこそ朝鮮文化は三千年の歴史を停止するといふものであらう。この点、東京文化人も真面目に考へて貰ひたいのである。朝鮮には朝鮮文字しか読めない民衆が何百万もゐる……。（「朝鮮文学風月録」『文芸首都』一九三九・六）

彼はまた「朝鮮文化通信」でも同じことを繰返し、翻訳機関（朝鮮文学の日本語訳）の設置を主張しながらも、「……だが朝鮮語で述作することが非愛国的なりといふが如き一派の言に対しては、われわれは決して黙過することは出来ない」と書いている。

しかし朝鮮語で書くことが非愛国的だというのは単なる一派ではなかった。時勢だった。朝鮮語そのものが禁止されるのに非愛国的も何もないだろう。金史良もそれ以上のことは主張できなくなる。そして一九四二年、帰国。「朝鮮」を外の世界に訴えるための手段として、曲りなりにも日本語をその本来の目的のために使ったのは金史良ぐらいだったのだが、その彼もやがて日本語を捨てざるをえなくなった。

いったい、日帝時代における朝鮮人にとっての日本語とは何だろう。それは支配、被支配という日本と朝鮮そのものの関係になり、一言でいいつくせるものではない。こと文学に関する限り、それは朝鮮の民族語による文学を否定してそれに替っただけではなく、支配者の思想を文学のなかに強制する武器になったものだといえるだろう。作家たちは言語だけではなく、自分の氏名まで変えた。朝鮮文学界の代表的存在だった李光洙《イクアンス》が香山光郎《かやまみつお》と「創氏改名」したように多くの日本名文学者が出てくる。日本人ならまだしも、朝鮮人文学者が「宮城」を遥拝し、「皇道に徹する」とか「臣民の文学」、「天皇に奉仕する文学」などといい出すような状況を考えると、胸をえぐられる思いがする。それはもはや屈辱といったようなものではあるまい。そこには魂を売った者たちの荒涼とした精神の世界がある。いったい、人間をそこまで追い込んだ時代に責任があるものなのか、当事者たちにあるものなのか。たしかに当事者に責任があるというのはいいやすいことだ。しかし、やはり投獄され虐殺された同時代の文学者たちの存在が、それに対する答えだといえば酷にすぎるか。それでもそういわざるをえないのではないか。

日本の作家たちは転向した後も、自ら回帰するところ――「日本」、民族的なものがあったが、その自らの「民族的」なものを否定され、そこからさえ〝転向〟せねばならなかった朝鮮の文学者はどこへ行けばよかったのか。日本人自らが天皇主義者になることとはわけがちがうだろう。いったいどちらが退廃しているのか。退廃は奴隷側にだけ目立って現われるものなのか。日本人の文学者側からこのことについての発言がほしいものだ。

私のなかには、若い人たちとちがってたしかに朝鮮語がある。あるほうだといったほうが正確だろう。しかし私の人生を形成してきたのは日本語だった。日本語でもたらされたもろもろの人生の断片が深層意識の内部を形成してきた。そのような一方的であった日本語を日本語として認める限り私は、われわれにとっての日本語が持っているその植民地性からいまでも自由になれないのである。私の意識と肉体を支配する言語から自分を、いや言語そのものをいかに解き放つのか。先に在日朝鮮人文学は植民地主義の所産だといったが（それはまた朝鮮語否定の産物になる）、その根底には私がいまいったような意味での日本語の問題が横たわるのである。

三

ところで、日本の植民地主義の特徴は何かとなれば、一言でいって同化主義だということにつきる。先に述べた「内鮮一体」運動がその具体的な現われであり、それは朝鮮の民族、言語、歴史など、つまり「朝鮮」そのものを否定し、抹殺し、すべてが日本――天皇へ帰一せねばならぬということだった。

旗田巍は「日本人の朝鮮観」（『日本と朝鮮』アジア・アフリカ講座第三巻）のなかで、同化政策は日本人の朝鮮観の形成に重大な影響を及ぼしたとして、一、朝鮮人を独自な民族あるいは外国人と考えない、つまり朝鮮人を独自の存在、価値ある存在と見る意識がない、二、朝鮮の植民地的支配に対する責任感あるいは罪悪感の欠乏、つまり劣等な朝鮮人を一等国民たる日本人の地位に引き上げてやるという考え、三、朝鮮人への優越感、蔑視感で、これらの意識はいまでも日本人の意識に残っていると分析している。

「内鮮文学一体」論はこの同化主義の文学における反映である。朝鮮文学に対する独自性の否定、日本語での「国民文学」へと移行して行った事実は同化主義以外の何ものでもなかった。そして、朝鮮人を同化して日本人に吸収すべきだとする考えは、先に引用した〝新潮評論〟の「朝鮮文学をその（日本文壇）内部にしっかりと取り入れて、自己を文学的に肥沃ならしめることでなければならない。……」

というところにもはっきり現われているだろう。

しかも大陸侵略の兵站基地としての朝鮮の位置が急に高まってきた一九四〇年を前後して強硬に押しすすめられた「内鮮一体」政策に重なるようにして、「朝鮮ブーム」の現象が起こっている。もちろん、過去のそれと近ごろの「朝鮮ブーム」的なものは決して同じ性質のものではないだろう。かつては日本帝国という現実の強権によって演出されたのであり、いまは新しい世代を中心にした朝鮮に対する文化的関心が起こりつつあるのも事実であって、一概に否定的に見ることはないと思う。ただ、文学に限っていえば、当時といまの文学界の考え方が本質的にどれほど変っているかという疑問がある。

一つは、在日朝鮮人文学は日本文学だという意識が（かつて朝鮮語で書かれた朝鮮文学をも日本文学だとしたくらいだから）当然のものとしてあること。もちろん同じ日本語で書いているからでもあろうが、相互の距離感のなさは、かつての朝鮮文学の独自性の否定と、そして日本語で書くことを当然とする論調の流れと完全に切れていないように思える。私は以前に〝文学的大国主義〟的意識ということで指摘したことがあるが（「ことば、普遍への架橋をするもの」『群像』一九七二・十二、『民族・ことば・文学』に収録）、ある文学賞の選考委員会で「朝鮮」がテーマだから普遍性がないというような発言の後ろにある、文壇のなかの非文学的な発想などは、そのよい実例だろう。

もう一つは、〝新潮評論〟の「自己を文学的に肥沃ならしめる」論である。これは不思議に、私が冒頭でふれた読者たちの善意の在日朝鮮人文学に対する期待と軌を一にするものだ。一般の読者だけではない。文壇、あるいは「朝鮮」の側に即してものを考えようとする評論家たちのあいだにもこれに似たような考えがあるのであって、これは形はちがうが、やはりかつての日本人的な発想から自由でないと思わざるをえない。そもそも在日朝鮮人文学がまるで新しい日本語の〝創造〟や（かりに〝創造〟できるとして）、日本文学になにがしかの新鮮な血液でも注入する担い手ででもあるような論が先に立てば、われわれ在日朝鮮人作家の存在の理由はない。それは道具にすぎない。植民地的存在の新しい形での延長にすぎない。結果としてそのような作用を認めることと、そのような視点に立つこととは根底からちがうのだ。そしてまた、少なくとも在日朝鮮人作家自身がそれと同じような発言をすべきではないだろう。

不幸な時代の落し子として在日朝鮮人文学が生まれ、いままで生きのびて来たが、それはやはりいままで見てきたようにノーマルなものだとはいいがたい。矛盾そのものであり、かつ矛盾の上に立った文学である。そしてそれが現に動き、存在している以上、その矛盾をどのように捉え、それにどのようによりよき方向を示すかという問題が当事者たちのまえに起こってくる。

私がいままで私にとってのことば――日本語のことについてしばしば書いてきたのは、それを矛盾の最たるものとして見なして来たからだった。私が「言語と自由――日本語で書くということ――」（『人間として』第三号、一九七〇・九、『ことばの呪縛』に収録）を書いたのは六年まえである。私は一九五七年、「鴉《からす》の死」や「看守朴《バン》書房」などを書いて以来約十年間、日本語での創作から遠のいていた。そして一九六九年に「虚夢譚」を書いたのが再度の日本語の小説の書きはじめだった。そのとき私はあらためて日本語で小説を書くことについてかなり苦しんだのである。いったい日本語で小説を書くことはいかなることかを自分で明らかにしない限り、小説を書きすすめるわけにはいかなかった。

在日朝鮮人文学が日本文学か、あるいは独自な存在性を持つものかというのは本質的な問題ではない。

この必ずしも明確でない問題は、それを見る視点によって決まるものであり、私は視点を問題にしている。つまり自明なものとしての日本文学だという一般的な考えに対する私の疑問、なぜ自明かという問いかけである。言語の〝国籍〟で文学のそれも決まる、つまり属文主義をとれば日本語で書かれているものはすべて日本文学になるのであって、それにもかかわらず私がそのような疑問を呈するのは、在日朝鮮人文学に対するわれわれの、少なくとも私自身の立場をはっきりさせたいからである。考えれば、自分が当事者でありながら、在日朝鮮人文学に対する自身の立場をはっきりさせるというのもおかしな話だ。しかし、なぜこのような矛盾したことばが出てくるかといえば、われわれ自身がこのことについて必ずしも明確な見解を持っていなかったからであり、そのような事情からすれば、また決しておかしくはないのである。

ところで本質的な問題は、かつての支配者の言語で朝鮮人が文学をすることの意味である。

ことばの呪縛を感じぬ作家はいないだろうが、在日朝鮮人作家はそれを二重に持つ。私はまずは日本語との関係において呪縛されている思いから自分を完全に解きえないのであり、その矛盾する意識の持続が、また自分を呪縛するものからの自由、呪縛されながら同時にそれを乗り越えるという作業の持続でもある。つまり在日朝鮮人作家がその作家としての自由を自分のものとするためには、まずは日本語との関係におけるワクの中での自由の有無を確かめてゆかねばならない。それは単にことばのメカニズムとの論理の問題としてだけではなく、倫理的な問題としてとらえねばならないものとしてある。(『ことばの呪縛』「あとがき」より)

かつては、初期の張赫宙や金史良のように「朝鮮のことを日本人や世界に訴える」というのが、日本

郵便はがき

料金受取人払郵便

神田局
承認

8080

差出有効期間
2020年1月
31日まで

切手を貼らずに
お出し下さい。

101-8796

537

【受 取 人】

東京都千代田区外神田6-9-5

株式会社 **明石書店** 読者通信係 行

お買い上げ、ありがとうございました。
今後の出版物の参考といたしたく、ご記入、ご投函いただければ幸いに存じます。

ふりがな お名前	年齢	性別

ご住所 〒　　　-

TEL　（　　　）　FAX　（　　　）

メールアドレス	ご職業（または学校名）

＊図書目録のご希望 □ある □ない	＊ジャンル別などのご案内（不定期）のご希望 □ある：ジャンル（ □ない

書籍のタイトル

◆本書を何でお知りになりましたか？
□新聞・雑誌の広告…掲載紙誌名［　］
□書評・紹介記事……掲載紙誌名［　］
□店頭で　□知人のすすめ　□弊社からの案内　□弊社ホームページ
□ネット書店［　］　□その他［　］

◆本書についてのご意見・ご感想

■定価	□安い（満足）	□ほどほど	□高い（不満）
■カバーデザイン	□良い	□ふつう	□悪い・ふさわしくない
■内容	□良い	□ふつう	□期待はずれ

■その他お気づきの点、ご質問、ご感想など、ご自由にお書き下さい。

◆本書をお買い上げの書店
市・区・町・村　書店　店］

◆今後どのような書籍をお望みですか？
今関心をお持ちのテーマ・人・ジャンル、また翻訳希望の本など、何でもお書き下さい。

◆ご購読紙　(1)朝日　(2)読売　(3)毎日　(4)日経　(5)その他［　新聞］
◆定期ご購読の雑誌［　］

ご協力ありがとうございました。

ご意見などを弊社ホームページなどでご紹介させていただくことがあります。　□諾　□否

◆ご注文書◆　このハガキで弊社刊行物をご注文いただけます。
□ご指定の書店でお受取り……下欄に書店名と所在地域、わかれば電話番号をご記入下さい。
□代金引換郵便にてお受取り…送料＋手数料として300円かかります（表記ご住所宛のみ）。

	冊
	冊

ご指定の書店・支店名	書店の所在地域 都・道　府・県　市・区　町・村
	書店の電話番号　（　　）

語で書くことの目的だった。時代は変ったが、その考えはいまでも受けつがれていて、日本人の朝鮮観があらたまっていない現状では、たとえば金達寿の日本人の誤った朝鮮に対する意識をただすための武器だとする見方は正しい。彼が創作以外でも旺盛な仕事をすすめているのは、その見方を裏付けるものだろう。しかし、いささか日帝時代とは事情が違うということがある。金史良に例をとれば、彼には日本語が明らかに「手段」でありえた条件があった。つまり、文学における自己目的的な言語を「手段」とするだけの主体的な条件、朝鮮語が軸として彼のなかにあり、それと日本語との複数の言語からある一つを「手段」として選ぶという距離があった。しかし、朝鮮語で書けないという負の条件のもとでは「手段」という見方は正確ではなくなる。それは「手段」視する場合の朝鮮人としての主体的意識のことではなく、「手段」という見方そのものが論理上正確ではない。このことだけでも在日朝鮮人作家は金史良らとはちがっているのであり、植民地性をもろにかぶって来たことになるだろう。

日本語で書いている矛盾から逃れられない以上は、「なぜ日本語で書くか」という日本語を手段として見る見方の上に、「なぜ書くか」という存在にかかわるものとしての重層的な見方を合わせねばならない。

ところで私はいま、矛盾の最たるものとしての日本語のことをいっているが、しかし在日朝鮮人にとっての日本語は外国語か、どうかということがある。たしかに母国語ではないのだから、外国語にはちがいないのだ。しかし果して在日朝鮮人の多くにとって日本語が外国語としてあるだろうか。タテマエとしては外国語だが、内実は外国語としての距離、言語感覚がないのが実情だといえよう（軸となるべき朝鮮語がないのだから、日本語が絶対的であって、それを外国語として相対的に見る場があないのも当然だろう)。それは自分を取り巻く生活現象であり、自分の生活の過程を支配し内部に浸透した、一般に日本人が日本語を意識しないのと同じように、ほとんど意識されない空気のごときものだ。しかし、これは自分の母国語でない以上、いつかは意識化、客観化されねばならないのであり、苦しいことだがそれは民族的自覚とともにやって来る。それは同時に人間的自覚を意味するが、その民族的自覚すら日本語によってなされるところに、ことばの不思議な機能があるといえるだろう(このことについては他でふれているのではぶく。「〈在日朝鮮人文学〉の確立は可能か」『ことばの呪縛』に収録)。こうして、日本語は外国語ならざる外国語として民族的自覚をした彼に反逆しはじめる。その理由のない反逆は彼をいっそう目醒めさせるにちがいない。彼は外国語としての言語感覚の代りに、これは自分の母国語ではなく「外国語」だという認識を持つようになるだろう。「朝鮮」を求め、母国語を習いはじめるのはこの時機なのだ。そして彼は、日本語が自分のなかにいっぱい詰まっていて朝鮮語がなかったという、鋭い刃先を持ったパラドックスにあらためて気がつく。この瞬間、ことばが生きはじめる。

……ぼくの日本語には少年だった頃の夢が、揺籃期の夢がいっぱいみごもってるんだな、ぼくの場合は。だからおいそれと捨てられないんだ。こと、ぼくに関する限り、日本語で元手をとらないかぎり絶対日本語を捨てる気にならない。それはとりもなおさず日本人に対する復讐のつもりでいるし、復讐というのは敵対関係というんではなく、民族的経験を日本語という場でわかちあいたいという意味の復讐です。ぼくの日本語に対する我執みたいな執念です……。(金時鐘「座談会・在日朝鮮人と文学」『前夜祭』)

いま私が述べたことと、朝鮮で少年期から体罰を受けながら日本語を教え込まれたほうの金時鐘の場合とは事情がかなりちがうだろう。しかしここには日本語との緊張関係がほとんど生理的な形で出ていて、興味深い。

私が、私にとっての日本語のメカニズムという場合は、在日朝鮮人の置かれている状況のなかでの日本語との関係を意味する。それは矛盾であり、緊張である。その緊張は日本語が私を束縛し、私は束縛を解放しようとするダイナミズムによって成り立つものだ。

私が日本語だけでものを書いている場合、私は日本語のメカニズムから自由でありうるか。日本語の持っている民族的形式ともいうべき音と形、それのもたらす意味、それによって喚起される日本的な感覚ともいうべきもの、もろもろの日本語の機能に私は支配され、そこに私の〝朝鮮人〟は還元されて台なしになりはしないか。先にふれたように、日本語のワクのなかで在日朝鮮人作家は（私は）自分に自由を保障しうるかというのはこのことだった。いったい、日本語に束縛されている自分を同じ日本語によって解放するとはどういうことだろう。自分を飲み込んだ日本語の胃袋を食い破ってそこから出てくることが果してできるのかどうか。これは相克なのだ。

私は日本語の呪縛を解く因子を、まずそれ（言語）の持っている何らかの普遍的な側面との関係のなかに求める。一般に言語（記号）は音や形を持った物質的な側面、いわゆる能記（意味するもの）と、所記（意味されるもの）つまり意味される内容としての概念との結合によって機能するとされる（ソシュール）。別のいい方をすれば、一つはことばの個別的側面、民族的形式であり、一つは個別的なもの（つまり「国語」）のなかにある普遍的な内容であって、それは「言語一般」としての共通概念的なもの、あるいは翻訳しうる側面になるだろう。

ことばの翻訳しうる根拠にはそれがものそのものではないということがある。もちろんことばがときには物質的な力や実効性を持つのもたしかだが、しかしものそのものではない。言語における恣意性といわれるもの、各国語に分かれている現実がまさにそれだが（恣意性は同時に、長い歴史的な過程をたどって発達してきた言語記号の他のそれへの置換えに抵抗する。たとえば、石《イシ》をいまさら「シイ」とか「ウミ」とかに変えるわけにはいかぬように、不易性に規定されている）、つまりものがある一つの言語以外では代表しえないということではないだろう。同じ言語体系、国語のなかでは各方言の存在がそれにあたる。

もちろん翻訳しえない、異なる歴史や文化的伝統を背景にした言語には他の言語に移しえないもの、ある言語にはあって他にはないものがあり、機械的にあて嵌めることはできない。必ずしもものとことばが対応するものではないのであって、歴史、社会、文化的ひろがりを持った「合意の体系」としての言語の違いは、ことばとものとの対応の仕方も規定するからだ。

厳密にいえば、翻訳は不可能でしかない。朝鮮語と日本語は同じ語系に属するといわれ、じっさい文法構造などもよく似ているが、それでも大きい違いがある。しかし、それが異なる社会、異なる文化を土壌に発達してきたものであってみれば当然のことだろう。問題は異なる言語を互いに繋ぐ因子は何かということだが、それは後でふれたい。

一般に文学作品のなかでも、散文とちがって詩のようなものになると翻訳はいっそうむつかしいだろう。音韻的要素が（あるいは視覚的な文字さえ）あるシンボリックな様相をおびてくる場合、新たなもの的な性質が生まれるのであって、まさか自らそれであるところの具体的なことば以外の何ものへも動かすことを拒否するだろう。音の継起によってさえイメージは爆発する。それは散文とちがい存在そのものになるとき、翻訳は絶望的とさえなる。しかしそれでも、ことばがたとえば絵画における線や色彩などの総体としての一つの量を持った対象的存在でない限り、確固とした物質性をおびることはむつかしい。ことばの持つ抽象性を究極的に脱することはできないのだ。

ことばはもともと抽象的なものである。抽象的であって、同時に「国語」の形で具体的であるために不透明で相互浸透（翻訳）を妨げる壁ができる。したがってその抽象性（それがものから離れて自由な証拠だが）を度外視して翻訳の不可能性が強調されれば、不透明なものとしての各「国語」はいっそう不透明になって多義性をおび、われわれは世界を相互連関のなかで全体的に把握することができなくなるだろう。だから、各言語（国語）の持つ特殊性を踏まえて、そこから何らかの共通の認識の方法が求められるのは当然のことなのだ。

ことばが歴史的社会的な産物であり、決して先験的なイデーではなく、人間の実践を媒介とした対象世界の認識とともに発達してきたものである以上、根底にはその認識の段階に相応した世界内でのもの、あるいはもの的なものが前提になければならない。ことばが世界に意味を与え限定するが、同時に人間の意識に限定される根底のところにある客観的な実在性を否定できない。われわれは無原則に世界を限定しているのではないからだ。われわれの意識は現実と、幾重にも複雑に入り組んではいるが何らかの対応関係をなしている。でなければ、われわれはそこに法則を見出すこともできなければ、したがって対象世界から自由であることもできない。

基本的にことばの明示性によって成り立つ、たとえば科学論文などの翻訳の場合におけるその概念的な普遍性は余り問題ないだろう。ことばの、情感を喚起する含意性を基軸にして成りたつ文学における普遍の世界への開かれ方のほうに、先にふれた翻訳上の問題が出てくるわけだ。

ことばの普遍的な因子には概念的なもの、さらにことばの個別的なものをそのなかに含み込んだ含意性としての表象的なものがあるだろう。かりに「赤《アカ》」という単語を取って見た場合（その音と形は民族的形式で、いわゆる能記――意味するものになる）、それは色の名称であって、概念的、説明的な側面であり、さらにそれだけで共産主義者を想像したり（いや、じっさい、「赤」は共産主義者を意味することばとして定着している。また「赤」が銅《あかがね》や赤ん坊などを意味する場合、それは本来の概念とは関係なくすでに別の含意的な機能をし、新しい能記になるとされる）、あるいはことばの意味とは全く離れて、炎や情熱を想像したりする場合の表象的な側面が出てくるだろう。竹内芳郎は日常的言語から普遍的言語をすくい上げて（彼はそれを第二次言語、つまり〈日常言語〉のように言語場に埋没することなく、そこから可能な限りでの自立する階層的な言語とし）、さらにそれを「論理言語」と「含意言語」に分けて論じている（『言語・その解体と創造』、「文学言語の〈意味〉と価値」『講座文学3・言語』）。

もちろん、「赤」そのものにはじめからイメージがくっついているわけではない。それは鋏で切り捨てられた赤い紙の断片よりも劣るものだ。もともとことばは抽象的でものから遠く離れている。「赤」だけではそれは死語であって、生きるためにはそれなりの賦活作用、われわれの想像力によって生命が喚起されねばならない。

ところで、ことばの不透明な個別的な側面である表象的なものが、どのようにして他のことばのそれになって移りうるのか。その翻訳の場における言語自身の機能はどういうものなのか。ことばが高次の物質性をおびことばそのものとしてある場合、それはほとんど翻訳できないものにちがいない。かりに一篇の詩を翻訳するにしても、音韻やリズム、詩人のイメージをいっそうたしかなものにさえする形（文字）などが消えてしまう。翻訳されたものはほとんど別のものになる。それでも翻訳されたものが一つの全体として作品の秩序を持っているのはなぜか。それはことばの開かれた性格の作用のしからしむところだというしかないのだ。

つまり問題はことばの明示性（所記）のほうにではなく、含意性（能記）の翻訳にあるのだが、それはどのように考えればよいのだろう。

いまかりに、単語「赤」が"red"に翻訳されるとき（それはまず言語記号「赤」の概念性、つまり明示性を通路にする他はない）、「赤」の概念、明示性が"red"のそれと相応しながら乗り移る。それをいい換えれば、「赤」の含意性（能記）は明示性（所記）と結合しているからそれをパイプとして他のことば"red"（明示性—所記）になることによって"red"が同時に持っている含意性と結合して言語（記号）として機能しはじめるということだろう。比喩的にいえば、翻訳されたほうへ含意性が明示性に乗って移ることになる。そしてそれは全く別の世界での棲息をはじめるわけだ。そこで言語の壁を越えて共有関係にあるのは人間の想像力ということになるだろう。

しかし、ことばは単語の機械的な集まりではなく、また辞典のなかにあるものだけがことばではない。人間に生命があるようにことばに生命があるのはそれが時間の流れに乗って連鎖的に繋がって息吹きをするからであり、辞典にあるのは倉庫のなかの部分品のようなもので、直接われわれに生きた息を吹きかけてくるものではない。ことばは単語の積み重ねでは用をなさぬものであるから、一定の結合形式（文法）をもとにして組立てられて行かねばならない。それは文学においては文体によって生命体として発現し、想像的な対象との緊張関係で、対象をねじ曲げ、自分がねじ曲げられながら、作品世界の現実を貫く法則にあぶられて、すぐれたイメージ的な言語世界がつくり出されて行く。

ことばが単語としては用をなさないところに、それを繋げて行く作業のなかに〈竹内芳郎にならえば、日常の言語場に埋没する言語〈日本語〉を拒否し、そこから可能な限り自立するなかに〉、当事者である朝鮮人の私は日本語の胃袋を食い破り、それを自分の言語にする可能性を持つといえるだろう。

いうまでもないことだが、文学作品は想像力の作業によるフィクションをその基軸にしていて、虚構は全体としてのイメージの世界であり、それは普遍的でなければならない。普遍的というのは、各人の人生経験や考えなどが違いながら、しかしいったんその作品の世界に入れば読者としての想像力を喚起されながら納得して入りつづけることができるという意味であり、科学的な概念上の一致を指すものではない。

いままで私がことばにおける普遍的な側面を見てきたのは、それが個別的な形をしたことばの束縛を解き放つ大きなファクターになるのではないかと考えたからだった。想像力がことばの個別的な肌合いを通してそれに内在する普遍的なものにかかわって、ことばそのものを開く。

ことばが開かれたそのときはすでに想像力の作業によって虚構の世界が打ち上げられたときであり、虚構はことばに拠りながら同時にことばを越えたものとしてある。虚構におけることばは自己超越的な想像力に支えられ、かつそれの支えになってひたすら奉仕しつづける。それはまたイメージ自身がことばに拠り、それに拘束されながら同時にそのことばを蹴って飛び立つもの、ことばを否定するものとしてであることではないのか。文学は言語以外のものではないが、同時に言語以上のものだというのはこの謂である。虚構の世界でことばの変質が起こり、ことばはそれ自身であって、かつそうではないという関係が生まれるが、このときことばの個別的な（民族的形式による）拘束がそれに内在する普遍的な因子によって解かれる瞬間の持続が出現する。日本語によって喚起されたイメージの世界はすでに日本語でなくともつくりうるイメージの世界に繋がって、そこに生まれた一種の可逆的な空間は日本語だけの絶対的支配から脱しうる新しい空間となるだろう。明らかに想像力によって否定され自分を乗り越えた虚構の言語が、自ら開かれた世界となる。

　このようにことばの開かれた機能によってそれ（日本語）の持つ民族語としてのメカニズムの拘束が解かれ、私は日本語のワクのなかで朝鮮人作家としての自由の条件を自分のものにすることができることになる。しかしこれは決して技術的なことではないのだ。在日朝鮮人作家が日本語のワクのなかで自由を自らに保障する最初の（それは基本のという意味だが）条件は、あくまで朝鮮人作家としての主体的意識が揺るぎなく形成されて行くところにある。言を換えれば、その主体的な存在としての（あるいは形成の苦しみの過程にある）朝鮮人作家の想像力が日本語に拠り、その日本語が想像力によって越えられ変質させられるという関係が生まれることである。そして、これらの矛盾を同時にわれわれは文学そのものにおける起爆剤としての力にしたいものだと思う。

四

나는《ナヌン》　간다《カンダ》　애비야《エービヤ》
おれは《オレワ》　行く《ユク》　お父う《オトウ》（これは直訳調であって、〃お父う　おれは　行く〃といってもよいものだ）

同じ〝内容〟の朝鮮語に日本語を並べてみた。私はいま声を出して読んでみるが、文字の相異はともかく、「ナヌン　カンダ　エービヤ」と「オレワ　ユク　オトウ」（あるいは「ワタシワ　ユク　チチヨ」でもよい）とは互いに交わるところがない。形（文字）だけではない。その形と音の結合としての「能記」のもたらす語感が全くちがう。この詩の一行の〝나《ナ》〟と〝おれ《オレ》〟さえ全く別人のような感じがするのだ。つまり両者のあいだには翻訳のできる共通項があるが、日本語のもたらす表象と、朝鮮語のそれは各自の言語感覚（音と形）で喚起されるために、かなり違ってくるということである。

私はいままでことばの開かれた側面、普遍への窓口である翻訳の可能性を私なりにたどって来た。しかし、これを見ても分かるように比較的簡単な一行のことばさえ、不透明な壁でぶつかり合うのである。つまりことばの開かれた側面は他に移動を許さない個別的な具体性（音、形）によって規制されており、決して無原則なものではないということであって、そのことを一言つけ足したいために引例をした。

私は自分が日本語で小説を書く上での合理づけともいうべき理由で、いままで日本語との関係を考えてきたといってよい。それはもちろん日本語のメカニズムから自由になるためだった。しかし、私はじっさい自由になりえただろうか。いま、ことばの開かれた側面が無原則ではないといったように、そうではないだろう。いや、自由であって自由ではないのだ。だいたい、動いているもの、生きているものに矛盾を含まぬ自由などありはしない。たとえば自由のために、不自由なたたかいをつづけるその過程がまた自由だといえば、付会になろうか。日本語で書きつづける限り、当然その矛盾のなかに身を置いてのたたかいは終らない。そして、まさか日本語の胃袋のなかで溶かされはしまいという自分に対する期待はあるにしても、それは実作に現われるもので、どうなるか分かりはしないのだ。

二章で歴史的に見たように、在日朝鮮人文学に対する日本の文学界の視点が、日本人の朝鮮を見る視点とそのまま重なり合っていることを私は指摘したが、私の在日朝鮮人文学の独自性の主張はそのような視点に向けられたものである。それはたとえば、何かの〝聖域〟の主張ではないので勘違いしないでほしい。私には却って、文壇などのほうに在日朝鮮人文学について暗黙の、あるいは無意識的な〝聖域〟視する向きがあるように思える。それは皮相な罪障感の裏返しとして出てきやすいものだ。松原新一の指摘しているように（「在日朝鮮人の文学とは何か」『群像』一九七二・九）、「差別」と「偏見」を告発した在日朝鮮人作家の「そのあまりにも明瞭な正当性」をまえにしたときの日本人の戸惑いがそれだろう。「文学以前の水準で、その正当性を既に保証されてしまっているが如」き「……そうした告発を受けねばならぬ日本人読者にとって、いわばほとんど言葉を返すことの不可能であるような、つまり批評不可能であるような正当性としてある」、そういうところに〝聖域〟は双方の文学上の陥穽としてあるのであって、私はそれを拒む。独自性というのはまたローカリズムではない。普遍へ突き抜けるための独自性である。

ところで、在日朝鮮人文学とはいっても、当然のことだが世代やイデオロギー、問題意識など多様であって一様にこうだとはいえない。ただ、朝鮮人の一人として、しかも日本に住む者の一人としての存在性に責任を持ち、何らかの形で民族の命運とかかわる方向での彼の主体的な行為にかかわっている文学だということはいえるだろう。これは在日朝鮮人文学の課題とも関係することだが、私はいま結論を課題に替えて述べるだけの余裕を持たない。これは朝鮮人作家としての立場で日本語とかかわって行く過程で各自のまえに自ずと出てくるものであって、敢えて私の言及するまでもないことである。

私は文中で在日朝鮮人文学が日本の文学界に市民権を得たことは何を意味するのか、存在領域の拡張か風化の促進かという、複雑な思いがしないでもないといったが、といって私は市民権を得ていること自体を否定するものではない。かつて、日本支配下における「国民文学」運動、朝鮮人作家の日本語での創作が日本の植民地経営の成功として迎えられた事実を思い起こすだけなのだ。それへの苦渋の思いがある。そして、在日朝鮮人文学はそのような思いを起こさせる存在でもあるということだろう。

複雑な思い云々という背後には、これからどうなるものかという不安があるのも否定できない。しかしこれはやはり杞憂というべきか。なぜなら、かりにそれを危機感とすれば、その危機感をバネにして精いっぱいいまの状況にかかわって行くしかないからである。どうせ存在するものは書くのだ。在日朝鮮人の存在が矛盾であればあるほど、その渦のなかから文学行為が出てくるというしかない。文学とはそういうものだろう。

在日朝鮮人文学と読者のことにふれられないままに終った。いい足りないことが多いが読者のこともその一つだった。冒頭でふれたのとは別の意味で読者の存在を考えることは在日朝鮮人文学をまた別の角度から照らしうることにもなるだろう。

ことばの自立

『季刊　三千里』第10号、一九七七年五月

一

日ごろ小説を書きながら感じていることの一端を記してみたい。

私はいま実作する者としての実感からすれば、ことばは想像力を刺戟して、読む者のなかに想像的な世界を作りあげさせるためのメディア、あるいは端的にいって〝材料〟にすぎないものだという感じから免れられないでいる。以前から私はそのような考えを持っているが、このごろしきりにそういう感じになるのは、後で述べる私の実作上の事情によるものだろうと思う。ことばを換えれば、〝材料〟と感じたいというところだろう。

しかしだからといって、その場合のことばを軽視するわけではない。一口にいえば虚構《フィクション》（それはまた普遍的世界のことでもある）におけることばは想像力に奉仕するが、想像力を支えながら同時に支配しているのもことばだから、とても軽視などといえたものではない。たとえ〝材料〟であっても想像力を刺

戟したり奮起させたりする決め手になるのは、ことば以外にないわけで、その場合のことばは自己目的的な機能からしても、それ自体として完結していなければならない。

つまり、ことばは決して〝材料〟、単なる手段にはならないということだ。それを知っていて敢えて「……感じから免れられない」といったのは、私が〝在日朝鮮人〟というワンクッションを置いて、ことば――日本語と関係している私自身の内的な事情から来ている。

私はいま「海嘯《かいしょう》」という、一九四八年三、四月ごろの済州島を舞台にした長篇小説をある文芸雑誌に連載しているが、いままでも一年半くらい書きつづけてきながら、しばしば、いや毎回となく厭になることにぶつかっている。この厭なことの一つをいまから話すのだが、これからもずっと書きつづけて行かねばならぬものであるから、この厭なこと――厭な気持は、かなりの長さのものになる予定のこの小説の終るまで、休みなく持ちつづけて行かねばならぬということになるだろう。

「海嘯」(いままで書いてきたものにも当て嵌まるが、いま現実に書いている作品として)の場合、具体的にいえば次のような事情がある。

まず、小説の舞台が日本以外、ここでは朝鮮に設定されていて、そこに住む人間の話しことば(朝鮮語)と、それを表現する小説の用語(日本語)とのあいだの〝裂け目《ギャップ》〟があるということである。ことばの持つ抽象性からすれば、そのような〝裂け目〟を埋める働きは、現実のメカニズムとは異なることばの機能、しかも日常言語とは次元のちがう小説言語の属性でありまた力でもあって、原則としては、日本語を舞台にして日本語をしゃべる人間たちを取り込んだ〝現実〟を、日本語で書く場合にも変るものではない。

しかしそうはいいながらも、実作に携わっていると、この〝裂け目〟の動き具合が心を攻める。たとえば、地の文はともかくとして、朝鮮語でしゃべっているのを日本語で書くわけだが、朝鮮語でも済州島では朝鮮本土とはかなり違う方言を使うという事情がある。小説のなかでは、日本のどこかの方言を折衷したようなことばに置き換えて書くのであって、それ自体は大きな問題はないだろう。しかし、登場人物たちのしゃべる済州島方言のすべてを日本語式の方言で書くのではない。却って、方言にするのは少なく、私の頭のなかでは登場人物が明らかに済州島方言を使っているにもかかわらず、文章では日本語の〝標準語〟の形になって出てくる。作品全体のリアリティのためにはそれが必要なのである。

もっとも近ごろの済州島では多くの人がソウルことばを使うようになっているという。そして、ほんとうの済州島方言は古老たちか、却って日本に住んでいる済州島出身の年輩者のなかにしか残っていないといわれるくらいだから（もちろん誇張されたいい方だとは思うが）、いまいった場合とは事情が多少ちがってくるだろう。

話はちがうが、私は日本に住んでいる者として、済州島から方言がなくなって行くという傾向を悲しく思う。済州島人同士で、あの独特のイントネーションを持ったソウルことば（女性が使えばまことに美しいことば）が往き来するのを想像すると、ぞっとする。済州島出身者に限らない。じっさい、韓国に出入りする在日朝鮮人のなかでもそのような例を見ることがある。日本は同郷出身者だけが住んでいるところでもないので〝標準語〟をしゃべるのはよいことだが、何もイントネーションまでソウルことばと同じくすることはないと思う。

それはともかく本題に戻ると、朝鮮語には〝女ことば〟がないということがある。たとえば、女の会話などを書く場合、日本語ではどうしても、「……ですのよ」とか、「だわ」「ですのね」などが出てくるが、朝鮮語ではそのような性別による使い分けはほとんどない。

それに、人称、とくに頻繁に出てくる一人称の問題がある。日本語では女の場合は、「あたし」「わたし」「わたくし」「わらわ」など、男の場合は、「ぼく」「わたし」「わたくし」「わし」「おれ」「わが輩」など多くあって、男が「あたし」などとはいわないのと同じように、女も「ぼく」とか、「おれ」とはいわないことになっている。しかし朝鮮語の場合は、男女の違いがないだけではなく、同性でも「ぼく」「おれ」などの、そして「あたし」「わたくし」などの使い分けがない。一人称「나《ナ》」(単数。英語のIにあたる)と、年長者などに対してへり下っていう場合の「저《ジョ》」の二つだけで、一般的には「나」が支配的になる。

しかし筆者の私は、そのときの登場人物の気分とか、置かれている状況などを考えて、当の人物は「나」としかいっていないのに、「私」とか「おれ」「ぼく」「あたし」などに〝選別〟して行かねばならない。〝選別〟がむつかしいとかの技術的なことではない。翻訳ならともかく、日本語で直接書く者としての朝鮮語に対する実感が、このような操作によってなくなってしまうのである。また、このことは二人称の場合も大きくは変らない。

こういう作業を毎回やっていると、いい加減「厭な気持」になってしまう。だいたい、朝鮮服を着けた済州島の女が、知るはずもない日本語で、何の「まあ……そうですの?」とか、「そうですわよ」なのか、という気にもなってくる。冒頭で〝材料〟云々といったのは、このような苦衷から逃れたいための心情の表われであって、いわば〝材料〟にすぎぬ日本語のことでいちいち気をもんだり、くよくよすることもあるまいといった態のものだといえよう。

翻訳ならまだ、朝鮮語でしゃべっている人物たちを取り込んだ文学的現実、既成事実に立っての二次的作業ということがあって、その場合の違和感は技術的な範囲を大きく出ない。しかし、こちらはそうではない。はじめからありもしないことを書かねばならない。いくら小説が作りごとだとしても、これはひどいという気がしてくる。瞬間、〝ことば〟はそこまで力を行使しうるものなのか、どうか、という疑問が起こらないこともないのだ。

小説を書いて行くうちに、こうして先に述べたような場面になると、もう白けてしまう。現実に日本語なんか使っていないし、〝女ことば〟もないのに、「あたし」も「そうですわ」も、くそもあるものか！と、筆を投げ出してしまいたくなる。

私はうんざりする。そして、バカバカしくて書けなくなるのだ。文学とか何とか、しかめ面をするおのれの顔が滑稽に見えてくる。ことばが何とあやふやで、でたらめで、自分がそのでたらめ加減なことをやっているような感じからなかなか浮かび上れない。こういう気持になるのも、いわば在日朝鮮人である所以だが、何とも因果なことだと思ったりする。これと似たような話をもう何年かまえにいちど書いたことがあった。しかしこのごろは、連載の形で毎月のように直面しなければならないので、いささかうんざりしているというのが実情である。

ともかく、こういうことでは到底まえへ書き進められないのであって、そのとき私は、登場人物の女性に、朝鮮語でいったんしゃべらせる作業をする。といって、私ははじめから朝鮮語で発想してそれを頭のなかで翻訳するという形で、小説を書いているのではない。朝鮮語との交錯や衝突はあるにしても、ほとんど日本語でストレートに書き進めているなかで、とくに「あたし」とか「ですわよ」などのところに差しかかると、途端に白けてしまうということだ。じっさい、自分の顔がぼうっと面映ゆくなるのを意識すると、もうペンは去勢されて動かない。

それでも書くのだから、他の人の場合はともかく、かなりの図々しさが必要だなあと思ったりする。いずれにしても、書く以上は仕方がないのではないか。しかも、その〝材料でしかない〟ことばで書きうるというところに、一般に言語機能の持つ不思議な力があるといえるだろう。しかしこれは逆説めくが、ことばの持つ「普遍性」に対して望みを託せない限り(それはまた存在の究極的な肯定に通ずるのだが)、一枚も書き進められないということでもある。

二

私は最近、『遺された記憶』(一九七六年、河出書房新社)という表題の作品集を出した。そのなかに「驟雨」という『季刊三千里』二号に書いた作品が入っている。たまたまこの小説が妙な読まれ方をされたことがあって、いや、いまもされているのだが、その一つの例を話したい。

妙な読まれ方というのは、ただ作者の私と主人公を重ねて私小説ふうに読んだというだけのことだが、それは計らずも、前章で触れた白け気分をもたらす〝裂け目〟とは全く別の〝裂け目〟を私に感じさせたのである。

その「驟雨」の筋書や内容については省くことにして、ここでは、主人公の張という「私」が頭髪の薄くなって頭の天辺が禿げている初老の男で、焼肉屋の主人だということを念頭に入れてもらえばよい。舞台は朝鮮ではなく、現在の東京。

一昨年の春、私は作家のYさんと対談をしたことがあった。場所は新橋のある中華料理屋の二階だったが、約束の七時よりちょっと遅れて行ったところ、その対談シリーズのホスト役をずっとしておられるYさんや編集関係の人たちが待っていた。

私が、遅れました……と挨拶をして部屋へ入って行くと、私の顔をまじまじと見ながら（後で考えると、私の頭を見ていたのだ）Yさんは、いやあと、ちょっと意外な顔をして笑った。笑いつづけながら、金さんは悪い、人が悪いという。そして、さあ、どうぞと、大きな円い座卓のまえに座ったYさんの隣りの席をすすめられた。私は何のことか分からなかった。笑いながらのことだから、なかば冗談じみているとの察しはつくが、しかし、いきなり人が悪いという。私はそのとき、おそらく、へえー？とでもいったような頓珍漢な顔付きをしていたに違いない。

Yさんがそういったことの理由は簡単だった。ちょうど『季刊三千里』二号が出たばかりのときで、Yさんはそこに載っている「驟雨」を読んでこられていた。ここまでいえばだいたいの想像はつくだろうが、一言でいって、Yさんは私を主人公と同じように「禿げ」だと思っていたのだ。ところが現われた実物は「禿げ」ではなかったということだろう（しかも、私はまた普通より髪の毛が多いほうだときていた）。

Yさんが笑いながら、そういったのはほんとうに私を「禿げ」だと想像していたのかも知れないし、あるいは冗談半分に私を「担いだ」のかも知れない。しかしいずれにしても、主人公のイメージと作者の私を繋げていったことには変りないだろう。

作中の主人公の「禿げ」が作者の頭に乗り移ったのは、このときだけではない。最近は、前記の作品集に「驟雨」が入っている関係から、作者の私を主人公と同じ人間、あの作品を私小説だと思う人が新しく出てきて、ついでに私が「禿げ」ではないのかということになってしまった。おそらく「驟雨」を読んだ人のなかには、そのような向きがかなりあるのではないかと思う。

これは私にとっていささか愉快な話といえるものだ。小説を読んで「騙される」のは作者の責任ではないのだから……。これを作家冥利といっても過言ではないだろう。私はわが主人公の「禿げ」がいとおしくなり、彼にいっそうの親愛感をこのごろ感じるようになっている。しかも同じ主人公でありながら、以前よりもこのごろのほうが生き生きとし出したのだから不思議なものだ。

ところで、「驟雨」の主人公の「禿げ」を通して考えることは、日本の私小説的な文学伝統といおうか、その底が深いということである。妙な読まれ方というようないい方をしたが、私こそ妙な書き方をしたのであって、日本の私小説的な文学土壌からいえば、これこそ正当な読み方だということになるだろう。

ところで、こういうことは「驟雨」だけに限られたことではない。「驟雨」の場合は、主人公が一人称の「私」になっているから紛らわしいかも知れぬが（それでもちゃんと〝張〟という姓を持った男だ）、いままでも私の作品がなかなかフィクションとしてありのままに読まれないという傾向があった。たとえば、「鴉の死」の世界にしても、私の体験の世界としてそれを重ね合せ、従って主人公イコール作者という図式にくくって、あの作品を読む。このような傾向は不思議に思えるくらい牢固としたものがある。

「遺された記憶」でさえ（この主人公は一九六二年に四十九歳で病死したことになっている）、作者の私と重ね合わせて読む人がいて、そのような評もあった。これなら「私」がいくらあっても足りないのであって、こうなると、先刻ちょっと冗談半分にいった、いささか愉快だという気持よりも、戸惑いがまえへ出てくる。そして、こういう場合の作者の位置は何だろうかと、ふと余計な考えに落ち込んでしまうのだ。

「驟雨」の例は、前章で触れた「海嘯」での白け気分をもたらす、現実と日本語との〝裂け目〟とは別の意味での〝裂け目〟を私に見せてくれる。

「驟雨」の場合、読者のなかでは作者と主人公が同一人物として（あるいは近似的に）重なっているのに、実際は全くちがうというアイロニーが読者と作者のあいだにできているが、この関係は読者のほうが作り出しているものといえる。読者が自ら詐術にかかっているわけであって、この「騙される」過程のメカニズムがそのままことばの自立（文学的現実〔虚構〕は独立していて、現実的世界に還元されるものではないという意味をかねての）にかかわっているだろう。なぜなら、この場合のことば（作品）が現実（作者）と密着しているようで、そうでないのは、もっとも離れていることになるのだから。詐術でいえば、もっとも巧妙で、そして人の悪い「騙し方」になるだろう。従って、この場合の、現実とことばの〝裂け目〟は却って、それ故にこそことばの自立を証明する根拠となるものだといえよう。先刻、「驟雨」の場合に私に見えた〝裂け目〟といったのは、この意味である。これは私にとって「海嘯」の苦い思いをさせる場面の〝裂け目〟と根底で共通しているのであって、ただそれぞれの現われ方が違うというものだ。

それはまた、「海嘯」の場合は「厭な気持」を毎回味わされるが、「驟雨」のほうはいささか作者を楽しい気持にもさせてくれるという違いでもある。

私は冒頭で、ことばは〝材料〟云々とはいったが、しかし文学における〝材料〟としてのことばは材料であることにとどまらず、〝材料〟を越えて自らのメカニズムで自立して行くものである。つまり、それが文学のことばというものだろう。

「どん底」

『すばる』（集英社）一九八四年三月号

「どん底」といっても、ゴーリキーの戯曲のことではない。二十数年前の昔に私がやったことのあるヤキトリ屋台の名前である。

私はこの頃、家での深夜の酒を〝立ち飲み〟でするようになった。私は大体、夜の二、三時頃まで起きていて、それから酒を飲み、寝るのが三、四時頃になるのだが、ときにはもっと延びることもある。いずれにしても朝は遅い。朝食が昼になるから、一日に晩酌つきの二食。間食はほとんどしないので、真夜中になるとお腹が空いてくる。深夜の酒は自分の部屋のコタツの上で、焼酎かウイスキーを水か湯で割り、アテはたとえばベビーチーズなら一個か二個どまりにして飲み続けるので、かなり酔う。そして、眼が覚めたときは二日酔いといった日が多い。

ところでこの一週間、私は〝立ち飲み〟をするようになった。というのは、階下の狭い台所へ降りて行き、冷蔵庫のなかを物色すると、適当なのをガスレンジで温め、傍のテーブルで簡単な夜食をしながら飲むようになったが、何しろ隙間風の入るおんぼろ家のことでもあって、滅法に寒い。深夜に電気ストーブや、石油ストーブを台所へ運んでくるのも億劫であり、私は体内でアルコールが燃えるまで震えながら飲む。

ところが、このまえ面白いことを思いついた。ガスを使ったあと、火を消さずに魚焼きかフライパンを空焼きするのである。それは時間が経つほど辺りに熱を放ち、私はガスレンジのまえで、アルコールで頬が火照るのを感じながら立ち飲みしているわけだが、これが結構うまい。まあ、余り体裁のよい話ではないが、私は立ち飲みのうまさを改めて思い出し、そしてついでに、立ち飲み客を相手に酒を売っていたかつての屋台車を思い出した次第であった。

屋台を出したのは大阪の国鉄鶴橋駅界隈だったが、しかしそれも年末の十二月から翌年三月頃までで、一冬を越してやめてしまった。勿論赤字だったが、これは自業自得の面がかなりある。鶴橋のあたりは同胞が多く住んでいるので、恰好の〝笑いもの〟になったりしたが、知人や友人は、きみがなんでこんなことをやるんだと、半分呆れながらよく来てくれた。ところで、私は毎晩のように屋台を終えると、飲んだ。いったん〝店じまい〟を宣言したあと、こんどはこちらのおごりだということで、そのまま屋台でいっしょに飲み続け、さらに屋台を全部片づけて五十メートルほど離れた置き場所へ戻して置いてから、ハシゴで飲みに行くのである。翌日はいくらもない売上げ金がすっからかんになって、仕入れ代に困るという始末だから、商売になるはずがない。身重の妻が二歳になる長女をおんぶして〝店じまい〟の手伝いにやって来ても、早じまいをしてしまった屋台の跡はただの空地になっているのだった。

なぜ、屋台などをはじめたのか、他にすることがなかったからだろうが、はっきりした動機は分からない。まあ、屋台ののれんに〝屋号〟を染め、両側に張ったテント地の幕にも「どん底」と赤ペンキで書いたくらいだから、切羽詰った気持があったのは確かだろう。もともと私はカネとは縁がないほうの人間で相変らずの貧乏暮しだが、当時のわが家庭が〝どん底〟だったのは事実である。しかし私はほとんど毎晩のように飲んでいて、それもやけ酒などではないのだから(「鴉の死」などを書いたのもその頃だった)、とてもどん底といえたものではないと思う。大体、いま考えると、「どん底」というその名前がよくない。恥ずかしいが、それは一種の衒《てら》いといったものだろう。キリストは弟子たちに向って、断食をするとき悲しい顔をするなといっているが、「どん底」という名前は、その悲しい顔にあたるのではないか。その頃、おれはこれ以上に落ちるところがないから世の中にこわいものはない感じだなどと、友人に話したものだが、これも「どん底」の名前同様、一種の衒いだったかも知れない。私はかなり楽天的にやったつもりだったが、内心はどこかで構えていていささか悲壮になっていたのだろう。

私はなぜ屋台をやったか分からぬと書いたが、しかし考えてみると面白いことが一つある。私の作品に「夜の声」(『詐欺師』講談社)というのがあるが、これは一九七四年四月号『文芸』に載ったものであった。ある人はこの小説を読んで、かつての屋台の経験を生かしたものだろうといったが、しかし違うのである。もう三十年前の一九五二、三年頃だが、在日朝鮮文学会というのがあって、その小さな機関紙『文学報』に私は「夜なきそば」という十数枚の短い小説を書いたことがあった。題名どおり、夜なきそばの屋台曳きの話である。主人公は朴永八。それを五、六年後に三十枚くらいに書き直して同人誌の『文芸首都』に載せてもらったが、それが十数年経って同じ朴永八が主人公の八十数枚の「夜の声」になったのであり、そのあいだに私の屋台の経験が挟まれているわけである。

私は、無意識にあるいはそれを深層心理とでもいうのか、その六、七年前に書いたフィクションの小さな作品「夜なきそば」に導かれて、いや大変なところへ導かれたものだが、その不思議な暗示がどこかで働いていて、屋台をはじめたのではないかと思えるのである。そういえば、主人公朴永八の生活はそれこそどん底であった。ただし、その夜なきそばの屋台には名前——屋号はなかった。

田村さんのこと

「本・田村義也の仕事」一九八八年九月

私の第一作品集『鴉の死』が一九六七年、新興書房という小さな出版社で出され、やがて絶版になったものが講談社版として再刊されたのが一九七一年末である。十年前に同人誌に発表されたまま埃りをかぶっていたこれらの作品がささやかな一冊にまとまって読者の眼にふれるようになることで、私はやがて作家生活への第一歩を踏みはじめることになるのだが、この本をたまたま田村さんが読んで見過さなかったことが、その第一歩を確実なものにしたという思いが、いまも強い。

一九六七年末、私が胃切除で入院中に出版された『鴉の死』の書評を田村さんは共同通信に書いているが、氏とは療養後の翌年秋にはじめてお会いすることになった。そして、『世界』に小説を書くようになるのだが（「虚夢譚」一九六九年八月号）、これは私が「鴉の死」、「看守朴書房」など以来十年ぶりに書く日本語の小説であり、その後、小説は「万徳幽霊奇譚」（『人間として』第四号、一九七〇年）、「長靴」（『世界』一九七一年四月号）……と続くことになるのであって、「虚夢譚」は今日に至る私の作家生活での出発点になる作品である。

田村さんの編集者としての姿勢から来るものであろうが、氏はある確信とおそらく義憤をも持って、何とか金石範を世に送り出すためにつとめたものと思う。私はずっと後に、十年以上経ってから、田村さんに笑いながらいったことがあった。田村さん、私は田村さんの期待に背かないで、何とかやって来たでしょう……。すると、彼は微笑しながらうなずいた。

ところで、冒頭に講談社云々と書いたが、新興書房版がまもなく絶版になってから、田村さんはそれの再刊につとめ、そして講談社に作品を持ちこむことで、新しく「虚夢譚」を加えた形での講談社版『鴉の死』の出版に至ったという経緯がある。一言でいえば、文壇で受け入れがたかった金石範の出発の後ろに、田村義也がいたということである。

『鴉の死』の本造りの段階になったある日、編集担当の橋中雄二さんが、どうです、田村さんに装幀をしていただいたら……といった。田村さんは装幀もするんですか？ 失礼な話ながら、田村義也が装幀家であるとは私は知らなかったのである。長い時間をかけての結果ようやく出来あがった装幀に接したときの衝撃は、いまだに鮮やかに蘇える。そしてその後、拙作のほとんどが田村さんの装幀で包まれることになるたびに、作者として同じようなよろこびと感動をおぼえるのである。

ここで、田村義也の装幀の芸術として持っているその性格についてはふれない。紙面の都合もあるが、彼が手がけた多くの書物のそれぞれの作品に接すれば、それは感得することができる。ただ一言いいたいのは、私は田村さんの装幀に接してから、装幀がそれ自体独自性を持った作品であるという認識を後ればせながら自分のものにできたということがある。それは書物の内容と遊離し、あるいは無視したものではなく、独自性を持ちながら、その故にいっそうその書物の内容を擁護している事実についてである。これは愛がなくてはできぬ仕事というべきだろう。

弔辞——李良枝へ

『群像』（講談社）一九九二年七月号

양지、이양지야、귀로 듣지 못하고 입으로
말 못하는 그대에게 나 이제 큰 슬픔을
안으며 한마디 말을 보낸다。

양지《ヤンジ》、이양지《イヤンジ》よ、耳もて聞こえず、口もて語りえぬきみに、私はいま、大きな悲しみを抱いて、ひとことのことばを送る。

きみはいつか、先生《ソンセン》ニム、이양지って名前がいいでしょう、양지という音、響きがとても好きなんですといったことがあった。私は、そうだね、いい名前だよとうなずき、済州島のふるさとことばで、勿論、漢字の表記はないのだけれど、양지は、顔、人の顔のことなんだよといったら、きみは、ああそうですかと笑みを浮かべていい、陽のあたるところも、양지（陽地）なんですね……といっていたことを、はっきり思い出す。きみ自身の好きな名、이양지、私はその名のきみを呼ぶ。

양지よ、親に先立って子が逝くほど親不幸はないのだぞ。しかも何というムチャクチャな消え方なんだ。どうして、このような現実が、すべてが一瞬に無に解体した現実が、われわれの眼のまえに白々しく横たわるのか。いままさに大輪の花を咲かせ、そして大きな作家へと成長せんばかりのところに立った이양지。一人のすぐれた作家が簡単に生まれるのではない、その若い作家、이양지を、どこかへ引っさらって行ったのはだれなのか。

양지をこの地上に戻せといっても、もはや戻らない。きみは逝ってしまった。きみは見ない。感じない。語らない。私たちにとってきみは関係があるが、きみにとって私たちは関係がない。

死者は生でも死でもない。死者はわれわれ生きて地上にある者のなかに生きる。そして蘇える。きみはもうきみ自身を、われわれを感じることができない。きみはただ、われわれのなかで生きる。

きみ自身が好きだった이양지という名の美しき女

性よ、きみ自身の存在はない。きみはまもなく土に還り、分子となり、地球とともに沈黙の存在を続ける。しかし이양지はわれわれのなかに生き続け、きみの遺した作品のなかに生き続ける。

　われわれに大きな悲しみを残して消えてしまった양지よ、私はその悲しみを、きみもともに悲しむことのないことに、却って、心の安堵をおぼえているのだ。

　きみは、無い。そして、きみの、わけの分からぬ死は、しかしわれわれに、生命の、生きることの尊さを示してくれる。

　양지よ、きみには聞こえぬ別れの挨拶をする。

이양지야《イヤンジヤ》、안녕히《アンニョンヒ》
　잘《チャル》　가시라《カシラ》（さようなら）

一九九二年五月二十四日

第Ⅲ部
『火山島』をめぐって
二十余年にわたる創作の軌跡

人間を断片としてではなく、人間の全体を描く……。
そうでないと人間が解らない。人間の存在は〈世界〉なんですよ。

『金石範《火山島》小説世界を語る！』

あとがき

『火山島』第Ⅲ巻、文藝春秋、一九八三年

この小説は「文學界」に連載された「海嘯」（一九七六年二月号～一九八一年八月号～ただし一九八〇年十二月号休載）に加筆、さらに第十章から第十二章まで一千枚を書きおろしたもので、出版に際し「火山島」と題を改めた。「火山島」は最初考えていたよりかなり長くなったのだが、それでも全体の構想からすると、これで話が終ることにならない。

私がいままで「済州島」をテーマにして書いてきた「鴉の死」や「万徳幽霊奇譚」、その他の作品の時代的背景は、どれも一九四八年暮れごろから翌四九年春に至るまでの、ゲリラ壊滅の時期で、それはまたアメリカ軍の指揮による島民への本格的な虐殺が進行している時期にあたる。

この小説は一九四八年五・一〇南朝鮮単独選挙の済州島での強行の失敗が予測される直前で終っているが、これは時期的にいえば、ゲリラ壊滅と島民の殺戮で終る四・三事件全体の〝その前夜〟になるだろう。従って「火山島」はこれで一応終ったものの、しかし先に述べたように、時期的に見ても、そしてさらにゲリラの壊滅期を構想に入れた場合の小説の全体からしても、当然のことながら、この小説がそのすべてを書き終えているわけではない。いつの日か、あるいはそれは不発に終るかも知れぬが、この小説に対応する形で、さらに続篇にあたるものが書かれなければならぬとは考えている。

ところで、小説が終ったいま、登場人物たちの何人かに小説の世界からこのあとがきのなかまで出てきてもらうことにしたい。というのは、小説が終ったとはいうものの、登場人物たちとお互いにいささか未練が残る別れ方をしたという思いが私のなかにあるからである。小説のなかでもうしばらく主人公たちと付き合わねばならぬのに、十分に意を尽せなかった感じがする。もちろん、それを書きつづけて行けば別の新しい話にひろがって行くのを承知の上で、なお未練の残る思いをしている。

私は作中の人物たちとは長いあいだ付き合ってきた、いわば馴染みの関係でもあるので、彼らのこれからの行動をある程度は予見できる位置にあるといえよう。しかしそのすべてを予見できるものではない。新しい状況が、幾層もの状況に重なり合って生まれるなかで生きていく人物たちの行動を、舞台の外から、小説の外から、その状況の外から予見することなどはできない。それは筆者といえども、人物たちといっしょに小説の世界へ自分を投ずるのでなければ、知り得るものではないのである。

さて、軍とゲリラの協商成立破壊を狙ったO里部落奇襲などの陰謀に、警察の鄭世容が深く関係しているだろうことは、李芳根にも梁俊午にもほとんど疑いを入れないところであるようだ。この小説の終りまでソファに坐って酒を飲みつづけている李芳根は、ユダは柳達鉉ではなく、どうやら親戚の一人である鄭世容の形を取って身辺に現われてきた感じになるのだが、そのとき鄭世容の周りをでんぼう爺いと朴山奉の影が互いに絡み合いながらまといつき、まるで巫夫のような異様な舞をするのを見て、李芳根は慄然とする。つまり自分のなかの黒い獣の影を発見してそれに背を向けるが、その影は李芳根がほとんど肉体的な啓示で完全に自分の〝下男〟になったと納得した朴山奉であり、彼はもはや李芳根の意志の一部とならねばならないのである。

この邪鬼、黒い獣の動きは何だろう。李芳根はでんぼう爺いか、あるいは朴山奉を使って鄭世容を殺害するかも知れない。李芳根の頭のなかの空間で鄭世容にまといつきながら踊るでんぼう爺いと朴山奉の姿は、李芳根の殺意の化身である。李芳根は、第十二章六節の梁俊午の下宿で南承之と会ったときの会話のなかで、殺人を否定してこう話している。「……しかし人間は人を殺すまえに自分を殺さねばならない。従ってもっとも自由な人間は人を殺すことはないだろう。殺すまえに自らを殺して、つまり自殺するってことだから……」。とすると、李芳根のなかの殺意と、そしてそれの実現は彼の論理に矛盾し、それを崩すことになるのではないか。もともと私はこの小説を書きはじめるとき、李芳根については、彼はいつか自殺をする男ではないかと考えていたが、もし彼が殺人を犯すことで自殺をせずにすみ、そして生き延びるのであれば、それはそれで小説の世界のそれなりの進展を望めることになるだろう（小説の最初から終りまでの時間の進行が遅々たるもので、たかだか二、三カ月にすぎぬのだから、そう簡単に自殺の状況は生まれてこないだろう）。いや、彼が自殺をしないとすれば、それは状況が、やがて訪れるだろう殺戮の状況が彼に自殺を許さぬということだろう。筆者の私は、李芳根はおそらく鄭世容を殺害するものと考えているが、しかし彼の場合、〝殺人〟に名分や口実をつけたりはしないだろうと思う。直接手を下すのではなく、間接的な殺人を犯すことで李芳根は、〝所有からの自由〟、無の実現に向おうとする自分を裏切ることになるかも知れない。彼は大きな重力で〈革命〉を含む〝世俗〟へ引きずり下される。そしてしばらくそのシーソーゲームが続くだろう……。

さて、ユダになるだろうと思われた柳達鉉はどうか。この小説の時間的な背景が二、三カ月にしかならぬので、歴史の時間の歩みからすればそう短時日のあいだに裏切りが起こるものではない。少くともまだ蜂起直後の〈革命〉の昂揚のなかに彼はいる。人間に対する造物主の悪意に満ちた悪戯の数々は、

〈革命〉の凋落期を見てやって来る。後日、この島に生まれる苛酷極まる状況のなかで、柳達鉉は〝予言〟どおり、ユダへの道を歩むことになるかも知れない。もし、鄭世容が李芳根の殺害から免れ得るならば、その手に柳達鉉は落ちることになるだろう。

田舎へ帰ったブオギはさて措き、李芳根に思いを寄せる丹仙のことなど……その他、心残りが多い。

この長い、そして筆者自身が未練を残す終末を迎えた小説を最後まで読んでいただいた読者諸氏に感謝する次第である。

こんどの長篇執筆で、事件がタブーになって来たものでもあって資料がほとんどないこと（一応まとまったものとしては、金奉鉉、金民柱共篇『済州島人民たちの〈4・3〉武装闘争史』〈朝鮮文、一九六三年〉、金奉鉉『済州島血の歴史――〈4・3〉武装闘争の記録』〈一九七八年〉があるだけで、それもこの日本で出版された）、その他苦労話には事欠かぬが、私はやはりいまの済州島ではあっても、故郷の土地へ〝取材〟のためにでも行って来ることができないまま、執筆を続けたことがいちばん苦しかったと告白せねばならない。私は当時済州島にいたわけでもなく、またこれまで四十年近く済州島の地を踏んでいないのである。想像力にも限界がある。一つの風景や風習、そして町や村々の地理やたたずまいなど最小限度のディテールの「事実性《リアリティ》」が想像力の担保になる。そして現実の自然のなかのみずみずしい感覚、感情。

話はいささか飛躍するが、済州島四・三事件の功罪は何だろうかということがある。三十万人口のうち八万の人命が失われた凄惨極まる事件を措いて、何の功罪云々かともなるが、私はここでそのことについては触れない。そして四・三事件についても、いままでかなり書いてきていることもあるので説明は省き、次の一文でそれに替えたい。

「……アメリカをバックにした李承晩軍警やテロ組織による島民に対する大虐殺のことはしばらく措くとして、窮地に追い込まれて行ったあげくのゲリラ側による同じ島民に対する殺害行為のことなども、改めて見据えねばならないのである。

当時のゲリラ側の極左的な闘争の誤まりは指摘し得る。しかし四・三事件の根本の原因はアメリカの南朝鮮占領とその軍政による苛酷な人民弾圧政策であり、一九四八年五月の南北分断を固定化する南朝鮮だけの単独選挙の強行にあることから眼をそらせてはいけない。しかも済州島では〈北〉出身者たちのテロ組織西北青年会による殺戮、暴行、残虐行為が四・三事件以前から全島に横行し、人々を恐怖に落し込んでいたのだった。このような状況のなかで、当時の島民はどうすべきであったか。祖国の分断を防ぎ、そして殺戮と暴行から自らの生存を守り解放するどのような方法が、他にあったのか。極左主義というは易く、そして実際に多くの悲惨な犠牲を招くことになったのだったが、ゲリラ蜂起に代るどのような闘いの方法があったのだろうか。

私は済州島を故郷にする者の一人として、そして済州島四・三事件に関心を持ち続ける者として、いま以て明確な答えを出すことができない。おまえは当時から日本に住んでいて済州島の現実を体験していないから、そんなことをいえるのだと指摘されればそれまでだが、しかしそれで答えが出てくるわけでもない。

四・三事件のことをこの国の歴史に定着させるには、まだまだ長い年月が必要である。一昨年の光州虐殺以後、ようやく反米の気運が韓国に根ざしはじめたが、いずれ解放直後の南朝鮮におけるアメリカ帝国主義政策の本質が見直されるときが来るだろう……」（「〈トリョン峠の鳥〉のこと」から。『文藝』一九八二年十二月号）

「火山島」だけに限らず、私はいままで済州島を舞台にした小説を書いてきながら、多くの人から当時の話を聞き、そして教示を仰いだ。なかには物故した人もいれば、いまは日本に住んでいない人たちもいる。これらの方々にこの場を借りて感謝の意を表したい。とくに若い友人金民柱氏にはひとかたならぬ世話になった。彼は中学生のころ四・三蜂起に参加しその後死線をくぐり抜けてきた体験者でもあるが、その体験談だけでなく、資料の提供などいろいろと私の執筆を励ましつづけてくれた一人である。

第十一章一節の巫祭の場面で、巫歌が出てくるが、これは張籌根『韓国の民間信仰——資料篇』二三〇ページ「門前本解」からの一部引用である。ところで、引用の部分は同書巻末に収録されている原文を参照しながら、ところどころ私なりに翻訳語と表記を変えていることを断っておきたい。

私はこのたびほど校正者の労苦を痛感したことはなかった。作品の出発から終りまでの一貫した水も洩らさぬ目配りの持続は一つの大きな構想の世界というべきもので、作者の忘れていたこと、間違っていたこと、たとえば一日の日にちのずれが起こす間違いを丹念に過去へ遡りながら突き止めて正すなど、その他多くのことを校正のゲラを読みながら教わった。金子二葉、林利幸両氏の労苦に感謝と敬意を表したい。

この小説は「海嘯」の題で、現文藝春秋出版局長の西永達夫氏が「文學界」編集長のころ、長篇を書いてみないかという氏の奨めで連載がはじまったものである。西永氏は連載がはじまってまもなく、その年、一九七六年の四月に出版部へ移られ、代って豊田健次氏がこの厄介な荷物を引き継がれることになったが、この作品執筆の土台はようやくそこで固まったといえる。それからさらに松村善二郎編集長のもとに、一昨年八月号まで連載を続けて第九章を終えたのである。

「文學界」では田嵜晢氏が当初からの担当編集者でいちばん長く、それから明円一郎氏、そして最後に高橋一清氏の担当でお世話になった。連載を終えて加筆、書きおろしの段階から、単行本は細井秀雄氏に担当していただいたが、細井氏は今年四月から他編集部に異動、替って高橋氏が松村善二郎出版部長のもとで、こんどは単行本の担当者として、「火山島」の本造りに大きな力を傾けていただいた。高橋氏の場合は、はじめて出版部の仕事を担当することになったその最初に、細井氏のあとを受けてこの長い、そして日本ではない、朝鮮の済州島という一般に馴染みの薄い土地を舞台にしている作品を手がけることになった。しかも作品全体の、本としての体裁をも含めて一切の締めくくりを完全にし終えねばならないその仕事の労苦は並大抵のものではなかっただろう。その結果として立派な本が出来上ったことに私は大きなよろこびを感じている。以上、お世話になった方々に心からのお礼を申し上げる。

考えてみると、「文學界」西永編集長のときに起稿したこの作品が、いま西永氏や松村氏たちのもとで刊行されるのは、いささか奇しき感じがしないでもないのだが、この小説がとくに西永氏の長いあいだの励ましと厚意によって書きつづけられ、最後の脱稿に至ったことを付記しておきたい。

おしまいに素晴らしい装丁をしていただいた田村義也氏に感謝を申し上げる。雑誌連載当時から長いあいだ想を練り返し、制作の段階では氏のエネルギーをかなり消耗させた装丁作品であって、私は中身の小説のほうが装丁に負けるのではないかとひそかに懼れているのである。

一九八三年七月二十一日

金石範

長生きせねば……

歴史批判発刊会『歴史批判』創刊号、一九八五年夏（一九八五年七月一日発行）

長生きしなければならない。作家は長生きしなければ……。こんなふうに書き出せば、いったいどこのどんな作家がことさらに長生きしなくてはならないのか……と冷笑する者もいることだろう。

そう言われれば確かにそうだ。いったい作家ばかりが長生きしなくてはならぬわけでもあるというのか。これは私の独り言だ。みずからを慰めながらの鞭打ちであり、ただ自分のための心情吐露なのだ。ただ長寿を願っているのではない。言うならば、生きる義務があるということであり、物書きは死ぬまでただただ書きつづけねばならぬ義務があるということを言ったにすぎない。

いちいちこんなことを言うのも、おそらく私が乙丑の年（一九二五年）の生まれであり、今年還暦を迎えるからでもあろう。還暦のせいにするなという声があがりそうだが、五十歳をすぎると一年が一か月のようであり、年を重ねるのはそう嬉しいことではない。私が年を取ることを喜ばないのには、最近の私の作家活動と関わりがありそうだ。

最近の活動と言えば、一昨年の長編小説『火山島』の完成だ。長生きしなくてはという「奇特な」考えをあらためて持ったのはその後のことであり、思い返せばまだ一年も経っていないというわけだ。それも、ひそかに思うに、長生きするのも文学の才能のひとつではないかという、これまで考えたこともないような妙な考えまで湧いてくるのは、きっと、それなりの年になってから遅まきながら小説を書きはじめたことからくる焦燥感にちがいない。

出遅れて死にもの狂いで年が経つのもわからずにいたところが、気がつけば残された時間は少なく、やるべきことは山のようにあるという、私の置かれた状況ゆえのことなのだ。

一九四八年の済州島四・三武装蜂起事件を主題とした日本語の小説作品『火山島』は、四百字原稿用紙で四千五百枚。書き始めてから八年で完成した。(一九八三年九月、全三巻、文藝春秋刊行)。筆を擱いて約二年後になる今年の末から『火山島』の続編、すなわち第二部を日本の文芸誌に連載することになっており、第二部の分量がおおよそ四〜五千枚とすれば、書き終えるまでに十年はかかることだろう。十年経てば、私は七十になる。明日のことすらわからぬ世の中で、若くもない私が、仮定の話だとはいえ、十年後も生きていることを前提に執筆にとりかかるのは楽天的であり、欲深いことだ。

ともかくも一九八六年正月号から連載を始めなければならない。新年号は十二月に出るのであるから、締切は十一月であり、そのほかにもやるべきことは実に多く、だんだんと焦る思いが募ってくる。十年後に『火山島』第二部が完成するという夢のような仮定をするならば、『火山島』第一部、第二部を合わせて約二十年の歳月をかけて書かれた作品になるわけで、枚数は八千〜九千枚になると予測される。

小説を書くには文学的な努力とそれに見合う才能が必要であるが、それはなによりもまずは人間が生きてする仕事なのだ。長い時間を要することを為すには、それだけ長く生きねばならぬのではないか。作家は長生きしなければならない……。これは私の願いであり、そう若くもない年齢で書き始めた私のひそかな覚悟でもあるのだ。この願いがかなえられるならば、長生きも文学の才能かもしれないという言葉はその内実を得ることにもなろう。

『火山島』は一九四八年二月から同年五月九日、いわゆる「五・一〇単選」の前までの、四・三蜂起当日の前後二〜三か月の熾烈な革命的環境の中の済州島を舞台とする若者たちの群像を描いた作品だ。亡国の単選に反対し、祖国の平和統一のために起こされた四・三蜂起は、おおよそ一年後に漢拏《ハルラ》山に根拠地を置くゲリラの壊滅で終わるのだが、米軍を後ろ盾とした李承晩政府の過酷な弾圧によって三十万人の島民のうち八万人が犠牲となった。済州島四・三事件を主題とした私の初期作品「鴉の死」、あるいは「看守朴書房」、「観徳亭」、「万徳幽霊奇譚」等々は一九四九年初めのゲリラ壊滅期を時間的な背景としており、言うならば「極限状況」を設定して書いたものだ。ゆえに『火山島』で扱われた時期は、「第二次世界大戦後の最初の大虐殺」である「四・三事件」前の時期という意味での前夜であり、同族が外勢と結託した同族の手で殺されるというとんでもない惨劇の入口で話が終わっているということになる。第二部の作品世界は時期的に事件の真っ只中に入ってゆくこととなり、執筆作業もまた難しくなることと思われる。

私が『火山島』を書く過程で、とりわけ完成が近づくにつれて悟ったことは、この作品が知らず知らずのうちに私の処女作である「鴉の死」の世界へと戻りつつあるという事実だ。作品を書き終えた今も、その感覚はぬぐえない。

人は老いると子供がえりをする、という言葉がある。この言葉にはさまざまな意味が含まれているが、今思うに私の場合がそれに当たるようでもある。十年近くかかった長編が、三十年近く前のわずか百四、五十枚の短編「鴉の死」の世界に回帰したという事実は、私にとって、人生の妙味を感じさせずにはおかず、少なからぬ感動までをもたらしたのである。

三十年後に自分の処女作の世界に輪廻そのもののように、こうして還ってゆくとは、誰が知ろうか。それも生きながらえて作品を書いてきたからこそわかることだ。仮に短命であったり、今まで命はつないできたとしても作品を書いていなかったなら、とうてい知り得なかったことだ。

『火山島』に登場する主人公的な二人の人物、李芳根や南承之の原型、そして「ホムル・ハルバン(でんぽう爺)」も、呼び名もそのままに「鴉の死」に登場するのであり、『火山島』の思想的葛藤の根本もやはりそこに見いだすことができる。もちろん『火山島』の作品世界と「鴉の死」のそれとでは分量上も比較にはならぬし、大きく異なる。だが、「鴉の死」という下地なくして『火山島』が日の目を見ることがなかったのは明らかだ。

「鴉の死」は三十一歳の作品だ。今も私がもっとも愛着を感じるほどに、二十代後半の数年を注ぎ込んで、心のうちで長い時間をかけて熟されていったものであることは間違いない。悩み苦しんだ青年時代、生に対する肯定の道を見いだせなかった精神の放浪期に私を危機から救いだした作品であり、これを書き上げたことで私は生に対する肯定の標《しるべ》を打ち立て、ようやく前に一歩、足を踏み出すことができたのだ。激しく自分を燃やし尽くそうとしていた時期の不幸の内から生まれ出た作品。それだけに、「鴉の死」は私の青年期の記念となる作品なのだ。

いま思うに結果的に、そのかつての作品が、その当時から、自身の遠い将来を見とおしていたかのような存在となっていることが不可思議なことに思われる。

この場で作品についての紹介や説明をする余裕はないものの、「鴉の死」よりずっと、私の中心主題として一貫しているのは「革命とニヒリズム」だ。『火山島』で言うならば、登場人物たちの動き、そして作品世界の展開は、主人公のひとり、富裕な家の息子李芳根を扇の要として放射状に繰り広げられてゆく。彼はシンパサイザーであると同時に虚無的な思想の持ち主であり、すでにこの人物の分身は「鴉の死」の中に影のように出没しているのである。

三十年前に「鴉の死」を書いた当時、私は必ずや作家になるというような固い決意があったわけではなかった。その後本格的に小説執筆に専念するようになるまで十年以上の空白があるのが、その証拠だ。ところが、私のライフワーク的作品である『火山島』を書くうえで、処女作がその出発点としていまふたたび目の前に現われ、第二部執筆に向けて鞭打たれているような状況なのである。

『火山島』第二部を書こうとしているいま、私は大きな山と山の間の谷間にいるような妙な感覚に襲われている。第一部執筆に要した八年の時間と、この先必要と思われる十年という時間の塊の間に挟まってサンドウィッチになっているような気分だ。

目の前に立ちはだかる十年という時間の山の頂きを、一すくい、また一すくい、掘り崩してゆく作業にとりかからねばならない。二年ならば、もう十分に休んだことになる。動かねばならぬということ。さもなければ、私は山と山のはざまの谷間に挟まれて息もできないことになる。愚公が山を動かしたように、一すくい、また一すくい、時間の土の塊を少しずつでも掘り崩していかねばならぬ。長生きも文学の才能のひとつではないかなどと、無理を承知の愚かな強弁にはこのようなわけがあるのだ。

今年は解放後四十年。つまり怨恨の四十年だ。日帝時代はさておいて、解放となったのちまでも、わが民族は険しい分断の苦しみのなかに生きてきた。

私自身も植民地民族のひとりとして日本の地に生まれ、今年還暦を迎えた。思えば、とんでもないことであるが、それでも今までよくぞ生きたものではないか。私の寿命が長いからなのか、早くに祖国の地で若い命を捧げて倒れていった同じ年頃の友ほどは私の人生には義がなかったからなのか、解放後四十年もの間、私はよく生きながらえた。それでも足りずにあと十年生きようとは、なんと欲深いことか。

今年の初めから私は心も暗く、酒もまったくうまくない。正月四日の夜に日本の新聞社からかかってきた電話で在日作家金鶴泳《キムハギョン》が自殺したという事実を知ったのだ。新聞社の求めに応じて彼の自殺についてのコメントをしたものの、その衝撃は実に大きかった。自殺で亡くなるとは言葉を失うばかりだが、四六歳という彼の年齢を思えば、まことに惜しい。作家の四六歳と言えば、これからではないか。あまりに無惨で涙がこぼれた。周囲に誰かいなかったのか。作家みずからが死を選んだことに、他人があれこれと言い立てるものではない。それを知らぬわけではないが、心にひっかかりを感じるのは、彼の最近の作業に対して危惧を抱いていたからなのだ。

金鶴泳とは面識はあるが、十数年前に二、三回会った程度で、その後は付き合いがなかった。この十数年、偶然に顔を合わせるというような機会もなかった。それゆえ、金鶴泳と私の関係は同じ同胞、日本語で書く同じ在日作家という点で関心が向くという程度のことであり、親しく交流するような間柄ではなかった。それにもかかわらず、彼の死は私に衝撃と悲しみを与えた。

日本の新聞が「創作活動に挫折……」という遺書があったと報道したことについて、遺族はそれを誤報といい、個人を冒瀆することだと抗議したという記事が『統一日報』に掲載されていた。遺書の内容が明らかになっていないため、自殺の理由を知ることはできないが、（作家が遺書を残したからといって、その内容をもとに死因を語ることはあまりに単純な判断にもなろう）、私は動機がどうあれ、その根っこには文学に関わる原因があるように思う。同時に、先に言及したように、文学の外に原因があるかもしれぬ。文学の外のこと、それは金鶴泳を取り巻いている政治的環境である。

金鶴泳は才能ある作家であり、彼の処女作『凍える舌』をはじめとして、多作ではないものの素晴らしい小説を折々に書いてきた。ところがここ数年は目立った創作活動もなく、一昨年に久しぶりに発表された「郷愁は終り、そしてわれらは」（以下、「郷愁は」とする）という作品は、執筆に五年の時間がかかったというものだった。四百字原稿用紙二百五十枚の中編を書くのに五年の時間を要したということは、何を物語るのか。もちろん、五年といわず、もっと時間を要する場合もあるだろう。だが、久しぶりの作品発表を嬉しく思いつつも、五年間の文学的営為の結晶であるその作品に対して、私はそれほどの満足を覚えなかった。作品を書くための五年は長い。私は大きな成功とは言えぬその作品を産み落とすのに費やした五年の時間の意味を考えてみようとした。とはいえ、小説は読み手により読後感や理解がそれぞれ異なりうるものであるから、私個人の満足如何に左右されるべきものではない。

「郷愁は」は吃音をはじめとする自身の体験や民族的苦痛と矛盾を内包した実生活の周辺の問題を扱ってきた初期からの方法ではなく、社会的事件、あるいは資料によって虚構の世界を構築することで私小説の限界を超えて書くことを試みた作品であり、筆者のその姿勢に私は評価を惜しまない。だが、その姿勢は半面において、彼の持つ良質な文学的素地をどこか崩す作用をしているような印象も受けた。政治的な側面を強く押し出すことにより、作品のバランスが崩れるだけでなく、これまで彼が力を注いで書きつづけてきた作品世界とも折り合いがつかないかのような違和感すら覚えたのだ。

金鶴泳はこのとき、この作品が内包する問題点を乗り越えねばならぬという大きな課題を自身に与えたというわけだ。それは真の作家らしい態度であるとも言える。それだけに、彼は、この作品を足場に新たな境地を開拓し大きく発展するのか、もしくは、この作品がむしろ自身を窮地に追い込む反作用を引き起こすのか、という難しい時期に来ていたと言えよう。大きな分かれ目に立っていたと言っても過言ではない。その後の作品活動を、私が若干の危惧を抱きつつも注目をしていたのは、そのようなわけなのである。

文学作品が政治的な性格を帯び、政治的な主張をしてはならぬはずがない。そもそも、作家の世界観、思想的傾向などに応じて政治的色彩が濃厚な作品が書かれる場合があり、そうでない場合もある。問題は、政治的な作品であっても、それが「政治」を越えて文学作品としての自立性を有するか否かにある。なんらかの強い政治的主張であれ、いったん文学作品へと取り込まれたならば、「文学に対する政治の優越性」は古臭い教条にすぎないものとなるだろう。作品の枠のなかでは政治は文学の侍女でなければならぬ。文学の胃腸でしっかりと消化し、作品自体の血と肉になってこそ、というわけだ。さもなくば、下痢を起こすような生硬な作品にあっては、表面的には政治的主張が強く感じられるとしても、その実、文学としての真の政治性を失うことが多い。

「郷愁は」は、「北」の間諜工作に翻弄される在日同胞（帰化した者）とその恋人との間の悲劇をめぐって、作家が怒りをもって書いたものと思われる。先に指摘したように、政治的性格がいつにも増して過剰に強く表れているのは事実だ。

突拍子もない印象まで受けるほどに、なぜこれほどに政治的な作品を書いたのか。なぜ彼らしくもなく「政治的」になったのか。

彼がもともとは朝鮮総連系組織に属していたことはよく知られた事実だ。金鶴泳が総連系組織を離れ、韓国側へと移っていったのには深刻な問題があったと思われる。だが、彼が移っていったのは、韓国で言うならば体制、朴正煕から全斗煥政権へと至る支配体制側だった。

彼が心中なにを思っていようとも、彼の政治的立場は韓国の民主化勢力ではなかった。その一方で、彼は随筆等で「北」と総連に対する非難の文章を書いてきた。私は彼の「北」に対する非難が間違っていると言うのではない。彼が物書きとして「北」の体制を理不尽と感じた時に批判の筆先が向かうのは当然のことと思う。だが、同時に、批判する彼自身の立場はどうなのかが問題にならざるを得ないのだ。

仮に彼が「南」の青年たちの孤独な闘争に対して全幅の賛同はできぬとしても、自身が置かれている政治的立場について作家として精神的不安がまったくなかったのかは疑問だ。『統一日報』紙の論説委員を務めたことをはじめとして、もともとがそれほど政治的ではない人間であった金鶴泳に対する周囲の政治的環境からの要求は大きかったのだろう。

私の知る日本の文芸誌編集者たちは金鶴泳に対して大きな期待を抱き、好意的だった。もう何年も前になるが、編集者たちとの会話の中で金鶴泳についての話が出て、なぜ近頃は作品がないのかという質問を受けたことがある。作品が発表されないことについてはいろいろな要因があろうが、一言で言うのは難しい。ただ、彼の置かれた政治的環境から脱け出る必要はあっただろうというのが私の意見だ。その考えは金鶴泳が故人となった今も変わらない。

政治。大きく言うならば、祖国の分裂が金鶴泳の悲劇のどこか一隅に深く影を落としているように思える。吃音でなければ文学をしなかったであろう金鶴泳であるが、大学と大学院で化学を専攻した彼が、仮に在日同胞ではなく日本人だったなら、一つしかない命をあのような形で終えただろうかということも考えてみる。歯がゆい思いから出た愚痴めいた心情だ。

あまりに無惨に感じられる彼の死だった。このさきの齢《よわい》に埋蔵されている才能をみずから捨て去って若い人が先に世を去るとは、果てしない哀惜の念に襲われる。どうにかしてその難しい峠を越えるべく命を支えることはできなかったのか。

千尋の深さの水の中のことはわかっても、人の心はわからないという。ましてや自殺者の心となればなおさらだ。彼の死の確かな原因を知りようのない私が自分なりの解釈をするのは、出過ぎたことかもしれない。だが、作家の死はかぎりない解釈を免れないものであり、私がここに所感を記すことも彼の死が有する社会的意義を考えようとしての解釈なのだ。彼の死がわが同胞に与える示唆と教訓があるならば、それは何だろうか。ただ個人的なことという枠の中で彼の死を見てはいけないと痛切に思う。

………

友よ
こんな夢はどうだろう
一五五マイルの休戦ラインを
陽が昇る東海に向かって
さかのぼりのぼりつめ
青い海が見おろせる山頂に達して
国軍の血でぬかるんだ北側の土を一すくい
共産軍《コンサングン》の肉が朽ちた南側の土を一すくい
掘り起こして合葬する夢

その塚はわが五千万同胞の巡礼地となり
その前で涙を流せば
斜視になった私たちの目がもとに戻り
山が山として、川が川として、空が空として
木が木として、鳥が鳥として、獣が獣として
人が人としてそのままに見えるという
途方もない夢

（文益煥「夢を祈る心から」第三連）

金鶴泳の死を見るわれらの目も斜視になっているのだろうか。彼の死は「人が人としてそのままに見えるという途方もない夢」を実現する過程における一つの小さな道標なのかもしれない。

長生きしなければならぬ。作家は長生きせねば……。俺は長生きするぞ、とひとり繰り返し呟《つぶや》くうちに、いつのまにやら若い人の死のほうへと話が流れてしまい、この文章も気が抜けてしまったようにも思われる。

長生きすると言ったところで、昔風に言えば天命あってこそのものであるし、願ったとおりになるわけでもない。不老草を求めて数百名の臣下を東方の国の蓬萊山に送った秦の始皇帝も五十の峠を越えることはできなかった。

しかし金鶴泳は天命尽きてこの世を捨てたとは言うまい。ここ日本は平均年齢が七十を軽く超える長寿国だという。彼はもっと生きねばならぬ人間だった。そして、もっと意気高く彼が背負った重い文学

的使命を実現しなければならぬ人間だった。

ただただ故人の冥福を祈るばかりだ。

長生きしなければならぬ。作家は長生きせねば……。口中のひそかな呟きは、頭の中の広い空間へとうつろな声を響かせて広がってゆく。死者の体を踏み越えてゆくかのようで、胸が痛む。それでも長生きしなければならぬ……。そうだ、みんなが長生きしなければならぬ。ずっとずっと長生きして、祖国の統一という途方もない夢を現実のものにしなければならぬ。

山と山の間の谷間に立っている感がする。茫漠としたこれから先の十年という時間の山頂を見やりながら、人間の生に対するさまざまな想いが浮かんでは消えた。


（原文朝鮮語、姜信子訳）

あとがき

『火山島』第Ⅶ巻、文藝春秋、一九九七年

この小説は最初、「海嘯《かいしょう》」の題で『文學界』（一九七六年二月号――一九八一年八月号。ただし一九八〇年十二月号休載）に連載されたものに、第十章から第十二章までの一千枚を書き下ろして『火山島』と改題し、一九八三年の六、七、九月に出版された。これが『火山島』第一部（全三巻）に当る。

第一部は西永達夫編集長のもとで、田嶋哲氏が担当となり、その後編集長は豊田健次氏から松村善二郎氏へ、担当は明円一郎、高橋一清両氏へと引き継がれた。単行本のための加筆、書き下ろしの際は細井秀雄氏、本作りでは出版部に異動していた高橋氏にふたたび担当の労を取っていただいた。

「火山島　第二部」は筑摩書房発行の季刊『文芸展望』に発表する予定だったが、同誌が一九七八年第二十二号までで休刊となったため、『文學界』で連載することにした。因みに、当初「海嘯」と題したのは、『文芸展望』発表時に「火山島」を使うことにしていたためだが、同誌掲載が不可能となった結果、単行本発行と『文學界』での新たな連載に際して「火山島」とした。

「火山島　第二部」は、当時他編集部から『文學界』に戻っていた田嶋氏から掲載の話があり、阿部達児編集長の了解を得ての一九八六年六月号からの連載開始直前に、阿部、田嶋両氏が異動し、湯川豊氏の編集長、重松卓氏の担当で一九九四年五月号まで（九一年四月、重松氏の編集長就任後も担当は変らなかった）、九四年六月号から寺田英視編集長担当で九五年九月号の終了まで連載が続いた（八九年一月号休載）。

二十年の長期にわたる連載では、当然担当者の度重なる異動は避けられぬところながら、そのなかで重松氏の担当が第二部開始以来、氏が他部署へ異動する九四年三月まで実に八年間に及んだのは筆者にとって大きな幸いであり、そしてこの長大な小説の最後のしかとした受け皿役を寺田氏がつとめられたのである。

第二部連載終了後の本作りの作業は現文藝企画部担当部長の田嵜氏が担当した。七六年、「海嘯」の題で連載がはじまった当初の担当者だった氏が、二十余年後の『火山島』の完成の作業に担当として立ち会うことになったが、この最初と最後の奇しき〝めぐり合わせ〟は偶然の所業ながら、しかし考えると不思議な思いから逃れられない。『火山島』の完成という大きな周期が一周りして、田嵜氏が筆者にとってこの上ないよき助力者の役割を担ったことに、因果めいた言い方になるが一つの運命的なものさえ感じる。

また、第一巻から第三巻までは金子二葉、林利幸、第四巻から第七巻までは菅治代、荒木好文、斎藤文雄の各氏に、校正の労をわずらわせた。感謝と敬意を表したい。

以上、お世話になった方々に心からのお礼を申し上げる。

この作品の時代的な背景は、四・三事件直前の一九四八年三月頃からゲリラ壊滅期の四九年六月に至る一年余りになっているが、連載終了後の単行本化に際しては、小説の最終章を一九四九年から大きく半世紀を跨いで、執筆が終る時点での現在を背景にするつもりでいた。そして、その旨を私は「再びの韓国、再びの済州島――『火山島』への道〔二〕」（『世界』一九九七年四月号）で書いた。昨年十月の韓国再訪はその取材に目的があったが、しかし考えたあげくに、エピローグの時代的背景を連載終了時と同じく一九四九年六月のままにした。理由は、五十年前も現在も南北朝鮮の状況が根本のところで大きく変っていないということだが、同時に書きはじめると、エピローグとしての枠が外れて、別の物語に発展しかねない気がしたのである。

単行本では『火山島』第二部とせず、通巻全七巻本とし、昨年八月の第三巻までの増刷に際して、第三巻の「あとがき」を省いた。

通巻とするに当り、第一巻から第三巻にわたっても手を入れているので、旧版を読まれた読者は第四巻とのあいだにいささかの齟齬《そご》を感じられる向きもあると思うが、ご諒恕を乞いたい。

第四巻から第七巻までかなり手入れをしているが、とくに第七巻の後半に至って約二百枚の加筆を含め、改作に近い大幅な手入れを終えることで、ようやく私の手許を離れた。第七巻の発行が予定の五月から四カ月遅れたのは、入院その他の事情にもよるが、作品の手入れに時間を取られた結果である。ところで、『文學界』連載の最終章では主人公の李芳根はまだ生きていたが、単行本のラストでは、李芳根がピストル自殺を遂げるところで終っている。

「……未曽有の大虐殺で終った〈四・三事件〉は、韓国現代史の盲点であると同時に、その盲点自体がまさに現代史の核心的部分であって、分断祖国の集中的矛盾の表現たらざるを得ない。

四十年間、歴史の暗黒のなかに埋められ、徹底して隠蔽されて来た〈四・三事件〉の〝解放〟なしには、韓国での親日派問題とともに韓国社会全体のほんとうの〝解放〟をもたらすことができないのではないかと思う……」

これは八八年六月に韓国で『火山島』（第一部）とともに翻訳出版された『鴉の死』の序文からの引用だが、半世紀近くタブーとなり、そしていまようやく真相解明の歴史の波が打ちはじめている四・三事件に対する私の基本的姿勢である。

四・三事件はアメリカが強行した「南」だけの単独選挙、単独政府樹立反対のたたかいであって、主導的な役割を担った南労党組織の極左的な誤りが重大だからとして、その祖国統一を志向した反国家テロリズムの民衆蜂起の意義を貶《おとし》めてはならない。

当時の旧親日派勢力が、過去の自分たちの〝親日愛国〟を解放後の〝反共愛国〟にすり替えて、その南朝鮮民衆の虐殺の上に成立した大韓民国の〝正統性〟を保持するために、済州島を完全なる「アカの島」に作る必要があった。「大韓民国のためには済州島にガソリンをばらまいて火を放ち、三十万全島民を一時に抹殺せねばならない」（政府警務部長趙炳玉）。済州島は大韓民国政府存立のためのスケープゴートになったのであり、アメリカ軍政とともに親日派を政権の基盤にした李承晩政府の罪業は極めて大きい。韓国現代史研究において、親日派と四・三事件の関係は、今後の新たな課題になるべきだと私は思う。

『火山島』は、私の体験外の世界である四・三事件が時代的背景となっているが、第一部執筆当時における四・三関係の資料は、金奉鉉、金民柱共編『済州島人民たちの〈4・3〉武装闘争史』以外にはほとんどなく、私が「鴉の死」（一九五七年）執筆以来、済州島からの密航者たちに聞いた話が、小説の素材にもなり酵素役をも果している。いまはそれらの人々の多くが世を去った。

八〇年代の韓国民主化闘争のなかで、八八年春の『済州民衆抗争』をはじめ証言集を含めた多くの本がその後出版されたが（第一次資料は現在に至るまで出ていない）、第二部執筆の過程でそれらの文献に出会う機会に恵まれたのは幸いだった。

なお、八八年十一月の四十余年ぶりの二十二日間にわたるソウル、済州島などを、重松卓氏、田嵜晳氏、集英社の高橋至氏といっしょに廻った韓国旅行は、『火山島』執筆に大きな弾みをつけるものだった。『故国行』（一九九〇年、岩波書店）はそのときの紀行である。

『火山島』の執筆が完結に近づくにつれて、私は何よりも不慮の事故あるいは病気で倒れたりして、作品が未完成のままになることを懼《おそ》れたが、しかしいま無事に終りまで辿りついてほっとしている。

『火山島』の成立に力になっていただいた方々に改めて感謝の意を表したい。

田村義也氏の素晴らしい装丁で、『火山島』全巻を包み得たことは大きなよろこびである。

一九九七年七月五日

金石範

『火山島』を完結して

『朝日新聞』一九九七年十月十三日夕刊

『火山島』(全七巻、文藝春秋)がこの程完結した。一万一千枚。一九七六年に『文學界』で連載を開始してから、二十余年の歳月が流れた。人生、茫々たる思いがある。

『火山島』は四八年、アメリカが強行した南朝鮮だけの、祖国分断を策した単独選挙、単独政府樹立に抗して立ち上がった済州島四・三武装蜂起を歴史的背景にした小説である。ゲリラ壊滅に至る一年間に人口二十数万のうち約四分の一の島民が虐殺された、第二次大戦直後の世界に類例のない事件だった。私の故郷でもある済州島で起こったこの未曾有の惨劇は、韓国の歴代政府によって近年までタブーとして歴史の闇に葬られてきたのであり、来年は五十周年を迎えるのにもかかわらず未だに真相解明が果たされていない。

「鴉の死」にはじまる「虚無と革命――革命による虚無の超克」という私のテーマの集大成としての『火山島』は、革命の敗北の結末を迎えて終えた。済州島を主な舞台にして展開されるこの小説はなぜ、筆者も予想をしていなかった、かくも長大なものになったのか。一言でいえば、世界を全体として捉えたかったのである。眼に見えなくとも、あるいは眼を逸らしても、われわれは世界が全体としてあるそこから出られないのであって、作家はその只中に立つ。

小説は長ければよしといったものではない。ただ全体としての世界と向き合う場合、それに対応する大きな虚構の意志の実現には、長編という器が必要である。

済州島四・三事件は私の体験外の世界であり、その関係資料もほとんどなく、済州島へ取材する自由もない私は想像力を働かす他になかった。しかし夢物語を書いているわけではなし、それに想像力にも限界がある。このがんじがらめの状態で私は中空に打ち上げられた想像力による大きな虚構の世界の住人となったが、何よりもきつかったのは「南」からは反政府分子、「北」からは反革命分子とみなされての政治的な挟撃だった。その余波はいまも続く。

日常生活をも脅かし続けたこの現実のなかの自分と、私をすっぽり蔽《おお》いつくしている虚構のなかの自分との分裂のはざまで『火山島』を書き続けた。いま振り返ると〝四面楚歌〟の孤立状態で、それが作家の業だったとしても、どうして可能だったのか不思議な感じさえする。

有史以来、最大の戦争と殺戮《さつりく》と人類の絶対多数の悲惨の世紀。革命と反革命、革命の内部崩壊、混沌《こんとん》の世紀の東アジアの一角に位置する孤島を舞台に、この物語は生まれた。執筆の当初はソ連社会主義体制が崩壊するとは考えも及ばなかったが、二十年間に時代が変わり、物語の背景も変わっていた。いま『火山島』を終えてみると、私は二十世紀末の断崖《だんがい》に立っているような不安をおぼえる。

主人公李芳根《イバングン》が島の警察幹部として虐殺側の政府軍にくみする母方の親戚を殺害、殺人者としての自分を自覚することで、虐殺の世界の恐怖とのバランスを保ちながら、やがて島の廃墟化、虐殺の終息とともにピストル自殺で三十二年の生涯の終息を迎える結末はやり切れない。しかし、私は世紀末にオーバーラップするその絶望の向こうに、人間の再生と復活を期したい。

わが主人公のせいか、私は何とはなしに、神戸の小学生殺人事件を考える。少年が記した「透明な存在」は、少年一人のものではないのではないか。多かれ少なかれそれは大人たちにも浸透している「透明」であって、その〝真空の存在〟、空虚を満たすものは何だろう。われわれはただ眼に見えぬ巨大なシステム社会の生活に馴れていて、平穏であるにすぎない。そして絶望する気力も怒りの力もないままにテーマ喪失の時代を生きる。これは少年のいう「透明な存在」と無縁ではない。

少年の犯した兇行は家裁の決定がまだ出ていないが、精神に疾患がない限り行為の主体としての彼自身の責任であるとみなされるべきものである。同時に、それは少年の個を超越したある大きなものの力に因るものといえる。少年は、この飽和状態の社会の膿んだ部分のはけ口となり、社会を含んだ眼に見えぬある大きな摂理の疼《うず》きが息吹く一つの通気孔だったとすると、少年もまた一人の幼い犠牲者ではなかったかと私は思う。

もろもろの通気孔の役割を果たすべき文学の位置はいまどこにあり、どこへ行きつつあるのか。文学は果たして亡びるのか。われわれは絶望しきれぬ二十一世紀の入り口に立っている。その門前で私は悲観論者だが、それでも一歩まえへ出たつもりである。

韓国語版『火山島《ファサンド》』の出版に寄せて

韓国語版『火山島1』ボゴ社、二〇一五年

一九九七年十月に『火山島』は完結した。その際、「「鴉の死」にはじまる「虚無と革命――革命による虚無の超克」という私のテーマの集大成としての『火山島』は、革命の敗北の結末を迎えて終えた。……（中略）……何よりもきつかったのは「南」からは反政府分子、「北」からは反革命分子とみなされての政治的な挟撃だった。その余波はいまも続く」（『朝日新聞』）と言及したことがある。『火山島』は一九四八年に起こった〈四・三〉を歴史的背景として、解放空間の歴史的現実とともに生きていく人間群像を描くものであり、「韓国現代史の盲点であると同時に分断祖国の集中的な矛盾」である〈四・三〉の真相を追究するものでもあるのだ。

歴史の暗黒、永久凍土に埋められていた〈四・三〉は、半世紀を経てようやく地上に復活し、その多くの部分が解放された。今後〈四・三〉の完全なる解放のためには、解放空間の歴史を正すことと不可分である〈四・三〉を韓国現代史の中に位置づけるという歴史的課題を成し遂げねばならない。

ところで、一九八八年に出版された『火山島』第一部の韓国語版は、内容上（当時、日本にいる私と韓国の出版社側とが自由に連絡を取れなかったために）不十分なことが少なくない。その一つは、翻訳本は原作とは異なる日記体の形式となり、しかも作中の重要な部分がところどころ省略されたため、その後に完結した『火山島』第二部の物語との繫がりに支障をきたしているということだ。
　作品内容に対する批評も、政治的・教条的な解釈がほとんどだ。一例を挙げるならば、作品全体の中心軸となる主人公李芳根をただ「反革命的な」人物だと読んでしまうために、作品全体の理解において相当な乖離をもたらしている。このような点は原作者として残念なところである。さらに、なかには『火山島』を「日本式私小説」とする指摘もあったが、そんな愚にもつかない見解は事情を知らぬ無知からくるものである。一言で言うならば、「在日朝鮮人文学が、日本文学の主流であり伝統である私小説の影響を受け、その懐で成長し共存してきたものであるならば、日本の私小説と距離を置き、その影響の及ばぬところで文学世界を構築してきたのが、ほかならぬ「金石範」の文学であるからである。およそ当時の『火山島』評は、私をして、韓国文学界には『火山島』に対する文学的受容力がないのではないかと疑問を抱かせたのは事実だ。最近になって以前とは異なる視角で『火山島』を論じた金在湧《キムジェヨン》氏の評が出たことで、それまでの政治・教条的な偏りがかなり是正され、克服されたように思われる。」（中村福治『金石範と「火山島」――済州島4・3事件と在日朝鮮人文学』〔韓国語版、サムイン、二〇〇一〕跋文）
　それから二十数年が過ぎた。ついに全貌を現わした『火山島』が韓国の文学界にどう読まれるか……。
　おおよそ在日朝鮮人文学は日本文学の懐で育まれただけに、日本文学の主流伝統である私小説‐純文学の影響は存外に大きく、また、その亜流でもある。さもなければ、日本の文壇にはとてもではないが受け容れられない。「日本文学は上位文学」、「日本文学の一部である在日朝鮮人文学は下位文学」というような文学概念は、戦後日本社会において長らく当然のこととされ、常識となっていた。それは日帝（宗主国としての帝国日本）の支配意識の残滓の反映である。

私は「在日朝鮮人文学は、少なくとも金石範文学は、日本文学ではなく日本語文学であり、ディアスポラ文学」であるとかねてより主張してきた。いわば、金石範文学は日本文学界における異端の文学である、つまり、日本語で書かれたからといって日本文学ではない、文学は言語だけで形成されるのでもなく、言語によってその「国籍」が規定されるのでもない、という思想を私は一貫して主張してきたのである。

私は『火山島』が存在それ自体として、どこかの場で、ディアスポラとして居場所が決まればと考えている。『火山島』を含む金石範文学は亡命文学の性格を帯びるものであり、私が祖国の〈南〉か〈北〉のどちらかの地で生活したなら決して書くことなど出来なかった作品群たちだ。怨恨の地、祖国喪失、亡国の流浪民、ディアスポラという存在、その生の場である日本でなければ『火山島』は誕生出来なかった作品である。過酷な歴史のアイロニー！

いずれにせよ、ついに、韓国語版『火山島』が二つに裂かれた分断祖国の一方の地で出版された。私はこれをディアスポラの身の上である私へのかけがえのない贈物だと受けとめている。

この贈物の贈り主は、『火山島』の翻訳者グループ、図書出版ポゴ社の金興國《キムフングク》社長、朴賢貞《パクヒョンジョン》編集部長、そして社員の皆さんである。とりわけ、長い歳月の間大学教授としての研究の傍ら、いろいろな面において厄介なこの厖大な作品を翻訳出版し、世に送り出すという大変な作業に全力を尽くしてくださった金煥基《キムファンギ》氏をはじめとする関係者の皆さんに、心から敬意を表するとともに、深く感謝申し上げたい。

二〇一五年九月

金石範

（原文朝鮮語、姜信子訳）

岩波オンデマンド版へのあとがき

『火山島Ⅶ』岩波オンデマンドブックス、二〇一五年

「……『鴉の死』にはじまる〈虚無と革命――革命による虚無の超克〉という私のテーマの集大成としての『火山島』は、革命の敗北の結末を迎えて終えた……」

これは一九九七年九月に刊行された『火山島』(文藝春秋、全七巻)についての所感「『火山島』を完結して」(『朝日新聞』一九九七年十月十三日)のワンフレーズである。

私は『火山島　第一部』(旧版全三巻)執筆の終り頃になって気付いたのだが、それはどうやら百四、五十枚の短編「鴉の死」(一九五七年)が『火山島』の原点、原動力になっているらしいということだった。

そしてこの発見はやがて『火山島』の進行とともに、私の小説人生の内部で起こった事実として固まった。始まりと終り、その間、約四十年。

私の最初の小説「鴉の死」は同人誌『文藝首都』に発表されたが、同じく同誌に発表の「看守朴書房」などとともに約十年間、どこかの押入れの隅で埃をかぶっていたものだった。それから十年後の一九六七年、新興書房という小さな個人出版社で単行本になった当時、たまたまこの本を眼にして離さな

かったのが、岩波書店編集者の田村義也氏である。初対面の彼は、この本を埋もれたままにしてはいけないと、まるで強制的に私を諭すようにして、主客顚倒、熱意をもって講談社に持ちこんだ。そして彼が編集長の『世界』に書いた「虚夢譚」を併せて講談社版『鴉の死』（一九七一年）が出版されたが、それが私に衝撃的な感動をもたらした田村義也装丁本だった。私は田村さんが装丁家だったのを知らなかったのである。以後、私のほとんどの本は田村義也装丁本となった。こんどのオンデマンド版のタイトルや作者名の装丁文字はいまは亡き田村さんの文春版のそれを原型にしているもので、始めと終り、齢九十にして、エンドレスの円環がつながったような嬉しい気分である。

『火山島』の時代背景になっている「済州島四・三事件」については文春版「あとがき」にもふれているので省略するが、『火山島』が完結（一九九七年）してから二十年近くの間に、「四・三」は当初の大虐殺による死と沈黙の完全に抹殺された歴史、永久凍土の暗黒世界から半世紀が経ってようやく陽の当る地上の歴史に浮上してきたという事情がある。それは「四・三」の解放であり、そして「四・三の完全解放」への道であるが、韓国社会の過去、とくに八・一五後大韓民国成立の一九四八年に至る解放空間、韓国現代史の根本的再検討がなされるべきであり、それは「四・三」の韓国現代史での位置付けと不可分の歴史的課題である。

二〇一五年の秋に韓国語全訳版が出るに当り、韓国語で自作を読み直しているが、第一部の終りである第三巻のあとがき（旧版、第二部と揃って出た新版にはない）の中に、すでに李芳根の殺人とそれにまつわる周辺の人物の動きを、暗示しているような文章があったのを知ったのは、作者の私自身にとっても驚きであった。まだ第二部の構想もなく、もちろん自殺に終るその結末を考えるはずもない頃のものである。

「李芳根は、第十二章六節の梁俊牛の下宿で南承之と会ったときの会話のなかで、殺人を否定してこう話している。「……しかし、人間は人を殺すまえに自分を殺さなければならない。従ってもっとも自由な人間は人を殺すことはないだろう。殺すまえに自らを殺して、つまり自殺するってことだから……」。とすると、李芳根のなかの殺意と、そしてそれの実現は彼の論理に矛盾し、それを崩すことになるのではないか。もともと私はこの小説を書きはじめるとき、李芳根については、彼はいつか自殺をする男ではないかと考えていたが、もし彼が殺人を犯すことで自殺をせずにすみ、そして生き延びるのであれば、それはそれで小説の世界のそれなりの進展を望めることになるだろう」。

ここに、李芳根の自殺での『火山島』の結末がすでに運命的な地の底の幽冥の声に導かれた何か黙示的なものの感じがするのである。

岩波書店の岡本厚氏は、このたびの出版のために長い間、心労を重ねてくれた。すでに久しい出版不況・活字離れだが、何しろ内容もさることながら、一万一千枚の長大な自らに重労働を課するような小説をだれが読むのだろう、畏懼の思いがする。『火山島』出版以来約二十年、そのまま姿を消してしまうところを、新しい形で蘇らせたのは岡本さんの尽力による。改めて岡本厚氏、関係者の皆さまに深く感謝する。

二〇一五年八月

金石範

この一年

『文學界』（文藝春秋）一九八四年十二月号

去年の九月初に『火山島』第三巻が出てから一年余りが経ったが、それのあとがきに私は「……いつの日か、あるいはそれは不発に終るかも知れぬが、この小説に対応する形で、さらに続篇にあたるものが書かれなければならぬとは考えている……」と書いて続篇にあたる第二部執筆の意のあるところを示しながら、しかし実際はかなり自信のなさを吐露した。事実、自信がなかった。いまも自信があるわけではないが、そのときの気持としては、第二部の執筆は空に浮く雲みたいに漠として現実的な手応えが感じられるものではなかった。やはり疲れていて、とても続篇の全体を書きすすめる展望を持つだけの気力がなかった。そして一方では、予期しなかったことだが、激しい虚しさが心身を打ってきた。ああ、これも大きな仕事を終えたせいなんだ、その反動なんだと自分でなだめてみたものの、虚しさに変わりはなかった。書きつづけた八年間を振り返ると、まるで衝動のように虚しさが穴から吹きこぼれてくるのである。

私は第三巻が出る直前の八月下旬に、突然大きな釘でも打ち込まれたような激しい腰痛を起こして入院、半月間を病院ですごした。最初の一週間は天井を向いたままの安静を続けたが、二週間目には痛みがとれて、半月間の入院は作品を書き終ったあとの頃合の休養を兼ねる結果となった。しかしそれでも三階の南に面した窓から明るい陽の射し込む病室で、私は虚しさを感じていた。いったい、それは何だったのか。長年続いていた二軒長屋の同郷の隣人との建物に関するいざこざや経済的なことなども限界にきていたが、しかしそのためだともいえない。ただ、なぜこうも長々と小説を書かねばならぬのかといった、徒労感に似たような思いがあったのは事実であって、いささか人生的な感じがなくもなかった。

この一年に書いたものといえば、短い雑文の他に一五〇枚の小説一篇、二篇合わせて一五〇枚の韓国の作家玄基栄の済州島四・三事件をテーマにした小説の翻訳ぐらいだが、しかし気がついたらいつの間にかといった感じで一年が経っていた。時間の流れは振り返ってみたときはいつもそういう顔をこちらに向けるものだが、やはりそれは意に反してのんびりとはできず、身辺雑事に追われてあわただしかったせいだろうと思う。

ところで、人間の軀にはもともと、自らのうちに復元、回復力が備わっているらしいが、それには傷口が自然にふさがってゆくときのように、一定の時間の経過が必要である。それは軀に限られるものではない。心にもその時間の与える力が必要である。不思議なもので、玄基栄の小説の翻訳、そして小説を書いているあいだに私は、どうやら去年の『火山島』を書きあげたあとの、あのわけの分からぬ虚しさが消えているらしいのに気がついた。それと同時に、私は「いつの日か、あるいはそれは不発に終るかも知れぬ」その続篇を何年も先に延ばすことなしに書きはじめられるかも知れないと考えだした。今年に入って間もなく、『文學界』編集部からそろそろ続篇執筆をとのありがたい配慮の声があったせいもあるが、しかし去年九月のそのときは二年ぐらいして続篇を書きはじめるなどとは到底思い及ばぬことだった。かなり参っていたのであり、長い先のことを想像するだけの十分な力がなかった。想像力を支えるにも気力と体力が必要であるらしい。それが半年経ち一年経つと、衰弱した体力が回復するように、いまは心身の空虚が充たされてくるのを感じる。

私は第三巻が出てから一年余りのいま、一年余りの先に予定している続篇の連載開始時とのちょうど中間点に立って、奇妙な感じに捉われている。それは峯と峯とのあいだの谷間の空間に立っている感じなのだが、第二部を書き終えるのに第一部に劣らず約十年を考えねばならないとすれば、六十代に迫った男のその十年先の寿命など保証の限りではないだろう。一年先だってどうなるか分かったものではない。しかしそれでも、私はこれまでとこれからの十年の時間のかたまりとのあいだに挟まって、サンドイッチになっている感じのなかに自分を置いている。そして、作家は長生きせねば……と思ったりする。

遅く小説を書きはじめた者の、引かれ者の小唄めいた考えかも知れぬが、長生きするのも文学の才能のうちではなかろうか。

　アドバルーンを先にあげる結果になってしまったが、私はまだ続篇の準備に取りかかっているわけではない。第一部を書いているときもそうだったが、私は第二部は済州島へ、韓国へ行ってくるのでなければ書けない、続篇を書くためにはそのまえに必ず韓国へ行ってこなければならないと固く思い込んでいたのであり、「いつの日か、あるいはそれは不発に終るかも知れぬが……」と自信なげに書いたのは、そのこともあったのだといま思えてくる。ところで、なぜ韓国へ行かぬかを書く場所ではないので控えるが、韓国へ行ってくるまでは書けないとなると、どうだろう。そのような状況が続く限り、小説は書けないことになる。小説を書くつもりなら、それでは話にならない。韓国へ行ってくるか、あるいは行ってこなくとも書く道しかないだろう。私は得体のよく分からない虚しさを感じているあいだに、そのような結論を得ることができたようである。それがようやく第二部を書きはじめる気持を固めさせたのかも知れない。

　電話で『火山島』が第十一回大佛次郎賞を受賞したと知らされた夜、外で酒を飲んだ私はよろこびの底から吹き出てくる得体の知れぬ怒りに誘われて泥酔し、深夜自転車から転倒、二度目の転倒で顔に五針ほど縫う傷を負った。その怒りの感情は自分で分かる部分と、そうでない部分とを持った暗闇のようなひろがりだった。いま考えてみると、消えていたかに見えたあの虚しさが形を変え波打つ大きな感情のうねりとなって、神経が麻痺された私の心身を駆けめぐり、私の軀をコンクリートの上に頭から投げ飛ばしたのかも知れなかった。酒が酒を呼ぶ仕組みは私の軀が熟知しているとはいえ、それにしても何がさほどに私を泥酔させたのか、いまもってよく分からない。

　大してすることもなしにあわただしく過ぎ去ったこの一年だが、しかしその時間の幅が十分に感じられる、そして人の心身に回復の力を与えてくれる一年だった。

「鴉の死」と『火山島』

『IN・POCKET』(講談社) 一九八五年六月号

一九四八年の済州島四・三事件とその虐殺の惨劇を背景にして書かれた連作集『鴉《からす》の死』は私の第一作品集だが、そのなかの「鴉の死」は二十八年前の作になるもので、いわば処女作でもある。作品集の「看守朴書房」が先に発表されているが、その以前から温めていたものが「鴉の死」であった。還暦に近い私がいま約三十年前の処女作について語るのは、このたび新装版で文庫本が再刊されることになった機会だとはいえ、いささか面映い気がしないでもない。ただ、「鴉の死」は私の他の作品とは違い、いろいろと紆余曲折を経て世に出た作品であるところから、そのことをもっと書いておくべきだとは思っているが、いまは趣きを変えて、一昨年に完成した『火山島』と「鴉の死」の関係について少しばかり見てみたい。

約八年にわたって書き続けられた『火山島』がそろそろ終りに近づいてから、そしてとくにそれを書き終えてから気がついたのは、この作品が処女作「鴉の死」の世界へふたたび立ち戻っているという事実だった。それは私にとって一つの発見であり、驚きでもあった。このことは『火山島』執筆の当初、意識していなかった。まして当の「鴉の死」が書かれた当時に、今日の『火山島』のあり方を予期できるものではなかった。俗に人間は年をとると子供に戻るともいわれ、また作家はその処女作に戻るともいわれるのだが、私が『火山島』を書き終えたときの感じはまさにそういうものであって、あ、これはいつか来た道じゃないのかとでもいえそうな、人生の不可思議さえ感じたものである。勿論、処女作に回帰するといっても「鴉の死」と『火山島』の世界はそれぞれ異質であり、まして四千五百枚の長篇が百数十枚の短篇のなかに吸収されてしまうことはあり得ない。

しかし『火山島』の主人公や中心的な登場人物、そしてテーマそのものも「鴉の死」に原形を求めることができるのであり、一言でいえば「鴉の死」が私のその後の創作を方向づけ、ほとんど無意識のうちに導き続け、その頂点に『火山島』があるといえよう。「鴉の死」の母胎なしには『火山島』は生まれ得なかったのである。

『火山島』が出てから二年近くになるが、いまでもその思いは消えない。〝昔に帰る〟、これは保守的なことの謂ではない。本質はすでにその昔に誕生していたのである。大きなワンサイクルの円環を結ぶような時間の動き。生と死の永遠の回帰、輪廻の現世様の一コマであるのかも知れない。「太陽のもと、新しきものなし」という。ただ、ひたすらなる人間の営みのみあり、といったところなのか。いま改めて、その思いがする。

禁書・『火山島』

『群像』（講談社）一九八八年八月号

連載の締切り日の午後、あと何枚かというところで新聞社から電話があって、韓国政府が「左翼書籍」九点を国家保安法違反容疑で告発、発禁、販売禁止措置を取ったということだった。そのなかに拙作の『火山島』と『鴉の死』、他に小説としては金達寿の『太白山脈』が入っているという。夕方になって韓国から人を介して私にニュースが入ってきて、大体の事情を知ることができた。こんどの禁書措置の特徴は、私の二作品を含めて四点が「済州島四・三事件」を扱っている書籍であるところから、一九四八年米軍政下で八万の虐殺をともなった民衆蜂起の復権の強い動きに対する韓国政府の姿勢を読み取ることができよう。ともかく、このニュースのおかげで、最後の追い込みに懸命だった私の頭に混乱が起こり、テンポが狂ってしまって、ようやくの思いで何とか原稿を間に合わすことができた。『鴉の死』は五月に、『火山島』は六月に翻訳出版されたばかりのところで、難に遭ったわけで、「済州島四・三事件」を民衆抗争として美化し、反米的だというのが理由だが、禁書というのが得てしてそうであるように、これでは話にならない。高まる統一と反米気運のなかで、とくに学生たちに読ませたくないというのと、これ以上の自由は許さぬという警告、先制攻撃でもあるが、『火山島』などを禁書にする、それ以下の許された自由とは何だろう。

韓国版『火山島』の出版記念会がソウルで去る六月十三日に行なわれたが、本来なら私はそこへ参席していたはずだった。韓国の民族文学作家会議と実践文学社（『火山島』出版元）の共同招請と、そして「火山島第二部」を連載している『文学界』から取材を兼ねて、四十余年ぶりの韓国訪問を果すべく韓国大使館に旅券の申請をしていた。同行する三人の編集者のビザの手続きも終り、六月八日午後三時二十五分の飛行機便、その他予約までしていたところが、約一カ月経った六月末になって韓国政府は、最初の方針とは逆に入国許可を出さなかった。南北統一問題で激しい動きをしている学生たちへの影響、そして「四・三事件」真相解明と復権の動きへの影響などが理由だが、この間の事情についてはここでは省き、いずれ詳細を書くことにしたい。前記の出版記念会は、私の約一カ月を予定した韓国滞在中における講演や取材などのスケジュールの一つだったわけで、私は参席できない代りに、講演形式の「『火山島』について」という原稿を送るにとどめたのである。

『火山島』などが禁書になったからといって、驚きはしない。よくもそれを翻訳出版し得たというそのことのほうが驚きである。『火山島』は何年もまえからきびしい状況のなかで、韓国の文学者によって翻訳が進められてきたもので、たとえば全五巻のそれを、一巻ずつではなく、全巻一挙出版というのも、弾圧に備えてのことだった。まずは、印刷や製本の段階での押収を避けられただけでも、幸いといえそうだ。本はすでに一応は出廻ったのである。廻し読みもできるし、コピーもできる。いまのところは調査中で関係者の逮捕は出ていないようだが、販売禁止で書店から押収することによる出版社への経済的打撃も計算に入っているだろう。

韓国では詩人の金南柱、李山河、その他の作家たちが獄中に繋がれたままだが、このたびの言論、文学弾圧は、盧泰愚体制下の民主化の一端を示している事件である。オリンピック後における民主化に逆行する締め付けをも予測させるものだろう。

こんどの政府措置を一面トップで大きく伝えた韓国の「中央日報」の記事の一部を紹介しよう。

「……文公部（文化公報省）の一当局者は〈しかし左翼の立場で四・三暴動を取り扱った書籍が、このように競争的に出ているのに、右翼の観点で書かれた図書がほとんどないのが問題〉だとし、〈均衡のある歴史認識を持ち得るよう、解放政局（解放後米軍政下の政局）を客観的に公正に扱った図書の開発が急がれる〉と話した」

なかなかそれらしき発言だが、これは主客転倒、ごまかしの付会である。解放後の韓国現代史は米軍政下から今日まで、「反共」を主軸にした政府主導の観点で書かれてきたものだった。〝暴動〟という表現があるように、「済州島四・三事件」もどれだけ政府によって歪曲され、四十年間徹底したタブーとして歴史の闇に葬り去られてきたことか。それがつまり〝右翼の観点〟から歴史が書かれてきたことなのであって、いまさら〝右翼の観点〟云々というのはそらぞらしい。新しい御用学者、御用作家よ、出よということか。

因みに、禁書になった「四・三事件」関係の四点は、拙作の他に、『済州民衆抗争』、『眠らざる南島』の二点で、以上の四点は去年禁書措置になった長篇詩「漢拏山《ハルラ》」（著者の李山河は獄中）以後に出版された「四・三事件」を扱った書籍の全部にあたる。韓国政府は韓国現代史の分岐点であり、もっとも核心的部分をなす「済州島四・三事件」を依然タブーとして押え込もうとしているが、もはやそうはならないのである。

禁書、その後

『文學界』（文藝春秋）一九八八年九月号

韓国政府が九点の「左翼書籍」に対して禁書措置を取り、そのなかに五、六月にかけて翻訳出版されたばかりの拙作『鴉の死』と『火山島』（全五巻）の二点が含まれていることについて、「禁書・『火山島』」という題のエッセイを『群像』八月号に書いた。

ところで、その後事情が一転し、私の二点は〝解除〟されている事実が判明した。事の起こりは、去る六月二十二日付「中央日報」の一面トップ記事で報道された内容にある。私はその日の午後、A新聞社からの電話でまずその事実を知り、さらに夜になって入手した「中央日報」のFAX記事を読んで確認することができた。因みに「中央日報」は七段抜き特大見出しで「『左翼書籍』九種告発」、サブタイトルが「文公部〝北韓体制美化〟……発行・販売社処罰」としている。

六月初旬に予定した四十余年ぶりの韓国行も入国許可が出ず、それに『火山島』などが出版されたばかりで発禁を食ったものだから、私としては心穏やかであろうはずがなかったが、しかし一方では予測もしていた事態であり、幸い市中に出廻ったあとだったので、それは大きく失望したり驚くに足りることではなかった。

三、四日後、友人から電話があって、二十三日付「東亜日報」の社会面に小さく一段のべた組みで「禁書措置」の記事が出ているが、九点ではなく七点になっている、そこには私の二点が入っていないというのであった。韓国から日本へ新聞が届くのに二、三日かかるので、私がその後、韓国の各新聞が一様に七点と報道しているのを確認したのは、何日か経ってからだった。他の新聞はどれも「中央日報」より一日遅れの二十三日付だが、政府措置の内容がやや変わっていた。「中央日報」は「『左翼書籍』を公安次元で根こそぎにし、関連書籍発行・販売社を検察に告発、依法《ママ》措置を取ることにした」、

「文公部はこれらの書籍を禁書として指定し、国家保安法七条、刑法二三四条違反嫌疑で大検察庁が措置することを要求した……」とし、当局者の談話まで発表した念の入ったものである。

ところがその他の新聞では「その内容の検討を検察に依頼……」、「実定法に抵触如何を検察に司法審査依頼……」などと「依頼」の形を取っており、トーンがかなり低くなっている。私の二点が〝解除〟になったという記事はない。九点から七点に減ったわけで、その減った分が『鴉の死』と『火山島』である。勿論、「中央日報」の一日先んじたスクープだが、どうして文公部（文化公報省）が翌日には私の二点を外してしまったのか、いろんな憶測はあるが、理由は分からない。ただ一つはっきりしているのは、もともと発禁の憂慮があった『鴉の死』と『火山島』が、いまや合法出版として政府側が認める結果になったということだ。

ところが、こんどの政府措置に対して「朝鮮日報」が批判、嚙みついた。批判といっても、「左翼書籍取締りより破壊勢力直視を」の副題が示すとおり、政府にもっとしっかりせよと尻を叩いている内容の社説であって、結論的にいえば、なぜ『火山島』がこんどの措置の対象になっていないのかといったものだ。

「……日本で北傀工作員と関係を持ってきた」金石範の『火山島』が市販されているだけではなく、「新聞にも四・三暴動に対する〈新しい視角〉として紹介されている。知らなかったことが何でもかんでも〈新しい視角〉とはなり得ず、まして破壊勢力、赤化統一主唱者の論理が〈新しい視角〉にはなり得ない……」。「〈左翼書籍〉の取締りだけに局限せず、より毅然たる姿勢で破壊勢力を分別することに渾身の力を傾けねばならない」。金石範と呼び捨てにしているのも社説の品位を損ねるものだが、根拠もなしに「北傀工作員と関係……」とか、破壊勢力、赤化統一主唱者と決めつけている始末である。

換言すれば、『火山島』は「左翼書籍」のレベルを越えた「不純」、極悪の書籍であり、著者金石範はこの社会で許されぬ破壊勢力分子ということなのだ。後になって社説のコピーを入手、直接読んだときは、いやはや唖然とするばかりで腹が立つのもしばらく忘れたものだった。韓国で破壊勢力分子と規定されるのは、〝国家転覆〟勢力ということで、この社会からの抹殺を意味する。恐ろしい言論の暴力である。

知らなかったことが新しい視角になり得ないとしているが、その新しいとか古いとかはさて措き、なぜ済州島四・三事件を知らなかったのか、なぜ知ることができなかったのかと反問するまえに、この社説の筆者の言によるなら、知ったことが罪であり、知ってはならぬということになる。つまり、これまでのとおり四・三事件を永遠に歴史の闇に葬り去れという論旨である。

「東亜日報」と同じ時期の一九二〇年代に創刊された伝統のある「朝鮮日報」が、根拠のないでっち上げで記事を書き、悪意と偏見に満ちた誹謗中傷をなぜするのか、理解に苦しむところだが、『火山島』や金石範の上陸を阻止し、韓国社会からの排除を意図しているのなら、事態はもはやそうはならない。『火山島』はすでにかなり広く読まれ、私は韓国の新聞に寄稿し、綜合雑誌のインタビューにも応じて、金石範は公然化している。私はこれまで韓国の出版社との連絡を間接的にしてきたが、今後は直接にするつもりでいる。

以上が「禁書・『火山島』」のいわば簡単な後日譚であるが、消息によると上記七点の書籍はいまのところ告発も押収もされていないようだ。世論に押されてのことだろうが、これらの書籍は私の二点をも含めて政府のほうで宣伝をしてくれたようなもので、却って売行きがよいのである。その間の事情は不明瞭ながら、いずれにしても『鴉の死』と『火山島』は一日だけの〝禁書〟で〝解除〟になった。そしていまは、すぐに再度の取締りの対象にはなり得ないだろうと思う。この二点の出版が合法性を持つことによって、済州島四・三事件究明の運動がいっそう公然と進められる社会的な根拠が固まったことはよろこばしい。『鴉の死』と『火山島』がこんどの政府措置から外れているのは、われながらいささかおかしい思いがするのであって、韓国政府は上記の七点についても解除に踏みきるべきである。

『火山島』の読者たち

『別冊　文藝春秋』（文藝春秋）一九九八年四月号

『火山島』通巻全七巻本の最終巻が、この九月に出た。

『火山島』は、一九四八年、南朝鮮だけの単独選挙、単独政府樹立に抗して立ち上がった済州島四・三武装蜂起を背景にした小説である。四・三事件は、ゲリラ壊滅に至る一年間に人口二十数万のうち約四分の一が虐殺された、当時、世界に類例のない惨劇だったが、韓国の歴代政府によって最近まで徹底してタブーにされ、いまだに真相究明が果たされていない。

この小説は二十余年をかけて終った長篇であり、私はせめて一週間ぐらいはのんびりしたいと思っていたが、見当違いだった。いままで溜っていた雑事、済州島四・三事件五十周年を来年に控えての記念行事の準備、その他で日々が忙しい。同時に、完結が近づくにつれて心を占めてきた一つの不安から、どうやら脱したらしい安堵をもおぼえている。

その不安は、一万一千枚の大きな長篇を完結した途端にがくんと来るんじゃないかという懼れだった。しれしそれよりも完結前の不慮の事故や病気が原因で作品が未完成になることをもっとも懼れていたのだから、完結後の一身上の異変などは問題外だったといえよう。ともあれ、無事であることに越したことはない。担当編集者との最後の詰めの作業がかなりきつかったこともあって、仕事のあとは大いに疲れはしたが、ぶっ倒れるまでには至らなかった。さらに懼れていた虚脱感に見舞われることもなかったのである。

ある新聞のインタビューで、大きな長篇を仕上げたあとの虚脱感のようなものはなかったかと訊ねられたが、第三巻までの第一部のときとは違って、いまのところそのような感じには陥っていないと私は答えた。そして何を書くかを決めているわけではないが、しばらく小説を休みながら準備をすれば、長いものが書けそうだと付け加えた。

ところで執筆後の虚脱感のことをいえば、第一部完結のときがそうだった。十年ほど昔の小文「この一年」が載っている『文學界』（一九八四年十二月号）を取り出して開いてみると、そのときの耐えがたい虚脱感について書かれている。

第一部の完結後（八三年）、私はそのあとがきで、いつか続篇に当るものが書かれねばならぬと考えていると、執筆の意のあるところを示した。「この一年」ではそのことに触れながら、しかし「……そのときの気持としては、第二部の執筆は空に浮く雲みたいに漠として現実的な手応えが感じられるものではなかった。やはり疲れていて、とても続篇の全体を書きすすめる展望を持つだけの気力がなかった。そして一方では、予期しなかったことだが、ああ、これも大きな仕事を終えたせいなんだ、その反動なんだと自分をなだめてみたものの、虚しさに変りはなかった。書きつづけた八年間を振り返ると、まるで衝動のように虚しさが穴から吹きこぼれてくるのである」と、自信のないところを吐露している。

これはどうしたことだろう。ただ、なぜこうも長々と小説を書かねばならぬのかという徒労感に似たような思いがあったとは書いているが、それで虚しさの正体がはっきりしているわけではない。続篇執筆の長い先のことを想像するだけの充分な力がなく、想像力を支えるにも気力と体力が必要であるらしいと続けて書いていることからも窺えるように、私が心身ともにかなり参っていたのは事実だった。

やがて半年、一年と経過する時間の力に癒されたが、まるで病気のようなその虚しさは何だったのだろう。はじめて数千枚の長篇を完結したという達成感と、「南」「北」から「反韓、反政府分子」、「反革命、反民族分子」とみなされての政治的挟撃のはざまでのいろいろのことを振り返ったところから来る反動だったのではないか。

第一部が終ったとき、私は『火山島』が約三十年前の第一作「鴉の死」の世界に立ち戻っているのに気がついて愕然としたが、それは驚きと同時に一つの発見だった。勿論百数十枚の短篇のなかに、『火山島』が吸収されてしまうことはあり得ないが、いわば『火山島』の世界の核がすでに「鴉の死」の世界で形成されていたということだろう。私の作家生活はそれから十年ほど経って四十歳すぎからはじまり今日に至っているが、三十歳頃に書いた「鴉の死」の世界の意識下の声に導かれながら、『火山島』へ辿り着いたようだった。そしてさらに十数年後の全七巻本として完結したいま、第一部だけではなく『火山島』の全体が「鴉の死」の世界へふたたび立ち戻っているのを知って、私はある深い人生的な感慨に落ちる。

それにしても全巻を完結したいま、第一部のときのような虚しさ、虚脱感がないのが不思議である。何とか疲れが取れたあとの私は心身ともに淡々としているが、あるいは不思議なのは、第一部のあとで見舞われた虚しさのほうだったのだろうか。

二年前に『文學界』の連載を終えた直後は、へとへとに疲れたあとの解放感をおぼえながら、編集者の顔もそして活字になったものも、『火山島』に関する一切を眼にしたくなかったのだが、しかしその反動としてあるかも知れない虚脱感はなかった。連載終了イコール作品完成ではなく、かなりの手入れ、加筆の仕事が控えていたので、それは当然だったともいえるだろう。

そしていま、『火山島』執筆の二十余年の歳月を振り返ると、高山の頂上から下方を見渡しているような漠然とした感じをおぼえるが、それは一切の束縛から離れた自由の感情をもたらしてくれる。もしこの自由に虚脱感が伴なうとすれば、それは何らかの死の接近の兆しになるだろう。

第一部を終えてから、なぜこうも長々と小説を書かねばならぬのかという徒労感のようなものをおぼえたと先に書いたが、つい最近も一過的ながらそんな気持に陥った。『火山島』を読了したばかりの日本の友人からの長篇完成をねぎらう手紙のなかに「これだけの大部作を読み通す日本の読者がどれくらい存在するか、老婆心で心配したりしておりますが……」とあり、いささか考えこんでしまった。まさしくそうなのだ。この長大なものを読者に〝強要〟することになる私は、いったい何なのかという思いがする。

先日、文学関係の集まりで大阪へ行ったとき、私は参加者に向って、多分ほとんどの方が『火山島』を読んでいないだろうから「〈火山島〉を終えて」と題する私の話は一方的になるだろうと前置きをして、その手紙のことを話した。すると、そこには「〈火山島〉を読む会」のメンバーなどかなりの読者が参加していて、そうではない、ちゃんとした読者が存在している……と声が上り、私を面喰らわせた。大阪を中心に十年前からささやかに続いている「〈火山島〉を読む会」では、第一巻から第三巻まで、現在三回目の読み返しをしているということだったが、作者の私にはどれだけありがたく、励ましになったことか。

いずれにしても、この大長篇を読んでこられた多くはないすべての読者諸氏の労苦に、作者は深い感謝と敬意を表するのみである。読者の支持なくして、『火山島』の出版はあり得なかったのだから。想像力による眼に見えぬ『火山島』の空間を共有できるよろこびはこの上なく大きい。全巻が完結したばかりですぐには読み終えぬにしても、これからも私がいい作品を書けば、読者諸氏はきっと迎え入れてくれるのだという思いを強くした。読者の期待が、私に次の作品を書かせるバネになりそうな気がいましている。

第Ⅳ部 世界文学への途

金石範文学が拓いた地平

『火山島』を書くことで、やっと自信を持って「日本語文学」と言うことができた。『火山島』は日本語で書かれている。しかしこれは日本文学なのか。そうじゃない。朝鮮文学なのか。そうじゃない。じゃあ何か。それは「日本語文学」というしかないものである、とね。

「文学的想像力と普遍性」より

文化はいかに国境を越えるか

一九九八年十二月、立教大学アメリカ研究所主催のシンポジウム「文化はいかに国境を超えるか――人種・民族・国境をめぐって」での講演を元に加筆

基調報告　在日朝鮮人文学は日本文学か

私は専門的なことはお話しすることはできませんので、最近の体験から在日朝鮮人文学についてお話しします。私は在日朝鮮人作家のひとりですけれども、在日朝鮮人文学とは何かということを規定するのは難しいのです。二、三十年前と現在の在日朝鮮人文学とはかなり性格が違ってきておりますので、ここでは一般的な意味で、「在日朝鮮人によって作られた文学」とおおまかにお考えいただけたらいいでしょう。

私は一九七〇年頃から、在日朝鮮人作家が使っている言葉、つまり日本語について、在日朝鮮人作家が日本語で書くということはどういうことか、作者と言葉のあいだの矛盾、葛藤、もろもろの親和的でないものを何とか解決しなければ自分が書けないということがありまして、一時期よく考え、そしてかなりの評論を書いています。その後は、若い人が在日朝鮮人文学について論ずることもありましたし、

私自身『火山島』という大変長い作品に取り組んでおりましたので、在日朝鮮人文学とは何かということについてあまり論じませんでした。

一九九八年十月十八日に明治大学で「日韓文学者交流シンポジウム」というのがありました。韓国から五、六人の作家や評論家が、そして日本側からは主に「千年紀文学」に属している人たちが参加され、「在日」の立場から梁石日《ヤンソギル》さんなど何人かが参加しました。私は特にそこで講演をするとかシンポジウムに参加するとかではなく、ただ聴衆のひとりとして参加したのですが、私が年長になるからか、「後で挨拶くらいひとつやってくれ」というので挨拶だけを簡単にしようと思っていました。シンポジウムでは「日本と韓国から見た在日朝鮮人文学」というテーマで、双方からそれぞれ報告・発表があったのですけれども、韓国の大学で先生をやっている方、評論家なんですが、そのうちのひとりが韓国側から在日朝鮮人文学をどのようにみているかということを報告しまして、おしまいの方で、「それは韓国文学に属するのか、属しないのか」という難しい問題について意見を述べました。「日本語で書かれているから韓国文学ではない」と排外的なことを主張する人たちがいること、つまり韓国語で韓国人が書いたものが韓国文学という、いわば属文主義の見解です。もう一つは血統属地主義ですね。韓国人が書いたからといってそのまま韓国文学に入れるのも具合が悪い、文学史と批評の協力によって言語、内容などを綜合的に検討を重ねながら取捨選択の過程を踏む……、というようなことを話しました。私は取捨選択ということが気に入らなかった。たとえそうであっても、カチンと来たのでした。

それで聞き終わってから、私は韓国側の代表に「『在日』の小説書きが、ここに何人か参加しているけれども、われわれはいったい何なのか。あなたがたはどういう立場で在日朝鮮人をみているのか。韓国側からは韓国文学に編入するとか、日本側からは日本文学だとか、いま日本と韓国の間に立っていて、まるで被告席に座らされているみたいな感じがする」とやや声高に言ってしまったんです。そういうことがあって、在日朝鮮人文学とは何かともう一度考え始めたんです。

今日は、現在の私がみている在日朝鮮人文学を、「国境を超える」、越境、日本における「在日」の国籍の問題などに結び付けて、お話ししたいと思います。

一般に日本の文壇の見方は、「在日朝鮮人文学は日本文学」というものでした。私は一九七〇年代初期に「在日朝鮮人文学は日本文学でない、日本語文学である」というような評論を書いたりしたんです。かなり感情的に反発する人も多かったんですが、そのうちに私も忙しいし、評論家じゃなくて小説を書く立場ですから、作品を作り上げることが大事なわけで、私の関心はそこから一時離れました。しかしいま改めて私は一九七〇年代初期に「日本文学でない、日本語文学である」と主張していたことを思い返しています。

最近「ディアスポラ」という言葉がよく使われているようです。「ディアスポラ」というのはもともとユダヤ人の代名詞でありまして、二千年来の歴史があるんですが、このごろは「越境者」や「越境的なこと」に対して「ディアスポラ」がよく使われるようです。在日朝鮮人はこの新しい横文字の表現で言うと「ディアスポラ」なんですよ。「ディアスポラ」の背景には、自らすすんで移民するというのではなく、いろんな権力、政治的な抑圧がある。ユダヤの場合は、国がローマに滅ぼされて散り散りになってから二千年が経つわけですけれども、「在日」は日本の帝国主義によって結局「ディアスポラ」の運命に追い込まれた。中国にいま二百万人くらい、世界に五百万人くらいの朝鮮人がおります。すべて日本の帝国主義が原因というわけではありませんが、特に在日朝鮮人の場合に限っていえば、戦時中は百六十万人の強制連行があったわけですが、それだけを取ってみても在日朝鮮人は「ディアスポラ」以外のものではありません。

「ディアスポラ」であるわれわれが作る文学は、「ディアスポラ」による文学なんです。日本文学と同じものは何かというと、言語なんですよ。いまでも日本の文壇ではこの属文主義のもとで「在日朝鮮人文学は日本文学だ」ということになっています。そして初期の在日朝鮮人文学の場合は日本文学の主流である私小説の影響が非常に大きい。手法的にも日本の主流文学の流れの一つになっている。そのように、在日朝鮮人文学は日本文学であるということが疑いなしにずっと長い間続いてきました。しかし最近は、皆様もご存知のように、リービ英雄とか在日朝鮮人以外に日本語で小説を書く人が現れております。

文学は言語というひとつの条件だけで成立するものじゃない。特に文学というものはあらゆるものが含まれるわけです。文学の中には、哲学も入ればいろんな思想的なものも入ってきます。また、言語以外の、あるいは言語以上のいろんな文化的な要素というものが文学の中に入っている。言語というのは、極端な言い方をすればひとつの伝達表現の方法です。ただし一つの言語が単に形式、表現の方法にすぎないということではありません。他方、言語自体の法則、合目的性といったようなものもあるわけです。言語は目的性を持ったいきものでして、したがってそれが単なる伝達方法ではなく、作家主体と衝突を起こしたりもします。しかし、文学というものはまた、言語だけで成り立っているものではないということです。

「在日朝鮮人文学は日本文学だ」という発想は、言語属文主義なんですよ。言語以外に文学を律するものはないということです。そういうことは全然ありません。言語以外のいろんな要素によって成り立っている小説・文学を、どのように規定するかということです。たとえば、自分の作品をここへ持ち出して恐縮ですけれども、『火山島』という、朝鮮半島の南端の済州島で一九四八年四月三日に起こった「四・三事件」を歴史的背景にして書いている一万枚を超える長篇――日本語で書かれているこの作品が日本文学の範疇に入るのか。日本文学の範疇から除けなさいというのではないのですよ。違うということを見なければいけない。日本語文学の世界というものは一つの宇宙、全体ですね。従来の日本人作家によって書かれた日本文学だけでない、もっと広い、大きい日本語文学、何か別の概念があってもいいんですよ。日本文学に吸収・同化するんではなく、全体として拡散すること。そうでないと、文学のもっているいろんな要素を見落としやすいということ、そういう視点が必要ではないかということです。

するとと在日朝鮮人文学とはいったい何か。日本文学でもなければ、韓国から来た文学者が指摘するようにいわゆる韓国文学、つまり朝鮮文学でもない。とすると、在日朝鮮人によって作られた文学だから在日朝鮮人文学だという言い方で在日朝鮮人文学の実体・その存在を解明できるわけではないのですよ。いろいろな分析が必要なんですけれども、いずれにしても、完全に「ディアスポラ」的な性格を持った文学ですね。「ディアスポラ」といえば何か横文字でかっこいいような感じですけれども、結局は、離散、追放、あるいは連行された、そういう被圧迫者ですね。日本語、いわば他国語のなかに表現を見出している存在。そういう存在から生まれてきた文学です。それは言語の条件だけで規定されるものではありません。

歴史は五十年以上前の日本帝国主義時代に遡ってゆくわけですけれども、いずれにしても、われわれは、力によって、権力・政治によって越境させられた存在です。既に私たちが存在していること、その子供たちも全部含めて在日朝鮮人が存在していること、そして一世、二世、三世、四世までいるわけですけれど、彼らは朝鮮の故郷、父祖たちの故郷を知らないということ。ユダヤの場合は二千年ですよ。われわれの場合はまだ百年にならない。しかし「ディアスポラ」には違いない。幅と深さは全然違いますがね。そう考えると、在日朝鮮人文学というものには、二重性があるということです。トランスナショナルという言葉がありますけれども、在日朝鮮人文学自体が越境的な存在ですね。だから、在日朝鮮人文学というのが日本語では表現されていますけれども、日本の社会、あるいは日本の文学の世界の中で、それが目の前に存在しているということをどのように多角的に見るかということがこれからは大切ですね。

極端にいえば、日本文学というのは支配者側なんですよ。明治以来の伝統があるわけです。そこから一方的に在日朝鮮人文学というものを日本文学が、日本の文壇が、吸収する立場でみてきたわけです。しかしたとえば、私の『火山島』という膨大な作品というものを日本文学の中に吸収できるでしょうか。これは不可能なんですよ。『火山島』は日本文学か。それなら、それはなぜか。『火山島』が日本文学である所以は日本語で書かれているから。答えはそれだけ。この場合、日本文学とは何か、何をもって日本文学とするかという、日本文学の概念の見直しが必要になるのではないか。いずれにしても、『火山島』という作品を黙殺して無視しない限りは、「日本語文学」というのは日本社会にはないんだと否定しない限りは、それは一つの存在として目の前にあるわけです。それをどういう角度で見るかとなると、これまでの日本文学という視点からでは実体を見ることはできない。だから、日本文学の中に入るのがいやだとか、そういうことではなくて、目の前にある一つの存在について、いままでのような見方では実体を把握できないということを最近改めて考えるようになりました。

私は「朝鮮」籍です。日本には「朝鮮」籍と韓国籍がありますが、韓国籍というのは国籍なんですね。法的にちゃんと認められた韓国国民のひとりなんです。「朝鮮」籍というのは、日本と北朝鮮の国交がないものだから、「朝鮮」という一つの記号なんです。「朝鮮」籍でありながら北朝鮮を支持する人とそうでない人がいるわけです。北朝鮮と日本が国交正常化した場合に、日本における「朝鮮」籍は自動的に「北」、朝鮮民主主義人民共和国籍に移るようになっております。個人の意思で選択はなされますが、自動的というよりも半分は強制的に「北」の共和国の国籍になっていくという政策を日本政府が取ると思うんですが、その場合に「朝鮮」籍でありながら「北」の国籍を取らない存在が日本に生まれてきます。何千人になるか何万人になるかわかりませんが、たとえば私でしたら、私は北朝鮮の国籍は取らない。「朝鮮」の籍のままですね。韓国籍も取りません。日本籍も取らない。その場合にどうなるか。完全に無国籍の状態が生まれてきます。この場合に、たとえばニューカマーという最近日本に入ってきた人たちと違って、在日朝鮮人の場合は、既に帝国主義時代に「ディアスポラ」のかたちで日本に渡ってきているわけです。それが、朝鮮が、祖国が、戦後独立したはずなのに分断状態が続いて、そして日本では挙げ句の果てに「新しいディアスポラ」という存在が生まれるというかなり深刻な事態がいまからはっきりと予測されるわけです。これは、私たち「在日」、新しい少数者だけでなく、日本にとっても国内のエアポケットとして、国際的に大きな問題を孕むことになると思います。

そして、討論の過程で機会がありましたならお話ししますが、たとえば、最近私は、自分の作品『火山島』について初めて「亡命者文学」という言い方をしました。結局は南北朝鮮にも受け容れられない。私は戦後日本に来たんじゃないんですよ。日本で生まれて、それからずっと長い間日本に住んできました。もちろん、戦前から朝鮮への往来はしておりますけれども。そういう「在日」から見て、果たして「亡命者文学」とは何なのか、そのような自分自身のことも私は最近考えたりしております。

あとで、皆さんと討論のときに話を続けたいと思います。

朝鮮人である私が日本語で書くということ

皆さんからいくつか質問をいただきました。

1. なぜ朝鮮語で書かないで、日本語で書くのか。――言語の問題。韓国・朝鮮の言葉、朝鮮語で書こうという気が起こらなかったのか。もとの国の言葉に対する感情。朝鮮語に対するこだわり。
2. 帰化の問題。――人間として生きていくには衣・食・住が前提になる。帰化という方法もある。
3. オールドカマーとニューカマーの「在日」における葛藤。
4. 歴史認識と今後。――差別などはあると思うが、「在日」の人がやたらに意識しているところがあると思う。「郷に入らば郷に従え」。歴史は歴史である程度認識して、個人的な問題を重視していたら国としてやっていけない。これからどうやったらアジアの中で日本と韓国が上手くやっていけるのか。

まず最初の、なぜ日本語で書くのかということですが、これは簡単で、かつ複雑なんですね。私は一九六〇年代にしばらく朝鮮語で書いておりました。現在書いている日本語のようには書けませんね。私は七十三歳ですが、七十年近い間日本に住んでおりますし、いまでも二、三年、韓国なら韓国、ソウルならソウルに行って住めば、向こうにいる人たちにそう劣らずに書く自信はあります。

『火山島』の原形は約五百枚前後で、一九六五年から六六年にかけて朝鮮語で書かれたものでありますす。その時はまだある組織におりました。その組織が出す朝鮮語の文学雑誌を私が編集しておりました。その組織を出ると、実際に朝鮮語で書くということには難しい現実があります。朝鮮語で書いて発表できるところはほとんどありません。私は職業作家ですから、原稿を書いてそれで生活をしなければいけない。同人雑誌を出して、細々と商売でもやりながら朝鮮語で書くなら別なんですけれども、そういうことは不可能であった。亡くなられました「在日」の金達寿《キムダルス》さんを含めて「在日」の作家で朝鮮語で書けるというのはほとんど私ひとりという状態だったわけです。一九五七年に『鴉の死』という短篇を同人雑誌に発表しておりますが、それも「四・三事件」に関する『火山島』の原形をなすものです。それから十年ほど、私は日本語で書いていないんです。そういうプロセスがありまして、一九七〇年代頃から日本語で書くにあたって、なぜいったん捨てたはずの日本語で書くのかという疑問が自分自身に提起されて、言葉の問題で私はかなり苦しみました。

言葉の問題、言葉と作家の自由という問題、私の場合は具体的に日本語の問題なんです。私の書く作品の言葉の問題は、いったん朝鮮語で書いたものを日本語に翻訳するというようなことではないんです。頭の中での日本語と朝鮮語との葛藤などからくる操作はありますよ。朝鮮なら朝鮮、済州島を舞台にして向こうの風俗とか、またいろいろな会話を書く場合には、本当に日本語で出てこないことがいっぱいあります。それはいつも頭の中でいろんな葛藤を経てですね、そして出てくるんですが、しかしそれは翻訳をしているわけではない。現実に書かれた作品というものは、言葉というのは、私の体を通るものですよ、頭じゃないですね。私の体内を通過して、そして生まれた日本語です。

その場合に日本語の持っている魔術的とまではいかなくても言葉の呪縛ということがある。言葉には必ず、使う人、作家を呪縛するものがありますよね。普通一般の作家でも言葉の呪縛との葛藤があるんですが、私の場合は日本語という、私たちの年代からすれば、いわば敵性言語です。言葉の呪縛というその「呪縛」の意味はですね、一つは倫理的な側面と一つは論理的な側面なんですよ。倫理的というのは、かつての支配者の言葉で、自分が文学と人間の根源的なところまで入っていかなければならない。評論の文体とは違いますからね、その言葉は。論理的側面というのは、言葉の持っている言語機能なんです。他の国の言葉が持っていない、日本語なら日本語自体が持っている言語の一つの機能・拘束力というものなんですよ。具体的なもの、個別的なものですね、文字の形とか音とかもそうなります。日本語の個別的なもの、合目的性、いきものとしての言葉です。それはある意味ではしゃべる人間、使う人間に自由をもたらすけれども、同時に常にしゃべる人、書く人を拘束している。常識的な言葉も一つの言葉だけれども、新しい言葉・新しいものを発見して書こうとする場合、作家は必ずその常識的、一般的な言葉と葛藤を起こします。作家がその一般的な言葉、それによって起こる考えや感情などに順応しない限り、それは拘束力になってくるわけです。それが、私の場合は、日本語という敵性を持った言葉で自分が書かなければいけないという倫理的な側面と、もともと日本語という個別的な言語が持っているところの、書く人間、作家に対する拘束力の二つのものを、私の場合は言葉の呪縛として受けとめました。そして言語と自由。作家にとって言語はどのように自由であるべきかということを最初の頃は書いたりしました。

言葉の持っている個別的なものが大事なんですね。日本語本来の美しい面と同時に言葉というのは常に発展する、言葉には、個別的な側面だけではなくて普遍的な側面があるわけです。明治以降の日本語というのは、西洋の言葉をたくさん入れて、翻訳をして日本語化していますから、言葉自体が非常に国際化されていて、日本語が普遍性を帯びている。言葉の持っている普遍的な側面と個別的な側面の兼ね合い。だから私が越境するというのは、日本語が持っている呪縛力と同時に、日本語が日本語なりに持っている美しさと機能、そこを無視するわけにはいかないけれども、そこにはあまり足を取られないで超えるということ。日本語の個別性を日本語自身の内在する普遍性で超えるということです。

日本語が持っている言語としての普遍性とは何か。普遍性というものを通して、私は物書きとしての自由をいま獲得していると思うわけです。それは、簡単に言えば、想像力ですね、イマジネーションを通して日本語の持っている個別的なものを普遍化していくという操作がなされていくわけなんです。そういう意味で、私は日本人作家ではありませんからね、私が「在日」作家であること、個別性というのは作家にとって非常に大事なこと、基本なんですよ。個別的であって、どうやって「個」を乗り超えるか。すべての芸術がそうです。科学と違うわけでしてね。特に私のような場合は、日本の一般的な作家じゃなくて、在日朝鮮人であるという二重の矛盾の中にいるわけですから、この私が、どのように呪縛から離れて作家としての自由を自分で勝ち獲るか。それは結局、作品の持っている普遍性なんです。

どのようにして作品の普遍性に至るのか。自分としては、日本語の持っている普遍的な側面を十分に意識して使っているわけではない、計算して使えるものじゃない。しかし言語にはそのような機能があるわけで、いわば無意識のうちに使われているわけです。たとえば朝鮮語を全く知らない青年が、少年が、自分が朝鮮人であるという民族意識を日本語でもって自分のものにするということがあるわけですよ。普遍的な認識能力とかがありうるわけです。言葉には概念的な面と感性的な面がありますけれど。日本語の持っている壁、音、形、その他の個別的な特性以外の、その言葉のどこか透明なところを、つまり普遍的な側面を通過しないなら、日本語でもって「在日」の朝鮮人の若い人たちが、朝鮮の民族意識を持つことができないんです。言葉というのは閉鎖的なものではないということです。以前は日本語は日本人だけのものだということがあったわけですが、そういうものじゃない。言語は開かれていく、言語は個別性に留まるものではない。そういうことから、朝鮮を舞台にして向こうに住んでいる朝鮮人を登場させても、自分は日本語で作品を書けるという見通しがついて、それで、一九七〇年代から日本語で書き始めたわけです。そして現在まで続いている。

『火山島』という作品を書き上げて思うのは、日本語で書かれたものであるが、これが果たして日本文学かどうか、自分自身疑問なんです。もうちょっと時間が経てば日本文学というものの枠、日本語で書いたから日本文学だという枠組み、それも崩れていくんじゃないでしょうか。何も日本文学だといわれるのがいやだというもんじゃなくて、日本文学という枠を超える視点が必要ということです。いままではそれがなかった。在日朝鮮人文学を日本文学のひとつにして吸収してあげるとかいうことだけで。梁石日《ヤンソギル》さんの話なんですが、彼の発言の中に、韓国へ行ったときに、自分の作品を翻訳したものを特殊な韓国文学として迎え入れるといわれて、非常に気分を悪くした。どこにも属さない。「在日」文学は地域性を超えてアジアへ、世界へとつながっていくポジションだと話していました。これは文学の超越性を指摘したものです。

「韓国―在日―日本」でしょ。結局私はその間に挟まれているようで、さっきもお話ししたんですが、「日韓文学者シンポジウム」では被告席に立たされているような感じがしたんです。恐らくこういうことをやりだしたら面倒なんです。日本語文学のなかの在日朝鮮人文学、日本語文学としての在日朝鮮人文学などとね。しかし、いずれ必要になる。日本文学の枠組みもこれからかなり崩れてゆくと思うんです。それはいい意味でです。これから朝鮮語で書くといっても余力もありませんし、あと、物書きとして余力があれば、懸命に、日本語でですね、日本語で私の肉体、体内を通して、その言葉で書いていく。その言葉自体に普遍性があると思っているんです。

なぜ帰化できないか

二番目の、なぜ日本に帰化しないか、についてなんですが、難しいんですよねえ。ただ一つ言えることは、何十年も住んでいながら、その何十万人もの人間がその土地に帰化しないというのは、世界で在日朝鮮人だけではないかと思います。他はだいたい、自分が住んでいるところで国籍を取りますよね。

アメリカにはいま百万人以上の韓国人がいて、ほとんどがグリーンカードとかアメリカの国籍を取っているわけです。中国では中国国民です。約二百万人の朝鮮族の自治区があって、朝鮮語で教育をし、そして朝鮮語の大学へ進む。民族教育というのは中国の国家で義務づけられているのですよ。海外へ行きますと、日本に住んでいて日本の国籍でないというのは、必ず不思議がられるということですね。大体、国籍原理が生地主義ですから、十年も二十年も住めば日本の国籍を取って日本のパスポートを手に来るべきであるのにそうじゃない。世界でも珍しいんですね、在日朝鮮人の存在は。

日本ではなぜ在日朝鮮人はなかなか帰化しないか。それをお話しすると非常に長くなります。歴史的背景がある。それは日本の差別構造が普通でなかったということが原因。帰化した方が便利ですよね、生活するために。帰化する場合でも、子供に在日朝鮮人としての苦労、差別とかをさせないためにですよ、親の方から子供の知らない間に帰化している。たとえば数年前に亡くなった芥川賞受賞の李良枝《イヤンジ》という女性作家、彼女も自分の知らない間に親が帰化していたんですよ。両親だけでなくて、娘をも子供のときに帰化させていた。ところが高校に上がって自分が朝鮮人であることをはじめて知るわけです。それからいわゆる日本人でない存在、在日朝鮮人とは何か、自分のアイデンティティは何かということで、彼女の存在は分裂しはじめ、苦しみ、そして彼女は小説を書き出すことになった。

いまは昔と違って目に見えないようですけど、そういうものがその人間の「俺は朝鮮人だ」、「俺は日本人でない」というね、このごろの言い方ですればアイデンティティというものを、個人に自発的にというよりは歴史的な状況がその人間を朝鮮人に作っていくということがあります。あるいは、自分を殺して、つまり朝鮮人である自分を隠して日本人になりきって、帰化する場合もありますけれども、若い世代が若いなりに自分は在日朝鮮人として生きていくという考えの者も非常に多い。これだけでも研究の対象になりますけどね。まあ、あまり帰化しないですね、若い人は。だから、国籍は韓国であっても、朝鮮であっても関係ないという人も多い。しかし、日本の国籍は取らない。取った方が生活にも便利がいいしねえ。取らないといろんな面で不便なんだけれども。

通過点としての「国民国家」・近代国家

私は日本の友人に「金さんは民族主義者だ」とよく言われるんです。日本で民族主義というと、あまり良い響きではないですね、マイナスになるのも知っています。でも、そうだと答えるんです。活字にもしてますよ、私は民族主義者であると。自分ではインターナショナリストというつもりもあります。かつて若いころですが日本の共産党にも入ったことがありますし、革命家のつもりで運動をしたこともあります。決して民族主義的だというわけでもないんですけれども、これにはまだ解放されていない民族だという条件があるんですね。

それで、インターナショナリズム。社会主義が崩壊していないときはですね、ナショナルなものを超える普遍的な原理みたいなもの、たとえば世界解放の担い手であるプロレタリア階級とか、イデオロギーとか、民族的なものを超越できるようなものがありました。いまはそれがないんです。そういうかつてのインターナショナリズムに代わり得る社会的な背景のある普遍的な理念がありうるか。それはないんじゃないかと思います。それがひとつ。

それから、たとえばアイザック・ドイッチャーは、「他国の支配下にある民族にとって独立の国家体制は絶対的必要条件であり、一つの進歩を意味する。しかし一たびその民族が独立の段階に達した瞬間に、そこに心を固定し、それ以上のところをみようとしなくなることは、その民族の退歩以外のなにものでもない。しいたげられた民族のナショナリズムはそれなりの正当性をもつが、主権を獲得した国民が同じくそのナショナリズムの正当性を求めることはできないのである。」（『非ユダヤ的ユダヤ人』一五九頁）ということを書いている。かつての日帝時代の朝鮮人の共産主義者はもちろん階級的立場でインターナショナリズムを志向しているけれども、まずそのためには朝鮮を独立させて解放しなければならない。その限りにおいて朝鮮の共産主義者は、コスモポリタンではなくて、ナショナリストなんです。民族解放と国際的な連帯、いわゆるプロレタリアを通しての全体＝インターナショナルとどう結び付けるか。

日本のナショナリズムの場合は、結局、帝国主義なんです。これとかつての植民地から自ら解放するナショナリズムとを一緒にしてはいけないんです。たとえば、「国民国家」というのはいわば十九世紀の遺産ですよね。日本だって天皇制を固めて西洋流の「国民国家」というものを作って、やりたいことをやってきたわけです。私は決して国家というものを本質的にはいいとは思っていないですよ。支配／被支配の、抑圧装置の機構ですから。民主化されていない国家は権力を合法化する弾圧装置であって、権力をもって人間を非人間的に、いや、国家の名で合法的に殺すこともできるし、それを国家はやってきた。これは破壊しなければならない。しかし封建社会から「国民国家」・近代国家への脱皮、統一と形成は必要だった。と同時にね、その恐ろしい民族国家の狂気を、ナチス・ドイツや戦前の日本の場合のようにわれわれは見てきたわけですよ。ただ、朝鮮の場合は近代国家、「国民国家」というものを経験したことがないのですよ。だから、仮りにデモクラシー、民主主義を実現するにしても、やはり近代国家というのは必要なんです。朝鮮の場合は南北統一をして「国民国家」ができるんですよ。その国民の中には朝鮮人だけでなくてもいいわけなんですから。「国民国家」というものを作らないと、民主主義的制度を実現できない。そうすると、社会が、朝鮮の統一国家がインターナショナリズムに通じるのはどこか。人権、個人の自由に基礎を置いた民主主義、これがナショナルを超えたものを実現するしかないんです。これを私は別の革命と思っているわけです。もちろん、思想としてつねにそのプロセスにおいて民族を超える、今日のテーマが「越境」ですけれども、インターナショナルへ向かうんです。

民主主義を実現した先進国がたくさんあるじゃないですか。アメリカがそうであり、ヨーロッパはいまは連合を作ってね。ユーロ統一通貨圏が実現する。すばらしいことだと思うのですけど、民族主義を超越して国家を解体するためには朝鮮の場合、一応は統一国家を、朝鮮半島における国家というものを形成する必要がある。そこで民主主義を実現していく。その時日本はどんなにすばらしい国になっているか分かりませんよ。そういうプロセスがないのに、いま国家の枠を外してみてごらんなさい。国家の持っている悪、これはどんなにいい社会になっても、いわゆる弾圧という性格は権力構造である限りは、あるわけですからね、それをどのようにして排除していくか。必要悪として、朝鮮の場合は南北統一で一つの「国民国家」を、近代国家を、です。もう二十一世紀になるけれども、朝鮮に近代国家なんてないじゃないですか。それを主張すると民族主義と言われるが、そうじゃないわけです。インターナショナリズムを実行するなら、まず十九世紀に近代国家を形成した先進国家から国家を解体する。その以前に国家の統制を崩していく。ところが、まだ国家を作ったこともない、これから作ってみようというところに対して、先進国におけるような一般的なインターナショナリズム、国家解体を唱える。そのためには、後進的な「国民国家」における民主主義的普遍性の実現が伴わないといけません。

歴史的背景

われわれ在日朝鮮人というのは他者の歴史を生きてきた存在です。われわれの歴史を生きてきたんじゃない。自分たちの歴史を全部抹殺され、あるいは残った分も捻じ曲げられて、日本帝国の、日本の奴隷の歴史として書き換えられた。だから、われわれは他者の歴史のなかの他者であってはならないわけだ。日本人は、われわれをして、他者たらしめた。自分たちの歴史の中でわれわれを生かした、在日朝鮮人を。われわれはいかに自分を生きなければいけないかということですよ。それには歴史的な背景があるんです。

日本が戦後の責任をもつということは、たんなる戦争責任ではなくて、これは人間の問題なんです。自分たちが支配し、相手の自分というものを否定し、他者たらしめたところからね、人間的に責任をもたなければいけない。日本の政府は責任をもたないから、われわれ在日朝鮮人は他者的な存在から自分の存在になるためにやってきている。それを常に意識させるものが、日本の差別とかいろんなことなんです。何十年も日本に生きて、日本の国籍を取らないなんて、そんな馬鹿がどこにいますか。日本人はやっぱり分からないんだ、これが。冗談ですが、日本から天皇制がなくなれば私も帰化いたしますよ。

その時私は世の中にいませんけれども。天皇がシンボルと言うけれど、われわれにしてみれば昔から同じですよ。戦後もあの体制の上に立ったものが続いているわけだ。そういうところを考えるとね、素晴らしい若い学者たちがいらっしゃるんだけれども、なぜ日本で、日本の天皇制を廃止するための論議がね、実際に廃止されなくてもいいけれども、徹底して行われないのか。そのように過去を引き摺ったものがあるんです、日の丸もそうだけども。小学生を教える学校まで日の丸ね。君が代もそうですよ。昔のドイツでもイタリアでも、ファシズムの国家は全部国旗を変えているわけだ。一緒になれと言っているわけではないんだけれどもね。すんなり、日本では戦前のものがみな入ってくるわけだ。だから、戦後の在日朝鮮人を他者たらしめている歴史がそのまま残っているということなんだ。

われわれはわれわれの歴史を生きたいわけです。日本人は生きてきたじゃないか。自分自身として生きてきたんじゃなくて、われわれを他者たらしめる支配者として生きてきた。歴史を見ると、他者たらしめるということは相手の存在は認めないということなんですよ。自分たちだけに歴史がある。その延長線上にあるのが自由主義史観ですがね。世の中に考えがいろいろあってもいいけどね、私は朝鮮人ながら恥ずかしい。ああいう考えを持っている連中は、いつでも他の人間を、いわゆる日本の歴史で自分以外を他者たらしめている、他者たらしめうる存在なんです。自分が他者となって自分のところに戻ってこないわけです。冗談半分ですけど、ああいう人たちは、他の歴史のもとに他者にいっぺんなってみなければならない。日本は戦後アメリカの占領下にあったというかもしれない。それで日本はアメリカの他者の歴史を生きただろうか。その構造のなかで、なお在日朝鮮人を他者たらしめてきたわけです。これは帝国主義支配、戦争責任の問題です。戦後徹底的に、根底からですね、歴史的な反省があったでしょうか。できなかったのは、日本の知識人の先輩たちの責任だ。そのように、日本の歴史認識自体がいまでも曲がって、まともじゃないということ。まともに歴史的な立場に立っている学者たちはいますし、そのたたかいもずっと続いているけれどもね、それが日本人の意識には定着していない。そういう中にわれわれ在日朝鮮人は生きている。朝鮮人で生きる。これは民族主義じゃないんだ。人間が自由に生きたい、他者でなく自分を生きるということ。日本人だって自由に生きてやっているじゃないですか。われわれが自由に生きるっていうことは、朝鮮人としてまともに生きることなんだ。日本の社会はそれをさせない。

これはすべて朝鮮人の個人の問題ではない。最後に決めるのは個人の問題ではあるけれども。他者の歴史を生きてきた在日朝鮮人の歴史なんですよ。その歴史のおおもとはどこか。日本の帝国主義じゃないですか。それをいまになって忘れているとは。いまも残っているんだ。日本と朝鮮との不幸な関係はもう一世紀近くなるわけなんですね。しかし、日本みたいに責任を取らない国は珍しい。どこにその原因があるんだと考える。戦後に、憲法の問題を含めて、知識人たちのいろんな論争がありますよ。それが決定的になされていれば、加藤典洋のような若い日本人がいまごろ五十年後に、その内容はさておいて『敗戦後論』を書く必要はないんだと思う。その意味で、私は加藤典洋があういうことを書いたという、努力というかね、それに私は敬意を表するんです。先輩がやっていないんだ、日本の知識人たちが、何も。戦後生まれのね、彼にそういうことを書かせてね。これは日本の過去の歴史の原罪性を示しているんですよ、加藤典洋が『敗戦後論』を書くというのは。

文学的想像力と普遍性

二〇〇七年九月二七日、青山学院大学文学部日本文学科主催の国際シンポジウム「もうひとつの日本語」の第一部の基調講演

文学的想像力の空間

きょうの私の講演のタイトルは「文学的想像力と普遍性」ということになっております。このタイトルは、主催者側の佐藤泉先生がおつけになったと思いますが、このタイトルが印刷された印刷物が私の所に送られてきて、初めてそれを目にしました。「文学的想像力と普遍性」――すごいですよね（笑）。大文字のタイトルといいますか。文学というジャンルで言えば、一般的なタイトルに見えて、これは原則的な問題なんです。もちろん、文学だけでなく、芸術全般において、この「想像力と普遍性」という問題はきわめて大きなものですが、「文学的想像力と普遍性」ということになると、他の芸術ジャンルと違って、ことばが介在することになりますね。

この、ことばが介在するということ。それが「国語」という言葉に象徴されるような、ひとつの「壁」になるわけです。ことばを介在させた想像力と普遍性ということになると、私にとってはその言

語は日本語なんです。日本語は私のように日本人ではない物書きの場合、日本人の小説家たちのようには感触できないんですよ。ですから、皆さんがこのタイトルから、どういうことを想像なさったかわかりませんけれども、私にとっては非常に挑発的なものでした。もともと、範囲がとても大きいタイトルですね。想像力ということばひとつとっても、宇宙空間に打ち上げられるような、そういう高さまで行くわけですよ。また逆に、四畳半なら四畳半なりの狭い空間の想像力というものもありうる。この場合、「文学的想像力」というのは、私にとってはまず虚構（フィクション）そのものですね。

植民地支配の余波

私はいまから五十年ほど前に、『鴉の死』という最初の小説を書きましたが、これは一般的な私小説ではないわけです。日本の文学というのは、明治の自然主義小説から始まって、だいたい私小説的なものが主流であって、戦後もずっとそれが続いている。在日朝鮮人文学という言い方は、もちろん戦後できたもので、戦前・戦中は日本帝国主義の支配下にありましたから、特別にそういう言い方をすることはできませんでした。できなかっただけじゃなくて、そういう前提がなかったわけですが、この在日朝鮮人文学というものもまた、日本の私小説の影響を、きわめて大きく受けていたのですね。

御承知のように、朝鮮は長い間日本帝国主義の植民地支配を受けてきました。私なんかは、いわば「旧植民地」の人間ですよ。日本は支配者でありつづけてきました。このことが、文学にも大きな影を落したんです。戦争末期、植民地支配下で朝鮮語で書かれた作品がありますが、たとえば日本神話の

「何とかのミコト（尊）」であるとか、朝鮮語で表現できないことばを、無理やり作らなければならなくなるということがありました。

一言で言えば、植民地下における現地の住民の文学というものは、宗主国である日本の文学と同じようなものにはならないんです。それはたんに、民族の文化的表現が奪われるというだけではない。いびつな、極端なものに変形されるわけですね。歴史も抹殺され、作り直される。朝鮮語の使用も禁止されるとか、いまでは想像もつかないような関係がつくり出されるんです。全世界にディアスポラと呼ばれる存在がいるけれども、在日朝鮮人もまた、そういう植民地支配の落とし子ですね。それで、当時、植民地化され、日本国民とされていた朝鮮本土にいた朝鮮人文学者も、日本語で作品を書くようになります。皇国臣民として、日本の戦争を賛美する文章を書きます。

なぜこういう話をするかといえば、その余波というものが現在まで続いているからなんですよ。私もまた植民地支配の落とし子である。私が日本語で書くということ、日本語でここでこうやってお話をしているということこそが、こういった過去にまでさかのぼらせていくのです。

戦前に朝鮮から渡ってきた在日朝鮮人の文学者たちがいるわけです。代表的な人として、御承知かも知れませんが、張赫宙《チャンヒョクチュ》や金史良《キムサリャン》といった作家がいます。金史良は、自分が日本語で書くことについて、たいへん悩んでいるんですね。日本語で書く場合の朝鮮人の自由とはなにか、と。かれは戦争末期に朝鮮に帰って、さらに中国へ逃げます。延安に行こうとしました。張赫宙のほうはあまりそういう悩みを抱くことはなく、最後には自らも帰化して日本人になります。戦争を賛美するような小説を書きました。

戦後朝鮮は南北に分断され、在日朝鮮人も多く日本に残ります。そういった人の中で、日本語であれ朝鮮語であれ、文学表現をしたいと思う人々が表れてくる。金達寿《キムダルス》さんは代表的な方ですね。

しかし、こういった作家は、先に述べたようにだいたい私小説系統なんです。たとえば金達寿さんは、長編の『玄海灘』で、かつて「京城」にいたときの話を書く。また、『太白山脈』を書く。四畳半的な世界とはもちろん違いますが、自分の体験をもとにして、それにフィクションを交えて作品を書く。

日本の小説の大半も、そのようなものではないでしょうか。自分の体験を底に持つ。私はそれが日本の文学の特徴だと思う。もちろん、体験を書くことがいいとか悪いとか言うのではありません。

日本文学の「優位性」という感覚

もう一つ言えることとは、戦前は権力によって、朝鮮人は日本人の下位のランクにおかれていましたから、朝鮮人の文学もまた下位に置かれていたということです。

いま、奈良におられる詩人の金時鐘《キムシジョン》さんが、岩波書店から『朝鮮詩集』の新訳を出しました。素晴らしい仕事です。もともと金素雲《キムソウン》さんが訳した『朝鮮詩集』を土台にして、原文と照らし合わせながら、原文に忠実に金時鐘流に翻訳したものです。金素雲さんが『朝鮮詩集』を出した頃の日本の文壇の状況を考えてみると、その受け容れられ方は大変なものでした。朝鮮語が、このような日本語になるのか、という驚きですね。しかし、金時鐘の反発はそこにあったわけです。朝鮮の詩を、まっとうなかたちで伝えるべきだということです。つまり、日本語の問題なんです。

五七調という、もとの詩には当然ないようなリズムまで組み込んで訳したのが金素雲でした。原文を見ればそれは明らかです。語学的な天才だったんでしょうね、それは非常に美しい日本語になって、日本語の叙情的なリズムに変形しています。日本の詩人たちは『朝鮮詩集』を持ち上げた。それはいったいどういうことでしょうか。たしかに詩の素晴らしさを讃えているわけだけれども、それは上の方に立って評価をくだしているということなのではないか。先生が子どもをほめるようなもので、認めるにせよ、あくまでも日本が優位であるわけ。

戦後の在日朝鮮人文学に接する日本の文学界というものも、それがあるんですよ。金時鐘の言葉をかりれば、日本の知識人たちは、朝鮮に対するいわゆる罪障感を持っている、文学者としての反省の感覚を持っている。でも、在日朝鮮人は、そういうものに対する甘えというか、温情の関係に甘んじていたといえるんじゃないだろうか。そして、それは結局のところ、日本文学がつねに優位であるということが、暗黙の上に続いているということではないか。

いまは世の中もだいぶ変わってきましたし、日本の文壇の流れもずいぶん変わりましたね。最近楊逸《ヤンイー》さんが芥川賞を貰って、これは画期的なことだと私は思うんですが、私小説中心の芥川賞の対象が一挙に中国大陸にまで延びた。これが芥川賞の世界をどう変えるのか、興味深いのですが、それはさておいて、とにかく日本文学を優位に置くという暗黙の了解を、在日朝鮮人作家も持っていたということが問題なのです。

在日朝鮮人二世の作家は、自分が日本人なのか朝鮮人なのかわからない。悩むわけです。一九七〇年代、とくにそういう作品が現れました。在日朝鮮人の場合、それが私的な世界を描いたとしても、その社会的に置かれている立場があるわけですから、必ず社会性を帯びざるをえない。つまり、昔のプロレタリア文学とは異なって、文学的方法意識として社会性を追求するのではない。戦後在日朝鮮人作家が描いた私小説的なものが、そうした社会性をもってしまう。そういったことを、日本の文壇は別のかたちで評価してみせるわけですね。それはそれでいいんですけれども、暗黙裏に、日本文学が上であり、旧植民地の文学を下に見るという構造は、やはりあるんではないか。私は、それに対する大きな反発がずっとあるわけです。

フィクションという現実

私は、一九五七年に『鴉の死』という百五十枚くらいの小説を書いたのですが、これは一九四八年の済州島《チェジュド》「四・三事件」を背景にしたものです。もちろん、登場人物などはすべてフィクションです。なぜそれを書いたかということはさておいて、私はこの『鴉の死』みたいな小説を、まず書かざるを得なかったんですね。

私は、済州島の事件を体験してはいません。もし私が、日本文学の私小説的な影響を受けておれば、たぶん『鴉の死』のような作品は出てこなかったと思います。私は勉強不足だったせいか、幸いそういう影響を受けませんでした。まず、書くべきである、書きたいという気持ちがあった。体験しようがしまいが、書きたい場合には書かなければならない。体験したことしか書けないのであったら、書きたいものがある、書く必要があることに対してどうするんだ。ここに、フィクションというものが必要になるわけです。

半世紀前、私が済州島を書こうとしたとき、済州島にいるわけではないし、行ってこれるわけでもなかった。体を向こうに持っていくことはできないところで、想像力が架け橋になるのです。それがいわば、文学的想像力なんです。体験だけが真実ではない。文学的な真実というものは、実際の体験以上のものがあり得る。そういうところから私の小説は始まったし、いままでずっとそうなんです。

ですから、きょうのタイトルである「文学的想像力と普遍性」は、あくまで、「私の文学的想像力と普遍性」であって、さらに書き換えるならば、「文学的想像力」と「普遍性」は並列されるものではなく、「文学的想像力による普遍性」なんですよ。ほんとうの文学的想像力は、かならず普遍性へとつながらなくてはならない。

普遍性とはなにかという問題はありますよ。でも、芸術は「個」を超えたものじゃないですか。もちろん、個というものを通して、普遍性につながるというところに、芸術の意味はあるわけですね。だから科学とは違うし、また人間存在を描くといっても、哲学とも違う。個の存在を否定する仕方ではなく、個を通して普遍性を主張する。

「自分の肉体を通過させたことば」という言い方をよくしますね。血管の中を文字が通過するという意味じゃありませんよ。肉化された思想、つまり観念的な思想ではなくて、ほんとうに思想そのものを体得する。個を通して個を超える、それが普遍性に至る一つの道なんですね。常識的な話になるかもしれませんが、文学というものは、いろいろな見方があるけれども、人間の生、存在に関わる表現ですね。小説は存在を問うものではない。存在そのもの、メタ存在であって、他者との関係で存在を問われる。人間存在がそうであるようにです。人間というものは、個ではあるけれど、関係性の中を生きる存在である。個同士の関係性もあれば、世界との関係もある。必ず、他者との関係性において、個というものも成立します。そういうなかでは、そんなにスムーズにみんな生きているわけではない。いろいろな摩擦とかずれとかがあるわけで、そこから文学が生まれるのだと思います。人間を描く場合、絵画でも音楽でも文学でも、人間の頭脳を通してつくり出されるわけですが、文学の場合、ことばを通じて書かれる。哲学もことばを通して書かれるという意味では、同じような対象を扱っているといえる。しかし、哲学は抽象的な思惟を用いて書きます。しかし文学はそうじゃない。ことばによる形象化を用います。だから、哲学的な表現を窮屈だと考える哲学者もいて、ニーチェみたいに詩を書く哲学者もいますね。

この、ばらばらになった現実の世界で、統一したイメージというものがなかなかもてなくなっているのは事実です。そうであるけれども、全体として世界を捉えようとする試みがある。戦後、全体小説といわれるものがありました。全体小説は、私小説的な方法では書くことはできませんよ。それは、体験というものを超えたひとつのフィクションの力というものを、相当に働かせることが必要だからです。この意味で、「文学的想像力と普遍性」というとき、その普遍性とは、時代と拮抗する、世界を全体としてとらえるものであるだろうと私は思います。

いま、若い人でそういうことを考える人はあまりいませんね。世界を全体として捉えるなんて、ドン・キホーテの試みだ、と。海辺の砂のようにばらばらに、分散化されてしまっている世の中で、たしかに全体的な世界、世界像を掴むということはなかなかできないことだと思います。でも、掴もうという気持ちがあればいいんじゃないでしょうか。そういう気持ちで、やってみると。

私は『火山島』という一万枚を超える作品を、二十年以上かけて書きました。それは、世界を全体としてとらえようと意識しています。ここでいう世界とは決して、宇宙的な全存在ということではありませんよ。済州島の、朝鮮の、ある時代ということです。済州島という場所は、御存知の方も多いと思いますが、この半世紀にわたって歴史が抹殺されてきたところなんです。四八年にはじまった済州島四・三事件という、現在三万人くらいの虐殺が明らかになっているこの歴史が消された場所なんですね。

『火山島』を、歴史小説であるという人がいます。しかし、歴史小説というのは、歴史的な確固とした事実があって、そのうえに、それなりの操作を加えて小説として書くのであって、私の場合は、歴史が抹殺され、存在しない所で済州島の歴史を書いたわけです。それは、済州島の現実とは違う現実、フィクションとしての現実なんですね。そういうことを私はやってきました。私のやりかたというのは、私の文学的想像力でもって、ことばを建築物のような世界につくりあげる。それが、たんなるおとぎばなしではなく、打ち立てられたフィクションとしての建築物としての作品を、現実と十分に対峙し得るような世界とすることにあります。話が大きいと思われるかも知れませんが、私は、そういうつもりでやろうとしてきました。

もちろん、はじめは長編は書けません。ただ、そういう志はありました。私小説的なもの、日本の文壇というものにたいする私の反発があったんですね。

「日本語文学」の意味

在日朝鮮人の作家が、ちょっといい作品を書く。そうすると、「在日朝鮮人文学の枠を超えた作品」

であるなどと言う。……本当に、何を言うておるのか。

在日朝鮮人文学がすばらしいということは、日本文学に近づいたことであると。そういう考え方が文壇にあったわけね。

それで、私は、七〇年代の初めから、「日本文学」とは違うものとしての「日本語文学」という言い方をするようになります。これに対して公然とした批判はあまりなかったけれども、隠然とした感情的な反発は感じましたね。日本人作家の自尊心が傷つけられたからじゃないでしょうか。でも、これまでずっと傷つけられてきたのはどちらか、という問題ですよ。日本は常に兄貴分として優位な存在であり続けてきたんじゃないですか。

しかし、『鴉の死』などの作品を書いたとき、私はそれを「日本語文学」であると自信を持って主張することはまだできなかった。『火山島』を書くことで、やっと自信を持って「日本語文学」と言うことができた。『火山島』は日本語で書かれている。しかしこれは日本文学なのか。そうじゃない。朝鮮文学なのか。そうじゃない。じゃあ何か。それは「日本語文学」というしかないものである、とね。

今日のシンポジウムの主催は「日本文学科」ですけれども、「日本文学」の概念とはいったいなんでしょうか。釈迦に説法みたいで恐縮ですが、日本文学というのは、小森陽一さんの定義によれば、単一民族である日本国民による日本語の文学ということになります。単一民族＝日本国民＝日本語が三位一体となった概念ですね。つまり、明治以後、日本が資本主義化をすすめ、帝国主義へと成長していく、そういう「近代精神」形成の一端を担い、反映したものが日本文学なんです。だから、戦前において朝鮮は植民地化されていたわけだから、朝鮮人の文学が日本文学の中に組み込まれるのは致し方なかったと言えるかもしれない。けれども、戦後の在日朝鮮人はそうではない。日本国民ですらない。そうすると、三位一体のうち、日本語を使っているということしか残りません。日本語を使っているから日本文学、ということにはならない。

しかし、日本文学は日本語文学であるけれども、日本語文学＝日本文学ではない。楊逸の文学、あれは日本文学ですか。違う。たとえばアメリカ文学は、アングロ・サクソン系の文学だけではなく、黒人系とかユダヤ系とか、雑多な人々によってつくられたその全体であるわけです。けれども日本文学は、これまで、単一民族の文学としての日本文学という枠組みをもって、それで、在日朝鮮人の文学を計ろうとしてきた。いわば、日本文学には他者がなかった。朝鮮の文学は、他者でさえなかった。日本文学はそういう他者を見る目を持たなくてはいけないと思うんです。

在日朝鮮人の文学もそれに順応してきた側面があった。だから私は、他者であることを強く主張してきたつもりです。日本語文学という言い方は、私はあたりまえだと思います。日本はまだ脱植民地化していない。支配された朝鮮人の側もまだできているといえない。歴史の過去清算だけではなくて、文学の上においてもそれがなされなければならない。

一九八〇年代頃から、ポストコロニアルがブームになっているようで、大学の講義にもずいぶん出ているんじゃないですか。サバルタンですか、そういうことばもずいぶん使われるようになっています。それはいいけれど、日本の学者は、なにもインドのサバルタンを研究しなくても、在日の状況があるんです。「従軍慰安婦」の問題、これこそまさにサバルタンですよ。外には目が向くけれども、足下に目が向かないという状況はないでしょうか。一時期のブームが過ぎてしまうと、ポストコロニアルという問題もどこかに行ってしまうのではないですか。

私は小説家です。在日朝鮮人の小説家であるわけですが、作家としての自由というものの重要性を感じます。社会的な自由はもちろんだけれども、作家として、自分の表現のプロセスにおける自由というものを考える。作家はことばを使うわけだから、ことばをめぐる自由という問題がある。在日の作家の場合、それははっきりしているけれど、日本人の作家だって、日本語と作者自身の葛藤といったものはあるはずです。小説で使うことばというのは、たとえ常識的なことばに見えたとしても、常識を超えるものであるはずです。今まで使われていることばであっても、必ず新しいことばにならなくてはいけない。それが文体ということでしょう。ことばは動くものですね。それがひとつのスタイルとして、新しいことばとなっていく。ことばというものは壊れたりつくられたりするけれども、常識的な、非文学的なことばを文学的なことばにするために、それなりのプロセスが必要であるということ。そういう、表現上の苦しみというのが、作家にあるわけですよ。

在日の場合、ディアスポラであって、つまりすべて奪われた存在なんですね、極端に言えば。そこではことばも奪われている。奪った側の言葉で文学的な表現をおこなう。文学者にとって文学活動というのはアイデンティティそのものですから、過去の支配者のことばでそれをおこなわなければいけないというのは、在日の文学者にとっては屈辱に他なりません。みなさんはもちろん、そんな感覚はないでしょう。しかし、歴史的にはそうなんです。

「翻訳」が示しているもの

それから、日本語なら日本語というものが持っている、ことばの機能というものがあります。たとえば、音とか文字の形、能記、いわゆるシニフィアンの部分ですね。シニフィアンは、もともと音声的なイメージをさすものらしいですね。ことばは音声から始まって、文字はあとから作られるでしょう。この、空気を伝わって伝達する声、それがまず何かをはじめる。いま私は日本語でしゃべっている。そして、この紙にも日本語の文字が書かれている。これは民族的な形式ですよ。朝鮮語やハングルとは音や形が違う。つまり、朝鮮人が日本語で物を書くということは、音とか文字の形という民族的な形式、ひいてはそこに存在する日本的な感覚、そういうものに影響されるということを意味します。それは、在日朝鮮人というアイデンティティを壊すものではないでしょうか。つまり、かつての支配者のことばとして日本語があるというだけではなくて、その日本語が機能することによって、朝鮮人のアイデンティティ、あるいは表現における自由というものが壊されていく、そういうジレンマを抱えた存在であるといえます。

おのおののことばにおける所記、シニフィエというもののほうは、普遍的なものであり、概念的なものですね。だからこそ、翻訳というものが介在可能となる。ことばというものは、民族的に閉ざされたものです。もちろん本来的にはそうではなかった。近代に向かうなかで歴史的に限定され、「国語」とされることで、閉ざされていった。国境ができて、ことばの壁がつくられていった。そういう壁を崩すものとはなにか。それは、ことばに内在している、翻訳可能なものとしての、普遍的な部分であると思います。そしてさらにいえば、この翻訳可能な部分だけではなくて、たとえば想像力によってフィクションといったものを構築することで、日本語そのものの枠を超えていくことはできないだろうかと思うんです。さしあたり日本語に依拠しつつ、その日本語を超える。ことばに拠ってことばを超える、新しいことばの空間、イメージの世界の可能性ですね。

文学というものはもちろんことばの構築物ですので、概念的なものを含むけれども、このイメージの部分が、大きな一つの文学の世界ですね。あらゆる芸術がそうであるように。そういう、想像力やフィクションによってつくり出される世界というものは、それが日本語であってもそうでなくても、日本語を超えた開かれた世界へと通じるものだと思うんです。

一九七一年に久しぶりに私は日本語の小説を書いたわけですが、私の場合も、この日本語という問題を解決することができなければ、おそらく書き始めることができなかったでしょう。そのために、私なりの言語理論を作らなければならなかった。在日朝鮮人作家としての文学世界を日本語で書くことができるか、日本語で書いてなお、作家としての自由をわがものとすることができるか、そういう問題意識から、言語と文学の問題について考えていたわけです。

私がお話ししたことは、技術の問題かもしれませんね。技術の普遍性という問題もまたあって、一概に言うことは難しい。自然科学とは違って、芸術というのは人間の生《なま》の存在から生まれているものだから、どうしても地域とか、文化的な背景があるわけですよ。そうであるけれども、そういう地域性を超えたひとつの普遍性を志向する。

昔は唯物論的な芸術方法論というものがあって、私もそのよくない影響を受けたわけだけれど、下部構造に規定される上部構造、その観念的諸形態、イデオロギーの中に芸術を位置づける考え方ですね。生産力と生産関係があって、生産力が発展すると古い生産関係――封建的な生産関係とかですね――が壊れていく。イギリスの産業革命が、封建的なものを一掃し、資本主義的な社会に変えていくといったモデルですね。芸術は、法とか宗教とかと一緒にその上部構造に属しているから、下部構造がひっくりかえればひっくりかえる。そういうものが唯物論的な理解でした。確かに究極的にはそうなのかもしれない。けれども、それだけにとどまるものではないのではないか。そういうことに、若い頃の私は疑問を抱いたんです。なぜ、時代が変わっているのに、ギリシャの彫刻はいまも芸術的古典として残りうるのか。実はマルクスもそういうことも考えてはいたんだけれども。それに、古典時代の東洋人にとって、ギリシャ彫刻が受け容れられたかというと疑問だけれども、現代の東洋人には受け容れられる。それはどういうことか、と。そういったところから、唯物論的な芸術論から離れていくことになりました。

無意識の世界も含めて書く

もうひとつ、私の『火山島』には夢がたくさん出てきます。たくさん出ては来ているのですが、それでも抑えているんです。ユングの「集合的無意識」という考え方がありますが、だいたい、芸術に無意識というものが入っていないものはありませんね。意識的に計算して、芸術というものができるものではない。計算したつもりでも、深い無意識の部分が芸術というものを動かしているものです。全体小説が、社会、心理、生理の可視的な全体だけではなく人間をほんとうに全体として捉えようとするものであるならば、そこには必ず無意識の部分が入ってこなければならない。捕まえることができないから無意識なわけですが、無意識という部分は確かにある。そこに入っていけるものは、想像力しかないんですよ。夢は、こういう夢を見ようと思って見るものではありませんね。なかには、そういう人もいるのかもしれませんけれども。

東京に梁英姫《ヤンヨンヒ》という映像作家がいます。『ディア・ピョンヤン』という作品を作りました。彼女のお母さんが大阪にいるんですが、そのお母さんが済州島四・三事件で、半年くらいゲリラがこもったハㇽラ山にいたことがある人らしい。村では目の前で、たくさんの人が殺されるのを見た。その後日本に渡ってきて、いま八十歳近いんじゃないでしょうか。私は直接会ったことはありません。それで、梁さんが四・三事件の映画を作りたいというので、母親にいろいろ話を聞こうとするんだけれども、お母さんは絶対に口を割らない。自分は絶対に話さない、映画を作るんだったら自分が死んでからにしてくれ、そう言っていたそうです。それが、最近少しずつ話しはじめたというんですね。

お母さんが、最近夢を見たそうです。意識的に、記憶に蓋をするようにして忘れようとした事件の記憶というものがあるわけだけれども、そうではなくて、長い間にいつの間にか完全に忘れてしまった記憶というものもあるわけです。忘れたふりをしているのではなく、ほんとうに忘れてしまった記憶。詳しい話を本人から聞いたわけではないのですが、お母さんは四八年の末にハㇽラ山に行って、その当時の恋人が、翌年山でゲリラ活動をしていて殺されたという人です。そのお母さんが最近、四・三事件の夢を見た。そして、その夢の中に、いままで忘れていた人の顔を含めて、あらゆるものがわあっと出てきた、というんです。目が覚めて見ると、そこは済州島ではなかった。しかし、夢を見たことで、芋づる式に、かつての記憶が甦ったというんですよ。恐ろしい話だと思います。「記憶の自殺」、これは私が使っていることばですが、自殺したかどうかはともかく、死んでしまっていた記憶があった。しかし、それは死んではいなかった。「抑圧された記憶」が無意識化されるというのがフロイトの考えですが、仮死状態になっていた無意識の記憶が甦ったのです。

それは、四・三事件の話を聞かせてほしいということを、娘からしつこく言われたからだったのかもしれない。でも、夢を見なかったら、そのまま記憶が死んでいたかもしれない。そういう無意識というものも含めて、つまり表側からだけではとらえられない部分も含めて書かなくてはいけないという問題になるわけです。

この、無意識の世界というものは感知できないけれども、確実に存在する。小説なら小説が、全体を書こうとするならば、無意識の世界も書かなくてはならない。そのことを、私はよく考えるんです。ひょっとすると、非科学的な、おかしな世界になってしまうかもしれないけれども、生理・心理的な部分の無意識化された世界を意識化していくということですね。

私は、あと四、五年は小説を書くつもりです。私の課題としては、この、人間が隠しているもの、忘れたもの、そこを引き出すことにあると思っています。文学の場合、それはやはり文学的想像力という問題になります。その、想像力によって引き出された無意識というものが、ある意味では普遍性へとつながるのではないか。そういう気がしています。

『火山島』と私──普遍性へと至る道

二〇一七年九月十八日、恩平文化芸術会館での李浩哲統一路文学賞受賞記念シンポジウム「歴史の正名と平和に向けての金石範文学」での基調講演

1

一九九七年十月、『火山島』を完結させた時に、「「鴉の死」にはじまる「虚無と革命──革命による虚無の超克」という私のテーマの集大成としての『火山島』は、革命の敗北の結末を迎えて終えた。……（中略）…何よりもきつかったのは「南」からは反政府分子、「北」からは反革命分子とみなされての政治的な挟撃だった。その余波はいまも続く」（『朝日新聞』一九九七年十月十三日夕刊）と述べたことがあります。

「歴史の暗黒、永久凍土に埋められていた〈四・三〉は、半世紀を経てようやく地上に復活し、その多くの部分が解放された。今後〈四・三〉の完全なる解放のためには、解放空間の歴史を正すことと不可分である〈四・三〉を韓国現代史の中に位置づけるという歴史的な課題を成し遂げなければ

ならない。

（略）

おおよそ、在日朝鮮人文学は日本文学の懐で育まれただけに、日本文学の主流の伝統である私小説－純文学の影響が存外に大きく、またその亜流でもある。さもなければ、日本の文壇にはとてもではないが受け容れられない。「日本文学は上位文学」「日本文学の一部分である在日朝鮮人文学は下位文学」というような文学概念は、戦後日本社会において長らく当然のこととされ、常識となっていた。それは日帝（宗主国としての帝国日本）の支配者意識の残滓の反映である。

私は、在日朝鮮人文学は、少なくとも金石範文学は日本文学ではなく、「日本語文学」「ディアスポラ文学」であるとかねてより主張してきた。いわば、金石範文学は日本文学界における異端の文学である。つまり、日本語で書かれたからといって日本文学ではない。文学は言語だけで形成されるのでもなく、言語によってその「国籍」が規定されるのでもないという思想を、私は一貫して主張してきたのである。

私は『火山島』が存在それ自体としてどこかの場でディアスポラとして居場所が決まればと考えている。『火山島』を含む金石範文学は、亡命文学の性格を帯びるものであり、私が祖国の〈南〉と〈北〉のどちらかの地で生活したなら決して書くことなど出来なかった作品たちだ。怨恨の土地、祖国喪失、亡国の流浪民、ディアスポラの存在、その生の場である日本でなければ『火山島』は誕生出来なかった作品である。過酷な歴史のアイロニー！」

この文章は、一昨年の十月に韓国で翻訳・出版された『火山島《ファサンド》』（図書出版ボゴ社）の前書きを省略・引用したものですが、ここでは『火山島』の位置と存在性について示されています。

内容はいうまでもなく、『火山島』はどのようにして書かれた小説なのか、日本文学でも韓国文学でもない、ディアスポラ文学であるということ……

〈南〉でも〈北〉でも書くことができなかったであろう『火山島』。今は韓国で金煥基《キムファンギ》と金鶴童《キムハクトン》の翻訳で出版され、今日この場で作者である私が直接講演をしているこの現状が、韓国の民主化社会の正しい姿であると考えます。そして、いつかは民主化が成し遂げられる「北」でも、『火山島』が読者の手に渡る日が来るだろうと信じています。

私が在日朝鮮人文学、少なくとも金石範文学は日本文学ではなく日本語文学であると主張したのは、一九七〇年以降のことでした。日本の文学界でこのことについて理論的に反対・反駁する論文は発表されませんでしたが、在日文学を日本文学の一部とみなし、取り扱う彼らにとっては、喜ばしい主張ではなかったでしょう。

なぜそのような憎まれるような主張をしたのか。上位文学と下位文学という表現にあらわれているように、帝国日本の朝鮮の植民地支配と、被支配の意識の残滓が清算されていないことへの私なりの抗拒だったのであり、日本文学の枠組みから抜け出すための文学的方法論を自分のものとするためのあがきだったのです。

日本語は支配者の言語、帝国の言語です。そして、言語学的にも朝鮮語と似ている点が多いです。ですが、単語が連鎖・連続して言葉になり、文章になることで、その言語の独特な力や機能を持つように

なり、日本語で「朝鮮」を表現するにあたり様々な言語的葛藤や難しさが生じるのです。「日本語で朝鮮が書けるか」「일본어로 조선을 쓸 수 있는가〔日本語で朝鮮が書けるか〕」難しい問題です。日本の文学界では関心が持たれないどころか、この問題については肯定的に受け容れられません。

日本語で「朝鮮」を書けないとすれば、私は小説を書くのをやめなければなりませんでした。なぜか。主に朝鮮、故郷の済州島での未曾有の大虐殺〈四・三〉をテーマに創作を始めた私にとって、日本語で朝鮮をテーマに小説を書くことができないならば、書くことから退かなければならなかったでしょう。

一方で、言語の問題だけではなく、済州島に取材をするための出入りが一度も許されず、弱り目にたたり目で私は窮地に陥りました。人に会って話を聞き、故郷の美しい自然に触れながらの現地取材で見聞を広めることが遮られるとすれば、私は聴覚も視覚も失ったも同然の作家としての機能喪失者、作家ではない者にならざるをえません……作家でなければ、人としての役目を果たせない存在。空っぽな、人の形をしただけの存在。

ここで、私の文学的方法論が提起されます。一つは、日本語で「朝鮮」を書くことができるのか、つまり日本語で『火山島』を書くことができるのか。日本語とは互いに異なる個別語として、「朝鮮」という個別的な外皮に覆われたその本質や普遍性への架け橋・通路として作り出すことができるのか。

文学的想像力をとおして日本語の外皮を剝がし、その言語の普遍性への変質を引き起こすことができるという、言語理論の構築が求められていたのであり、日本語で「朝鮮」を書くことができるという確信を持って、今日まで『火山島』などを書いてきたのです。変質した日本語は、『火山島』と私の通路であると同時に、日本語の読者との通路でもあります。

「ひとまず、想像力によって空間に打ち上げられた虚構（fiction）、私が望むものは、私小説的ではない、完璧に近い虚構、建築物のような空間をなす虚構である。……虚構の世界でことばの変質が起こり、ことばはそれ自身であって、かつそうではないという関係が生まれるが、このときことばの個別的な（民族的形式による）拘束がそれに内在する普遍的な因子によって解かれる瞬間の持続が出現する。日本語によって喚起されたイメージの世界はすでに日本語でなくともつくりうるイメージの世界に繋がって、そこに生まれた一種の可逆的な空間は日本語だけの絶対的支配から脱しうる新しい空間となるだろう。明らかに想像力によって否定され自分を乗り越えた虚構の言語が、自ら開かれた世界となる。」

（金石範「在日朝鮮人文学」『新編「在日」の思想』講談社、二〇〇一年、一七〇頁、但し一部改変）

つまり、文学は言語によって言語（日本語の拘束）を超越するということです。この時言語は「国家＝国語」の枠組みを、個別的（民族的）形式ではない言語の内在的なもの（つまり翻訳可能な側面）をとおして超越します。個別的な枠組みから抜け出すこの超越が、まさに普遍性に至ることですが、それを可能にする要因や力がまさに想像力です。

ディアスポラである私の文学的自由（人間の存在の自由）を得るための武器（方法論）が、まさに想像力による小説（虚構）空間の構築でした。私の言語論において、想像力がもたらす役割は絶対的なものですが、それは言語論に限ったことではありません。

済州島をテーマに小説を書いていますが、長い間住むことができなかった見慣れぬ現地に行って取材や調査ができないということが、最もつらいことでした。さらに、日本近現代文学の私小説や純粋文学が主流であるとともに権威である日本文壇、文学界の流れに倣うことができないことは、致命的なことでもありました。

それでも日本の地で済州島をテーマに絶対に小説を書かなければならないとしたら、直接現地に行く必要がある、それができないなら小説を書くことを諦めるしかないのか、しかしとうていそれは無理な話だ。現地に行けなくても、小説を書かなければならない。結論のない結論。自家撞着の矛盾を解きほぐしていく道、力が想像力でした。想像力によって、実際には行くことはできなくても、虚構の世界で作家と済州島が交信する道。想像力。

2

「在日朝鮮人は、日本の朝鮮植民地支配によるディアスポラであり、そのディアスポラによる文学が在日朝鮮人文学であって、世代を重ねるにつれて変容しながら現在に至っている。…（略）…日本文学でない、日本語文学としての「在日」文学は、まずディアスポラの歴史性によるものであり、日本文学を含めて高次の日本語文学の概念は、私のこれまでの「在日」文学に対する考えを前提にしての総論的な見解である。」

（金石範『国境を越えるもの――「在日」文学と政治』文藝春秋、二〇〇四年、二一〇-二一一頁）

青年期に特有のことですが、私は冒頭に申し上げたように虚無、ニヒリズムの深い沼にはまりこんでいて、のたうち回りながらその脱出口を革命に求めました。

それで、二十代だった解放直後のその時代に、日本共産党に入党（当時の日本には一国一党の原則が残っていました）し、また朝連（在日朝鮮人連盟）の後身である総連（在日本朝鮮人総聯合会）の組織にも入りましたが、途中で脱退。その後、実践運動からは背を向けて、文学世界で虚無を超克する道を探りながら、今日に至っています。九十歳を超えた老人ですが、まだ革命の精神は若者にひけをとらずに失ってはいないと、私なりに考えています。こんな話は、一人でつぶやいていればいいでしょうね。申し訳ない。

それで、文学世界にのめり込んでいった私は、観念的に当時歴史が抹殺された済州島〈四・三〉革命に向き合うことになります。

この頃、初期の作品「鴉の死」（『文藝首都』一九五七年十二月）を書きました。もし私が「鴉の死」を書けなかったなら、自殺していたかもしれない……とあるエッセイに書いたように、この小説を書くことができたことで、現実世界の肯定、生の肯定へとつながり、沼からようやく這い上がり、地上への第一歩を踏み出すことができる自己肯定に至ります。

振り返ってみると、当初は意識できませんでしたが、『火山島』が完結するにしたがい、ここまで果てしなく遠い道のりを歩いているということを、いつしか無意識のうちに考えるようになり、静かにその道を振り返ってみると、それが「鴉の死」――『火山島』の根、原型が「鴉の死」であったと認識、気づくようになりました。

「鴉の死」と『火山島』、韓国語完訳の『火山島《ファサンド》』を合わせれば、その距離、歩んできた道のりが六十年余りにもなります。「鴉の死」が示した道を、絶え間なく、この年齢まで歩いてきたということですね。〈四・三〉がどこにあり、〈四・三〉が何の数字であるかも知らなかったはるか昔、〈四・三〉という言葉を聞くだけで身震いしていた頃。ソウルの金浦空港の土地に、数百、数千の無数の虐殺された死体が数十年もの間埋められていたとすれば、どう思われるでしょうか？

今でも後遺症が残っていますが、済州島民は長い軍事独裁政権の弾圧下で記憶喪失者になり、話すことも聞くこともできず、目を開いて見ることすら禁じられた、人格を失ったカカシ〈朝鮮語では操り人形、傀儡を意味する〉の身の上だったのです。今や、実に世界は変わりました。ありがたくて仕方がないほどに……。

3

在日同胞は、世代が若ければ若いほど当然のことではありますが、日本化が深まるとともに帰化が行われる一方で、在日「韓国」人、「朝鮮」人としてのアイデンティティをしっかりと掴み取ろうとする苦悩と矛盾を負った存在です〈今後、在日同胞のアイデンティティの確立に、一九八〇年代から多く日本にやって来たニューカマーの位置と役割が大きくなると考えています〉。

在日朝鮮人文学は、そのような苦悩と矛盾の反映であり、文学的表現でもあります。そのため、在日作家たちは、その「在日」の不条理をテーマに小説を書くことで、自身が進んでいく道を探し求め、アイデンティティを確認・確立するという、険しい道を歩んでいます。それはまた、日本文学の主流である私小説にふさわしいテーマであるとともに、当然日本文学に合流し（言い換えれば日本文学に吸収されて）、豊かな日本文学が形成される際の助けとなるでしょう。

そして、方法論として意識していなくても、被植民者の生活から自然と醸し出される社会的背景、作品の社会性、つまり日本文学に不足あるいは欠如した部分を補完する役割も持っています。現在「在日朝鮮人文学の独自性」というのは、年老いた金石範の主張であって、新たな段階に入った在日文学は、むしろ日本文学になってしまうというのが一般的な認識です。それももっともなことではありますが、私としてはさびしいところです。

とにかく、金石範文学は、その枠組みから抜け出した存在です。つまり、四面楚歌——日本文壇でもそうでしたし、祖国の南と北とも対立し、挟み撃ちになる長い歳月を過ごしてきました。

一体〈四・三〉が日本文壇やその読者たちと何の関係があるでしょうか？　日本だけではなく、在日同胞も顔をそむけてきた〈四・三〉。

私は孤立持久、一人で立っていることを長く持ちこたえながら、「非妥協」の人生を送ってきたわけです。

それでも、少しずつ一部の読者が受け容れてくれるようになり、日本文学には見られないような、目を皿のようにして読んでやっと理解できる「鴉の死」などの作品、そして『火山島』が日本文学界で独自の位置を占めるようになったのです。

この面倒な金石範文学を受け容れてくれた感謝すべき読者たち……先ほども申し上げたように、日本の地でなければ書くことができなかった亡命文学である私の作品。日本語文学、日本文壇にとっては、金石範の主張が腹立たしい話であったとしても、在日同胞のアイデンティティが崩壊し、それとともに在日文学は融和・消滅するかもしれないのです。この主張は、在日作家の一人である私自身を守るための主張でもあります。

『火山島』はただ与えられた日本語で書かれた小説ではなく、「民族語」としての拘束によってイメージが形成される虚構の世界への飛躍とともに、その世界を変質させる想像力の力、そして所与の事実に依拠するのではなく、消えた歴史を虚構へと、小説へと再生する想像力によって生み出された作品です。

「……『火山島』は亡命的な喪失の上に成立した。『火山島』は現実の歴史が無かったところに、無かった故に成立した一つの宇宙、過去を氷詰めにして死に近い忘却に押しこんだ現実に対峙する幻想の現実――歴史である」

（「かくも難しき韓国行」『群像』一九九八年十二月号、二八四頁）

日本語文学という主張を理論化するために、想像力を主役に押し出した私の言語論を舵取りに、『火山島』は完成しました。その道は険しく孤独でしたが、それが私の作家としての自由とアイデンティティを守る武器であるとともに、孤独を普遍なものにする道でもありました。

『火山島』の普遍性、孤独の普遍性。私は孤独の中に孤独を感じないパラドックスを共にしています。それは言い換えれば『火山島』の普遍性でもあります。

『火山島』は、今韓国で広く読まれ始めたのであり、はたして文学作品をとおして〈四・三〉の問題が新たに提示されています。

4

芸術が政治を避けてその純粋性を守るという芸術至上主義も、それなりの道理があります。もともと両者は水と油のように「相剋之間」です。たとえば、軍事独裁などの言論統制社会では、作家や知識人は時代の要求に従って、やむを得ず政治に直面しなければならない時があります。

文学が現実や政治に対峙する時、文学が政治を消化し、文学の優越性を確保することができるのか。文学と政治。これは現代の文学が直面せざるを得ないテーゼです。現場で権力に立ち向かって、命をかけて闘う時もありますが、権力に妥協したり、亡命の道を選ぶこともあります。第二次世界大戦の際に、ナチス・ドイツから多くの芸術家や知識人が海外に亡命し、亡命先でそれぞれすばらしい仕事を成し遂げました。

言論の自由が保障された社会でも、政治的な問題をテーマにした作品が、イデオロギーの逆作用によってその作品の文学性・芸術性が失われるのはよくあることです。日本文学の主流である私小説がまさにそうで、政治性を帯びた作品は文学の純粋性に反する下等な作品として排斥されもします。社会性や政治性を避けた、清潔な純粋文学。

小説は世界を全体的に見て、所与の現実と対峙・拮抗しなければならないのであり、レジスタンス文学や抵抗文学として政治的なものになるのは文学の属性です。

私はそのような道を歩んできたのであり、いわゆる純粋文学を称する私小説を否定することはありませんでしたが、私が選ぶ道ではありませんでした（井戸を掘るように自己の内面を深く掘り下げてみれば、普遍性に達することもあります）。現実と拮抗することなしに、体制に順応しながら書かれた作品は、最終的に現実に吸収され、消えてしまう場合が多いです。

政治と文学、ロシア革命をはじめとする革命の時代、二十世紀はまさにロマンティシズムとニヒリズムを克服する革命と文学の時代でした。

革命の高揚期や、権力を掌握した国家体制の管理に従って官僚主義・教条主義的なものになる前の文学や芸術は、革命への情熱を高ぶらせる純粋性が裏付けになって、プロパガンダも政治性を超えて芸術作品になることもあります。

金石範文学は、総じて「鴉の死」などから、非常に政治的で、反権力・反体制的な文学でした。したがって、政治的なイデオロギーの作用によって、作品の文学性とともに政治性が強まる傾向を帯びる危険性があり、そのような場合はひょっとすると、文学ではないプロパガンダ的なものになってしまうことも考えられます。

かつてプロレタリア文学は、階級主義思想が先立って芸術性を毀損し、教条的なプロパガンダになる場合が多かったです。

「私の胃は文学のプルガサリ（鉄を食べ、悪夢と邪気を払うという想像上の怪物）で、強い政治的なテーマも文学に溶かしてしまう力がある」と、私はよく冗談交じりに話していますが、私の文学活動はテーマがテーマだけに、常に政治性をともないます。

文学が文学性や芸術性を喪失し、政治的な作品に転落することを避けながら、政治を溶かして文学の滋養として摂取し、さらに文学性が強い作品を生み出そうというのが私の文学的な姿勢であり、まさに金石範文学の集大成である『火山島』はその姿勢が具現化したものです。政治性を克服・消化し、芸術に昇華させることが、真の芸術至上主義ではないかとも考えます。

5

第一回李浩哲《イホチョル》統一路文学賞の受賞演説「解放空間の歴史的再審を」の副題は、「反統一、分断の歴史の形成期」です。

『火山島』の背景が解放空間の時空間であり、主な舞台は〈四・三〉の現場である済州島とソウルです。解放空間、換言すれば解放政治空間の主導勢力は、帝国日本の植民地期の反民族行為が清算されないまま、親日から親米に転換・変身した親日派勢力であり、親日派を足掛かりに政権を掌握した李承晩のソウル政府でした。

『火山島』の主なテーマの一つは、親日派です。『火山島』では、真の解放空間の歴史を汚し、朝鮮の再建期の土台を台無しにした親日派の問題と、〈四・三〉の大虐殺の根がまさに米軍政の元で発足した李承晩親日派政権にあることを追究しています。

失敗に終わった〈四・三〉革命、失敗に終わった民主主義による朝鮮の統一政府の樹立。異常な混乱の時代。『火山島』は済州島を舞台に厳しい状況の中で動いている人間の群像、主に主人公李芳根《イバングン》をとおして、戦場と化した虐殺の現場でどうにかして生きていかなければならない人びとの様相を描き出したものです。

戦争の布告もなく、虐殺・陵辱・蛮行が日常となった生活。地獄の中でも生きていかなければならない無辜の命。

二十世紀の文学の普遍的なテーマである、殺人と自由（人類の永遠なテーマ）。われわれには、人が人を殺す権利があるだろうか。なぜ人を殺し、その事後処理はどうするのだろうか。自由な人間は、他者、他人を殺すことはしない。その前に自分自身を殺す、つまり自殺をする。李芳根の思想です。

しかし、彼は自殺する前に人を殺すことになる。その「絶対悪」である警察幹部の鄭世容《チョンセヨン》、母方の遠縁の兄である鄭を、李芳根は漢拏山《ハルラサン》の雪に覆われたゲリラのアジトで銃殺し、自らの自由を失ったことが原因であるかは不明ですが、李芳根は結局自殺します。漢拏山のふもとの山泉壇《サンチョンダン》の洞窟の横で、彼は自殺します。

『火山島』はここで終わりますが、なぜ李芳根は山泉壇で自殺したのか。作家である私もなかなか理解するのが困難なことです。現在、日本の雑誌に連載中の小説〔「海の底から」『世界』二〇一六年十月～二〇一九年四月〕にも、この問題について書いています。日本に亡命して生き残った漢拏山のゲリラの南承之《ナムスンジ》、そして李芳根を師としていた密航船の船長韓大用《ハンデヨン》をとおして、いや彼らと共に作家自身が李芳根の自殺の原因、その根をさぐるために、神経をつかっています。

とんでもない暴力で覆いつくされた島における、無辜の人びとの大量死とは、何だったのでしょうか。とにかく、李芳根の殺人と不可分な彼の自殺は、〈四・三〉の虐殺の現場の過酷な状況をよりいっそうはっきりと表出する、文学的な役割をしています。

一体〈四・三〉の虐殺の現場での人の生死とは何でしょうか。生き残った人、死んだ人。どのように生死が分けられるのか。死とはどのようなもので、生とはどのようなものか。

生き残った者である南承之と韓大用は、死んだ者である李芳根の隠された革命精神を彼らのなかで受け継いで、これから歩んでいく道を確かめるようになります。

死んだ者は生者、生きた者の中で生きる。これは、人類的な、全人間的な記憶の問題であり、それが人類の歴史です。

過去は消えてなくなっても、無理やり消すことはできません。半世紀の間、永久凍土の底で氷づめになっていた、限りなく死に近い忘却と記憶。

権力者は、虐殺を忘却の中で地の底に深く押し込めてなくそうとしましたが、長い長い、とても長い年月でしたが、半世紀ぶりに地上によみがえったのです。

解放空間の歴史、隠蔽され歪曲された歴史。五年間の信託統治を廃棄し、〈四・三〉大虐殺をともなった李承晩の単独政府樹立の過程が正しい歴史であったかを明らかにして解放空間の歴史を正すこと、そして〈四・三〉の歴史を正すことは、不可分な歴史的な課題です。

この過ぎ去った歴史は、今生きた者であるわれわれの中に生きています。

（原文朝鮮語、高橋梓訳）

玄基榮について

『海』（中央公論社）一九八四年四月号
原題「解説　玄基榮について」

一

私が玄基榮《ヒョンギヨン》の作品をはじめて読んだのは、二、三年まえのことになるが、その作品は「トリョン峠の鴉」（一九七九年『文学と知性』秋号、ソウル）という、九十枚ほどの短篇であった。それは「順伊おばさん」や「海龍の話」などとは違い、一九四八年の済州島四・三事件を作品の時代的背景として、一人の島の女の生活と意識を追うことで、全島の焦土化、虐殺が進行する極限状況での島民たちの悲惨な生活を、土俗的なそして粘りのある文体で書きあげた作品であった。私はその小説を読んで、衝撃を受けた。そして機会があって、その作品と、同じ作者の「道」についての短い感想を書いたのだが（『文藝』一九八二年十二月号「〝トリョン峠の鴉〟のこと」）、それは小説として秀れているというばかりではなく、作品の題材が先に言及したように、済州島四・三事件から取られていたからだった。

ああ、ようやく「四・三事件」から三十年経って、韓国の文学に「済州島事件」が登場したのだという熱い思いが、私のなかに脹れ上がった。それは感傷ではない。この私とは違い、韓国の現場から郷土出身の作家によって、そして日本語ではない郷土のことばでもって、だれかが直接に「四・三事件」をテーマにした小説を書き残さねばならない。それがあのむつかしい政治的な状況のなかでようやく出てきたという思いだった。それは一種の興奮じみた感情だといってもよい。

私はこの作品を読んだ当時はまだ、「海嘯」を文芸雑誌に連載していた。その後、連載をいったん終えてから、さらに書き下ろしで一千枚を書き加えてようやく昨年、『火山島』と改題、三巻本として出すことができたが、実は「トリョン峠の鴉」を読んだ当初、余力があればそれを日本語に訳出して、読者のみなさんに読んでもらいたい気持ちが強かったのである。しかし幸いに、その小説は『シアレヒム』第四号（一九八二年四月）に志賀貴美子氏の訳で紹介された。それが玄基榮の小説の最初の日本語訳になるが、それからまもなく「道」（一九八一年『実践文学』第二号）が、『新日本文学』（一九八二年十月号、姜斗吉訳）に掲載された。「道」も「四・三事件」をテーマに、郷里の高校教師を主人公にした作品であるが、その時代的背景は、「トリョン峠の鴉」のそれとは異なり、「順伊おばさん」などと同じく現在と四・三事件当時を重ね合わせて書いているだけに、過去との関係における現在の主人公たちの意識世界、そして現在と相対する作者の姿勢そのものがはっきりして来るのである。

　ともかく、この二つの秀れた作品がすでに紹介されているわけだが、しかし読者が限られてまだ広く知られてはいない。私は『火山島』の仕事をいったん終えてから、『玄基榮小説集・順伊삼촌』を読んだ。そして、改めてこの力量のある作家の、とくに「四・三事件」に関する作品を訳出しようと心に決めた。紹介は、前記の二作品で終わるべきではない。この第一創作集には「トリョン峠の鴉」、「順伊おばさん」、「海龍の話」、「釜茄《ゆで》のからくり（原題―釜蓋遊び）」、「妻と楸《きささげ》」、「花冷えの風」、「招魂の祭り」、「乞食」、「冬のまえで」、「父」の十篇が収められているが、そのうち、処女作の「父」と「順伊おばさん」、「海龍の話」、「トリョン峠の鴉」の四篇が「四・三事件」をテーマにしている作品である。

　私はここで、私自身の大部分の作品のテーマになっている一九四八年四月三日に起こった済州島の武装蜂起と、そしてその後の大虐殺のことについては、いままでも多く書いてきたことでもあるので、説明は省略したいと思う。

　私が玄基榮の作品を日本語に訳したいと思ったのは、彼が私と同じ済州島出身であって、その彼が韓国ではタブーになっていた「四・三事件」をはじめて、文学の俎上に載せたということからだった。「四・三事件」は済州島出身の作家でなければほとんど書き得ぬ、デモーニッシュなパトス、あるいは恨《ハン》が必要とされる。

玄基榮のこれらの作品には、「四・三事件」の政治的背景については一切触れられていない。今日なおあるがごとくに、朝鮮の分断を決定的にし、固定化したのは、一九四八年五月十日にアメリカによって強行された南朝鮮だけの単独選挙、いわゆる五・一〇単選である。選挙の結果、国会が構成され、李承晩が大統領となって、解放後十万をはるかに越える南朝鮮の民衆の屍の上に、八月十五日、大韓民国政府が樹立された。済州島蜂起をはじめとする南朝鮮民衆の反米、反李承晩闘争というものは、当時の南朝鮮労働党の極左的革命路線の誤りも指摘されねばならぬが、しかし根本の原因は南朝鮮を占領した米軍政の、日本の戦後とは比較にならぬ、想像さえできない苛酷な人民弾圧統治にあったことから眼を逸らしてはならない。かつての日帝協力者、いわゆる民族反逆者たちを吸い上げたアメリカ軍政機構のもとで、玄基榮の小説にも繰り返し出てくる「西北青年会」などのテロ組織を前衛にして、李承晩権力のファシズムが横行するのである。そしてやがて、米軍自体が虐殺の指揮を取り、虐殺に手を下すことになる。例えば一九四八年十月の、済州島ゲリラ討伐派遣国防軍の反乱がきっかけになった麗水・順天事件の場合のように、それは済州島だけに限られるものではなかった。しかし玄基榮のこれらの小説のどこにも、アメリカのアの字も出てこなければ、アメリカの影さえ見ることができない。作者はひたすら、ゲリラ側と軍警側の板挟みになり、双方から攻撃され殺戮される「良民」たちの悲惨な、そして行き場のない姿を描いている。従って、これらの小説から「四・三事件」の政治的背景や、その本質をうかがうことはできない。私は先に、「四・三事件」後、三十年を経てようやく韓国の文学に「済州島事件」が登場したと書いたが、タブーである事件をテーマにしたこれらの小説が韓国で発表され得たのも、それらの制約を踏まえた上でのことであろう。

それでもなお、いやそれ故にこそ、これらの作品には抑えられた悲しみと怒りを通して、文学的な告発の真実がみなぎっているのである。書くべきことを自由に書き得ぬ、その沈黙と寡黙の力が饒舌の枝葉を削ぎ落とし、例えば「父」などにおける審美主義的な心理描写、ややもすれば美文調になる文体とは異なる簡潔な記述体に、リアリズムの方向へと変わってきているのを見ることができる。

「……私は、〝あ、彼は心のなかに人知れぬ苦しみを抱いているのだ〟と思った。人知れぬ秘密、秘密というには余りにもよく知られた、よく知られたにしてはそれが表皮で偽装されていることを知る者の、自らする緘口。しかし語らずにはいられぬ良心の絶叫を抑えに抑えてきた者に感じることのできる真実への熾烈性が、彼の濃い眉毛と大きな眼に凝集していた。〝彼が小説を書く決心をした動機は、その患部をあばき、癌をえぐり取りたい欲求と苦しみのためではなかったか〟ということに考えが及ぶと、彼が自身の救いは勿論、種を播く大地と生存の場所まで喪失した者の苦痛、自ら生きる権利を持つその生命力すら磨滅する粗悪な現実に対し、強い挑戦の応戦力を示すことで、そこに人間への愛とこの上ない平和の渇望に至る遠大な救いの意志を置いているのを、さとることができた。そして、彼のその遅れた出発が、どのような時流をも越え得る普遍的で確実な成果によって、韓国文学の前途に一つの礎石になることを実感した……」。

これは『小説集』に寄せて跋文「真実への熾烈性」を書いた作家金源一の文章からの引用だが、一九七五年、『東亜日報』新春文芸に短篇「父」が当選、三十五歳で文壇に遅れてやって来た玄基榮は、しかし金源一が予想したように、その後、高校の英語教師職のかたわら作品を発表しつづけた。そして、総合月刊誌『マダン』に連載されてから（一九八一年九月創刊号〜一九八二年十月号）、昨年単行本になった長篇『辺境に啼く鳥』を発表することで、現代韓国文学における重要な担い手の一人になった。因みに『辺境に啼く鳥』は、一九〇〇年を前後して二度にわたって起きた済州島民乱――房星七乱と李在守乱をテーマにしたもので、亡国をひかえた李朝末期の腐敗した政治、社会相、そしてさらに日本や西洋帝国主義の極東侵略の情勢の動きを絡めて描いたスケールの大きな長篇小説である。この作品は「……近来、韓国文学が獲得した稀に見る秀作」

（『マダン』一九八三年十二月号「特集　一九八三年韓国創作文化の土壌――文学」蔡光錫、他）としてあげられているもので、玄基榮の作家的力量が充分にうかがわれるのである。

二

ところで、この『小説集』は現在販売禁止になっているもので、韓国内の書店や出版元で買い求めることはできない。いま私の手許にあるのは（これは人から借りたものだが）、一九七九年十一月十五日初版発行、一九八〇年四月十五日二版発行となっているから、販売禁止になったのは、それ以後、発行後一、二年経ってからではないかと考えられる。因みに、この本の初版、二版が発行された七九年十一月から、八〇年四月のあいだは大統領射殺事件後の、民主回復の波が全土を蔽い〝ソウルの春〟が声高に叫ばれた時期であるのも、何か示唆的でおもしろい。光州虐殺は同じ年の五月であった。

私は昨年のはじめ頃、韓国で済州島四・三事件を郷土出身者の手でドキュメンタリーに書かれた本が出たのだが、発禁になったらしいという話を耳にしていて、何とかその本を入手できないものかと考えていた。もしそのような本が出たのなら、それは画期的なことである。どのような観点から書かれているにせよ、結果的にあぶり出されてくるだろう事実性は否定できない。ところが、それはどうやらかなり変形された噂であって、その「発禁本」というのは玄基榮の『小説集』のことであるらしいのが、次第にはっきりして来た。「四・三事件」のドキュメンタリーというのは出ていなかった。去年の夏、韓国へ行ってきた知人が、ソウルで玄基榮の『順伊おばさん』を読んでみろといわれて、本屋を廻ってみたが、その本は置いていないという答えが戻ってくるだけで、どうも応対の様子がすっきりしない。それで三軒目か四軒目かのある本屋で、何とか取り寄せてもらえまいかとたのんだところ、本屋の主人が耳打ちするように小さな声で、実はその本は販売禁止措置を受けているのだと、事情を明かしてくれたということであった。

私は先に、ようやくあれから三十年の歳月を経て、韓国でこんな小説が出てきたのだと感慨こめて書いたが、そしてまた「四・三事件」の政治的背景や原因については一切触れられていないとも書いたが、それでもこの小説集は禁忌に触れるのである。

ようやく三十年経って出てきたものが、芽のうちに摘まれてしまう。さもありなんとは思いながらも、私は憮然たる気持ちを禁じ得なかった。

金芝河の「大説－南」のように出版された途端、断裁措置の発禁をくらったことなどに比べるとまだ幸いだというべきだが、しかしおそらく販売禁止処分だけですむものではなかっただろう。それは結果であって、そのまえに何かあるのは、たとえば当局へ呼び出されるとか……のことがあるのは充分に想像され得るし、それはまた常識でもあり得る。

私は玄基榮の作品を訳出し、紹介するのに内心ためらった。韓国は万国著作権条約に加入していないこともあって、日本と韓国のあいだでは著作などの翻訳は互いに自由に行なわれ、数量的には韓国側が断然多いのだが、法的にどうということはない。韓国に出入りしていない私は、そこにツテがあるわけではなく、また玄基榮と面識があるわけでもないが、それでも何とか、例えばこちら側の出版社を通してでも著者に、そして出版元に連絡を取る道もあり得るだろう。しかし私はそれをしなかった。私はすでに訳出されている「トリョン峠の鴉」と「道」に続けて、「四・三事件」をテーマにした作品と、作家玄基榮のことを紹介すべきだとだけ考えた。従って、この日本語訳は玄基榮の意思とは関係のないところで生まれ、また出版元の創作と批評社にも無断で訳出されたものであることを付記しておく。

三

済州島は昔から朝鮮の最果ての辺境であり、中央から見離された土地、金芝河は自分の故郷である全羅道を呪われた土地と呼んだが、まさに済州島は呪われた土地、玄基榮の小説の主人公が語るように天刑の地であった。

「……あの悪夢の現場、あの金縛りの歳月、それが彼の故郷であった。従って、故郷は一言でいって、ひたすらに忘れ去り、捨ててしまいたいもののすべてであり、幸福とか出世とは正反対の概念として理解された。ジュンホは故郷のすべてのものを忌み嫌った。（中略）陸地（本土）の中央政府が見離した遠い僻地、島流しの謫客たちが水陸二千里を行き、千辛万苦の果てに到着した流配の地。牧民には志がなく、ひたすら国馬を肥やす牧馬にのみ心を配った歴代の陸地からの牧使（代官）たち。旱魃で牧場の草地が枯れるや立ちどころに馬を麦畑へ放ち、百姓（人民）の一年の糧食を食い荒らさせた馬政。百姓のための行政はなく、馬のためにする行政だけがあった虐げられた土地。呪われた土地、天刑の土地を捨てたかった……」（「海龍の話」）

長篇「辺境に啼く鳥」には、僻地をよきこととしてのこれら支配層の恐ろしい苛斂誅求の姿が克明に描かれているが、歴代の代官の圧政に耐えられず昔からしばしば民乱を起こしたこの島で、「四・三事件」が起こった。

「海龍の話」のムン・ジュンホも、「順伊おばさん」の「私」も深い憂鬱症と重たくこびりついた貧しさ以外に残してくれなかった自分の故郷を捨てた男であり、そしてつねに陸地コンプレックスに脅かされ、何とか済州出身者であることから逃れるべく、本籍を移してまで本土人、なかんずくソウルの人間になった男であった。

その男が後年ソウルの人間であることをやめ、故郷済州島の人間に立ち戻ることで自己回復をなしとげるが、その契機となるのが、幼少の頃に体験した「四・三事件」の〝後遺症〟であって、それは順伊おばさんとムン・ジュンホの母の二人の女性のなかに根強く生き続けている深い心の傷となって表われている。

「順伊おばさん」の主人公「私」は八年ぶりに故郷へ二日間の休暇を取ってやって来た日に、順伊おばさんの悲惨な死を知らされ、そしてあのおぞましい「四・三事件」の記憶――それは彼が故郷を捨てる動機をもたらせたものだったが――のなかへ連れ戻される。しかし、それは単なる記憶ではなかった。

「トリョン峠の鴉」では「四・三事件」当時を現在

形として話を進めているとすれば、「順伊おばさん」では事件は過去形として扱われ、そしてその悲惨が今日の現在まで引き継がれている。麦畑での集団銃殺からただ一人生き残った順伊おばさんは、その時すでに精神異常を起こしていたのだった。その時から今日まで彼女は三十年間を生きつづけてきながら、結局その惨劇の結果を背負いきれずに、二人の子供が埋められている自分の麦畑で自ら命を絶つ。「……彼女はその時、すでに死んでいた人間であった。ただ、三十年前のその窪み畑で、九九式歩兵銃の銃口から飛び出た弾丸が、三十年の迂余曲折の猶予を送り、いまになって彼女の胸を撃ち抜いただけのことだ」。こうして過去は現在に重なり、悲惨は終わったのではなく、〝後遺症〟としていまも人々のなかに生きていることを読者に知らしめるが、それだけに禁忌に直接話法で迫ることになるだろう。事件そのものがまだ少しも解決していないのである。一九八〇年五月に起こった光州事態の惨劇の未来とも打ち重なるものがあるといえよう。

どうして大人たちはまだ幼い自分たちに、聞きすぎて耳にタコができたあの恐ろしい話を繰り返し聞かせるのかと、子供たちが訝るほどに、大人たちはその村で起こった惨劇を子供たちに語り伝え、そして真相を明らかにせねばならぬと考える。でなければ、十年、二十年後には審判を受けるべき当事者も死に、証言をすべき古老たちもこの世にいないのだから、すべては歴史の闇に葬られてしまうだろうと憂うのである。

韓国には、解放後これまで、かつての日帝協力者つまり民族反逆者に対する責任追及、そして審判が一切なく、従って歴代の為政者が祖国の独立闘争に銃を向けた日帝協力者の系譜の上にあるという、はなはだ奇怪な政治的風土ができてしまっている。だから、そこから本格的な転向研究が出てくるのは困難だというのが私の考えだが、翻って「四・三事件」の場合を見ても、虐殺者に対する一切の法的追及がなされたことがなかった。登場人物の一人、キルス兄が自分たちは村人六百名を虐殺した「西北青年」出身中隊長の名前すら知らぬ状態ではないか、われわれは告発をすべきだと主張して、周りの人になだめられる場面がある。そしてその告発の意思は、やがて次のような形で表現される。「……彼らが欲しているのは、決して告発だとか報復ではなかった。ただ合同慰霊祭をいちど盛大に行ない、慰霊碑を建立し、悲惨な死者たちの鎮魂をしようというだけのことだった……」。

かりにいま合同慰霊祭を行なえばどうなるだろうと、そのことまで考える必要はない。慰霊祭も慰霊碑の建立も不可能だからだが、それでも私はこのことばに胸を打たれる。これらの思いは、「済州島を思う」という一文の末尾に記したわが思いと重なるのである。「〝観光済州〟の玄関口にあたる済州国際空港の拡張整備された滑走路やアスファルト道路、そして石畳の下に三十余年まえの数知れぬ虐殺死体が埋まったままになっているはずだといえば、大方の人は驚くかも知れない。かつてアメリカ軍用飛行場だったそのあたりは、集団死刑執行場であり、虐殺死体の穴埋め場所だった。近くの済州警察の、立錐の余地もなく放り込まれた留置場から、どれだけ多くの人たちが裁判もなしにトラックで飛行場へ運んでこられ、そして死んで行ったことだろう。それは飛行場だけに限られているのではなく、全島到るところに散らばっているのである。済州空港に降り立つ人たちの何人が、足下に埋もれている死者に思いをいたし、しばし足をとめるだろう……。（中略）

済州空港の一隅に、その下に眠る無数の愛国者の墓碑が建てられるのはいつのことだろう。これはたわけ者の空想か。果たして空想であってしかるべきか。わが思いは茫々たる大海を望むがごとしである」（講談社版・世界の国シリーズ、『朝鮮・モンゴル』一九八三年）

終わりに、ここに紹介できないのは残念だが、玄基榮の「釜茹のからくり」について一言書き添えたい。この作品は李朝末期の〝貪官汚吏〟〝売官売職〟を事とする両班《ヤンバン》支配層を一大泥棒集団とみなし、その腐敗堕落相を鋭い揶揄調で書いたもので、それは今日の韓国の社会相にメスを入れているといえるだろう。風刺と哄笑のみなぎるその秀れた筆致は、この作家の多面性をうかがわせるのに充分である。金芝河に長詩「五賊」がある。それとこれとは勿論、時代的背景も内容も異なるものだが、私は「釜茹のからくり」を読み終わって、「五賊」を小説に展開すればこうもあろうかと思った。

——一九八四年二月、記——

『順伊《スニ》おばさん』訳者あとがき

『順伊《スニ》おばさん』新幹社、二〇〇一年

「解説　玄基榮について」にあるような経緯で、私が「順伊《スニ》おばさん（順伊삼촌）」と「海龍《ヘリョン》の話（海龍이야기）」を日本語に訳して、文芸雑誌『海』（一九八四年四月号、中央公論社）に発表したのは、顧みると十七年前のことになる。

逆にいえば、それから十七年後になって、「アスファルト（아스팔트）」と「道（길）」を訳出、前記二作と合わせて『順伊おばさん』として、一冊にまとめることになった。

『海』に発表後、かなりの反響があって、一、二の出版社から是非他の作品も合わせて金石範訳で出したいと熱心な要望があったが、すぐに再開した「火山島」第二部の連載の作業がはじまったために、到底そこまで手をのばすことができなかった。

それから十数年、忘れてしまったような状態の時間が過ぎたのだが、しかし「解説」で触れられているように「順伊おばさん」訳出の動機からしても、完全に忘れてしまうようなことではなかった。

『火山島』全七巻が完結し、続く仕事を一旦終えたところで、かねてから「順伊おばさん」などの作品を一冊の日本語本にして読者に紹介したいと願っていた新幹社の高二三社長から話があり、私は決して忘れていたわけではなかった「順伊おばさん」出版の衝動にかられて、「アスファルト」と「道」を新たに訳出、ようやく一冊にまとめる機会を得ることになった。高二三社長の熱意に感謝する次第である。

私がこれらの二十年前の作品と、そして私自身の「解説」を読み返しながら大きな感慨をおぼえるのは、四・三事件の存在性の変化である。存在性というのは、かつては無かったのに等しい、つまり歴史から抹殺されたタブーだったものが、歴史の前面に浮上し、韓国の現代史を書き換える関鍵《かんけん》の位置を占めつつあるということである。

私がいま玄基榮とその作品について自由に語り得

ることの意味も、以下に引用する「解説」の雰囲気を読み取れば分かるだろう。

「……私は玄基榮の作品を訳出し、紹介するのに内心ためらった。（中略）韓国に出入りしていない私はそこにツテがあるわけではなく、また玄基榮と面識があるわけでもないが、それでもこちら側の出版社を通じてでも著者に、そして出版元に連絡を取る道もあり得るだろう。しかし私はそれらをしなかった。（略）私は〈四・三事件〉をテーマにした作品と作家玄基榮のことを紹介すべきだとだけ考えた。従って、この日本語訳は玄基榮の意思とは関係のないところで生まれ、また出版元の創作と批評社にも無断で訳出されたものであることを記しておく。」

これは当時、韓国政府の「忌避人物」、「反韓分子」である金石範と、玄基榮は関係がない、翻訳の責任はすべて金石範にあるということの強調であり、金石範による日本語訳の雑誌掲載が原作者に何らかの累が及ぶのを懼れてのことだった。

実際、『順伊삼촌』の出版後、彼は逮捕、一カ月間の留置中にひどい拷問を受け、後日その後遺症に苦しんだという。

玄基榮が家宅捜査をされた際に、隠し持っていた『鴉の死』が発覚、押収されたという話を、後日間接的に聞いたが、私の著作が彼の受難の何らかの要因になっていたというのは、胸痛む思いながら、偶然でないような気がする。その当時、韓国で『鴉の死』が地下で出廻り、廻し読みされているとの噂を耳にしていたが、その一冊が玄基榮の手許にもあったということになるだろう。

私は一九八八年十一月、四十余年ぶりに韓国行きを果たしたが、その時にはじめて互いに対面して熱い握手と抱擁をすることになった。

当時はまだまだ四・三事件がタブーであり、社会的な偏見、そしてジャーナリズムの偏見も濃厚だったが、韓国民主化の波に乗って、「四・三」資料集などの出版が相継ぎ、四・三事件はようやく地下から地上へと浮上をはじめていた時でもあった。

玄基榮の小説が韓国における四・三事件の浮上に大きな役割を果たしたことはいうまでもない。彼は苦難の時代から一貫して、その作品の多くの主題を

「四・三」においており、そして社会的にも（彼は社会的な役職に余り馴染まない人間だが、それでも）、済州四・三研究所所長とか、理事長をつとめて今日に至っている。

　私が約二十年前のこれらの作品の日本語訳を一冊の本にするのは、四・三事件をテーマにしているからというだけではない。すぐれた文学作品として、時空間的に普遍性を担う故にである。

　実作者としての私が韓国の小説を翻訳するのはこの本が最初であり、同時に終わりでもある。それが玄基榮の作品であることがよろこびであり、でなければ、この訳出はあり得なかったものである。

　何よりも、いま十七年ぶりにようやく宿題を果たせたことは本望である。

　玄基榮の作品は他に『風燃える島』（八六年）、『最後の牛飼い』（九四年）その他があり、最近作には『地上に匙一つ』（九九年、韓国日報文学賞）がある。

「道」（『アスファルト』一九八六年、創作社、所収。初出『実践文学』２集、一九八一年）と、「アスファルト」（『アスファルト』所収。初出『'84新作小説集』一九八四年）は、ともに一教師の眼を通して語られる四・三事件後三十余年の現在と四・三当時の恐怖と悲惨の過去を単なる回想ではなく、一つの世界として互いに食いこませる構成の作品だが、共通しているのは、四・三事件の惨劇を、個人を越えた時代の責任として、虐殺を働いた個人への「許し」の心が見られることである。

「道」に、かつて四・三当時、討伐隊の案内役で、少年だった主人公の父を連行して殺したパク老人と会って、真相を訊き出そうと企む場面がある。

「しかし、実際にそのことばを引き出そうとしても、なかなか口が開かなかった。それは決して以前のような恐怖からではない。私にとってパク老人はすでに老いぼれた弱者に転落していた。却って、彼が未だに恐ろしい存在であれば、どれほど私の気持ちが楽だろう。彼が恐ろしければ、敵愾心を燃やして勇気を出せばよいことなのだ……」

　つまりすでに復讐の相手ではないということだ。「アスファルト」では、その「許し」に社会的条件が加わる。かつて、でっち上げで村の青年たちを虐殺に追い込んだ四・三当時の里長だったカン氏。そしてゲリラ討伐隊側として本土から入島したイム氏。

「三十六年間が経過したいま、当時の人たちは、村の寡婦たちも、そして生活が以前より苦しくなったカン氏もイム氏も、髪が葱の根っこのように真っ白になって老い」、イム氏はその間、島の女と結婚し、子を生んでいまは島の人間として生活している。「しかしイム氏はこの島の地に、そしてあの半島の地に垂れ下がっているその集団的偏見が取り払われない限り、おそらく、生涯自分の行為を合理化し続けるのではないか」

つまり四・三に対する恐ろしい集団的偏見は、この韓国社会全体から無くならない限り、個人もそれから自由になれないということである。

しかし時代は進み、徐々にではあるが、いまは「四・三」の解放の社会化が実現する段階に韓国の歴史は入った。

その一つの画期的な出来事として、「四・三特別法」（済州四・三事件真相究明及び犠牲者名誉回復に関する特別法）が、一九九九年十二月に韓国国会を通過、二〇〇〇年四月から施行されたことを、最後に一言付け加えておく。

絶対タブーだった四・三事件が、半世紀を経て、国家レベルでの解明の時期に入ったことの意義は極めて大きい。

韓国においていまも依然として反対勢力があり、「四・三特別法」が国会で成立したからと、決して真相究明運動の前途が無条件に明るいのではない。しかし半世紀を経て、韓国で解放後の歴史の書き換えと清算を迫る歴史的事業、正義の具現への実践的な大きな第一歩を踏み出したのは事実である。

この時期、四・三事件五十三周年記念日を期して、本書が刊行されたことはよろこびにたえない。

二〇〇一年二月二十日

金石範

主人公の性格創造と超越性

梁石日『血と骨』（下）「解説」
幻冬舎文庫、二〇〇一年四月

一

単行本『血と骨』が刊行されて三年余が経ったが、それを読み終った時の衝撃はいまも鮮やかに蘇ってくる。

「……『在日文学』の一角が崩れたな」

「一角じゃない、がたがただよ」

詩人の金時鐘と歩きながら交した会話の一コマ。話の受け手は私で、がたがたにしたものは、梁石日『血と骨』（幻冬舎）を指す。がたがたというのは一つの比喩、それだけの衝撃を与えて私を打ちのめしたことの謂《いい》である。

（「梁石日『血と骨』の衝撃」金石範、読売新聞夕刊、一九九八年五月十一日）

この新聞に書いた文章の冒頭の部分の短い引用だけでも、当時の私の気持ちが端的に表れている。

因みに、本論に直接関係することではないが、批評などによく見られる「在日文学」――在日朝鮮人文学の枠を超えて日本文学のなかに……云々といったような表現について一言《いちげん》をいえば、在日朝鮮人文学の枠は狭くレベルも低いというニュアンスが、かつては明らかにそうだったが、いまもそれはあるのか。ここで論ずる余裕がないのでやめるが、在日朝鮮人文学の傑作は日本（語）文学の傑作であって、枠を超えるも何もないのである。『血と骨』は在日朝鮮人文学の傑作であり、同時に日本語文学の傑作である。

『血と骨』は当時、センセーショナルなほど、広く論議され、高い評価を得た作品だが、ただ波静かだったのは、純文学の世界である。私は「文学」の上に「純」を持ってくるのがいやで、大衆文学と純文学の、それこそ枠を超えてよりすぐれた文学として成立しないものかと考えているのだが、やはりこの境界線は固いようだ。勿論、私は読み捨てのティッシュペーパー並みの大衆文学をよしとするものではない。巷間に氾濫しているその類のものは最初から文学ではないのである。私は「大衆」であれ「純」であれ、文学として共通する文学性を指しているのであって（何をもって文学性とするかの論は措《お》いて）、『血と骨』はまさにそのような作品であり、ベストセラーだと騒がれる読み物、エンターテイメントではない。

在日朝鮮人文学は大方、日本の純文学——私小説の影響を深く受けてその傘下で、亜流として成長したとすれば、梁石日はそうではない。そこから外れていた。その作品には自分や家族たち、周辺の事柄を取扱いながらも、私小説的な発想や方法が見られない。それが梁石日の作品の虚構性を支えるのであって、私はそれを評価する。

『血と骨』は何年間かかけて発想し、醱酵させ、集中して書き上げたものではない。これは梁石日の半生、あるいは六十年の生涯を費して書かれたというべきもので、その意味では極めて人生的な作品である。

梁石日の第一作は『文芸展望』（一九七八年七月、二二号）に発表されたオムニバス形式の「狂躁曲」（ちくま文庫版では『タクシー狂躁曲』一九八七年）だが、この作品はそれまでの在日朝鮮人作家たちの作品とは異質の即物的で、しかも事実性に絡み取られない衝撃的な、ほとんど散文詩といってもよい文体の作品だった。賞の話をするのもいやだが、この作品を際立たせるために、そしてまったく文壇的でない作品故に不可能なことを比喩的にいうなら、「狂躁曲」はこの第一作で芥川賞、あるいはそれに準ずるものになってもおかしくない作品なのである。「狂躁曲」から二十年、この恐ろしい混沌と緊張が形と内容を変えて、『血と骨』に直結しているのであり、すでにこの第一作執筆の当時から、梁石日は『血と骨』の形を抱いて、悶々と苦闘していたと見るべきだろう。

『血と骨』は登場人物たちの視点が計算されていないとか、文章もかなり粗いところがあるが、小説の半分は無意識の所産だと見る私は、このほとんど計算されていない勢いに乗って、他の良質の部分が無意識から吸い上げられるというメカニズムを感じる。『血と骨』の場合は、この粗雑に見えるところに留意して一旦立ち止まると、作者も意識しない素晴らしい文学的効果が失われかねない性質のもので、細々と気を使っていたら、この傑出した作品は生まれなかった可能性がある。この作品は欠点を超え、その欠点が作品を成功させる力を生み出しているとすれば、不思議な因果というべきか。勿論、角を矯《た》めて牛を殺すようなことなく、充分に意識下の鉱脈を吸い上げるポンプ役を失わぬようにしながら、欠点を克服できるのにこしたことはない。しかし、これは本質的な問題ではない。

二

『血と骨』は父と子の凄絶な対立、葛藤の物語である。

在日朝鮮人社会での父子の対立、葛藤は通過儀礼のように、自殺した金鶴泳《きんかくえい》や李恢成《りかいせい》その他の作家の主なテーマになってきたが、『血と骨』における化け物的人物、父金俊平の性格創造と、地獄の果てに至るまでのつねに殺気を孕《はら》んだ対立、そして周辺と家族たちを次々と破滅の淵へと巻きこんで行く、業ともいうべき運命的な動きを追いながら、日本社会の底辺に生きる在日朝鮮人の生活をこれほどまで書いた小説はなかった。

先年亡くなった在日朝鮮人文学の先達である金達寿をはじめ、他の「在日」作家が書いてきた「在日」の底辺の生活はおしなべて文学的に濾過されていて、いわば、〝上澄み〟的であるといえる。どぶろくもろとも醗酵《はっこう》するものをひっくり返したような混沌の真実がなかった。全然なかったのではないが梁石日の作品の登場で、そういった状況が見えてきたのである。たとえば、『族譜の果て』、『夜を賭けて』、『子宮の中の子守歌』などの作品を見ると、無頼漢、やくざ、外れ者、売春婦等々、いままで純文学の影響もあって、在日朝鮮人文学から疎外されていたような汚濁の底にうごめく裸の人間像が、梁石日の作品を介して在日朝鮮人文学に登場するようになった。

〝上澄み〟的なものが悪いというのではないが、ややもすれば、そしてそれが慢性的になって、大事なものを取りこぼしてしまうことがあるのであって、その場合の〝上澄み〟は本質的なものではなくなり、形骸化に至るものでもある。

小説の主な舞台である大阪の生野、東成などは朝鮮人密集地域であり、それも一九二〇年代から出稼ぎ労働力として移住してきた済州島出身者が多く住んでいて、金俊平を含む登場人物のほとんどがそこの住人である。私は戦後も長らく大阪にいたが、しかし金俊平のような人物は見たことがなく想像を絶する存在であり、〝モデル〟になっている実父と作者の関係が、どれほど凄惨なものだったことか。ようやく六十歳近くになってこれだけの一千四百枚に及ぶ作品を書き得た作者の強靱な意志と精神力は驚嘆の他ない。思うに、私の周辺にも小さな金俊平が多くいたのであり、金俊平は凝縮した巨大な典型といえるだろう。その意味では在日朝鮮人文学はこれまで〝金俊平〟を創造し得なかった。

ここで金俊平の〝性格〟の創造で一言すれば、『血と骨』は一般に父をモデルにした小説との評があるが、たしかに作者のそれらしき父は存在していたのであるから、モデルの下地になっているのは間違いない。しかし金俊平は大きなフィクションの産物であることを見逃してはならない。一つの大きな性格の創造であって、この創造によって、後述するようにその人物のなかに超越性が生まれ、作品に神話性をもたらすに至ったのである。

一時はかまぼこ職人をしていた二メートル近い巨体、げてもの食いで人の三倍もの食欲、情慾の化身、つねにベルトの後ろに差しこんだ桜の棍棒、やくざとやり合う場合の刃除けのさらしを巻いた背中にぐるぐる巻きつける鉄の鎖を、何十年間着用し続けた古毛皮の半コートのポケットに忍ばせ、相手がどてっ腹に突き刺した匕首の刃を素手で摑んで引き抜きながら、棍棒で相手の頭を叩き潰す男。ケンカ相手の耳を嚙みちぎって呑みこんでしまう男。毎日大酒を飲んで家族を虐待し、家財道具を破壊して外へ放り出して荒れ狂う。長屋の二階に妻や小学生の兄妹がいるのに、階下で毎日白昼から新しい妾を連れこんで声を上げながらの同衾。「血は母より、骨は父より受け継ぐ」、「おまえはわしの骨」だと叫びながら、その肉親に一片の愛情もなく、後日かまぼこ工場の経営で巨万の富を得ながら、家族にはビタ一文を使わず、妻の英姫を病死させる徹底した自己中心主義。どす黒い凶暴な感情のかたまりの存在。

彼が信じるのはただ自己の肉体であり、それがかもす暴力で周囲を恐怖に陥《おとしい》れる。読み書きもできず、何ものもない彼に神の配慮か運命か、並外れの肉体が与えられた。彼が実感できるのはただ暴力を孕んだ肉体だけである。

彼には「国家や祖国という概念などない」のは、それが実感できないイデオロギーだからだろう。しかし「生まれた故郷である済州島に対する思いはある」のは、それはせめてもの実感できることだからだ。実感できるもの、肉体とカネ。他者を信じず、他者を内部に入れない岩の孤独。社会関係でそのような人間が破滅しないのが不思議だが、破滅はついに老いて病み、肉体の凋落《ちょうらく》とともにやって来る。

この男の対極にあるのが女主人公である妻の英姫。済州島では女が働き手で、海女《あま》や農作業の労働力の主体をなして経済権を握り、男は附随的な役割しか果たせない生活風土がある。その一方で、儒教的制度のもとでの、男尊女卑。済州島の男は〝ぐうたら〟ということだが、二人の子連れで逃亡を企てて放浪しながら、あくなき夫の追跡と恐怖の呪縛のなかで、悲惨極まる生活を凛として生きる女主人公の姿は済州島女の典型であり、その存在なしにこの小説は成立しなかっただろう。

かつて在日朝鮮人にとって仕事といえば、まずは土方、その他の肉体労働の他にはなかった。肉体が資本であり、力であるのは金俊平だけではない。金俊平は伝説上の怪物ではなく、れっきとした日本帝国の植民地支配の所産の破型的な象徴である。

たとえば日本帝国権力を背にして猛威を振《ふる》った朝鮮人特高や、朝鮮総督府などの自民族を足蹴にして立った朝鮮人官吏などの存在を比べれば、その植民地性がはっきりするだろう。

金俊平の存在は植民地性故に、本来あるべき民族的抵抗とか労働争議とかのイデオロギーから切れている。切れた分が、巨大な凶器と化した肉体の暴力となって、帝国権力ではなく周辺の、もっともいたいけな家族たちへ向かう。まさにイデオロギーの変形である。帝国主義所産の暴力がかもす肉体の爆発が本来なら日本帝国へ向けられて然るべきなのに、運命の悪意がそれをねじ曲げる。帝国への無意識の復讐が、家族へ、家族が帝国の身代りに。読み方によっては『血と骨』は日本帝国への激しい批判と取れぬこともないだろう。これは決して深読みではない。

イデオロギーは被植民地性の謂である。金俊平が意識しなくとも、それは被支配の流民として蒙古斑のように刻印されているものだ。こうして金俊平のかかわり知らぬことながら、あるいは無関心を装って逃げながら、彼は極めてイデオロギッシュな存在としての位置を作中に占める。

三

この底辺を生きる植民地的人物が、作品に一種の神話性をただよわせて存在するのは、なぜか。これが文学の不思議であり、作品が作者の意識しないところで、文学的真実の結実を伝えてくれる。

私は『血と骨』を読み終って、運命劇、ギリシャ悲劇を読んだような気がしたものだった。それは時空間を遠く隔てたそこに類似性を見てのことでは決してない。

「オイディプス」劇で、運命の悪意ともいうべきアポロンの神託により、父とは知らずに、偶然事から父を殺してテバイの王位を継いだオイディプスが、こんどはその妻の王妃を生みの母とも知らずに妻とする。息子とは知らずに新しい王を夫とした王妃はその子を生む。夫によって新しい夫を生み、子によって新しい子を生む。当事者の何も知らぬ「過ち」の結果が恐ろしい悲劇の結末を迎えることになる。

運命劇には人間の力では何ともならぬ超越的な力

の存在があって、それが神の予言であり、運命となる。人間の自由、自らの運命を知らぬ故の知らぬあいだだけの自由は、やりきれない話だが、その運命の苛酷な結末の必然性のもとにある。

この場合、神話性といっても、金俊平が何か神聖をそなえた人物というわけではない。兇悪な極道にすぎないのだ。金俊平はその屹立した肉体の偉大さ故に立つ人間であり、生の軌跡は嘔吐を催すばかりに醜悪で、書評などに見られたいささかセンチメンタルな表現の〝大人物〟であるどころか、警察権力にも弱く、極めて卑小な人間であって、その最期はギリシャ悲劇のような悲しみや美的感情をともなうカタルシスをもたらすものではない。それであって、この運命的な物語は、その残酷な結末が美醜をこえてカタルシスの代行をする。

ここで運命的というのは、一人一人の人間が家族のだれ一人として自分の意志ではなく、見えない大きな力で仕方のない方向へ、強い必然性によって生かされているということだが、その家族たちの辿る運命の渦の中心に金俊平がある。楽しい小説ではなく、読んで悲しい小説なのだが、悲しみを感じないのは、悲しむ余裕を与えないからだろう。ここでは、『夜を賭けて』の笑い、哄笑がない。

私がこの作品に運命劇を読むのは、主人公自身における超越性といったものの故である。超越的なものは、運命劇では神またはそのようなものであるが、この作品に神またはそのようなものは存在しない。とすると、運命劇は成立し得ないのではないか。この作品に神がなくても、運命劇として成立させているのは、運命的なものの必然性の動きと重なりであり、それとの関係での金俊平に見られる超越性である。

運命劇は人間と人間を超越したものとの関係、人間が自分を超越した運命的な力との関係で絡み合い、葛藤が生まれる。『血と骨』の超越性には、ギリシャ悲劇のように神託とか他に耳に聞こえる啓示的なもの、眼に見えるものなど何もない。金俊平と彼を超越するものとの関係は何か。金俊平自身のなかで、もう一つの金俊平――超越性と関係する。金俊平自身の力ではどうにもならない、彼を支配する力が彼のなかに同時に存在するのではないか。

「ギリシャ悲劇の神は地上ならぬ天上に存在するのだろうが、金俊平の場合は彼自身のなかに超越的なものとして、業として存在している。彼自身が〝金俊平〟であり、〝神〟である。この神は神性、神聖なるものとまったく関係がない。彼自身を超えるもの。その超越的なもの――運命、自然、日本帝国の影――が金俊平の暴力となる。そして性格そのものが一つの運命を作って行くように、金俊平の性格と肉体が超越的な運命に取り込まれて自ら運命の一部を形作りながら、破局の結末へ向って進行する……」(「金石範『血と骨』の神話性」三国連太郎・梁石日『風狂に生きる』所収。岩波書店)

この神ならぬ超越的な力もついには老い、病によって滅亡へと向う。ラストで、父が心進まぬ子を呼び寄せて和解を求めるのだが、その時、父金俊平は息子に名前ではなく、「チャネ」と呼びかける。「あんた」、「君」、「貴君」など、どれも日本語ではぴたりとしないが、要するに他人行儀の呼び方であって、目上の者が年下の者に対して、いささかの距離をおいた親しみ、時には「おまえ」ではないが半敬称の距離をおいた突き放しであって、いずれにしても父が子にする言葉ではない。この「チャネ」で呼びかける場面は痛ましい。そこには敗北者の恐怖と卑屈、羞恥と哀願がある。

その父金俊平が病身で北朝鮮へ「帰国」して、三年後に死亡。それから十年が経ったある一日、東京でハンドルを握りながらたまたま過去を回想するタクシードライバーの登場する場面はせめてもの救いである。死者の、父の葬儀のように、いや劇の終焉を告げるナレーターのように。

物理的ともいえる力学的な必然性によって起こり、必然を追う物語。その間の必然性をつなぐ恐ろしい緊張と密度。これはひとえに金俊平の性格創造によるものだ。

これが『血と骨』に私が見る、必然と自分のはざまに揺れる運命劇のメカニズムであり、劇は一つの全体小説の宇宙のなかで進行した。

『椿の海の記』の巫女性と普遍性

『石牟礼道子全集　不知火』第4巻
「解説」藤原書店、二〇〇四年

「魂のおかしな娘」。「無限世界へむかって歩きはじめたおぼつかない魂」。「兎や猿の仔になったような気がしていた」。「この世とあの世のさかい……」。「夢のごたる茫とした子」。「白狐の仔」が「人間の子に化身」。交感する「碧い草の珠と童女の姿」。「可憐な珠に化身」。さらに「おもかさまが自分で、自分がおもかさま」（おもかさまとは、狂女の祖母のこと）……などなど。

『椿の海の記』に出てくるこのような、あるいは類似のことばが多島海の島々のように連なって、大きな海の姿を形作る趣きをなしている。これらの童女を指すことばは、この作品の生命のつながりの一つ、一つの節目になっているように思われる。

『椿の海の記』は作者の幼時、四、五歳の頃の五官の眼を通して語られているが、これは勿論、いまの石牟礼道子が歳月の境界を越えて、自身がすでに未分化の自然である童女道子に化身、交感して生まれた文章であり、童女そのものがいるのではない。

「夢のごたる茫とした子」とか、「カラス女《じょ》の、兎女《うさぎじょ》の、狐女《きつねじょ》などいうひとたち」とか、おもかさまがささやくようにいう「まだ人界に交わらぬ世界の方に、より多くわたしは棲んでいた……」とか、「ことばを持っている世界を本能的にわたしは忌避していた」などは、作者も書いているように、いわば幼時の未分化の状態を指している。完全に未分化の赤ん坊の生と死のあいだの境界、夜明け以前の暁闇の未分化とは違う、人界に、意識界に幼ない片足を入れての未分化。

作者のことばを少し引用すると、こうなる。

「……ものをいいえぬ赤んぼの世界は、自分自身の形成がまだととのわぬゆえ、かえって世界というものの整わぬずっと前の、ほのぐらい生命界と吸引しあっているのかもしれなかった。（中略）人の言葉を幾重につないだところで、人間同士の言葉でしかないという最初の認識が来た。草木やけものたちにはそれはおそらく通じない。無花果《いちじく》の実が熟れて地に落ちるさえ、熟しかたに微妙なちがいがあるように、あの深い未分化の世界と呼吸しあったまんま……（後略）」（『石牟礼道子全集　第四巻』『椿の海の記』第八章「雪河原」）。

私はこの「未分化」に石牟礼文学の本質を見る思いがする。未分化は境界であり、境域である。「あの世とこの世のさかい」。これは位相が違えば、こうもなるだろう。忘却と記憶。意識の夜明け前、黎明の、赤ん坊のことばにならない未分化のつぶやきの声。

話が少しそれるが、一九四八年に起こった済州島四・三事件による数万島民の虐殺の、半世紀後の復活に至るまでのタブーとして歴史から抹殺された記憶の滅失。内外の、一つは外部からの強大な権力による記憶の抹殺。もう一つは恐怖におののく島民が自らを沈黙へ追い込む記憶の自殺。限りなく死に近い記憶は、限りなく死に近い忘却に至る。記憶は意識界にあり、忘却は抑圧された無意識の世界である。忘却が死と生のあいだの境界域なら、無意識層と現世的意識の出合いのそこに、シャーマンが立つ。

無意識は、海面下の巨大な氷山のように層を幾重にも重ねて、個の枠を溶解してひろがる。

「存在というものの意味は、感覚の過剰なだけの童女だからというだけでなく、理屈をもっては解きがたかった。いっそ目の前に来たものたちの内部に這入って、なり替ってみる方がしっくりとした。いのちが通うということは、相手が草木や魚やけものならば、いつでもありうるのだった。とはいえ、ありとあらゆるものに化身できるわけではなく、そこには、おのずからなる好ききらいがうごいていて、魚とか猫とかもぐらとか、おけらや蟻や牛や馬、象ぐらいならなり替ってみることができるのである。

そのような無意識の衝動は、もとの生命のありかを探しあるくいとなみでもあったろう。とどきえない生命の、遠い祖《おや》のようなものは、かの観念の中の仏さまとは、かなりちがっていた……」（同前）

次は現世的な極微の世界。

「……雨もやいの日などに、橋のたもとの石垣を渡り歩いていると、小指の爪ほどの小さなカニたちが、ここらの石垣のすき間を棲家にして、無数に出たり這入ったりしているのだった。天気のよい日よりも、なぜか雨もやいの日に出ていて、かがみこんでよくよく見ていると、石垣の表にうっすら茶色っぽい苔《こけ》の花が、湿りのある川風の中にひらいているのだった。そのような苔を小さなカニたちが、砂つぶくらいの鋏を振りあげ、丹念にむしっては、口らしきところに運んでいるのである……」（同前、第十章「椿」）

童女の小指の爪ほどの小さなカニの、砂つぶくらいの鋏が見えるのだろうか。それを振りあげて、丹念に苔をむしって、口らしきところへ運ぶ……。童女はトンボの眼になっているように見える。この極微の世界の拡大された動きは、子供の小指の爪ほどのカニの実体を越えて現われる自然の命の表象である。

この牛や象が出てきたり、小さなカニが出てきたりする二つの引用は（二つに限らず随所にあるのだが）趣きが全然違うが、その超越性でいえば同じものだろう。

童女は自然の精（いのちの精）のなかに立ち入り、動物（あのひとたち）の精のなかにも立ち入ることができるのだが、逆説的にいえば、人間側の観察ではなく、自然の生理の現われ、自然が童女を借りて、その精の吐き出す息吹きをことばに託すということか。この自然と人界のあわい目に立つのが巫女であり、作者である。この場合の自然は無意識層であり、超越性である。

これらのことは石牟礼道子の文体となって現われる。その文体は無意識の世界を掬い上げるのであって、リアリズムではない。その表現はリアルであり、的確、台風一過の秋の夕暮れの景色の輪郭の線のようにくっきり描かれるが、敢えていえば、シュールレアリズム。自然の精を練りこんだような文章は、眼に見える対象ではなく、自然の自己表現になるのだから、人界を超越して、すでにフィクション性を持つ。この場合のフィクションは普遍を意味する。対象をリアルに表現しているだけのものでないその文体の作者が、眼に見えないもの、聞こえないもの、不知のものに接しようとするとき、巫女がそうであるように、そのあとで虚脱に至るほどの並ならぬエネルギーが、意志の力が必要となるだろう。

石牟礼道子は強靱な意志の持主ではないか。その「夢のごたる茫とした子」から、そして現在もその佇まいは茫洋としているが、文章は論理的である。意志が生命を摑んで伸ばすとすれば、その意志の必然性の全うとしての論理性。ここから「茫とした夢のごたる」ものを書いても、その表現は的確になるのだろう。

作者の文体がリアリズムを体《たい》するものではないし、その作品は私小説的であって、私小説ではない。巫女性からくる文体はその超越性故に私小説から外れる。

「……あの本で使っている言葉は天草弁なんです。天草弁の覚えている限り一番クラシックで典雅な言葉を、文章化して使いました……」(『石牟礼道子全集　第四巻』「『椿の海の記』をめぐって――原田奈翁雄との対談」)

作者の音楽性を意識した発言だが、作中の会話自体がフィクションの上に成立していることになるだろう。私は作者の艶のある文体の音楽性が生命(「いのちの精」)のエロスのような気がする。

私小説を一つに定義するのはむつかしいが、一般に「身辺雑記」をも含めてその個人や周辺の家族その他のことなどを主に「私」の眼を通して書かれているものといえるが、この伝に従えば、石牟礼道子の場合も例外ではなく、伝統的な郷土の風土とともにその世界を私小説的に描いているだろう。

そうでありながら、私小説でないというのは、先程から書いているように、その文体が持つ超越性故に、いわば自然主義的な文体でないということがあり、さらにその作品世界の巫女性からくるところの超越性が挙げられる。

「あの世とこの世のさかい」に立つシャーマン的な位置から見ても、石牟礼道子は自然と人界の橋渡しとして無意識層に跨がり、それは「そのような無意識の衝動は、もとの生命のありかを探しあるくいとなみでもあったろう。とどきえない生命の、遠い祖《おや》のようなもの……」の世界に似合うだろう。これは人界への拒否意識につながる。彼女は幼時から「……人と人との間には、運命とか、宿命の裂け目のようなものがおのずからあり、あるときには互いに絡まったりより添ったりするけれども、いまみえはじめている裂け目の、一方の端に、自分ひとり腰かけていて、彼方の方へわかれて消える他の運命を、闇をへだてて見つめている」。「自分というものは、なんという苦しみのかたまりで、不安な存在であることか。自分の魂が、並にはずれて心もとなく、ゆく先がないということに思い当る……」（『石牟礼道子全集　第四巻』『椿の海の記』第七章「大廻りの塘」）。その不幸な意識は、社会に追放された（没落後の差別と貧困のとんとん村移住）者の逃避意識であり、それは石牟礼道子の素質と相俟って、その想像力の超越性の担保になったものだろう。

　先に一言ふれた済州島の場合と水俣とは全然事情が異なるのだが（済州島四・三事件の忘却の闇から地上への死者と記憶の復活は、実際に全島的なシャーマンの鎮魂の巫儀によって行なわれた）、民衆の生活と歴史の堆積を土壌にした記憶と無意識の形成は、人間存在として基本的に共通している。惨劇の島、済州島については、「忘却」で無意識層を現わしたが、石牟礼道子の徹底して不知火の郷土に立つ文学は、その無意識層としての自然と交感、一体となることで、郷土性を越えた超越的、普遍性の世界を創造し得たのであって、私が『椿の海の記』を私小説でないというのはその謂である。

　これは現代文明が廃墟となり、文明社会が過去の記憶の忘却の地層に入ったとき、読まれるべき作品かも知れない。いや、現代世界はすでに湖底に沈んだ都のように、廃墟の影を宿しているのではないか。

「虐殺者のまなこのような、巨大なビル街の窓。
ひとみをもたない穴ぼこを『窓』というのだ。
ひとつの確実な因果をひきずって、わたくしは
『窓』の下を歩む。
　ああ東京の人間も、このようなのっぺりした窓
に見下げられながら、いずれはゆっくりと、毒死
するにちがいない。

水俣では死にきれずに、東京まで、のたうちながら、虫の息でやってきて、国民的規模の東京舞台で、権力の舞台東京で、いま、ひとり、ひとり、最後のとどめをさされる患者たち。

百十六人の患者たちのいのちが、東京の人口密度の中に、そのようにして捨てられる。悪相の首都のなかへ。

ビラを配る。

『水俣病を告発する会』のビラである……」。

（『石牟礼道子全集』第4巻「悪相の首都」から）

典型的な「決して田舎では見られない東京特産」の悪相の人間に手渡された水俣病患者の田中敏昌ちゃんの写真がのっているビラは、やがて握りつぶされるのだが、この容赦のない筆は、いまでも「夢のごたる茫とした子」、石牟礼道子のものとは思えない。いや、彼女故のものだろう。

彼女の闘争性、政治性はイデオロギーではない。毒薬で死に至る普遍の命（「いのちの精」）の、のたうつねじれの打ち返しの、悲しみと絶望の怒りの声である。

この世の悪相の首都とあの世のさかいに立つ、自然の託宣を体《たい》した女巫の吐き出す魔窟の岩をうがつことば。

「朝鮮がテーマだからフヘン性がない」

『在日総合誌 抗路』第3号、抗路舎、二〇一六年十二月

このタイトルは、日本語で書かれた在日朝鮮人作家の「朝鮮」を書いた小説はフヘン性がないということである。

私がこれまで日本語で書いてきた作品は、日本語で「朝鮮」を書いてフヘン性がある、いやイコール・フヘン性ということの実証であり、それへの文学的言語（日本語）とのたたかいの道程だった。

去る二月末頃、一橋大教授（社会言語学）、名著『「国語」という思想』の著者であり、文学者でもあるイ・ヨンスク（李妍淑）さんと、韓国文学作品などの翻訳、紹介の瀟洒《しょうしゃ》な韓国関係ブックカフェを備えた出版社クオンの金承福《キムスンボク》さんと三人で、上野韓式食堂で会食をした。イ・ヨンスクさんからの一橋大で学生を相手に〝授業〟をしてほしいとの依頼がきっかけだが、会食はその打合せよりも、久しぶりに三人が会うことに目的があった。

私は依頼の電話の再確認のつもりで学生たちに何を話したらよいのかを訊いたが、彼女は電話と同じく何でも思うことを話して下さいの一言、〝授業〟についての話は終わった。

ヨンスクさんは酒を飲まない。雑談の続きだったが、先生はどうして現在まで小説を書き続けることが出来るんですか？と訊いた。うーん、よく訊かれることだか、それについて説明したこともないし、すぐに返事が出来るものでもない。そういう話をするのは煩わしい。考えると、それは私の小説生涯にかかわることであり、ただ九十歳のいまも小説を書いている事実だけである。私はビールを傾けながら、しばらく何だろうと考える。

それは、自分がどのような小説を生涯にわたって書いてきたかということになる。一言でいって、在日朝鮮人、ディアスポラである私が日本語で書く上で、小説の方法として、私小説的でないフィクションの世界を作ることだった。

私の小説の出発点(『鴉の死』)も、そして現在も大きなフィクションによる小説言語世界の構築である。

　虚構、フィクションを支え、作るものは想像力であり、私の小説生涯は作品化された想像力である。私の小説世界の集大成でもある『火山島』はまさしく想像力によるフィクション構築である。その想像力が欲望……。意識の届かない、それ自体が自然的で超越的である欲望……。

　何だろうね、私の体験もしない、資料もほとんどない小説世界を支えてきたのは、想像力なんだけれど、サルトルはその想像力は欲望から来ていると言ったんですよ。私たちの欲望、食欲もあれば性欲もある、さまざまな人間の欲望が、そしてパッション。……それは生命力ですね、イ・ヨンスク。ええ、生命力、われわれの生のプリー根ですね……。まあ、そのような話を混えて、久しぶりの会食は楽しく終わったが、後日、それが五月二日の一橋大での〝授業〞――講演の内容のヒントになった。

　ここで、私は一橋大での講演の内容について書くではない。

　当日、質疑応答合わせて二時間、二百名ほどの学生たちのまえで、無題の、イ教授も知らない、講演の内容は、一九四八年南朝鮮での「済州島四・三事件」をテーマにした「鴉の死」(一九五七年)から今日に至るまでの在日朝鮮人作家として小説を書いてきたその道程のあらましと、私が日本語で書く場合の言語、その他の日本人作家とは異なる矛盾、葛藤についてだった。そのテーマはさて措き、表現手段の言語、朝鮮語と日本語の相互、相克作用、単的にいえば、「日本語で朝鮮が書けるか」が、主に済州島四・三事件をテーマにして来た私にとっては、作家として小説が書けるかどうかの大きなテーゼとなった。日本語で「朝鮮」が書けない場合には、私は小説書きをやめなければならない、それは言語だけではない、作家の自由そのものの問題になる。それで、私なりの言語理論を自分のものとして、日本語で朝鮮を書けるという確信を持つことで、『火山島』を頂点として一連の南朝鮮、主に済州島四・三事件をテーマにした作品を書いてきたのである。

私の言語論には「言語と自由」、「私にとってのことば」、「日本語で〈朝鮮〉が書けるか」、「ことば、普遍への架橋をするもの」（その他）などと、題したものが多い。どれも日本語と在日作家である私との矛盾、葛藤を超えて、作家、作品の自由を得るたたかいの表現である。言語の個別性を超える、個別性に内在する普遍性の要因を想像力の作用で言語の変質を来す……。日本語で日本語を超える……。これらの言語思想に支えられて『火山島』の完成に至るのであって、私にとって「日本語で〈朝鮮〉を書ける」とは、作家としての存在の自由の条件となる。そして想像力がそれを支える。本稿のタイトルの「朝鮮がテーマだからフヘン性がない」とは、真っ向から対立する。

限りなく死に近い忘却－記憶。権力による記憶の他殺、恐怖による記憶の自殺。人々の発散しようのない凍りつくだけの、内へ内へ降り注いで底へ、深い底へ無意識のなかへ積もって行く悲しみ。

私のテーマの朝鮮・済州島四・三事件は、これらの人間の存在を抹殺され、無意識化された人間の死に至る魂の文学的想像力による地上への浮上、半世紀にわたるタブー、不在の歴史の記憶の復活。それは私の体験外の想像力による文学的再構築であって、その作業は日本語による〈朝鮮〉をテーマにして大いなるフヘン性に至るものであり、フヘン性の具現である。

ところで、「朝鮮がテーマだからフヘン性がない」とは、どこから出てきたことばなのか。

「〈外国文学の〈翻訳〉とは違って）……在日朝鮮人文学に接する場合には自明のものとして日本文学だという前提、あるいは安心感がある反面で距離がないために、無意識のうちに自分に向いて作品のほうから歩みよってくることを期待してしまう。もちろん、それがいわゆる外国文学でもなければ、なお日本語で書かれているためにそのような要求があっても無理だとはいえぬだろう。しかしおしなべてそうであっては、その文学の実体を見失うことになってしまうのだ。つまり日本的な肌合いに合わせなければ、一種の拒絶反応を起しやすいということがそれである。そこには在日朝鮮人文学に対する同質のものとしての要求性がある上に、ワンクッションをおく距離がないために、異質的な文学現象に出合わすと、一種の戸惑いを起しやすいということになるだろう。

その読者というのは文学界の一部もその例外でない。その好例が一九七一年上半期の芥川賞の選考経過のことをつたえた新聞記事である。そのときにたまたま二人の在日朝鮮人作家の作品が候補になった。その記事によると、二つとも朝鮮（あるいは在日朝鮮人）のことをテーマにしているからフヘン性がないということであった。だれがこういう主張をしたかは知らぬが、まさに珍説である。私は新聞のそれだけでは詳細の知りようがなかったので、いずれ出てくるだろうと選評を待つことにし、それから反論を書くことにきめていた。ところが、選評にはそれらしきことが一切ふれていなかった。しかも私が多分その主張をしただろうと想像をしていたある選考委員は、委員会には出席していながら病気ということで選評をのせていなかった。委員会の現場ではそのフヘン性なるものについて一応の論議はあったはずのものと思われるが、その片鱗を新聞記事にのぞかせただけで、あとはその発言の尻ぬぐいもせぬまま通りすぎてしまったというわけだ。不明瞭である。私は反論するきっかけを失った。「朝鮮がテーマだからフヘン性がない」云々というようないい方は、ここで詳しくふれるまでもなく論をなす体のものではない。それを裏がえせばかなり気分的な表現にすぎない。それなら「日本」をテーマにすればフヘン性あるというようなことにもなろうが、そこには文学以前のこととして、はからずもその選考委員の「朝鮮」に対する観点が露呈された感じだった。……（中略）…。「朝鮮がテーマだからフヘン性がない」という鼻持ちならぬ珍説がでてくる要素が日本文学界の一部に牢固としてあり、そしてそれが一種の権威のオブラートにつつまれてまかり通る土壌があるのが、私には不思議だった。

私はこのようなことを、文学的大国主義といったのである。つまり、非文学的だということだ。少なくとも在日朝鮮人文学とその作家は、そのような土壊に還元されてはならない。そこから身を切り離すべきだというが私の考えなのだ……」（「ことば、普遍への架橋をするもの―（三）文学的大国的主義」『群像』一九七二年一二月号。創樹社『民族・ことば・文学』〔一九七六年〕収録）から）。

当時の新聞記事の、「選評」の該当部分を引用する。

「選評経過―芥川賞・直木賞。

第六五回芥川賞、直木賞は既報のように該当作なしときまりましたが、選評委員の大岡昇平氏（芥川賞）・松本清張氏（直木賞）によると、〝受賞者なし〟の理由は次の通り。

芥川賞候補八作品はいずれも過半数の支持を得られなかった。（中略）

このほか金石範『万徳幽霊綺譚』はおもしろいが通俗的なことと、すべて朝鮮人の立場で朝鮮に向けて書かれているのではないか、という意見がでた。また李恢成の『青丘の宿』は筆力十分だが、これもしだいに通俗的になってきている、完成度を追うより在日朝鮮人に向けて書かれており普遍性がないということである。（以下略）」（東京新聞。一九七一年七月一七日夕刊）。

朝日新聞（一九七一年七月一八日夕刊）には「多かった〝断固反対〟芥川賞。――選考経過」の二段記事で簡略に書かれている。

「……総じて今回は「断固反対」という声がそれぞれに強く、大岡昇平委員のみるところ、全体のツブがそろっているにもかかわらず意見がまとまらなかった、という。（略）。また金石範、李恢成両氏の場合は在日朝鮮人に向って書いているテーマ小説なので普遍性がないといった評価。（以下、直木賞関係は略）」

この新聞記事の選考内容について、私が問題にしているのは、本稿のタイトルが「朝鮮がテーマだからフヘン性がない」」、そして前出の「ことば、普遍への架橋をするも」でそのフヘン性について言及しているように、これは全員出席の選考委員会でのだれの選評発言かということである。芥川賞発表の『文藝春秋』一九七一年九月号の選評には委員十人の中の九人がそれぞれ選評を書いているが、そこには「朝鮮がテーマだからフヘン性がない」という、またそれらしき文言は一切見当たらない。委員会に出席しながら、選評を書かなかったのは川端康成である。長くもない選評を書くのは、自ら出席した委員会での発言であり、新聞記事になっているのだから、公表するのが当り前で、当事者の責務でもある。

私は六十年近い昔の「ことば、普遍への架橋をするもの」からの引用にもふれたように、川端の選評を待って反論を書くつもりでいたが、空振りになった。

新聞紙上には「朝鮮がテーマだから……」と発表されていて、選考委員会でも川端の発言をめぐって他委員との遣り取りがあったと考えられるが、『文藝春秋』の選評には一切出ていない。

私は一橋大での講演で、先の「ことば、普遍への架橋をするもの」の引用部分を(その時はまだ新聞記事の資料が入手できなかった)本を手にして音読してから、選考委員会で「……フヘン性がない」と発言しながら選評を寄せなかった委員の名前、川端康成を初めて明らかにしたのである。

なぜ、川端は選評を書かなかったのか。〝病気〟ともあったが、それは口実であって本人の意思だろう。『群像』の拙稿から引用文中の「二人の在日朝鮮人作家」というのは李恢成と金石範である。「万徳幽霊綺譚」(『人間として』)が芥川賞候補の速達通知が文春から届いたとき、全く念頭になかったことなので驚き、不思議に思ったものだ。それから『文學界』編集部から受賞間違いないので、次作、その他の準備など、一〇〇％確定的なこととして強く念を押されたので、こんなこともあるものだと大いに当惑(既作の「鴉の死」などの作品が念頭にあったのだ)、友人に相談して受賞を拒否しようと思ったが貰ったほうがいいと反対されたり、一方で文春もなかなかやるものだと感心したものだった。

ところが結末が受賞者なしの極めて不明瞭なものになった。そして先に挙げた新聞、そして肝心の川端選評なしの文春の発表となったのである。

選評では「(万徳幽霊綺譚)……しかし現在の日本の「純文学」の基準ではこの自然な物語性は直木賞

にふさわしいということになるのである」（大岡昇平）など概して肯定的な意見が多いが、この「純文学」の基準とは何なのか。端的に日本近代文学――「私小説」の基準となるだろう。文体にしても直木賞向き、通俗的な物語性でもないだろう。つまり「日本文学」でない、「日本語文学」として金石範は書いているのであって、文体そのものが日本文学的でないそれで以ってフヘン性へ向っているのである。そこへ「朝鮮がテーマだからフヘン性がない」云々は、文学自体の、そして背後の「朝鮮」の否定である。

後日、『文學界』編集長の豊田健次とバーで一杯飲みながらあのときの芥川賞はインチキではないかと話が及んだところ、彼はただうなずいていたものだった。

それから数年後に始まる大長編「火山島」の『文學界』連載は、このときの「万徳幽霊綺譚」の件がきっかけになったと言えよう。

川端の「朝鮮テーマだからフヘン性がない」の発言は文春の関係者や、私が反論を書く予定だった筑摩書房の『展望』、『文芸展望』の編集者は知っていたが、それ以外は個人的にも話をしたことがなかった。

二〇一六年五月の当日、公衆のまえでそのことを話したのは、私も老齢に達してこの消されている事実を明らかにし、記録に残しておくべきだと思ったからである。

これが日本語で小説を書く私が一九七一年、『群像』に「ことば、普遍への架橋をするもの」を執筆する動機であり、私なりの日本語文学の確立への理論的武装と実現への出発時点であって、現在の『火山島』などの作品の実現に至っているのである。

これを書きながら、もう一つ思い出したことがある。『地底の太陽』（集英社）が二〇〇一年度（第五八回）読売文学賞を受賞間違いなしの決定的な話を編集部から聞いた。これも意外だったが賞金も魅力だったし、それなら貰ってもいいなと、決定を待っていると、〝受賞者なし〟の編集部の知らせ。私よりも関係者、当時単行本担当の髙橋至、『すばる』担当水野好太郎の失望が大きかった。髙橋至が笑いながら話したが、水野が声をあげて泣いていましたよ……。断片的な話しか聞いていないが（選評は非発表）、選考委員の劇作家山崎正和が、『地底の太陽』は済州島四・三事件を扱っていて作者自身が北朝鮮偏向の支持者だと政治的な意見で強硬に反対したということだ。

あの『火山島』の続編に当たる『地底の太陽』は、強いて政治的なことを言えば「北」への作者の偏向どころか「南」とともに「北」批判、反「北」、反「韓」分子の作品であって、作品は敗北ゲリラの逃亡の地、日本で如何に生きるかの話――こんど必要があってと十数年ぶりに読んでみて、なんとも文学的でなかなかいい作品だなと感心したというのが、自作に対する私の見方である。詳細は分からぬが、山崎正和は何かひどい勘違いをしていたんではないか。表現は違うものだが、川端康成のレベルと同じような見方、五十歩百歩ではないか、その間三十年の距離があるのに驚きよりも呆れたものだった。

先に、それから半世紀が経った二〇一六年五月当日の公開の場で、選評を書かなかった川端康成の名を明らかにして消えている事実を記録に残しておくべきだと話したのは、日本語で「朝鮮」（フヘン性）を書けるかが終生のテーゼであった私が、書けることを実現したからである。

それは、日本文学を包括した日本語文学として、日本文学そしてその亜流としての在日朝鮮人文学の外に立つ私の一連の作品の頂点『火山島』の完成と韓国版の全訳（十二巻）出版であり、〝韓国文学〟となっている事実である。この現象は何だろう。

韓国では現在『火山島』全訳出版から一年未満ながら、すでに韓国現代文学史の大きな空白を埋め、さらに韓国文学の明日、そして世界文学の問題として多角、総合的な研究が進められ、拡大しつつある。『火山島』は韓国文学でありながらディアスポラ文学、同時にディアスポラ文学としての日本語文学という越境的な存在であり、今後これらの問題を含めてさらに論議が進められる。

日本文学ではない、日本語文学としての『火山島』。『火山島』の文体、翻訳における言語機能を含めて言語問題だが、言語が文学の〝国籍〟を決定する条件ではないとする私の立場からの発言である。

在日朝鮮人文学を論ずる場合（「在日」文学はまず被植民地者――ディアスポラの歴史性によるものだが）、少なくとも金石範の場合は日本語文学として脱境界的な視点が必要となり、それは文学の普遍性の前提である。

私は『群像』の拙稿の一部を引用しながら、往時の日本文壇事情の一端を指摘、それは日本の朝鮮植民地支配思想の変形（例えば日本文学は上位文学、在日朝鮮人文学は下位文学）の延長だと書いたが、今日、日本は再び戦前の夢を追う政治大国主義、「美しい日本」へと、戦後民主主義の〝脱皮〟を遂げるべく進んでいる。

「朝鮮がテーマだからフヘン性がない」、一九七一年。見事な日本主義を表現したことばだった。


「……私は『火山島』が存在それ自体として、どこかの場でディアスポラとして居場所が決まればと考えている。『火山島』を含む金石範文学は亡命文学の性格を帯びるものであり、私が祖国の〈南〉か〈北〉のどちらかの地で生活したなら決して書くことが出来なかった作品たちだ。怨恨の地、祖国喪失、亡国の流浪民、ディアスポラの存在、その生の場である日本でなければ『火山島』は誕生出来なかった作品である。過酷な歴史のアイロニー！……」

韓国版『火山島』の「まえがき」の末尾の部分からの引用である。

金時鐘の文体のことなど

『金時鐘コレクション』第8巻
「解説」藤原書店、二〇一八年

『草むらの時』は折々の出来事、心象（「在日」、祖国統一、社会、文学など）に触れた、日本社会の「在日」を生きる一人、それも文学者、詩人としての、平坦でない、本人が文集で触れていない内容まで（済州島四・三事件など）忖度すれば、深山の谷底から深い海の海溝に至るまでの絡み合った世界、人生の吐息の一つ一つが宿りついた文としての集まりである。（著者のあとがきに「……役目はもう終わったはずのものを落ち穂集とは……」とあるが、落ち穂としては枯れることを知らない貴重な小文集）。そして長い文章ではないが、どの一つ一つもそれを全体として合わせてみても、その文体の感傷の余地のないきびしさが消えない。金時鐘の文章の感触、肌ざわりというか、打てばカーンと響く鋼に譬えるのは固すぎるが、端正でなめし皮のように柔軟、そして強靱――なめし皮のように柔軟なところに情がある。

この「解説」を書くに当って、往時の『草むらの時』を探し出しページを開いてみると、一九九七年八月の発行、二十年が経っている。私は自作の本でも二、三冊を除くと、ほとんどその内容や筋書、書名さえ忘れていて、私の小説を読む会などの月報を読んだりして、ああ、こんなのだったか……と曖昧に思い出しながら感心することが多い。

『草むらの時』もこんど再読するまでは、その内容をほとんど忘れていた。しかし『草むらの時』を読んだときの感動は蘇えってくる。感情の記憶というものだろう。それは先に触れたようにその文体、抒情の感傷性を排した硬質の文体の感触だった。詩人である彼の散文の文体がこうなんだろう、と改めてうなずく。その印象が内容を忘れてしまったいまでも消えていないところに、久しぶりに『草むらの時』を読んで、うん、うむ、とうなずきながら感心している。

なぜ詩人金時鐘の散文がこのように形成されたの

だろう。それは彼が言うように短歌的、日本的抒情を排した詩を作り上げたのと成因を同じくするのだが、その大きな要因の一つは彼が少年時代から日本の抒情の詩歌の海に浸って住んできたことにあるだろう。

「……ひたむきな「皇国少年」であった私が、金素雲の全詩業といってもよい訳詩集『乳色の雲』（一九四〇年五月、河出書房）から汲み取り、感じいったものは、酷薄な歴史の試練にさらされてあった朝鮮の〝詩心〟からはさらさら遠く、悲愁の余韻がそこはかとない情感となって、そのころ餓鬼のようにむさぼっていた日本の数ある近代抒情詩とひびき合っていることの共感であり、それへの感激であった。綿々とした詠嘆の抒情に新日本人になりたての少年が酔いしれたのだ。（略）廃絶の憂き目にある朝鮮語の痛みには、ついぞ思いの一片すら及ぶことのなかった私であった……」

（「それでも日本語に不信である」）

その彼の頭上に青天霹靂、驚天動地の八・一五が落ちてきた。日本敗戦と朝鮮の解放独立。

「……私は十七歳で回天の解放に出会った。〈解放〉とは日本でいう終戦のことだが、朝鮮文字ではアイウエオの〈ア〉ひとつ書けない、植民地育ちの皇国少年だった。そればかりか、神国日本の敗戦が信じられなくて、十日ばかりはろくろくめしも喉を通らぬほど打ちしおれた。山をどよもすほどの歓喜のうねりのなかで、私はそれでも神風が吹くのを待っていたのだから、げに恐ろしき教育の力である……」

（「私の戦後、私の解放」）

金時鐘にとって、八・一五は真夏の太陽がきらめく「祖国」の独立、解放ではなく、日蝕に蝕ばまれた闇の太陽の八月だった。

そして、そこから徹底して、造られた日本人ロボットから真の人間の朝鮮人への回生が始まる。それはその後の生死が翻弄される歴史のなかの生活の過程で、彼の内的世界、精神に巣食ってきた抒情が棲家を失うことでもあった。最初のやがて壊滅へと向う爆発の歴史。一九四八年四月三日。済州島人民蜂起、俗にいう済州島四・三事件がそうだった。金時鐘は蜂起側の一員となり、党活動の過程の一九四九年五月、父母と生別して大阪へ密航する。第二の人生の始まり。抒情の海からの上陸。恨《ハン》の弁証法としての徹底した自己否定から肯定へ。

　大阪での朝鮮人組織での活動のかたわら、本来の天性の詩人としての身悶えがやがて彼が終生師と仰ぐ小野十三郎詩人との出会いとなり、彼のなかの鬱屈した詩的マグマの出路、方法の提示者として現われたのがその人だった。

「……この日本の中には、私を皇国少年につくり上げ、親と子の間をうとましくさせた〝日本語〟とは確実に違う叡知の日本語が打ちこまれている。詩とはこういうものであり、美しいことはこういうことである、といった私の仕込まれた思い込みを、根底からひっくり返してしまったものに『詩論』と小野十三郎は存在した……」

（「叡知の日本語をもった人」）

「……『詩論』と小野先生は、「まさしく私の人生のある時期において自己の思想を更新させる意味」をもつ対象であり存在だった。〈抒情〉という、詠嘆の流露が実は人間の思惟思考の底流をなす内質そのものであることを知らされたことだけでも、私の〈在日〉は十二分に報われたものと思っている……」

（「叡知の日本語をもった人」）

　金時鐘はこうして小野十三郎校長の大阪文学学校にかかわり、文学運動と同時に新しい詩作の道を切り開いて行くのだが、その師と出会う日本へやって来た出発の土地、彼が身を置いた四・三事件に関する文章は本小文集のなかでも、行間のさりげない何行かを除いて独立したものは見当らない。

　彼は書くべき四・三がないのか。触れたくないのか。忘れてしまったのか。忘れようとし、忘れたふりをしているのか。触れたくなくとも、どうしてもとなると、どうともならなくなると、その悶えのマグマとともにペンが打ち震えざるを得ないだろう。それが文集には見られない。痛ましい思いをする。この文集が出たときは、すでに四・三事件が起こった一九四八年から半世紀が経っていた。忘れたのでもなければ、忘れようにも忘れる方法がない。記憶を殺すにも殺す方法がない。触れたいが、書きたいが、書けない。なぜか？ の理由はさて措いて、書けない。沈黙。ひたすら四・三事件は沈黙の淵に沈みこむ。それでも沈黙が固まれば、圧縮すれば、固まりすぎて限界がくれば破裂する。マグマの凍てついた沈黙が、ひそやかなその鉛の呼吸が、その人生が、彼の日本的抒情を排する硬質の、身体が抽象化された弾力のある文体の生成を押し出して行ったと思う。

そして少年期の生に深く根を下ろしたかつての自分のなかの日本語への自己否定と愛憎をないまぜた復讐の営みが、後年（二〇〇七年）の金素雲戦前の『朝鮮詩集』の原語対訳『再訳・朝鮮詩集』（岩波書店）の偉業である。これはかつての皇国少年だった自分に対する抹殺と再生の弁証法的快挙である。彼は自分の人生全うの力をかつての皇国少年の原型から汲み出しているのであり、苦行の喜びである。

文体は文学の技巧の問題ではない。人生に対する態度、生き方からくる内面の葛藤が身体化されて文体を生む。

「……皇国臣民の世代であった私はようやく青春のとば口で（満州国が日本帝国主義の武力侵略で作られたのを）知って歯がみをした。それ以来、自己を無知たらしめたものへの執着が、私の生きるバネともなって今日に至っている……」（「重い問いの所在」）

「もちろん詩人は自分の思いを言葉で、形があるものにして描き上げる。大いに独自的な作業には違いないが、それでもそこにかかえられているのは、人々の希求、悲愁とないまざった、その時代時代を通底する抒情である。ひとりかけ離れて詩人が存在しているわけではなく、そこで生きている多くの因子としての一人にすぎない。だからこそ詩人には言葉を発しえないものの存在や生すらも、思いを言葉で描ける者の責務として併せ持っているのだ……」

（「詩を生きること」）

金時鐘の社会性、客観性を喪失した現代詩批判の一節だが、この姿勢がそのまま金時鐘の文体へとつながる。

先に、なぜ四・三事件から半世紀が経ってのこの本に金時鐘がそのことに触れないのかと書いたが、それが実現するのはまだしばらくの時間が必要だった。

最初の公的な発言は、二〇〇〇年、四・三　五十周年集会（東京）での自分の体験を混えた四・三事件についての講演だが、満場の聴衆に衝撃的な感動を与えたものだった。講演内容は当時の『図書新聞』に全面つぶしの記事で掲載された。それから折にふれて四・三について彼は発言をしているが、決定的なのは、金石範との長時間にわたる対談であり、それは文京洙編で平凡社から単行本として出版された。『なぜ書きつづけてきたか　なぜ沈黙してきたか』（二〇〇一年）。そこで金時鐘は自分と四・三について一応の全的開示をしたといえよう。

やがて韓国への出入りが出来るようになり、済州島で生別したままの両親の死を見取れなかったそのふるさとへ、父母の墓参りをも果すことになった。彼が済州島を離れて半世紀以上が経ってからのことである。（日本への密入国だったが、実質的には政治的亡命である）

四・三事件と金時鐘のことについて卑近な話をしよう。二〇一一年四月（三・一一の年）、東京の四・三　六十三周年集会で、金時鐘が自分と四・三について講演をした。彼は年少の組織員として後に非合法活動に入るのだが、その当時の体験を話しながら、途中でことばが詰まり、壇上で嗚咽、講演が何度も途絶えながら、何とか終えることが出来た。講演としては成功とはいえない出来栄えだった。閉会、解散後、私たち主催側の「四・三を考える会」のメンバーら、金時鐘夫妻を混えて、上野界隈の馴染みの韓国食堂で杯を交しながらの食事会をした。金時鐘は自分の嗚咽で脈絡が乱れた講演会での〝失態〟をひどく気にしていた。私はそうではない、たしかに一般には金時鐘の思いが届きにくい理路整然としたものではなかったが（彼は話上手でつねに筋道が通った話の講演者として定評がある）、しかし分かる人は分かる。その絶句のもたらす内面の嘆き、悲しみが聞く人の心を打ったのだ……と話したが、いや金石範は自分の失態をカヴァーしようとして慰めてくれるけれど……とかなり落ちこんでいたものだった。

私は単に慰めていたのではない。八十歳をすぎた金時鐘のなかの青年時代の記憶が、六十年前の記憶が現実の感情と一つになって蘇えることの恐ろしさに、私はショックを伴なった感動で、眼鏡に遮ぎられた両眼から噴き出てくる涙をようやく抑えていたのである。こうして、金時鐘の四・三であり、済州島の四・三であり、われわれの四・三となる。

この本には収録されていないが、「さらされるものと、さらすものと」（一九七五年。『「在日」のはざまで』平凡社ライブラリー、二〇〇一年）は、全校挙げて「解放教育」に取り組んできた兵庫県立湊川高校で、最初の解放教育の一環として取り入れた「朝鮮語」の朝鮮人教員金時鐘が赴任してから一年半後の手記である。「部落出身生徒も、日朝混血の生徒、沖縄も朝鮮も母子家庭も皆がみな正体をさらして」来ている学校の朝鮮語科開設に当って、最初の教師金時鐘が充分な準備と覚悟をもって新任式の挨拶に臨んだ。そして、挨拶が終った途端、「何しにきてんチョウセン帰れえ！」と、講堂の演壇に立たされたまま金時鐘は、生徒の面罵にさらされた。

この挨拶の文章は（省略するが）端正で、「選ばれた言葉の見事なまでの圧倒であった。しかしひそかに私は知っていた。土着のコトバをフルに動員させても生徒には当面、耳なれないほどに整序されつくした、これは論理であることを（後略）」。これは本文に引用されている当時の朝鮮問題研究部顧問古林健司氏の、金時鐘教師のことばの意外な展開に当惑する文章である。

金時鐘の見事な、まさしくハイレベルの、そのまま文字化すれば文章として通る深い内容の挨拶のことばだが、ある一定の対象には通じない独りよがりの、「よく言って説教であり、さもなくばもったいぶった押しつけ」（金時鐘）のことばであって、文章に変ればその筆者の姿勢・スタイルが文体《スタイル》として現われる、貴族のことばで農民に語りかけるようなものと言えよう。

　金時鐘はやがて、最初の対面から衝突、面罵された部落出身の生徒たちと深く情が移る師弟の仲になって行くのだが、その新任挨拶の見事な内容のことばと、それを聞く側との落差を知らなかった金時鐘の自己追求のさらなる歩みである。

「チョウセン帰れえ！」

　これはいま巷間にひろがっているヘイトスピーチとは全く違うもの。それでも、講堂に響くこの生徒たちの声をわが身に移して聞くと、私は眩暈とともに打ち震える軀の動きを抑えられないだろう。

「……「なんでさらしものになんのや！」（中略）。さらしものではない。さらさねばならないことをさらしあっているのだ」

「……私の出現がかもした、貴族ぶった感性へのあらがいだったろう。平たくいって、私の言葉そのものへの反撃だったのだ。それまでの私の行動半径の中にいた、少なからぬ日本の若い友人達、日韓問題について、芸術について、一応の見解と知識を披瀝していた若い選良たち（略）、しゃにむにクラスメートを押しのけ大学に入り、出た彼らを、私は取り立てた考察もなく若い世代の基準としていた。そのような知性に向けて、その肌あいに合う表現がいつの間にか私の言語にとって代わっていたのだ……」

　これは講堂の演壇で生徒たちの面罵をいかに受けて立つかの、崖っぷちに立った金時鐘の姿である。対象との落差の恐ろしい、怪獣の火を噴かんばかりの口を開いた現実、断絶の様相をまえに、いまでない、昨日と違う自分を取り戻す、自分になる凄絶な自己否定と回生の、教壇で解放教育に向う新しい姿勢の金時鐘自身の発見の瞬間である。

私は彼の挨拶文を引用出来ぬまま敢えて「さらされるものと、さらすものと」について言及したが、その日の出来事が、金時鐘の文体の形成にかかわる、このようなたたかいのプロセスがあるのだという私の思いからである。それは先の引用と重なるが、詩人の仕事は「……人々の希求、悲愁とないまざった、その時代時代を通底する抒情である。ひとりかけ離れ詩人が存在しているわけではなく、そこに生きている多くの因子としての一人にすぎない……」（「詩を生きること」）

終りに『小文集』に戻って、冒頭の「草むらの時」について、一言触れたい。文集はどれも短文のエッセー集だが、「草むらの時」は、短篇としても読める作品である。

都会の生活から辺地の海辺に小さな土地をもっての生活と、柿の苗ひとつ二年かけて育てられない、いくら引っこ抜いても一面雑草だらけになる、蝮の出入りする草むら。潮風の風土を度外視した〝うぶ〃な都会人の自然のなかでの生活の断面が描かれる。それは自然とのささやかなあらがいのなかで過ごしながら、大自然を恐怖と調和で包みこむ、その摂理に心おののく帰依が見られる自然との交感の文章である。闇の描写がいい。草むらの闇、海辺の闇、宇宙に吸いこまれる濃密なくらがりの様な闇。

芸術家の本質はその属性としての（あるべき）巫女性、現実的なものと非現実（超越的）なものの媒体性にあると私は考える。文明で出来上った意識の層を捨象する天性の持主が巫女であり、巫女性である。この小さな文章を読んでいると、そのようなものを、これが詩人なんだろうと思いながら、感じた。

資料1　京都大学文学部卒業論文

芸術とイデオロギー

二十三年度入学
哲学科美学専攻
金錫範

美学美術史専攻　金錫範
審査教官　井島教授　閲了月日　3月7日　印
臼井教授　3月10日　印

目次

〔日本語表記については、引用文も含め現代的な表記に改めた。〕

（一）イデオロギーの性格

イデオロギーが何であるかは、これが社会科学的概念である以上その本質――自然科学的な意味における――を規定することは難しい。それはあらゆる文化科学の領域においても言い得ることではあろうけれど、特に歴史的過程の突端に位して論争される人間の全観念機構を意味するイデオロギーの概念は一つの性格的なものとして種々の面貌を持ち得るのであろう。

事物の性格は社会的なものを意味する。そしてまた事物の性格の複雑なのは市民的社会の特色でもあろう。「事物は無数の性質の統一体としてある」が、この諸性質の代表的な、すなわち「事物の支配的な性質であり、優越的性質である」（戸坂潤「イデオロギーの論理学」一一―一三頁）ものが性格であり、しかもこれが把握される方法の相違に依存して主体の側と相関関係にあり、したがってまたその性格も変貌してくることになる。事物がいろいろの問題を提起する限り、多くの方法が生まれ、それぞれに従って事物の把握のされ方が意味を持ち得るのだから、事物の性格も多彩に印象されるのである。

けれども自由というものが何か絶対者に媒介されてのそれならば、性格といえども単なるチグハグな断片的な印象であってはならないはずであろう。事物の性格も絶対者に媒介されねばならない。事物の本質的——性格的な意味における本質的な——性質が性格とも言えようがこれが或る絶対者を媒介として発見把握されるのでなければならない。

この絶対者は歴史的社会的ロゴスとも言うべきものであり、事物は歴史的社会的産物として被規定者としてあり、それ自身の中に——全体の一部分としての——ロゴス的性格を関係せしめているのでなければならないのである。ロゴス的性格を性格として発見把握する主体の側においても——彼の性格自体終局的には歴史的社会的規定を被っている——かかる立場に立ってのみ事物の雑多な性格の中からロゴス的なそれを見出すことができよう。

なぜなら事物も主体も共に歴史的社会的なものによって同じ平面の上に規定されると考えられるからである。

§I　イデオロギーの概念

イデオロギーは観念形態または意識形態と訳されるように、それは一般に現実存在に対する思惟という具合に考えられている。そしてその思惟と存在との「何らか」の関係がイデオロギーを問題にする重要な契機になっている。すなわちそれが法制的・政治的・宗教的・道徳的・科学的・哲学的、あるいは芸術的観念や意識の諸形態を意味するものであるにせよ、これらの観念や意識が自主的に独立して存在し、ただ自己の法則によって運動するのではなく、その根底において、何らかの特定の主体あるいは特定の社会に規定されるものと見られるところに、問題が生ずるのである。「諸理念の社会的被制約を観察することは、今日においてもはや社会主義的思想家の特権ではない。むしろこのことは我々の全意識の要素となっており、以前の解釈の仕方に付け加わるところの新たな種類の歴史的解釈である」（カール・マンハイム『知識社会学の問題』樺俊雄訳。「文化社会学研究叢書Ⅰ　イデオロギー論」二四頁）とマンハイムも言っている。

意識が自主独立のものでなく歴史的そして社会的な

ものであると見なされるようになったのは近代に属することであり、ヘーゲルよりマルクスに至る道程において確立されたと言われるように、それ以前においては意識は必ずしもかかるものとして把握されていなかったのである。真実在を意味し、超精神的なプラトンのイデアが漸次に人間の精神に内在的なるものとして見られるようになり、それがデカルト一流の生具観念の思想として表われる。しかし、これではまだ観念が感性的なものとして見られる訳ではなく、自然科学の新しい発展の影響と共に、観念を精神の生産物として見られるようになってくる（三木清著作集第六巻「社会科学概論」三一九頁）。すなわちロックなどのイギリス経験論の思想がフランスに侵入することによって、イデーはもはや天上の位置に安らうことなく、「発生的に感官知覚から把握され、精神的過程は肉体的原因に還元されるべきである」（ゴットフリード・ザロモン『史的唯物論とイデオロギー論』坂田太郎訳「文化社会学研究叢書Ⅰ　イデオロギー論」）という具合になっていく。ということは形而上学的な或いは宗教的な権威にすなわち中世期的権威に対する反抗とその虚像性を暴露すべき任務を背負うことを意味する。それは「経験・感性の此岸性現実的権威」を確立しようとするものなのである。「ロックがイギリス革命の哲学者だったように、コンディヤックこそ、革命を支配し特にデスチュト・ドゥ・トラシー及びカバニスがその代表者だったところの傾向を定めた人である。「革命の潮流」はただ智力の経験的発展のかかる研究をのみ哲学と認め、デスチュト・ドゥ・トラシーは後になってかかる研究にイデオロギーという名称を与えた。その後十八世紀末葉おいて、フランスでは大部分の哲学者がイデオローグと呼ばれたのである（ザロモン、同、三一〇頁）とザロモンが述べているようにイデオロギーは元来観念学（science des ideas）を意味しており、諸種の観念形態の成立を最も単純な感覚要素から説明してすべての精神科学を感覚論的に基礎づけようとしたコンディヤックに始まる一連の「観念学者《イデオローグ》」の立場のそれだった。「我々の表象が各々の欲望と関連しており、かつ他人との交通において思惟が発展せしめられるなら、思惟の様式は言語の様式から個人からでなく社会化から、説明されるべきである。――ドゥ・トラシーの「イデオロギー」では論理と文法とが一緒にされる。「観念の形成と産出」の基礎は経験であり、経験は直接に印象において与えられる。「考えることは常に感じることである」……」(ザロモン、同、三一二頁)。要するにイデオローグの思想は思考の方法を確立するためには、その前提ともなるべき思考の形成の構造が闡明されねばならない。観念の起源とその形成を明らかにすることによってのみ思考の方法を確実なものに、かつ真理を探究し得るものとなるというのである。ところがマンネリズムになっていくと「周知のごとく、かなり以前からフランスでは観念の起源を穿鑿してそれらの観念をその記号ないしは言い方と同じように勝手に自分で作り出す技術を案出した、と信じている屁理屈屋がイデオローグと呼ばれた」ドイツでは、こういう屁理屈屋は啓蒙論者(Aufklärer)とも呼ばれた(ザロモン、同、三〇八―三〇九頁)。

こういうように観念は地上に一応引き下げられはしたけれど、そこには「超個的な意識の概念がなく、かつ歴史的な立場が含まれていなかった」のである。蓋してイデオロギー的見方の成立するためには単なる個人的「心理学的」平面にではなく、「精神学的」平面に「意識を内容的=形式的(形態的)に考察し」、そして「一切の文化はその全内容性において、かつその全体の連関性において考察されねばならない」(三木清、同、三二二頁)。そのためには、意識は個人的でなく何らかの超個人的なものと見られねばならないのであって、「世界像の客観的本体的統一が破砕されて以来、人々はまずそれを主観側から救わんと試みる。中世的キリスト教的客観的世界像の代わりに啓蒙期の絶対化せられた主観的統一「意識一般」が現れた……そしてこの意識活動は世界像に対し構成的である……それはただ非歴史的非社会的に見られてはいるが……それは具体的諸主観に関係せられたのではなく、仮想せられた「意識一般」に関係せしめられ」たのである(マンハイム『イデオロギーとユートピア』湯浅興宗訳、一五八頁)。しかしこれではまだ歴史的見方は出でず意識の歴史化が必要となる。「ヘーゲルは既に世界像は一つの統一であり、主観に関係してのみ理解し得るという点から出発する。しかしここに初めて決定的な思想すなわちこの統一性は歴史的生成において変形していく統一性であるということが付加せられている。主観、すなわち意識統一の担持者は、啓蒙期においては全然、抽象的・超時間的・超社会的な統一、「意識一般」であった」が、「ここにおいては「国民精神」

は歴史的に分化した諸意識統一の代表者になり、それの充実せられた高次の統一はヘーゲルにあっては「世界精神」である。……」（マンハイム、同、一五八・一六〇頁）。こうしてやがて民族や国民の代わりに階級が歴史化された意識の担持者になっていくのであるが、このことは単に哲学者たちによってかかる世界観が認識されたということではなく、市民的社会の歴史的変遷に基づくのである。近代社会における経済的・政治的諸関係の矛盾が諸民族諸国民における矛盾すなわち対立相異として表われ、資本主義の発達と共に、これが階級間の矛盾としての形をとり、はじめて歴史的社会的具体者たる「階級」が登場するわけである。

マンハイムは、イデオロギーを部分的と全体的（partikulare Ideologiebegriffe, totale Ideologiebegriffe）とに分けた。前者を個人的な「心理学的平面」への機能化が行なわれるのであり、一切のものを究極において関係せしめる主観は個人であるけれど、後者は、個々の思惟内容だけでなく、全世界観、全意識構造が問われて、「精神学的平面」noologischへの機能化が行なわれているのであって、「もし体験作用をイデオロギー形式の唯一の席と考えるならば、個人を超越した何らかの集合性 Kollektivität の方向にいくことはできない」のである。そして「……それ自身から把握するのではなく、それを主観の存在位置の機能と解釈することにより、その存在位置から把握するにある」（マンハイム、同、一四四頁）ところには、共通点が存するように思われる。

ここで問題になるのは、全体的イデオロギーの概念であり、いわゆる観念諸形態としてマルキシズムでいわれる上部構造に該当するように思われる。唯物史観によると、上部構造は、「人間の物質的生産諸力の一定の発展段階に適応するところの生産諸関係の総体としての社会の経済的構造」の上に立つ上層構造のすべてを意味するが、（一）経済的土台の上に直接の依存関係として、法律的及び政治的上部構造が立ち、（二）社会的観念諸形態は、間接の依存関係においてその土台の上にあるわけであり、これは広義の場合のイデオロギーと言える。狭義の場合は右の上構（上部構造）の中で法律的政治的構造以外の社会的諸観念形態、すなわち意識の種々の理論的所産や他の形態のすべてとしての精神的生活過程一般＝精神的文化を指すのであり、物質的土台から最も隔たっているイデオロギーがいわゆるイデオロギーである（三木清編『現代哲学辞典』「イデオロギー論」の項、ザロモン、同、三四三―三四四頁）。

（註）プレハノフはこの関係を次のように定式化している。

一、生産力の状態
二、この状態に制約された経済関係
三、与えられた経済的「地盤」の上に生じる社会的政治的秩序
四、一部は直接に経済によって、一部分は経済の上に生じる社会的政治的全秩序によって規定された社会人の心理。
五、この心理の諸特徴を反映するところの様々の諸観念形態（イデオロギー）

戸坂潤「イデオロギー概論」二六四、二六五頁）

こうしてイデオロギー概念の外延がだんだん狭められると、当然内包性に豊富であるべきイデオロギーの性格が具体化してくる。ところで、三木清は現実的なイデオロギー的見方の成立するためには、虚偽意識の概念が導き入れられねばならないとしているが、これはイデオロギー論の重要な概念であって、「単なるイデオロギー」として、ナポレオンに濫觴を持つところの侮蔑的な意味を含むためのものであり、ある意味においては現代におけるイデオロギー概念の全運命を担っているものであるかも知れない。彼は、虚偽意識としてのそれを、イデオロギーの特殊概念と呼ぶことができるとし、あらゆるものを含めての一般上部構造としてのそれを、イデオロギーの一般概念とも言うべきだとしている。けだし、上部構造としてのそれは必ずしも虚偽意識ばかりとは言われないところに起因しての言葉かも知れない。しかしてこれはマンハイムの特殊的イデオロギー spezielle Ideologie と一般的イデオロギー allegemeine Ideologie とは意味が相異している。彼の特殊的とは、たとえ全体的のそれであっても自己の思惟立場を絶対視して考え、敵手の立場だけを社会的に機能化する場合のことであり、一般的とは公平に自己をも含めて一切の立場をイデオロギー批判の対象となし得る勇気のある場合を指している（マンハイム、同、一七四頁）。

§II　人間の観念的所産はイデオロギー的性格を持つ

「……人間は、彼らの生活の社会的生産において、一定の必然的な、彼らの意思から独立した諸関係を、すなわち彼らの物質的生産諸力のある一定の発達段階的に照応する生産諸関係をとり結ぶ。これらの生産諸関係の総体は社会の経済的構造を、すなわちその上に一つの法制的及び政治的な上層建築がそびえたち、そしてそれに一定の社会的意識諸形態が照応するところの、現実的な土台を形成する。物質的生活の生産様式は、社会的・政治的及び精神的な生活過程一般を制約する。人間の意識が彼らの存在を規定するのではなくて、逆に彼らの社会的存在が彼らの意識を規定するのである。」（Karl Marx: Vorwort zur Kritik der Politischen Ökonomie, Moskau–Leningrad 1934, S.5.『経済学批判』宇高基輔訳（世界古典文庫）三頁）

この『経済学批判』の「序言」の一文と共に、『ドイツ・イデオロギー』の中の次の文章と関連して考える時に我々は明確に一つの前提を得ることができるであろう。

「観念、表象、意識の生産は、まず第一に、人間の物質的活動及び物質的交通のうちに現実的生活の言葉のうちに直接に織り込まれている。人間の表象作用、思惟作用、精神的交通は、ここではなお、彼ら物質的行動の直接な流出として現われる。ひとつの民族の政治・法律・道徳・宗教・形而上学等々の言葉のうちに見られるところの精神的生産についても、同一のことが言われ得る。人間は彼らの表象観念等々の生産者である。しかし、ここに言う人間は、彼らの生産力の一定の発展によって、かつその最高の形態にいたるまで、この生産力に相応する交通の一定の発展によって、制約されているところの、現実的な行動しつつある人間なのである。意識とは意識された存在以外の何ものでも断じてあり得ない。そして人間の存在とは彼らの現実的な生活過程である。……彼らの現実的な生活過程からして、この生活過程のイデオロギー的反射と反響の発展もまた叙述されるのである。人間の頭脳における仮幻的構成物もまた彼らの物質的な経験的に確かめ得る、そして物質的諸前提に結びつけられている生活過程の必然的な補足物である。このようにして、道徳・宗教・形而上学及びその他のイデオロギー、並びにそれらに相応する諸々の意識形態は、もはや独立性の外観を保持しない。それらのものは何ら歴史を持たない。却って彼らの物質的生産と彼らの物質的交通を発展せしめつつある人間がこのような彼らの現実と共にまた彼らの思惟と彼らの思惟の生産物とを一緒に変化させるのである。意識が生活を規定するのでなく、かえって生活が意識を規定する。第一の見方においては、人間は生ける個人と見られた意識から出発する。第二の現実の生活に適応せる見方においては、人は現実的な生ける個人そのものから出発し、そして意識を単に彼らの意識として見るのである。」（三木清訳『ドイツ・イデオロギー』（岩波文庫版）四九―五〇頁）

　ここに記されている最も重要と思われる点は、思惟を制約するものはあくまで現実存在であり、だからして思惟の生産者であるところの人間を制約するのもまた現実存在であり、この現実存在は歴史的社会的存在ということができる。そして歴史的社会的存在によって思惟が制約されるなら、当然、思惟は階級的イデオロギーとならねばならないであろう。なぜなら、社会は階級的なそれであるから。

　しかしながら、思惟はあくまで存在に拘束されるとしても、――〈思惟は存在の単なる直接の反映ではない。「単なる存在――それは自然によって代表される――が、歴史的社会的存在の框《かまち》を通って反映されて初めて、イデオロギーはイデオロギーの資格を得る」（戸坂潤『イデオロギー概論』四五頁）のである。すなわち歴史的社会的構造を通過することによって思惟はイデオロギーとなるのである。〉――全然何らの自主的な独立性を持ち得ないのであろうか？ まず第一に、先刻の経済学批判の言葉にあるように、「これら生産諸関係の総体は社会の経済的機構を、すなわち、その上に一つの法制的及び政治的な上層建築が聳え立ち、そして共に一定の社会的意識諸形態が照応するentsprechenところの、現実的な土台を形成する」のであるが、これは政治的法制的な上層建築が社会の経済的構造によって直接規定されるに反して意識諸形態は「土台の上」に立つところの一つの法制政治的な上構（上部構造）に「照応して」entsprechen すなわち土台からは間接的に被媒介的に規定される訳である。「産業と商業、すなわち生活必需品の生産と交換は、一方、分配や種々なる社会階級を制約すると共に、他方、それの経営の仕方においては、逆に後のものによって制約される。」（『ドイツ・イデオロギー』五四頁）土台の上に直接腰を下ろしているところの法制政治的上層も究極には経済的構造によって制約されるのであるけれど、やはり弁証法的な関係において生産関係そのものをも制約し得るのであり、単に経済的構造の受動的な結果ではあり得ないということを意味しているように思われる。

マルクスはさらに筆を起こして原始人の意識を問題にしながら、当時においては「自然は人間に対して初めて一つの全然外的な全能な、侵しがたい力として対立し、それに対して人間は純粋に動物的に関係し、それによって彼らはあたかも禽獣のように威圧される。かくしてそれは自然についての一つの純粋に動物的な意識（自然宗教）である。……蓋しまさに、自然はなおほとんど歴史的に変化されていないからである。……この自然宗教あるいは自然に対するこの一定の関係は社会形態によって制約されていると共にまた逆にこれを制約しているのである。……人間の自然に対する局限された関係が彼ら相互の間の局限された関係を制約し、そして彼ら相互の局限された関係が彼らの自然に対する局限された関係を制約している。」（同、六〇─六一頁）このようにして、相対的ならざる絶対的なものはなく、こういう具合に矛盾するのは、「いわば、同等の力をもって対立するのではなく、かく矛盾するものの一方が究極的な根源性を有するが故に、そこに弁証法的発展なるものもあり得るのである。」（『三木清著作集』第六巻「歴史哲学」九六頁）

マルキシズムをいわゆる「経済的唯物論」として経済的動因のみを歴史的発展の作用とのみ認め「経済主義が、思想財において何が単にイデオロギー的であり、何が現実相関的であるかを決定する法廷となす」（マンハイム、同、一七一頁）ものとすることは、その一面性を強調したものにすぎないであろう。ザロモンはエンゲルスの書簡を引用して言わしめている。「自然に関し人間自身の性質に関し、精神、魔力等に関するこれらの様々な誤れる表象の根底には多くの場合、単に消極的にのみ経済的なものが横たわっている。すなわち前史時代においては経済的発展がいまだ低かったがため、自然に関する誤った表象を補充物としたのであるが、同時にまた後者は時に応じて反って前者の条件となり、原因とさえもなった。経済的欲望は次第に進歩する自然認識の主たる発条だったし、かつ益々そうなったには違いないが、ただし、これらの原始的なナンセンスのすべてに対して経済的原因を探求しようとするのは衒学的とのそしりを免れないであろう。」「……歴史的要素は、それがひとたび他の結局は経済的の事実によって生み出されるや否や、今度はまた反動する。すなわち、その環境に及びそれ自らの原因にすら反動する、ということを人びとは故意に見落としてしまう。」（ザロモン、同、三四七-三四八頁）

イデオロギーも下部構造に対して、規定される故にまた規定するという能動性と相対的独立性を保ち得るのであり、イデオロギー同士の交互作用、また土台との交互作用を通じながら、究極の場合においては、経済的必然性によって制約されるのである。卑近な例では、ソビエトにおける文化革命の役割がある。単に経済革命のみならず、あらゆる領域にわたる文化政策、教育等の他国に見ない重要視と実践はイデオロギーの能動性と相対的独立性を示すものと言わねばならないだろう。その故にこそ我々人間が歴史を創り、社会を新しく改革していくことも可能なのである。

そして今度は、虚偽意識の概念が導入されねばならない。マルクスが青年ヘーゲル派の哲学者たちをドイツのイデオローグと侮蔑して、その哲学の非現実性、非実践性を批判するために『ドイツ・イデオロギー』を書き上げたのであったけれど、この場合のイデオロギーなる言葉には、虚偽意識のそれとしての調子が感じられるのである。だからこそ、マルクスが「ドイツのイデオローゲン」と声高に叫ぶときは、「ドイツの空論家どもよ」という軽蔑した調子が含まれている。しからば虚偽意識はいかにして可能であるのか、かつまたいかにして虚偽意識に非ざる真理意識は可能であるのか、この二つは共に広義におけるイデオロギーであり、一定の歴史的社会的生活過程における、人間の観念的所産なのである。

虚偽の源泉は意識にあり、意識の主体は個人に帰せられる故、虚偽を犯す者は、――それが無意識的にしろ、意識的にしろ――個人なのである。そしてこれを犯させるものもまた個人の感情、あるいは意志であろうが（戸坂潤『イデオロギーの論理学』一二頁）、ここで問題なのは、ただこの個人の意識の中において、「一定形態の虚偽」がいかにして組織化されるかである。個人の意識の領域の中に、個人の外から一定の虚偽形態を組織的に与えるものが問題となろう。そして、一定形態の意識はもはや個人的なものでなく、社会的な広がりを持つものとなる。すなわち、単に個人的でなく、社会的な虚偽意識が問題となる。虚偽という単なる概念自体は成立し得べくもなく「一定の内容規定をもった虚偽な或るもの——主張、学説、報告等々」（戸坂潤『イデオロギーの論理学』一三頁）であり、そしてこれらの内容規定を構成しているものが論理と呼び得るから、意識形態が虚偽かどうかということは、その意識形態を構成ならしめているところの論理なるものが、真理形態を持っているか、あるいは虚偽形態を持っているかということになる。先刻、一定形態の意識は単に個人的でなく社会的な広がりを持つと言ったが、単に社会一般なるものは、論理——一定の意識形態を構成せしめるもの——に対して、何ら虚偽とか真理とかいう形態を組織的に与えることはできない。「社会的であるということだけでは、論理は虚偽とも真理ともならない。ただ或る条件の下では、社会は組織的に虚偽の一定形態を与え、これに反して他の或る条件では、社会は組織的にかえって真理の一形態を与えるのである。」（戸坂潤、同、一四一頁）

これはザロモンの次の言葉と同じことを意味するように思われる。「認識する階級の地位に応じて正しき意識と誤れる意識とがある。十全なる認識は特殊の「認識機会 Erkenntnischance」を持っているところの階級に与えられる。」（ザロモン、同、三二六頁）

歴史的社会の発展——或いは進行の——運動法則に基盤を持つところの意識は特殊な認識機会を持つものであり、そしてこの意識の主観的利害追求は究極において、社会自体の利害——客観的なロゴス——に一致する可能性を有するのである。いわば、ある階級は現存社会においてのその生存が保障、すなわち肯定されている故に、この社会が根本的に変化することは、かの階級の「特殊的な諸制度」に反するのであり、また被支配階級との軋轢が甚だしくなればなるほど、当然その根源においてはかかる交通形態と一致していた意識はますます真でなくなり、すなわちそれは交通形態に一致する意識であることを止め、かかる交通関係についての伝来の表象（そこでは現実の個人的利害が一般的なものとして表わされる）は、ますます単に観念化する空語に意識的の錯覚に、故意の偽信に下落する。」（ザロモン、同）

ところで、これらの虚偽意識は無意識的虚偽なのである。――もちろん意識的虚偽に転じ得る可能性は持っている。例えばファッシズムのように。――虚偽に陥り込むところの主体は個人であるけれど、個人を陥れる原因は個人になく、社会の中にあるのであり、「歴史的（社会的）感覚」を持たない個人は、虚偽意識（形態）の擒《とりこ》となるばかりでなく、虚偽形態そのものについての感覚を持たないからして、彼にとっては自分の虚偽は何ら意識されないから虚偽ではなくなる。「なんとなればこれを虚偽として意識させる動力は彼個人の中になくて、あたかも彼が無関心であるところの社会そのものの内にあるのだから。」（戸坂潤、同、一四三頁）

しかし社会は停頓するものではなく、恒《つね》に一定の法則に従って推移していくものであるから、「ある任意の過去または未来にあるのが適切であるような真理」も、現在においては虚偽になることがあり、「現在において真理と考えられたものも、もしこれをそのまま未来にまで固執しようとするなら、「未来のその時機においてそれは虚偽となるだろう。真理は、歴史的運動によって、虚偽となることができる」（戸坂潤、同、一四一－一四三頁）わけである。

マンハイムは虚偽意識をイデオロギーとユートピアに分け、そして一つの現実を設定し、この現実に取り残された時代遅れである故、新しい現実を隠蔽しようとするかかる意識も虚像であり、これに反して、現実を追い越してしまって現実に不適合であるところのユートピアもまた虚偽であるとする。

「イデオロギー的なるもの及び、ユートピア的なるものも、等しき方法で、回避せんとする努力においては、元来は終局において、現実が求められているのである。」

「……思惟は、現実以上を含んでもならぬし、それより少なく含んでもならない。思惟はその必須なもののみを具備している」（マンハイム、同書、二〇〇－二〇七頁）。

ともかく、ここでも「現実が求められて」いるのであるが、この現実に不適合である虚偽意識は結局現実的でなく、実践的でないということになる。というのは、虚偽意識を指示する標準は現実的実践的なものでなければならないのである。「……「あらゆる社会的生活は、本質上実践的」であり、かつ人間は「真理を換言すれば自己の思惟の現実性と力、すなわち此岸性を、実践において立証する」のであるから、人間はただ「感性的対象」としてのみでなく、その「感性的活動」において把《とら》えられる。」ところが、マンハイムの「現実」は、その現実的基礎がはっきりしていないので、彼が自己の思惟立場を含めてのイデオロギーの一般的把握をなす場合においても――〈一般的イデオロギー概念〉――何ら「現実」的な地盤がないのである。だからして、なぜ或る社会層が或いは階級が現存社会に執着を見出し、また別の社会層が現存社会を否定の方向へ止揚しようとして未来に向かうかは明らかにされないようである。

「マックス・ウェーバーの言葉、すなわち唯物主義的歴史説明は、なんら勝手に乗り得る辻馬車ではない。そして、革命の担持者の前でもまた立ち止まらないということが、ますます真理となってくる。イデオロギー問題は、長い間、一つの党派の特権となり得るには、余りに一般的であり、余りに原理的な問題である。何人といえども、その敵がマルキシズムをも、そのイデオロギー性に基づいて分析するのを禁ずることはできない。」（マンハイム、『イデオロギーとユートピア』一七二頁）

歴史の過程において絶対的な真理があり得ない以上、真理は相対的なものを含んでいよう。そうであれば、あらゆる観念に虚偽性があり、また真理性があるのであって、単にマルキシズムにのみ真理があるとは言えない。ただ問題は、「その敵がマルキシズムをも、そのイデオロギー性」に基づいて分析する場合、やはり一定の立場が要求される。そして、この立場が歴史的社会的現実である以上、そこにいわゆる立場の主観的利害と、社会自体の利害との一致、あるいは不適合が生ずる場合、真理認識の可能性が、ある立場にはより多くなり、ある立場にはより少なくならざるを得ないだろう。もし社会の営みが、絶対的真理への旅程とすれば、ブルジョア・イデオロギーも、単なる虚偽意識ではなく、この絶対的真理への一つの契機ともなるべき相対的真理を含んでいるだろう。

「マルクス及びエンゲルスの唯物弁証法は無条件に相対主義を含む、けれどもそれは相対主義に還元されはしない、換言すれば、それはあらゆる我々の知識の相対性を承認する、けれども客観的な真理を否定する意味においてではなく、かえって我々の知識のこの真理への接近の諸限界が歴史的に制約されているという意味においてである。（レーニン）」（『三木清著作集』第六巻「社会科学概論」三四六頁）

さて、今までイデオロギー一般を――抽象的に――取り扱ってきたのだから、我々はもう一歩進めて、その具体的な形態であるところの、諸科学、あるいは芸術等々に言及されねばならない。

あらゆる歴史的科学は、その理論的分析の契機を歴史的現実の中に持っている。歴史的現実の中における「客観的諸事情」から問題設定の方法を問われ、かつまた、それを分析の対象とする。たとえ、歴史的現実の範囲から出でて、自然を問題とすることがあっても、それは自然自体を問題にするのではなく、歴史的社会の中における限りの自然に対する問題の仕方なのである。そうであるから、歴史的科学の存在地盤である歴史的現実も変化するものであり、かつまたその対象とするところのものも恒に変化して止まない歴史的運動をその根底に持っている。だから古典経済学は現今の搾取的雇用関係によるところの階級対立を想像し得なかったのであり、絶対専制君主時代における政治思想は、現代社会ではおそらく通用し得ないのである。特に現今のように、ブルジョア階級の否定として顕われる対立階級が往昔とは異なり、自己の自覚した意識を体系的に打ち立て、かつそれと共に理論的・実践的な武器を所有するようになると、歴史科学の対立の複雑さは、日常的な事情として反映され、そのイデオロギー性を解明することは、さして困難ではあり得ないだろう。

自然科学においては、この事情は判明《はっきり》しないけれど、自然科学といえどもそれが人間の観念的所産である以上、他の諸科学と同様、歴史的所産であること、それ故にまた生産関係の制約の元に発達してきたものであることは、誰も否定しはせぬだろう。

自然科学自体は歴史的所産である故、歴史的である。しかし、その探求の対象となるべきは自然世界であり、これは自然科学によって統一されるとはいえ、それ以前は歴史に対立するものであり、非歴史的である。すなわち、自然科学の持っている自然概念は、自然科学という歴史的所産を通過することにおいて歴史的であり、しかも歴史の対立者である自然を内容としているから、それは自然的であると言えるという矛盾、「二重性」を持つに至る。（戸坂潤、同、一六一頁）

「歴史は自然科学において否定される。自然科学は時間をば、その固有の時間性、すなわち歴史性においてでなく、空間化されたる一つの次元として使用する。」戸坂潤はさらに続ける「……自然科学が構成されるのは無論のこと、それぞれの時代における人間によるのであるが、歴史の持つそのような――時代という――現段階の性格はもはや論理構成の原理の中に組織的に織り込まれていない。自然科学にとっての現実は、歴史的現実の持つ現実性ではなく、あたかもそのような歴史性の否定であったところの通時間的な自然の持つ現実性に外ならない。」（戸坂潤、同、一六三頁↓一六四頁）すなわち、自然科学にとっての現実は、「超時代的」であり、「永久不変」であり得るのである。ただし、それは自然科学という媒介物によって歴史と自然が統一されてのことであり、かかることは一定時の技術、生産関係の発達に依存しているのである。「……しかしながら、産業と商業なくしては、どこに自然科学があるだろうか。この「純粋」な自然科学でさえ、実にその目的並びにその材料を商業と産業によりて、すなわち人間の感性的な活動によって初めて得るのである。」（三木清訳『ドイツ・イデオロギー』五四一頁）こうして自然科学の真理は、煉瓦積みのように一つひとつ積み重ねられていくのであり、自然科学における根本的な変革ということは、歴史科学と違って難しい。その理論的な体系の構成の段階は異なるだろうけれど、全然伝承されたものを否定して異なった体系の構成を持つことはあり得ないだろう。かかる点が自然科学には余り個人の名前が付加されない原因である。

　しかしながら、自然科学の階級性という場合、それは形式論理的に一線を画することは困難であり、自然科学が自然哲学的な要求をもって世界観を構成したりする場合、哲学との関連を生ずるし、応用科学の場合は技術に連なるし、ここに複雑な階級性への裏口が潜んでいる。すなわち、自然には階級性はないだろうが、自然科学はやはり人間の所産であり、歴史的なもの故、別の意味での階級性が存在するであろう。

（二）芸術の持つイデオロギー的性格

§Ⅰ　芸術は人間の観念的所産であるから芸術もまたイデオロギー的性格を持つ

すべての観念形態が人間の頭脳から生まれたものであり、その限り現実と何らかの制約関係、すなわちイデオロギー的性格を持ち得ることは、今まである程度述べられてきた。芸術がどのような特殊性を有しようが、それでも人間の観念的所産であることには違いないだろうし、したがって一定の歴史的社会的背景の中に、その生誕の刻印を持っているだろう。ここで問題にされるのは他の観念形態と同様の意味のイデオロギー的性格であるから、それは（一）§Ⅱの項で記されたことを適応すればいいように思われる。

イデオロギーは、言葉を基本として成立する。というのは意識の担い手は概念であり、人間の思惟は概念の媒介なくしては為し得ないだろう。形象的な想像をなす場合でもそこには、何らかの概念的思惟が、すなわち思考が行われているだろう。蓋し、科学も哲学も概念を媒介とする。他のイデオロギーもすべてそうであるが、ひとり芸術の場合だけは、――概念の形象的側面を使用する文芸を除いて――この例に入らない。であるからして彫刻とか音楽とかをいわゆるイデオロギーとして分析する場合、概念を伴わないもの故――というのは分析すること自体、言葉を媒介とする一つのイデオロギー〈批評〉を形成するから――同じ芸術の中でも文学ほどにも明白にすることは難しい。といって、それをもやはり歴史的社会的背景の中に生存したもの故、イデオロギー的性格は持ち得るのであり、ここに一つの矛盾――矛盾というよりは技術的な困難が伴うように思われる。

言葉は日常的生活の媒介物であり、いかなる言葉にも一応常識的な意味が付随する。すなわち言葉はイデオロギーの最も正直な子供のように思えるのである。かかる正直な子供を手段とする科学等を分析批判――これ自体言葉をまた手段とするが――する場合には、その明確さにおいては、せめて偶数を偶数で割るような印象を得るだろう。芸術の場合には常に余剰がある。かかるところから、言葉ほど社会的でなくてもある程度客観性を保持し得る視覚を媒介とするところの彫刻や絵画等は、より主観的な聴覚を通過する音楽よりはまだイデオロギー批判の対象となりやすいのである。我々はある観念的所産が社会的制約を帯びることを承認するだけではならない。何らかのトッテをつかまえて分析暴露をせねばならないのである。「彼奴の性格で、あの時の条件では、きっと彼奴が罪を犯した」と類推するだけではならない。現実的な契機からして分析証明暴露をせねばならない。イデオロギー批判の場合、この契機となるのは言葉であった。しかるに芸術の領域においては、この契機がだんだん薄らいでいかざるを得ないのである。音楽になるとこの困難はさらに深まり、詩人ハイネに言わせれば〈言葉の終わったところに音楽が始まる〉のであって、他のイデオロギーに対すると同じ態度で臨んでは、その現実的契機を失うに至るだろう。

「それどころではない！　ゲーテは音楽に理性を凌駕し言葉も分析的な叡知も近寄ることのできなかった境地に入り得る特権を堂々と認めた。そしてそれを音楽の光栄としている。「悪魔的なもの」についてのエッケルマンとの対話の中で、ゲーテは、叡知も理性ももはや用を弁ずることができないあの無意識的な（もしくは潜在的な）詩について語ったのち、こう付け加えている。

〈同じことが最高度において音楽にも言われる。というのは、音楽はいかなる理性も側に寄ることができないような高い場所を占めているからである。そして何人もそれを説明できない効果を生むものである。〉

これはまた、ベートーヴェンがベッティーナに言った、あの狂熱的な信仰の表明を確認している証拠ではないだろうか。

〈音楽こそは、知識の一層高い世界、人間を蔽い包んでいて、しかし人間がこれを捕捉することのできぬこの世界へ入る唯一の形なき入口である。〉

知性の王者たる大ゲーテが、晩年において音楽的直観の王権を認めるに至った大事は、決して小さな問題ではない！」（ロマン・ロラン『ゲーテとベートーヴェン』新庄嘉章訳、一三二―一三三頁）

ギリシャ人の神話が、彼らの芸術にイデオロギー的性格を注ぎ込む。我々がいかにギリシャの彫刻を現代的な感覚で眺めようともその彫刻は決して我々のような世界観の元で作られたのではない。ミロのヴィーナスの彫像が「俺の恋人」に似ていると思っても〈美的判断はそれでいいのだけれど〉ギリシャ人は、彼女を女神として宗教的な世界観を前提に創造したものなのだ。といって今どきの彫刻家が女神ヴィーナスを正しく女神として彫るとしても、彼は決してヴィーナスの実在を――ギリシャ人がオリンパスの山頂にその姿を想像したように――信じないのである。ギリシャ社会においては、それは実在の形象として創られ、かつまたその信仰は当の社会では妥当とされたのだ。それ故にかかる信仰対象として他の様々の神々を現代に運び来るならそれこそ笑止千万であり、当然虚像の烙印を押される。中世における彫刻や絵画における人間像はギリシャ世界とは異なってくる。あらゆるものは神の下婢として――実は虚像のイデオロギーの――その強権の元に服せしめられ、ギリシャのように均衡のとれた裸体像もなくなり、しかも栄養失調みたいなものが苦行の象徴として――或いは精神的な容貌は深刻になろうが――創造される。ルネッサンスから始まる個への自覚は資本主義社会において絶頂期を迎える。個への自覚から、中世に対する反抗から、人間性への賛美から、ダヴィンチがミケランジェロが筆をとる。ダヴィンチがキリストの肖像を描いても、それは中世のように信仰の対象としてではなく、崇高な苦悩を抱ける人間として描く。しかし、この場合の人間把握の視点はルネッサンス的な限界を持たざるを得ない。なぜなら二〇世紀はキリストを単に宗教家としてのみでなく支配階級に対する解放（人民）運動者として表象し得る条件を持っているのである。ここで先のヴィーナスのようではないけれど、やはり時代のずれを否定する訳にはゆかない。といって我々の前に「モナリザ」を持ってきてイデオロギー云々ということはそれこそ衒学の誹りを免れ得ないであろう。しかし、これが同じ芸術でも文芸の方へ一歩ゆずると時代的な背景が露骨に表われ、後代にとっては虚像的である一面をさらけ出すようになることは理解するに難ではない。

以上のように考えると、もし作家が自己の作品の永遠を狙うなら社会的な条件をなるだけ省いて人間の内奥に突き進まねばならないように思われる。すなわち、社会的（歴史的）条件は変動するものであり、人間性は永続するだろうからだ。社会的条件の影響の最も少ないのが音楽であり、次に彫刻―裸体―や絵画になるのだが、社会的条件の制約の最も大きい文芸さえ、意識的にかかる所作をするならば制約性が半減されるのではないかということである。しかし人間の典型的な性格が歴史的必然において現われるように、社会的条件を歴史的必然という状態にまで凝縮するならば、この制約性はこの上ない永遠のための―作品の―発条となるだろう。なぜなら歴史的、特に現段階のように階級社会においては、純粋で深刻な人間性の奥底にはかかる社会的・歴史的なものと連関しない訳がないのである。あらゆる社会的制約条件をぬぐい去る故にこそ、今度は逆説的な意において人間の内面から社会的なものが歴史的必然に結びついて浮かばずにはまた描けなくなるだろうから。真の作品は常に当時の時代精神を指導したのである。そしてさらにそれは古典として生き延びるのだ。時代性・歴史性を描かずして何処に生彩ある最も人間的な魂を描き得るであろうか。一つの時代に浮かばないものは永遠に光を見ないのだ。ここに時代性と永遠性との統一が必要なのであり、社会的立場を媒介とした天才のなし得るところであろう。

§II　芸術の持つイデオロギー的性格の特殊性

芸術のみならず、すべてのイデオロギーはその特殊性を何らかの意において持つのである。自律が他律と対比されるごとく、単なる孤立でない以上、他との関連性の上におけるその独自性がなければならない。

芸術はその独自性を「表象性」において持つ。表象性は形式の面から見れば個別的表現のそれと見られる。ただしその表象性に依って表現されるものは――一応それが内容といえるなら、――何らかの意で非個別的でなければならない。すなわち、芸術が要求するところの普遍は科学のそれではなく、同時に個別性を主張するものでなければならない。それは客観世界の反映だけでなく、主観（的普遍）の反映であるところにイデオロギー批判の困難さが伴う。「時代は移り変わっても人情は変わらない」（アンドレ・モーロワ）ように人間の主観は単に客観の反映としてそれに還元されないものを持つ。このことは表象性における非概念性――イデオロギー批判は概念批判である――と共に、芸術のイデオロギー的性格としての複雑さと、またそこからして必然的に出てくる芸術の持つそれの特殊性ともいうべきものと思われる。

さて前節で芸術の持つイデオロギー的性格として他のイデオロギーにそれを適応できると共に　単に歴史

的社会的制約ということに少し言及した。これは非常に重要なことでもあり、かつイデオロギー批判の骨子ともなるけれど、もしそこでおいて矛盾の起こるものがあるならば、この者に対してより多い注目を注がねばならない。私は前者のそれを「芸術のイデオロギー的側面」、後者のそれを〈矛盾の起こるものを〉「芸術の非イデオロギー的側面」と仮に名づけてみたい。イデオロギー的側面とは歴史的社会的制約の元に解消するものを指し、非イデオロギー的側面とは歴史社会的制約には単に解消せず時間的にも永続性を保ち得る点を指す。そしてこの両者は一定の芸術作品に統一されているものであり、この〈統一〉を決定するものもまた歴史的社会だけである。(私はかかる難題をここで解決しようとするのではなく、ただ事柄を一つの問題設定の契機たらしむるだけである。)

カントは、客体の属性としての美をば拒否し、客体と表象の間ではなく、表象と主観との間に成立するところの或る合目的な関係でおいてそれを見出す。「ある客体の認識に先行し、或いは更にその客体の表象を何ら認識のために使用せんと欲することなくして、しかもなおその表象に結び付くところの合目的性は、それであるからしてその表象において認識となり得ざるところの主観的なものである」(Kant: Kritik der Urteilskraft『判断力批判』大西克礼訳、岩波文庫、五〇頁)

そしてこの合目的的な表象は快の感情を伴うのであるが、これが合目的性の美的表象である(七節五〇頁)。そしてこの合目的性は目的なきのそれであるからして何らかの関心をも、また概念をも伴うことができない。すなわち主観的な合目的性である。主観的合目的性は快の感情に外ならないが、この快の感情を構成的ならしむるものが、いわゆる二つの認識能力、構想力と悟性とである(井島勉『芸術の創造と歴史』一二二、一二三頁)。

或る表象が普遍的に伝達され得るためには何らかの意で、客観的たり得ねばならない。というのはそれは「すべての人の表象力をそこへ合致すべく余儀なくせしめ得るところの普遍的結合点を有するからである」(九節八七頁) それ故この表象が概念と結合することによって認識となる場合には、自ら普遍的に伝達され得る。蓋し「普遍的に伝達せられうるところのものは、認識及び認識に属する限りにおいての表象より以外の何ものでもあり得ない」(八六頁) からである。もしこの場合、「表象の普遍的伝達性」を規定する判断の規定根拠が単に主観的であって対象の概念を欠くときは「表象の――それらが与えられる一つの表象を認識一般へ関係づける限りにおいての――相互間の関係において見いだされる「心意状態」（九節八七頁）が普遍的に伝達され得るところのものとなる。

＊カントは一つの規制的な原理として共通感なる理念をかかげ、趣味判断は共通感の前提の下にのみ下し得ると言っているが、それは単に趣味判断のみならず、彼がなお言うように「一個の感情の普遍的伝達性なるものは実に共通感を前提とするものである。……それは心理学的考察を土台としてでなく、むしろあらゆる論理学において、及び懐疑的ならざる認識原理において前提せられなければならぬところの我々の認識の普遍的伝達性なるものの必然的制約として前提せられるのである」（二十二節一二二頁）

さて、この心意状態（Gemütszustand）は一定の表象における認識能力の――構想力と悟性との――調和的な活動の感情の状態、すなわち快の感情、「美」そのものにほかならないが、この「美」が普遍的に伝達され得るのである。

蓋し「与えられた諸表象が（如何なる主観の中にそれ等があるにしても）それと合致しなければならぬところの、客体の規定としての認識こそは、各人に向って妥当するところの唯一の表象様式だからである。」かくして美的判断における「表象様式の有する主観的普遍伝達性」は構想力と悟性――概念以前のその「自由なる活動における心意状態以外」の何ものでもなくなる訳である。そして認識一般への認識諸力の整調状態Stimmung der Erkentniskrafte、一定の表象にあっては「認識力の比例関係」も普遍的に伝達され、悟性と構想力なる認識力相互の整調状態は、「与えられた客体の異なるにつれて異なる比例を有する」（二一節一三三頁）から当然趣味判断にも客体概念が導入されねばならない。

以上のことは純粋なる趣味判断におけることであり、我々はこの原理を芸術に応用するのであって、このままでは当然、芸術には当てはまらないだろう。崇高の感情は対象の形式に依存しない。構想力に奉仕された理性自体の自律性の感情、否定を、非合目的性を媒介とした高次の合目的性の感情であるが、これこそまさしく主観的であってしかも理性を有するもののみが感ずることのできるものであり、形式の面からいえば、それはむしろ「醜」にさえ通ずる趣味は形式を有している。この形式は所謂主観的合目的性であり、悟性と構想力との自由なる「活動がそこにおいて実現し、趣味判断の志向的対象性たるべきもの」が形式である。だからしてそこには当然悟性の概念以前の働きが予想され、これを規定的に概念に統合すれば、そこに客体が出現するのであるからして、美は対象の性質ではないが、対象の反面と言えるだろう。だから我々は同じ一つの花をば概念づけることができるし、美的に楽しむことも可能なのである。花の美は対象の性質ではないが、しかしその花の表象は対象を前提とするものである。「合目的性は――たとえそれがその客体と他の対象との間の概念による（認識判断のための）関係を提示するものでなくして、むしろその形式が心意における概念の能力、並びに概念を表象する能力に（これは捕捉する能力と同一なものであるが）適合する限りにおいて、一般にこの形式の捕捉のみに関するものであるとはいえ、――なお客体及びその形態の中に、これが根を有している（三〇節、一八三頁）。かかるが故に美的判断の対象は「概念的＝対象的」*（『芸術の創造と歴史』三七頁）のそれであるが、その向こうの対象すなわち「根拠」となるところの客体を我々の論理的思惟は教えるのである。人間は単に趣味判断力だけを持っているものではなく、もし美的人間という美しい概念で、美の客観性を否定する場合はそれを契機にして美の根拠となるべき客体、ひいては全客観世界に目を閉ざす危険を冒すであろう。

目的なき合目的性、すなわち純粋なる美的〈直観的〉判断は、一つの理念であって――もちろん自然美の場合は「その実質的合目的性（目的）を知る必要はなく、むしろ目的の知識を含まざる、単なる形式が判定において満足を与える」（四八節二三八頁）から、この可能性は十分にある――芸術においてはいかなる事情があろうと我々は目的の概念を落とすことはできない。（すなわち純粋ではないのだ。）カントも芸術に目的を認め、芸術美の判定において事物の完全性が考慮されねばならないことを認める（四八節二三八頁）。そして同じ自然でも生きた自然対象、人間とか馬とかの場合におけるその美の判定において、同時に客観的合目的性が考慮され、そこでは美的判断はもはや純粋でなくなり、「単なる趣味判断でなくなる」ことを認める。

すなわち、芸術は目的を持ったものであり、目的の概念を前提にすることは、そこに論理的判断の〈もちろん表象性を通じての〉可能性を意味するだろう。

＊もし芸術のかかる要素あるいは態度を不純となし、美的判断本来の面目を保つための自然美に範をとって、なるべくかかる要素の——これはイデオロギー批判の道に通ずるのだが（後出）——少ない花とか山とか静物画に主を置く人もいるだろう。人間の悟り方にもいろいろあるだろうけれど、ともかく批判は別にして芸術にはいろいろなジャンルがあり、一様に何とも言うことは難しい。これはまた別の問題である。

芸術は個と普遍との統一をその形式、いわば表象性に持っている。表象性は芸術の不可避的な制約であって、カントの言うごとく「芸術の判定において、まず眼中に入れねばならない優先的なもの」である。カントの言うのは、趣味の意味であるけれど、趣味と表象性は相通じるものであり、「趣味とは視覚性〈表象性〉の能力」（井島勉、前著一八頁）に外ならない。「美的芸術の所産」に対して、趣味は形式を与えるのであり、そしてこの形式は表象性と言わねばならない。ここからして一つの些少な問題の解明が望まれる。それは自然の美が魅力を放ち、地球が壊れるまで亡びないだろうけれど、ある芸術は——人間の理性に根ざしていない限り、——亡びるということである。換言すれば自然美は芸術美より永遠である。と言って私は自然美を芸術美の上に置くのではない。自然美は、見る者に対していろいろと変化した美的感情を起こさせるであろう、原理上から見れば趣味判断であり、芸術においては不可避的制約にしかすぎないのである。すなわち芸術はこの形式を通ずることによって、自分が常に通って行かねばならない一つの連続した通路をして単に美学的なるもの以外の人間精神のあらゆる可能性を、或る本質を表現することができるのである。

「もとより、美の無関係性と無概念性との二制約は、自由律に基づく道徳一般と自然一般との美の領域に対する交渉を封鎖して、これを孤立化せしめるものでなく、かえってこの二制約の故に、主観的合目的性を原理とする趣味判断が確固たる自律を主張しながら、しかも道徳及び自然を自己の素材として包摂し得るのである。ただしその際、道徳と自然は、この根源的な二制約によって本質の性質を否定せられ、あらたに主観的合目的性の立場から美的なものとして創造される」

（井島勉、三二一頁）

註　目的の概念が考慮されるとしても、我々は何も論理的に芸術を鑑賞しているのではない。かかることは不可能であり、芸術に対するということは表象性の中に、換言すれば、直観的判断で、すなわち感ずるのである。一つの芸術に目的の概念を考慮しても我々が感ずることは我々の個人であり、表象性を通じてのみである。だからいかに芸術を説明されようが、或るいは「俺はこれをそういうように感じた」と告白されようが、我々は察するのみで感じ自体は絶対客観化できない。それは個人の秘密に属している（たいした秘密でもないのだが）。かかることと芸術の客観性とは矛盾しないように思われる。我々の能力は趣味判断だけではない。我々が感じることのできない対象にはただ推察する（感情的に）のである。ここからして間接的表現である概念（形象的側面）を手段として文学による自然描写が行われる。

さて、芸術の中において美的なるものに転化するdas Außerästhetische（なるもの）に、私は芸術のイデオロギー的側面を見ることができると思う。何故ならば、単なる趣味判断の対象、その典型としての自然美には、我々はイデオロギー的要素（階級的要素）を見出すことはできないのである。たとえ美的ならざるものが美の領域に転化されるとしても、カントの言うように、そこには当然目的の概念が考慮されるのであって、いわば我々は感じつつ考えられねばならないのである。そしてこの故にこそ、まさしく芸術は人間的であって、他のイデオロギーが持ち得ない重要な機能を自らに背負うことになるだろう。

「他のイデオロギーの中にあって芸術は優れた役割を演ずる。ある程度において芸術は社会思想の組織（ただし感情と共に組織する）として現われる。芸術は現実認識の特殊な形式である。……科学的認識は抽象的であり、人間の感情に対して何ものをも語らない。所与の現実を真実に認識すること、すなわち理解することは、単にそれについての純知識的な判断を持つことを意味するばかりでなく、またそれに対する一定の感情的な、いわゆる温かい心の、すなわち道徳的にして美学的な態度を確定することを意味する」（ルナチャルスキー）（北條元一『芸術認識論』七三頁）

先に私は非イデオロギー的側面とは歴史的社会的制約に単に解消せず、時間的にも普遍性を保ち得るといったが、これは一応の形式論理的な分類であって、歴史的社会的な制約の元に解消し得るイデオロギー的側面として指摘された「美的ならざるもの」は、深い人間性――これは或いは道徳的といってもいい――を描きき含むことによって最も時代的であり、すなわち歴史的社会的であり、その故にこそまた永遠になり得るのである。そしてここにイデオロギー性という概念は一つの「時代性」という意味に転化せねばならない。最も深く時代を生きる者が時代を超越する。凡庸な作品は悪い意味で時代性を背負い、天才の作品はエポックとして時代性を担う。そして非イデオロギー的側面として見られた不可避的制約たる趣味、ひいては形式、表象性は、時代との直接的な交渉が限定されている意味のそれであり、しかもこれは具体化することによって流派を形成し、歴史的社会的舞台へ舞い戻るのである。そして当然イデオロギー的側面を持ち得るようになり、流派の変遷が起こると見ねばならない。すなわち趣味といえども、歴史的に淘汰される――あるいは変化される――のである。「芸術の原理として予想されるべき視覚性（或いは一般に表象性）において成立する「作用形式的な〈自然美〉が存在形式的な自然に対して如何なる関係に立つかが芸術観の構造、視覚性の歴史的類型の方式に帰着する」（井島勉、同、一一九頁）のであり、存在形式的な自然に対する関係とは、趣味の歴史の中への接渉に外ならないように思われる。かくしてイデオロギー的側面と非イデオロギー的側面とは弁証法的な関連にあるものでなければならない。そしてこれは一つの矛盾である。かかる矛盾の統一として歴史（的社会）は己れの中に芸術を生み、諸々の他の文化を産むのである。

さて、「美的ならざるもの」の中で普遍性を持つところの「或る者」を我々は単に人間性とでもいうより仕方ない。そしてこれが道徳的なものに関連する限り理性と統合せねばならないのである。カントは美の規準観念 Nomalidee des Schönenは「人間の形姿においてのみ期待し得る美の理想」とは異なるのであり、それはただ人間の道徳的なものの表現の中にだけ成立すると述べている。すなわち「ただ自己の存在の目的を自己自身の中に有する者、すなわち人間、ただ人間のみが、ひとり美の理想に適し得るのである」そして道徳的なものを欠いては「普遍的」かつ「積極的」に満足をもたらすことができないのであって、「人間を内面的に支配する道徳的理念の可視的表現 der sichtbare

Ausdruckは、ただ経験からのみ取られうる」けれど、「理性が最高の合目的性の理念のうちで道徳的に美なるものと結びつけるところの慈悲心・純潔・力あるいは心の安静とかのごとき一切と理念との結合を肉体的表現の（内なるものの結果として）うちにいわば可視的にならしむるためには、理性の純粋理念と構想力の大きな力とが、それを制定しようとする人のうちにも結合されている必要があり、ましてこれを描写しようとする人においてはさらにより以上に必要である」（坂田徳男訳九六頁、三笠書房）。

かかる可視的表現はまさしく芸術のそれであり、芸術は人間の理性を結合することによって単なる趣味の領域からより高きものへ飛翔するのである。それは「感性的刺激」を混入しなくとも「大いなる関心」を惹起さすのであり、まさしく純粋に直感的であり得ない故に「単なる趣味の判断」でないことを「証明する」のである。ここに我々は芸術が単なる趣味判断ではなく、道徳的な或る全人間的なものに関連せしめ得べき一つの根拠を見ることができるように思われる。だからして、我々が最も人間的に動かされる芸術は文芸であり音楽である。文芸は最も「関心」「理念」へ連なり――性格描写など――絵画においては人物画がかかるものであり、「美しき花の理想」は表象されないということく（大西訳一一二頁）、静物画においては「関心」が最も少なくなる。音楽は最も形式的なものである故にまた内容に適合したものであり、人間の美を、或いは本質を内界（時間）を通じて表す故、ベートーヴェンの如き崇高と結びついた音楽には特に関心が要求され、メンデルスゾーンのそれらは案外関心なくして聞けるのである。

こうして芸術の中に求められる（表現される）叡知的なもの、これは全人間的なものであり、「超感性的なものの中に、全ての各人の能力の帰一点をアプリオリに求めしめること――理性をしてそれ自らに調和せしめる、いかなる活路もそれ以外に残っていないから――を看取する」のであり、「あらゆる主観の諸能力の超感性的基体（いかなる悟性概念も到達することを得ざる）、またしたがって、それとの関係に我々のあらゆる認識能力を合致せしむることが、我々の本性の叡知的なるものによって課せられた究極の目的」（五七節、註一、二八七頁）なのである。そして「美的合目的性の根底」にもかくなるものがあってはじめて「ある主観的な、しかも普遍的なアプリオリの原理の横たわることが可能である」とカントは言うのである。カントは一見断絶されたように見える感性的な自然の世界と超感性的な叡知的な世界との間において自由の世界はあくまで、その究極の目的を自然世界において実現すべきものであり、その限り前者に向ってその影響を与えうると述べているごとく（序論二、九頁）、芸術において統一された全人格的なものは歴史的社会的世界において実現されねばならないのであり、ここに表象性を媒介として形式と内容が統一され、個と普遍とが媒介される。ここにおいてまたもや、芸術はイデオロギーであり、イデオロギーでもないという矛盾の統一*が、それ自体において、しかも歴史の中においてのみ可能となるのである。それはまさしく深い意味で人間的と言わねばならない。

＊イデオロギーの一般概念、すなわち下部構造に対する上部構造という意味においては、芸術も観念的所産である故、まさしくイデオロギーである。これが特殊概念いわゆる虚偽意識に通ずるものとしては、いわゆる歴史的社会的制約に解消される面を持つ。ここではその面を指しているのである。なぜならあらゆる観念形態が歴史的社会の制約の下における所産である（一般概念）ことは理解するに少しも難を伴わないからだ。

趣味は単に美的芸術における不可避的制約として、高次のもの、言わば目的の概念を導入するところの芸術に延長せねばならないことを見た。趣味における悟性と構想力との自由なる調和活動からさらに理性の概念にまで芸術においては発展し得ることを我々はカントを通じて見てきたのである。（もちろんこの場合、あくまで不可避的制約としての構想力と悟性に対する合法則的なものを前提とするのであるが）

しからば、この趣味と芸術との間隙を埋めるものは果たして何なのであろうか。『見るものと見られるもの』との間に成立する表象性の原理がこの二者をつなぐ（『芸術の創造と歴史』四七、五九頁）。すなわち見ることは創ることなのである。創ることは表現することであり（井島勉『芸術とは何か』一四頁）、表現することは、美をいわば芸術として具体化ならしむることに外ならない。この統合を担う能力が構想力であり、趣味においては判定能力として、芸術においては表現

〈生産〉能力となる機縁を持っている。カントの言うところによれば、芸術においては必ず「事物の完全性」を考慮せねばならないから（四八節二三八頁）、「一種の論理的に制約された美的判断によって考えられるためには、各人はなお単なる形式を越えて、ある概念に目を向けなければならない」（二三九頁）のである。かくして構想力は認識の場合においては「悟性の概念に適合すべく、その強制と限定とに服従するけれども、しかし美的意図においては、構想力はかの概念との合致を超越して」「主観的に認識諸能力の生気づけのために——したがって間接的にはまた認識のためにも——悟性の利用する」ところとなる。趣味判断において概念以前の悟性と調和した構想力は芸術の領域においては概念を超越すると考えられる。この場合における構想力と悟性の統合によって形成される能力がカントのいう天才の概念なのである。ここで判定能力たる趣味と生産能力たる天才は、平行的な連続関係を持つに至り、天才は趣味の対象（広義の）たるべきもの〈美的芸術〉を生産する能力と思われるのである。

さて、先に芸術において構想力は悟性との合法則性の下に理性に対する結合を見たのであるけれど、芸術の生産能力たる天才においてもまたかかる理性との結合が遂げられねばならない。もちろんカントも構想力が「創造的」である時には、知性的理念（理性）を活動させるものだし（四九節二四三頁）、「他の自然」を作るに強力なる構想力は同時に、経験が余りに陳腐に思われる時はこれを楽しいものにもなし得るものであり、この時、「自然的」にではあるが「理性の中に一段と高く存する原理」にも従うものであると述べる。ところで一方、あくまで趣味の天才が説かれ美的芸術において天才と趣味とが相会する場合、天才が主となれば霊活（geistreich）となり、趣味が主となってはじめて真の美的芸術が成立するのであり、「理念において豊富であり独創的であることは、美の性質のためには、さほど必須的ではないけれど、しかしかの構想力がその自由性において悟性の合法性と遍会することは是非必要なのである。そして趣味は天才の翼を切らねばならなくなっている。

芸術が全人間的の表現であるためには、天才は何らかの形で意識的に理性と結合されねばならないように思える。カントの芸術はいつでも必ず美的芸術（der schöne Künst）であり、この美的は広義の感情適合性

Gefühlmäßigkeitのそれでもなく、まさしく美的な趣味を優先的に不可避的制約として持つところのそれなのであった。かかる天才は芸術的天才ではなく芸術的才能に通ずるように思われるし、到底全宇宙の根幹に迫らんとする全人間的芸術のひいては芸術家の魂を理解することはできないだろう。特殊な才能が（それがいかに科学的なそれとは異なっていても）天才とは言われない。特殊を媒介としての普遍的なものが天才と言わねばならない。カントが芸術的天才を科学的なそれから区別して、芸術家にだけ一つの栄誉を帰したのであるが、それは時代的制約があったとはいえ、反面から見れば、一つの割り引かれた天才と言わねばならないのである。

ゲーテやベートーヴェンのそれをカント的天才論では説明のしようがないように思える。ワイニンゲルも言うごとく、ベートーヴェンは単なる音楽家ではなく、その知識 Knowledgeにおいて哲学者や詩人のように普遍的であったのであり、ヨハン・シュトラウスはこれに反して、美しい曲の数々にもかかわらず構成的能力を欠いている点で天才とは言われなく、才能は多くの種類はあるが、天才はただ一種類しかないともまた考えられるのである（Otto Weininger: Sex and Character, translation from the 6th German edition, London 1906）。ここで天才を論ずるのではないが、ただカントの天才論においては、天才の世紀である十九世紀を経てきた我々にとって、古典主義臭いその時代性を否定することができないのである。

――・――

マルクスは『ドイツ・イデオロギー』の中でドイツ人の観念性を指摘したのち、続けて次のように言っている。「一般にこれらドイツ人にあっては恒《つね》に与えられたものとして見出されるナンセンスを何らかの他の幻想に解消するということ、換言すれば、このナンセンスがとにかく探り出されねばならない一つの別個独立な意味を持っていると前提するということが問題になっている。しかるにまことにこれらの空語を現実的諸関係から説明することのみが問題なのである」（『ドイツ・イデオロギー』前同書七九頁）さてこの観念につかれたドイツ哲学者たちは、或いは真理に近く或いは遠く現実の姿を無意識の中にせよ幻想化したのは事実であり、当然マルクスの批判の俎上に上った訳だが、この彼らが住んでいたドイツの現実的な地盤には、同様にほかの観念につかれたドイツ人たちが住んでいたのである。そこには詩人あり画家あり音楽家がいるだろう。彼ら芸術家といえども世界観を持つ以上、この「ナンセンス」を前提として生きていたはずなのであり、そして彼らは表現するのである。一つの偉大な音楽の中に表現されたはずのナンセンスは、果たしてそのままナンセンスになったのであろうか。我々はそこに侵しがたいものを見る。理念が歴史を支配するという「ナンセンス」は、音楽にいかように表現されただろうか。これは現在において虚像であろうか。「ホメロスの真理は現代における虚像であり、シェイクスピアの真理は現代における虚像である」という場合、ゲーテも虚像であろうし、ベートーヴェンも虚像でなければならない。これは芸術のイデオロギー的側面ともいうべきもののみを見ているのであり、ひいては科学的真理と芸術的真理とを同列に置こうとすることになる。我々は芸術的真理（その土台は人間だが）のアナロジーによって将来の人類をも想像し得るのである。すなわち、現代の人間は己の存在の秘密を、そして「人類」の秘密を知りすぎているのだ。そこに絶望するにせられぬ絶望の影がさし、せめてもの芸術がその全人間的なものを担おうとするのである。この故にこそ芸術は現実的であり、まさしく時代的であり、かかる中にこそ「愛」が生まれるのである。

「私は時間と空間とから離して美を理解し得ない。そこで私は精神の産物について、私がそれと生活とのつながりを発見するとき初めて喜びを感じ始める。かつそれが私をひきつける結合点である。ヒサルリックの粗野な土器は私をしてイリアスをよりよく愛せしめた。そして私は十三世紀におけるフィレンツェの生活を知っているために神曲をよりよく味わう。私が芸術家のうちに求めるのは人間、ただ人間である。最も美しき詩は遺物以外の何であろうか。ゲーテは「唯一の永続力ある作品は折にふれての作品である」という深い言葉を語った。しかるに結局は一般にただ折にふれての作品があるのみである。なぜならあらゆる作品はそれが作られた場所と瞬間に依存しているから。人はそれを、もしその起源の所、時そして事情を知らないならば、理解ある愛をもって理解することも愛することもできない。自己充足的な作品を作ったと信ずるのは傲慢な馬鹿に属している。最高の作品はただ生活に対するそれの関係によってのみ価値を有する。この関係をよく捉えれば捉えるだけ、私は作品に対して益々興味を感ずる。」（アナトール・フランス）（三木清「歴史哲学」全集1二七一頁）

「……だが困難は、ギリシャの芸術及び英雄詩が特定の社会的発展諸形態に結びついていることを理解する点にあるのではない。困難はむしろそれらが我々に対しても、なお芸術的享楽を与え、またある点では、規範としての、また到達しえぬ模範としての意義を持っていることを理解する点にある。

大人は再び子供になることはできない。さもなくば子供っぽくなるくらいが落ちだろう。だが、子供の無邪気さは彼を喜ばせないだろうか？ 彼は再びより高い段階において、その真実さを再生産するため自ら努力してはならないのだろうか？ 子供の本性の中にはいかなる年齢期においても、それ独特の性格がその自然のままの真実さで現れてはこないだろうか？ 人類が最も美しく伸びたその歴史的幼年時代は決して帰ってこない一つの段階として、なぜ永遠の魅力を具えてはならないだろうか？……」（Karl Marx: ibid. S248. Einleitung. 訳、同、三六五頁）

この美しい言葉の中に子供から大人に連なる一つの人間性、人類の幼年期から人類の亡びるまで恐らくは永遠に続くだろう或る人間的なものが、素朴な形で提出されているのを見ることできるだろう。

解題

今回、金石範氏から初めて提供された京都大学の卒業論文は、二つ折りにした手書きの原稿用紙を和綴じで几帳面に製本したものだった。別紙の表紙中央には、

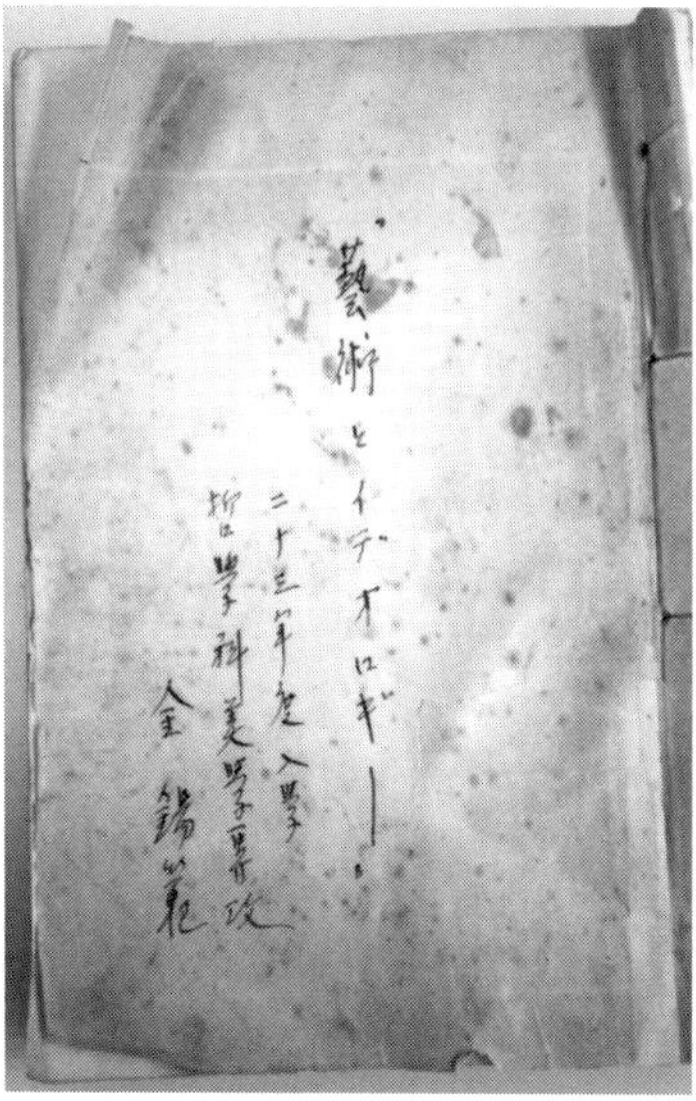

「藝術とイデオロギー」とあり、その左には「二十三年入学／哲學科美學専攻／金錫範」という三行がある。表紙裏には小さな紙が貼られ、専攻欄に「美學美術史」という判が押され、「金錫範」の記名の下の「審査教官」の欄に「井島教授／臼井教授」と記入されている。「井島教授」は井島勉、「臼井教授」は臼井二尚を指すと思われるが、各々の閲了月日は「3月7日／3月10日」と記され、確認印が押されている。

『金石範作品集Ⅱ』（平凡社、二〇〇五年）の「詳細年譜」でも、一九四八年四月に京都大学文学部美学科に入学したとある。ちょうど四・三蜂起があった時である。因みに「詳細年譜」では、翌年の一九四九年の早春に対馬に行き、「乳房のない女」に出逢ったとあるが、その後、五一年に卒論を京都大学へ提出した直後に対馬へ行ったと記憶が訂正されている。対馬で迎えた二人の女性は、朝鮮戦争勃発後の予備検束から逃れた人たちなので、四九年は誤りであった。金石範の京都大学の学生時代は、そのまま四・三事件の最も過酷な時代と完全に重なっていた。また金石範は、「慎洋根」を本名としているが、当時から金石範と発音上は同じ「金錫範」という名前も使っていたことがわかる。

ところで、「詳細年譜」で金石範は、「芸術の〝永遠性〟〝普遍性〟否定するマルクス主義の芸術イデオロギー論に疑問があり、美学を選んだが、ほとんど大学へ出ることはなかった」と述べた上で、「一旦退学届を出したが、主任教授の井島勉先生に慰留され、何とか卒業したようなもの」だと振り返っている。こうした経緯は、小説「炸裂する闇」（一九九三年発表、『地の影』所収）にも「主任教授の配慮でどうやら卒業のメドは立ったようだったが、入学当初の先生の期待にまったくそえぬままに来てしまった…（略）…残りの半年を、そして卒論でもまともなものを提出しなければと念じながら、道を歩いた」とある。井島勉は、初年度の学費しか払えず退学を申し出た金石範に手紙を送り勉強を続けるよう励ましたという。

しかし金石範は、社会主義リアリズムに対する葛藤と同時に、西田幾多郎の影響を受けた純粋美学に傾きがちな当時の京大美学の学風にも馴染めなかったはずである。そして驚くべきは、そうした当時の政治を孕んだ美学上の厳しい対立と緊張を、若き金石範は芸術を創作する立場から克服しようとしていることが、この卒論からうかがえることである。

その点について、本巻「解説」執筆者の細見和之氏から次のように説明する文章が寄せられた。

前半で、マルクスの『ドイツ・イデオロギー』を軸に、三木清、戸坂潤らの議論を援用しつつ、広義のイデオロギー概念と狭義のイデオロギー概念（虚偽意識）の区別を明確にして、後半ではカントの『判断力批判』を軸に、特定の歴史的・社会的所産であることによって広義のイデオロギーであることを免れない芸術作品が、なぜ普遍的な真理を表現し得るのか、という問いを探究している。最終的に、カントの天才概念が、ゲーテやベートーヴェンの体現している芸術の普遍性に照らすときわめて不十分であることが説かれている。これは、カントの『判断力批判』が出来上がった芸術を批評する立場から書かれているのに対して、著者があくまで未知なる芸術作品（しかも永遠的で普遍的な芸術作品）を創造する立場から問題を捉えようとしていることからくる違いである。「最も深く時代を生きる者が時代を超越する」（三九一頁、上段）というのは、その後の著者の文学的創造活動に照らして、たいへん印象深い言葉だろう。（趙秀一＋細見和之）

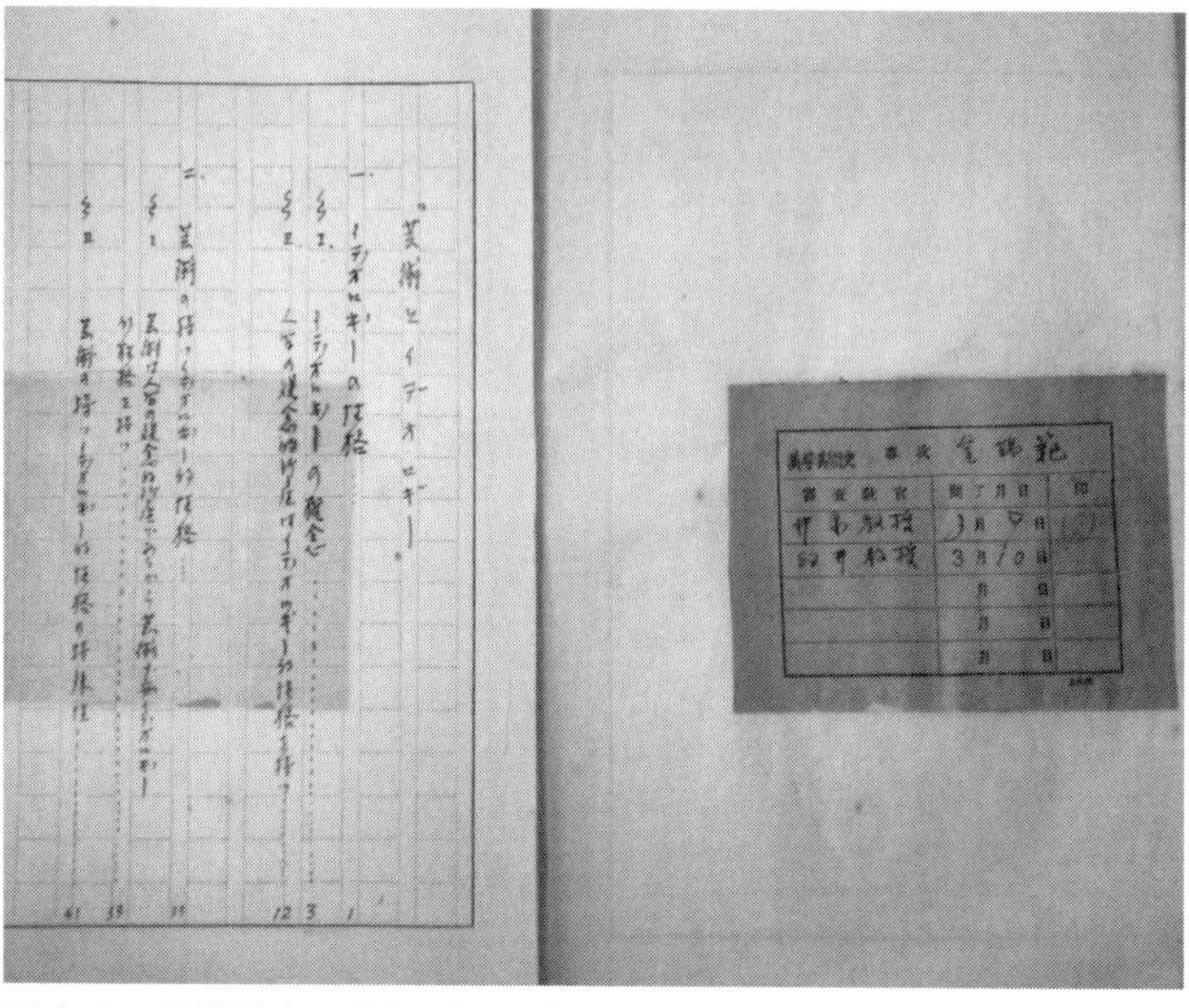

写真は、卒業論文の表紙（397頁）と表紙裏・目次（399頁）。

資料2

批判精神

『文学芸術』第五号、一九六二年三月
（『文学芸術』は、在日本朝鮮文学芸術家同盟文学部の機関誌として同委員会が発行）

最近出た『朝鮮文学』のある下りを読んでいたら、引用符で括られた次のようなことばにはっとして、しばらくその場を動くことができなくなった。

「詩を書いた後は何度も見直すものだが、自分ではなく他人が書いた詩として読まなければならず、他人の書いたものとして読むときも、憎い宿敵の詩だと思ってその欠陥を見つけるのに努め、それ以上欠陥を探し出せなくなってから初めて発表せねばならない。これは詩のみならず、あらゆる文章に当てはまる」。

匕首のように鋭い光がほとばしるこのような文を残した人物は、高麗時代の詩人、李奎報《リキュボ》（一一三八年～一二四一年）である。

やれ文学精神だ、批判精神だと耳にたこができるほど聞いてきたが、千年近い昔に、封建社会に生きた詩人がこのようなことばを残していたとは知らなかった。

ここには、センチメンタリズムの痕跡は微塵たりともない。現実にしっかりと足をつけたリアリストでなければ持ちえぬ、批判精神が宿っている。

ある作品の内容がその作家の観点、つまり作家的な姿勢に規定されるということは、不充分ながら私たち《ウリ》も何度も論議してきた。それは、一筋縄ではいかぬ今の時代の歴史的な論理過程を正しく把握し、階級文学の旗印を掲げる私たちの間では、常識に属する問題とみなされてもいる。

それでもなぜ、はるか昔の文学者が教えたこの数語のことばがこんにち生彩を帯び、いまさらのように私の胸を抉るのだろうか。

思うに、作品を「概念的、主観的に」書くべきではない、と未だに繰り返し強調せねばならぬような私たちの状況が、まさにこれに対する答えだといえる。なぜなら、冒頭に引用したことばは、概念的で主観的な発想からは出てきえないものだと考えるからだ。

文学を生業とする者にとり逃れようのない発想上の原則は、自己客観化の問題だろう。もしも自分の欲望通りに現実が動いたなら、この世界が瞬きをする間にひっくり返ってしまうのは明白ではなかろうか。したがって、頭の中で現実を恣意的に繕うことなく、その作品世界に一定の論理性――必然性を付与することを、作品の現実性を保証する第一の問題と私は考える。

それは、自らや作品人物を歴史の歯車が嚙み合う現実に投げ出し、その論理性に揉まれる過程をわがものにすることでのみ可能である。

自分を客観化する作業――一定の距離をおいて立つ自分を、こちらからぼうっと見つめる意識作用から起こる、主観の論理化への過程。――日記は他人の目に触れないようつけるものだが、それでも知らぬ間に嘘が入り込んでしまうのが常であるから、たとえば無意識の内にうごめくその心理的動向を一つ一つ探り、それを「他人の粗探しをするように」客観視しようとするといった経験は、私たちにもないわけではない。しかし問題は、それをどの程度文章として、思想として定着させるのかということだ。

鏡に映った己の顔を前にして「他人」を認めることができない、そこに客観意識を見出すのを困難にする、主観化の微妙な精神作用とは何だろうか。

私たちの作品の中で、自らとの妥協、妥協していることにすら気づかないほど曖昧になる傾向が全くないと断言できるだろうか。いわゆるセンチメンタリズムは、このような間隙に巣食っている。現実の論理性を主観の枠組みから制御し、自らを客観視できないところから生まれるさまざまな現象がそれだ。

己を客観化できずして自らへの批判的姿勢は生まれえず、したがって本当の批判精神が造成されるはずもない。形式にしがみついて問題を処理しようとする発想が生まれるのが、関の山だ。

「憎い宿敵の詩だと思ってその欠陥を見つけるのに努め、それ以上欠陥を探し出せなくなってから初めて発表せねばならない……」。

はたして、自分をそのような高みから憎むことができるだろうか。鏡に映る自分の顔に憎い人間の映像をかぶせ、己の内的世界を冷酷に解剖していくことができるだろうか。

すでに千年前に、わが国《ウリナラ》の卓越した文学者である李奎報は、現代人もその前では目を逸らさずにはいられないような批判的精神を把持していた。自らを客観視した峻厳な態度、厳格な作家的姿勢に驚きを禁じ得ない。その何語かのことばからうかがえるように、長く続いた封建社会でそこまでの境地に自らを引き上げた、己に対して露ほどの妥協も許さなかった昔の人の高邁な精神に、しぜんと頭が下がる。だからこそ李奎報は、当時の社会の矛盾を人民や農民の立場から鋭い視線で批判することができたのだ。

　文学の道は険しい。いまさらそれを感じているわけではないが、不断に自らを鞭打つ必要がある。己との闘い、これなくして、敵の胸先に銃口代わりに突きつける武器としての文学を創造していくことはできない。

　現実の洞察において、曇りのない眼識を我がものにするという骨の折れる不断の作業。私は李奎報のこのことばに出合い、自己客観化の問題を改めて深く考えざるをえなかった。考えてみればみるほど、恐ろしくも迫力を持ったことばである。

〔訳注―李奎報（一一六九―一二四一）は、高麗時代の詩人・政治家。原文の生年一一六八年は誤り。〕

（原文朝鮮語、宋恵媛訳）

解題

随筆「批判精神」は、『文学芸術《ムナクイエスル》』第五号（一九六三年）に掲載された。『文学芸術』は、朝鮮総連傘下の在日本文学芸術家同盟（文芸同）文学部が発行した機関誌である。金石範が朝鮮語での創作活動に専念した一九六〇年代の七年間には、三編の短編小説と後の『火山島』の原型となった連載小説「火山島《ファサンド》」（未完）が書かれているが、この時期に随筆や評論もいくつか発表された。その一つである「批判精神」は金石範が三七歳の時の作で、「妥協」「センチメンタリズム」「曖昧」さを排して「自己客観化」することの重要性を強調しつつ、作家としての姿勢を厳しく自問する内容になっている。

　この随筆が書かれた当時、金石範は総連機関紙『朝《チョ》鮮新報《ソンシンボ》』の発行母体である朝鮮新報社の文化部部長として、女性記者の魯且分《ロチャブン》、朝鮮語詩人姜舜《カンスン》らとともに、同紙最終面の文化欄（女性欄、学生欄も兼ねた）の編集を担当していた。紙面では、在日朝鮮人関連記事のみならず、南北朝鮮の文学や文化の紹介も頻繁に行われた。その主な情報源となったのは、朝鮮民主主義人民共和国から送付されてくる新聞、雑誌、書籍である。「批判精神」冒頭に登場する、李奎報について知るきっかけとなった『朝鮮文学』は、共和国文学組織の頂点に位置した朝鮮文学芸術総同盟の機関誌である。この時期、金石範はこういった刊行物から朝鮮文学全般に関する知識を急速に吸収していたとみられる。朝鮮が日本の植民地支配下にあった彼の青年期には、朝鮮文学を体系的に学ぶのは不可能だったのだ。

朝鮮民主主義人民共和国への〝帰国〟実現（一九五九年末）による総連支持者の増加を背景に、一九六〇年代初めには主だった在日文学者たちが文芸同に集結した。そこで作家たちは、創建まもない〝祖国〟の、社会主義思想を土台にした朝鮮文学史観、および社会主義リアリズムに基づく創作実践から多大な影響を受けた。文芸同盟員でもあった金石範も、むろん例外ではなかった。「批判精神」でいえば、概念性と主観性を否定し、集団的に階級文学の創作を目指すといった箇所に、その影響が顕著にみられる。

だがそれと同時に、金石範が後年示す文学観の萌芽も、この随筆から見出すことができる。たとえば、概念性と主観性の否定は、金石範の一九七〇年代以降の日本語創作活動において核となる、私小説批判と対になった虚構《フィクション》への志向にも繋がるものである。また、作品世界の中での論理性が「作品の現実性」、つまりリアリティを保証するという考え方は、その虚構の構築において重要な意味合いを持つものである。

一九六〇年代の金石範は、朝鮮民主主義人民共和国と歩調を合わせた在日文学運動に共鳴し、組織活動家として〝朝鮮文学〟の一翼を担う道を選択した。金石範はその任務に真面目に取り組んだが、国家と組織が打ち出す文芸政策や方針に無条件に賛同するような内容の文章は、一切残していない。この「批判精神」という題材の選択自体にも、それは表れている。金石範が〝批判精神〟を堅持しつつ、周囲で展開された議論の中から最良の部分を探り、文学者としてそれを血肉化しようという姿勢を貫いていた様子が、この短い文章からうかがえる。

なお、この随筆発表後、「（総連批判と誤解されるから）ああいうものを発表しないでくれよ」と、当時の総連文化部長に言われたという。「批判分子」と思われていたのだろうと、金石範は当時を振り返っている。

（宋恵媛）

解説

金石範のモナドロジー――『火山島』を軸に〈世界文学〉の視点から

細見和之

金石範《キムソクボム》の著作の数は膨大である。とても限られた紙数でそのすべてを論じるのは不可能である。いや、正直なところ、そもそも私が読みきれていない作品もたくさんあるのだ。ここでは、一九七六年二月に「海嘯」のタイトルで雑誌連載が開始され、最終的に一九九七年九月に『火山島』全七巻へと結実した作品を軸にしながら、私なりに考えている〈世界文学〉という視点から金石範の文学について論じてみたい。

私はこれまで、金石範とも親しい在日の詩人・金時鐘《キムシジョン》の表現にそくして、自分なりの〈世界文学〉の概念を作り上げてきた。金時鐘の表現に照らして私が考えてきた〈世界文学〉とは、(1)「国民文学」というあり方を脱構築するものであり、(2)自らの表現言語それ自体への違和をたえずその表現に組み込んでいるものであり、(3)固有の日付から書き起こされているものである。まずはこれらの点を、金時鐘とともに金石範の表現について確認するところからはじめたい。

一、〈世界文学〉としての金石範

金石範の文学も、金時鐘の文学も、「日本文学」という範疇にはとうてい収まらないだろう。かといって、韓国文学や朝鮮文学に分類することもできない。むしろ、そういう「国民文学」ないし「民族文学」というありかたを積極的に脱構築するものである。いずれの作品も「日本語」で書かれているのだから「日本語文学」と呼ぶのでいいのではないか、と考える向きもあるかもしれない。しかし、「日本語文学」という呼称に収めてしまったのでは、「日本文学」と「日本語文学」の差異への視線が閉ざされてしまうのではないか。なぜ「日本語文学」という呼称が必要とされるのか、という問いかけが曖昧にされてはならない。彼らの「日本語文学」が「日本文学」を脱構築するものであるという意識を希薄にさせてはならないのだ。たとえば、北アフリカの旧フランス植民地においてフランス語で書かれている文学、旧イギリス植民地としてのインドにおいて英語で書かれている文学、それらをたんに「フランス語文学」、「英語文学」と呼んで済ませてしまった場合に抜け落ちてしまうものを念頭におけば、それは十分理解できることではないか。

つぎに、そのことと関わって、金時鐘にとっても、金石範にとっても、「日本語で書くこと」はけっして自明のことではない、ということを理解しなければならない。金時鐘にとって日本語は、幼少期を済州島で送りながら、日本の植民地支配下で身につけてしまった言語であって、渡日後は、日本語をつうじた日本語への「報復」が生涯の課題となったのである。金石範にとってもまた、本巻の第Ⅰ部に収録されている論考がまざまざと示しているとおり、「なぜ日本語で書くのか」という問いがたえずつきまとうこととなるのだ。実際、金石範の作品において、登場人物たちの語りには、「イエ」とか「アイグ」といった「朝鮮語」がしばしば現われ、日本語の自然な流れには軋みが生じることになる。読者はそのたびに、これは本来朝鮮語の語りであって、作者はそれをあえて日本語で綴っているのだ、ということを意識せざるをえないのだ。

最後に、金時鐘も金石範も、八月十五日と四月三日という固有の日付から書いている、ということを確認しなければならない。もとより、八月十五日は日本の敗戦の日付であり、朝鮮人にとっては解放＝光復の日付であって、また四月三日は四・三事件の日付にほかならない。日付というのは決定的な出来事の指標である。どんなに抽象的なことが書かれていても、両者の作品はこの二つの日付に刻まれた出来事を起点としている。私の考える〈世界文学〉にとって固有の日付が重要なのは、その日付に刻まれた記憶がけっして「国民の歴史」には回収されえないものだからである。金時鐘にとって八月十五日はいまだ皇国少年のままで迎えた「解放」であり、金石範にとってはとりわけ韓国における「新日派」の復権をめぐって問いなおされざるをえない日付である。四・三事件にいたっては、日本においてはほとんど意識されず、韓国においても久しくタブーとされてきた出来事だった。

これらの点において、金時鐘の表現と同様に、金石範の作品は、私にとってまぎれもない〈世界文学〉なのである。金石範自身は自らの作品を「ディアスポラ文学」と呼ぶこともあるが、本来、境界を生きざるをえないのが人間の姿であって、文学は境界でこそ紡がれているのではないか、という思いが私には強い。国民文学はその境界を無理に閉ざしたところに成立するものなのだ。つまり、金石範、金時鐘らの表現こそが本来の文学であって、同じように境界領域で紡がれた「フランス語文学」、「英語文学」と切実に出会いうるものという思いをこめて、〈世界文学〉と私は呼びたいのである。

二、金時鐘と金石範の対照性

とはいえ、金石範と金時鐘の文学を私たちは単純に並列に置くことはできない。ともに済州島を「故郷」とする感覚を持って長らく日本で暮らしながら、八月十五日にしろ、四月三日にしろ、この二人にとってその記憶はきわめて対照的なものだからである。

さきに記したとおり、金時鐘は八月十五日をいまだ「皇国少年」として迎え、金石範ははっきりと日本の敗戦を予期しつつ迎えた。金時鐘は一九二九年の生まれ、金石範は一九二五年の生まれである。無論、年齢だけの問題ではないとはいえ、この時代、四、五歳の違いは思いのほか大きい。日本の敗戦の時点で上陸して来る米兵と刺し違える覚悟を持っていた金時鐘にたいして、金石範は一九四五年三月の時点で中国への亡命さえ念頭においていたのである。四・三事件にいたっては、金時鐘が済州島にいて蜂起したゲリラの若い一員だったのにたいして、金石範はその時点で大阪にいた。金石範は、自らが直接体験することのなかった四・三事件だからこそ、それにこだわって小説を書き続けることになるのである。

この二人が、当の事件から五十年以上をへて、四・三事件に関して交わした対話を中心にした書物がある。すなわち、文京洙《ムンギョンス》編『なぜ書きつづけてきたか　なぜ沈黙してきたか――済州島四・三事件の記憶と文学』（平凡社、二〇〇一年）である。これはほんとうに奇跡的な書物である。四・三事件に当事者として関わり、それゆえに公的には沈黙してきた詩人と、自らの故郷の決定的な出来事に立ち会っていなかったがゆえにこそ半世紀近くにわたってその出来事にこだわって創作を続けてきた小説家が、当の出来事をめぐって長時間にわたって言葉を交わした記録である。世界的に見てもこんな書物はめったに存在しないだろう。その本がついに出版され、日本の書店の棚に並んだその日、まるで日本の各地に精巧な時限爆弾が仕掛けられたかのような印象を私は受けたのだった。

せっかくだから、二人の対話のごく一部だけでも引いておきたい。

金時鐘　なぜ四・三に限って「暴動」だけで押さえ込まれなきゃならんのか。名誉回復の問題にしたって、殺した側の問責はなくてね、殺された者だけの名誉回復では浮かばれないよ。非道なことをやってのけた連中の大方は孫の代に至る今日までいい顔の名士たちだ。金持ちで資産家で……。そこら辺までも言及できる措置があったらなぁと、率直に思うんだ。

金石範　本当だよ。

金時鐘　僕には四・三事件は丸ごといが栗のように凝り固まった、とげとげしい記憶だけどね。「暴動」か「義挙」かを二者択一で取れというなら、頭を下げて「義挙」という。どだい殺戮の数が比じゃない。それにこの事件が起きた時の、あのたぎるような民衆たちの共感を、僕は身をもって知ってるんだから。

金石範　だからね、一年くらいして民衆が離反していくけども、島民の支持がなかったらゲリラなんて続きませんよ。それが全部その子供も女も含めて全部がアカで、アカを殺すのは、虫けら殺すのと同じというのは、正当化しようもないはずだ。（同書、平凡社ライブラリー版、一六一－一六二頁）

いまから十八年もまえに、日本で、日本語で交わされていたこのような対話に、私たちはどれだけ真剣に、そして繊細に、耳を傾けることができていただろう。

三、済州島の自己意識としての李芳根

さきに私にとっての〈世界文学〉の指標として三つを挙げたが、金石範の文学に接していると、済州島という場所へのこだわりもそこにくわえたくなってくる。固有の日付だけではなく、固有の場所の記憶をも起点とするもの、それが〈世界文学〉なのではないか、と。

「看守朴書房」あるいは「鴉の死」にはじまって『火山島』に結実する金石範の文学にとって済州島がもっとも大切な場所であることは、いまさらいうまでもないことかもしれない。金石範の文学は、数十年にわたって、ひたすら済州島を表象し続けているのである。しかしその際、『火山島』の視点人物のひとりで、実質的な主人公の役割を果たしている李芳根《イバングン》が、済州島の自己意識そのものとも呼べることに、私たちは注意を払っておくべきだろう。

李芳根は済州島きってのブルジョア、自動車会社の社長で銀行の理事長も兼務している李泰洙《イテス》の次男だが、長男が日本に渡って日本人に帰化しているため、彼は実質的な御曹司である。この設定自体、済州島と日本、朝鮮と日本の優れた寓意といえるが、李芳根は李泰洙の会社の御曹司というよりも、済州島という島それ自体の御曹司なのだ（芳根は父親の会社の継承権などをほとんど放棄していて、すでに亡くなった実母、李泰洙

の先妻の遺産で食べているという設定)。何度かソウルにも出かける李芳根だが、登場人物たちは口々に李芳根は済州島でなければ生きられないと語り、李芳根自身もそのように考えている。しかし、そのほんとうの根拠となると読者には不分明にとどまる。

あるいは、南承之《ナムスンジ》と李芳根の妹・有媛《ユウォン》の数奇な運命にも、李芳根が済州島そのものの自己意識の位置にあることをうかがうことができる。

『火山島』は、序章と第一章で南承之を視点人物としてはじまり、李芳根と交互の視点で物語が綴られてゆくのだが、巻を追うことに李芳根の視点が強くなってゆく。しかも、当然のことながら、この二人の設定はきわめて対照的である。南承之は、一九四八年二月後半に置かれている物語の冒頭ですでに若い党員であって、やがてゲリラの一員として入山を遂げる。それにたいして、十歳程度年長の李芳根は、自宅のソファ(「白いソファ」)に居坐って、済州島一帯が四・三事件へと突入してゆく事態を一種傍観者的に見つめている。それでいて李芳根は、物語の最初から、自分の妹・有媛と南承之が相思相愛の仲になるようにひそかに仕向けたりするのである。これはいささか不可解な振る舞いであって、李芳根自身も自らの行為を奇妙なものと自省したりする。ソウルの音楽学校に通っていた有媛は父親が強引に進める意に沿わない結婚を逃れて日本にわたり、壊滅してゆくゲリラ闘争の最終局面をかろうじて生き延びた南承之もまた、李芳根の資金によって最終的に日本への密航を果たすことになる。この筋書きも、李芳根が周到にたくらんだものというよりも、済州島の意識ないし無意識が李芳根をつうじて導いた結果と理解できるのだ。

総じて『火山島』全巻をつうじて、李芳根は日本の統治下でも「反日」という立場を貫いた頭脳明晰な思想家と位置づけられ、いまも周囲から一目も二目も置かれている存在でありながら、四・三事件に関わっての振る舞いは、たぶんに衝動的ないし受動的である。それもまた、済州島をめぐるさまざまな力関係が渦巻く焦点のような場に李芳根が置かれているところからくるといえる。ライプニッツの哲学用語をあえて用いるなら、李芳根は自律的＝自立的な人格というよりも、済州島の過去と未来、東アジアの過去と未来、ひいては世界の過去と未来をその内部に映し出している、かけがえのない一個のモナドなのだ。米軍の圧力のもと、五月十日に南朝鮮だけでの単独の制憲国会選挙が予定されたことによって、それまでの力の均衡が破れる。「白いソファ」にどっかと腰を下ろしていた李芳根というモナドが、ゆるやかに動きはじめる。その移動の力がつぎつぎと周囲に波及してゆく。それが『火山島』で展開される作品世界である。

四、金石範のモナドロジー

ライプニッツのモナドは「単子」とも訳されるが、古代ギリシアからアトム（原子）という名前で呼ばれてきた、物質の究極的な構成要素のことである。それに関する理論が「モナドロジー」＝モナド論である。モナドはライプニッツのきわめて特異な形而上学的観念が凝縮したものであって、それをそのままここで用いるのは不適切かもしれない。しかし、ライプニッツの『モナドロジー』第六十一節のつぎのような箇所は、私たちが『火山島』を読むうえできわめて示唆的ではないか。

> そこで、どの物体も宇宙の中で起こることをすべて感知するから、なんでも見える人があれば、どの物体の中にもあらゆる所でいま起こっていることだけではなく、いままでに起こったことやこれから起こるであろうことさえも読み取ることができるであろう。つまり、時間的、場所的に遠くはなれているものを、現在の中に認めることができることになろう。（『ライプニッツ著作集』第九巻、西谷裕作訳、工作舎、一九八九年、二三一－二三二頁）

まずは、モナドによって構成された物体を占師の老婆がのぞいている魔法の球のようなものとしてイメージさせる一節かもしれない。「見える人」が眼を凝らせば、そこにはあらゆる場所の過去と未来がありありと浮かんでくるのである。しかし、この一節はもっとさまざまな場面に転用することができる。たとえば、「なんでも見える人」である優れた画家が描いたひとりの中年男の肖像画には、その男の現在の相貌だけではなく、遠い昔の少年のころの生き生きとした表情の痕跡が残っているし、やがて老いてゆくその男の未来の顔つきまでもが描き出されているかもしれない。さらには、その肖像画には、ひとりの人間のみならず、その時代の相貌そのもの、さらには、その時代の過去と未来の相貌までもが描きこまれているかもしれない。なぜなら、「どの物体も宇宙の中で起こるすべてを感知するから」。逆にいうと、そういう肖像画こそを私たちは優れた表現と受けとめるのだ。この観点からすると、金石範にとって、李芳根とはまさしくそのようにして「宇宙の中で起こるすべてを感知する」「物体」なのではないか。

物理的にいうと、いま一個の小さな流星が宇宙空間を移動しているとき、その流星には残余の宇宙の力のすべてが働きかけている。ビッグバンの時点であたえられた慣性の法則にしたがいつつ、宇宙のあらゆる重力（アインシュタインでいえば、物質の存在による時空の歪み）の影響を受けて、その流星はいま現にそのように動いているのだ。いま現にその流星に働いている力のすべてを精密に解析できれば、その流星の過去の動き、さらにはそのような影響をあたえたすべての物体の過去の動きを知ることができるはずであって、それは宇宙全体の過去を知ることに通じる。これを未来軸に展開すれば、いま現在の力の作用から宇宙の未来の姿までを私たちは予測することができるはずだ。そしてそれは、あらゆる物体にそくして可能なはずであって、どの物体にそくしても、全体としての宇宙は同じ過去と同じ未来を私たちに提示するはずなのだ。

金石範にとって済州島は、まさしくそのような力が凝集している、占師の見つめている球のような、あるいは真っ暗な宇宙空間を彷徨っている流星そのもののような場所だった。そして、そこに働いている諸力が懸命に自己意識を獲得しようとしている場が李芳根であり、それはまた、しばしば夢のなかで真実を告げる彼の意識ないしは無意識のありかでもあるのだ。そこには、日本の植民地支配という過去だけではなく、はじまりだした米ソの冷戦というとびきり強固な力学が働いている。それは、第二巻で南承之が資金獲得のために日本へ渡り、阪神教育闘争への胎動にふれるところにも表われている。米ソの冷戦という構図からすれば、済州島の事態と日本の阪神教育闘争は、まさしく地続きの問題だったのだ。

一方、済州島の城内《ソンネ》では、北朝鮮（朝鮮の北部）から締め出されるようにしてやって来た「西北《ソブク》」の連中が猛威を振るっている。そういう城内においても立身出世を試みるおぞましい近親者が李芳根にはいる。そういうモナドとしての済州島のなかの、さらなる一個のモナドとしての李芳根の意識ないしは無意識の内部から、済州島の、東アジアの、さらには世界の未来と過去を克明に描き出すこと、しかも、わずか一年三ヶ月という、朝鮮民族の歴史からすればこれまたきわめてモナド的な時間の推移のなかで――。金石範が二十年をかけて作家として試みたのは、そういう途方もないことなのだ。

李芳根はゲリラによる殺戮にも執拗な批判を向ける。それはまた作者・金石範の声そのものでもあるだろう。しかし、さきの金時鐘との対話からもうかがえるように、金石範がぎりぎりのところ、蜂起したゲリラの側に共感を寄せていることは疑いないところだろう。李芳根もまた、事態の凄惨な推移のなかで、まるで自らが党員のひとりであるかのように、ゲリラの闘争に積極的に関与してゆく。「敗北主義」とゲリラ側から批判されながらも、彼が最終的に果たそうとするのは、孤立し疲弊してゆく山中のゲリラたちを、自らの膨大な資金をもとにして、すこしでも多く日本へ逃がすことである。

とはいえ、さまざまな力が凝集した済州島は同時に、諸力の戯れの場として、ニーチェの語るようないわば「善悪の彼岸」に置かれている。そこでは、絶対的な善も絶対的な悪も存在しえない。当初は党の城内地区責任者でありながら、城内の党員リストを警察に渡し、日本への密航を企てたとされている柳達鉉《ユタルヒョン》も、また、四月三日の蜂起から一ヶ月をへずして軍とゲリラのあいだで交わされた和平協定を反古にさせた張本人と目されている鄭世容《チョンセヨン》にしても、作品のなかで最終的な「自白」は行なっていない。その意味で、私たち読者にほんとうの真相は伏せられている。あくまで、李芳根、すなわち済州島の自己意識によるジャッジという水準の向こうに、真相は置かれている、あるいは宙吊りにされている。そして、その李芳根自身もまた、日本の統治下で自らが「反日」を貫けたこと、すくなくとも「親日」に傾斜することなく過ごすことができたのは、「親日派」の事業家であった父・李泰洙の傘のもとで庇護されていたからだ、と理解している。このような力の戯れのなかで、それでもなお、人間には自由な行為の余地が存在するのでなければならない……。

李芳根は作品の後半で「自由な人間は人を殺すまえに、すくなくとも同時に自分を殺さねばならない」という趣旨のことを繰り返し語る。人を殺さざるをえないとしても、そのまえに自殺しうるということ、その点にこそ人間の究極の自由が存在している、という李芳根の思想である。しかし、そう語った李芳根は、ゲリラに拉致された鄭世容をゲリラたちの面前において自分の手で射殺し、物語の最後では自らに銃口を向けてひとり自死してしまう（本書に収録されている『火山島』第七巻への「あとがき」に記されているとおり、連載時には生命を保持していた李芳根を、金石範は単行本において、ピストル自殺を遂げさせたのである）。

打ち続く凄惨な大量殺戮のただなかで、李芳根が語っていたあの「自由」はどのようにして存立することができるのか。それが、すくなくとも『火山島』を軸にした際の、金石範の〈世界文学〉における、究極のモナド論的問いにほかならない。それはまた、四・三事件のただなかにおける済州島というモナド、そしてその自己意識としての李芳根に金石範が固執することによって獲得された、比類のない〈世界文学〉の、もっとも普遍的な問いかけである。

本巻解題

趙秀一

『金石範評論集』は、作家・金石範が今まで発表してきた小説以外の、評論、随筆、解説、講演、あとがき等を、大きく「文学・言語」と「思想・歴史」の二つのテーマに区分し、二巻に編集したものである。

本巻（第Ⅰ巻）は、そのうち文学・言語論を扱うが、読者は、在日朝鮮人である金石範が、旧宗主国の地で日本語を用いて、訪れることもできない済州島の「四・三事件」を、なぜ、いかに書くのかと悩みもがいた、葛藤と格闘を読み取ることだろう。日本語で、「失われた故郷」=「未だに統一ならざる祖国朝鮮」（本書五三頁）を書くことは、本来矛盾する。金石範はその矛盾を、言語が内包する「相互浸透（翻訳）」（一九五頁）の力と、言語や時空間を往還しうる文学的想像力によって乗り越え、世界を全体として捉える普遍性をもった虚構（フィクション）の世界を創造しようとする。金石範は、そのためにこそ、日本語で朝鮮を書くのであり、それができなければ、小説を書くことを止めなければならないと断言する。この金石範の文学に対する一貫した峻厳な姿勢こそが本巻の要諦であろう。

まず第Ⅰ部と第Ⅱ部には、朝鮮人がなぜ日本語で書くのか、なぜ日本語で済州島を書くのか、といった自問に対し、金石範が導き出した理論的な答えが集められた。とりわけ、「日本語の呪縛」（二八頁）を解いて日本語で書きながらも朝鮮人としての主体性が書けるという確信を勝ち得た言語論は、本格的に日本語による創作を開始した一九七〇年代に書かれているものである。在日朝鮮人として歴史や言語に向き合いながら、普遍性を保証する想像力の世界をいかに編み出すことができるかと悩み、それを言語化し続けた金石範の思惟の軌跡がそこにある。

次いで第Ⅲ部には、『文學界』の誌面を通して二回にわたる長期連載（第一回目：原題「海嘯」、一九七六年二月号～一九八一年八月号、一九八〇年十二月号は休載、第二回目：原題「火山島　第二部」、一九八六年六月～一九九五年九月号、一九八九年一月号と三月号は休載）を経て全七巻で完結した『火山島』（文藝春秋、一九八三～一九九七）をめぐる著者本人の様々な思いの記録を収録している。『火山島』全巻が日本で再刊、韓国で翻訳刊行された二〇一五年に書かれた金石範のことばを通して『火山島』の国境を越える往還がうかがえる。

最後に第Ⅳ部は、金石範の三つの講演録と、玄基榮・梁石日・石牟礼道子・金時鐘らの作家論などを収録している。そこには、『火山島』の完成によって達成し得た自らの文学的な地平への自負と確信、そしてそこから眺望される他の作家への温かな共感が感じられる。

また、資料として、金石範が一九五一年に京都大学文学部に提出した卒業論文『芸術とイデオロギー』の全文と、在日本朝鮮文学芸術家同盟の機関誌である『문학예술（文学芸術）』（第5号）に掲載された朝鮮語の随筆「비판정신（批判精神）」の日本語訳（宋恵媛訳）が初めて収録された。その卒論には、すでに文学の普遍性への真摯な希求が原石のように輝いている。

さて、金石範の評論、とりわけ言語論を代表するのは一九七〇年発表の「言語と自由——日本語で書くということ」である。それは、一九六九年、七年ぶりの日本語作品「虚夢譚」を発表した後、在日朝鮮人作家が日本語で書くことの意味と可能性を理論的に明らかにしない限り、作家としての自由があり得ないという切迫した自問を秘めた言語論である。ここでは、「言語と自由」を中心に金石範の言語論を概略する。

まず、金石範が大阪から東京へ転居し「虚夢譚」を発表するまでの行跡を、平塚毅編「詳細年譜」（『金石範作品集Ⅱ』平凡社、二〇〇五）より抜粋する。

一九六一年（昭和三六年）三六歳
一〇月、前月に日刊化した『朝鮮新報』編集局へ移る。東京へ転居。

一九六二年（昭和三七年）三七歳
二月、朝鮮青年社刊行の金寿福『ある女教師の手記』を日本語訳。「観徳亭」を『文化評論』五月号に発表。

一九六四年（昭和三九年）三九歳
秋、在日本朝鮮文学芸術家同盟（文芸同）に移り、機関誌『文学芸術』（朝鮮語誌）の編集をする。朝鮮語でいくつかの短篇を書きながら、長篇「火山島」を『文学芸術』に連載したが、一九六七年に中断する。三月一六日から四月二一日にかけての「在日朝鮮人祖国自由往来実現要請大阪~東京720キロ徒歩行進」に参加。「大きな怒りを静かな行進に」を『文化評論』七月号に執筆。翌年、金達寿との対談「文学と政治」が『朝日ジャーナル』一〇月一〇日号に掲載される。

一九六七年（昭和四二年）四二歳

九月、「鴉の死」「看守朴書房」「糞と自由と」「観徳亭」の四篇を収めた作品集『鴉の死』を新興書房より刊行。押入れの片隅で一〇年ものあいだ眠っていた原稿を引っ張り出し、少し手を加えた。『鴉の死』の刊行には組織の批准が必要だったが、事前相談したところ、とにかくダメだという。批准を受けずに強行した。一〇月、胃癌の手術で代々木病院に年末まで三ヵ月入院。四月に日朝赤十字社帰還協定の破棄決定、八月に帰還申請の受け付け締め切りとなり、一二月の緊急措置による第一五五次帰国船が出航した後、北朝鮮への航路は閉鎖された。

一九六八年（昭和四三年）四三歳

健康の回復に努める。解放前後の南朝鮮での闘いの中で二〇余年の短い生涯を終えた友や、不幸な母のことを思いながら、しきりに故郷済州島の雪におおわれた漢拏《ママ》山の夢を見た。一二月、金嬉老事件が起こる。「ライフル銃事件に思う」を『京都新聞』二月二六日付に執筆。夏、朝鮮総連組織を離れる。

一九六九年（昭和四四年）四四歳

「一在日朝鮮人の独白」を『朝日ジャーナル』二月一六日号から三月一六日号に五回連載。「虚夢譚」を『世界』八月号に発表。これは七年ぶりに日本語で書いた小説。ふたたび日本語で書くことについて苦しむ。

一九七〇年（昭和四五年）四五歳

泉靖一との対談「ふるさと済州島」が『世界』四月号に掲載される。九月、「言語と自由——日本語で書くということ」を『人間として』第三号に執筆。大江健三郎・李恢成との鼎談「日本語で書くことについて」が『文学』一一月号に掲載される。一二月、「万徳幽霊奇譚」を『人間として』第四号に発表。「万徳幽霊奇譚」は、翌年上半期の第六五回芥川賞候補作になった。

長い引用になったが、三十六歳から十年間、様々な局面を迎え、懊悩したはずの金石範の心は想像に難くない。また、この十年間における金石範の選択と人との出会いが今の金石範文学を築き上げる大きな礎になったと言っても過言ではない。

一九六一年は、在日本朝鮮人総聯合会〔朝鮮総連〕の機関紙である『朝鮮新報』への移動を機に、生活基盤を関東に移した節目の年である。そして、もとより朝鮮総連の傘下機関である在日本朝鮮文学芸術家同盟（文芸同）の文学部に所属していた金石範は、一九六二年同じく傘下機関である朝鮮青年社の「青年新書」シリーズの一つとして『한 녀교원의 수기（ある女教師の手記）』（民青出版社〔平壌〕、一九六一年四月）を訳している。当時、東京都板橋区大谷口上町四四にあった朝鮮青年社が書き記した「あとがき」に「翻訳にあたってくださった在日本朝鮮文学芸術家同盟文学部の金石範先生に感謝するしだいである」とある。

以上のように、金石範は、一九六二年までは朝鮮総連の傘下機関に属しながら、日本語による創作活動をも行なっているが、文芸同の朝鮮語誌『文学芸術』の編集に移動してからは朝鮮語で書くようになる（因みに、金石範は本書第Ⅰ部収録の「ある原稿のこと」で触れているが、『文学芸術』は一九六六年五月に別冊で民族教育特集の日本語版を出しており、そこに金石範も「「同化」と傲慢と」という随想を書いている。なお、金石範が書いた朝鮮語作品に関しては、宋恵媛「金石範の朝鮮語作品について」（『金石範作品集Ⅰ』平凡社、二〇〇五）や中村福治『金石範と「火山島」』（同時代社、二〇〇一）を参照されたい）。

ところで、金石範の作家人生の転機となったのは、朝鮮総連の批准を受けず、一九六七年九月十日に新興書房（東京都千代田区神田神保町一－三二にあった出版社）より刊行された作品集『鴉の死』である。その刊行をめぐって組織と対立した金石範は、その組織に屈せず、文学の自由を貫き通し、作家として初となる作品集を世に出すことができたのである。それが岩波書店の編集者であり装丁家でもある田村義也（一九二三～二〇〇三）の目に留まり、『世界』一九六九年八月号に「観徳亭」発表以来七年ぶりとなる日本語作品「虚夢譚」を書き上げることにつながったのである。奇しくも、その「虚夢譚」発表からちょうど半世紀の今年二〇一九年、『世界』二〇一六年十月号から始まった『火山島』の続々編「海の底から」の連載が四月号で完結した。金石範と雑誌『世界』との深い繋がりを感じさせる。

さて、繰り返しになるが、本書「文学・言語論」の出発点をなし、かつ基底から支えつづけているのは「言語と自由」である。

金石範は「言語と自由」で、即自的なものとして身体化している日本語を、朝鮮人としての主体意識をもたないまま無自覚に使いつづければ、いつの間にか日本語がその使い手を「等質化して飲みこんでしまう呪術」（三〇頁）すなわち「日本語の呪縛」にかかると言う。そこで金石範は、朝鮮人としての自由と主体意識を失わずに日本語による創作が可能であることを理論化しようとした。

その方法論は、一九七六年発表の「在日朝鮮人文学」で、より明瞭な形で示されている。その論考で金石範は「日本語の呪縛を解く因子を、まずそれ（言語）の持っている何らかの普遍的な側面との関係のなかに求める」ために、ソシュールの言語論を援用し、「能記」は「ことばの個別的側面、民族的形式」であり、「所記」は「個別的なもの（つまり「国語」）のなかにある普遍的な内容」であると解釈している。とりわけ「所記」に対し、「「言語一般」としての共通概念的なもの、あるいは翻訳しうる側面になる」と強調している点が注目に値する。金石範は翻訳可能性をもつことばの「普遍的な側面」に焦点を当て、「所記」の「ことばの普遍的な因子」には「概念的、説明的な側面」と「表象的な側面」があると区分した上で、「表象的な側面」によって支えられるのはことばの「相互浸透（翻訳）」の機能であり、それを可能たらしめるのは「人間の想像力」であることを強調する。（一九三～一九七頁）

さらに、金石範はそれまでの議論を文学論として展開する。まず「文学作品は想像力の作業によるフィクションをその基軸にしていて、虚構は全体としてのイメージの世界であり、それは普遍的でなければならない」とした上で、「普遍的というのは、各人の人生経験や考えなどが違いながら、しかしいったんその作品の世界に入れば読者としての想像力を喚起されながら納得して入りつづけることができるという意味」であると敷衍する。ポイントとなるのは、フィクションという「一種の可逆的な空間は日本語だけの絶対的支配から脱しうる新しい空間」であり、それはことばがもつ普遍性に着目した「相互浸透（翻訳）」の可能性と文学的想像力によって「自ら開かれた世界となる」という点である。つまり、その「ことばの開かれた機能によってそれ（日本語）の持つ民族語としてのメカニズムの拘束が解かれ、私は日本語のワクのなかで朝鮮人作家としての自由の条件を自分のものにすることができる」という確信を得た時から、その確信によってこそ、金石範は日本語による創作を本格的に始めることができたのである。（一九八〜一九九頁）

なお、金石範は後に自らの文学を「日本文学」ではなく「日本語文学」であると規定するようになるが（一九九頁）、早くも「言語と自由」の中で「日本（語）文学」（一七頁）という表現を提示している。そして次のように言う。

> 今日の日本には、朝鮮人を含めて数多くの外国人が住んでおり、日本に生活する外国人が、その母国語だけによらずに、日本語によってもものを書くことは不思議でもなければ、それは大いに必要なことでさえある。そしてそれは世界がよりインターナショナルなものに、より狭くより開放的になればなるほど、今後とも顕著になって行く性質のものと思われる。（一七頁、傍点原文）

右の引用文は二〇一九年現在書かれたものだと言われても全く違和感を感じさせないだろう。さらに、金石範は「なぜ日本語で書くか。これはつねに自分に向けて発せられ問いつづけられている問いである。」（二五頁、傍点引用者）と打ち明けているが、興味深いのは、『文學界』二〇一七年十一月号の「特集　世界から見た日本文学」で、リービ英雄と温又柔が「なぜ日本語で書くか」という対談をしていることである。金石範ほど切迫したものではないにしても、日本語を母語としない作家として、「言語と自由」がいかに先駆的な問題を提示していたかは明らかであろう。

ところで、「言語と自由」の初出は『人間として』である。『人間として』は、小田実・開高健・柴田翔・高橋和巳・真継伸彦の同人五人と筑摩書房編集部の原田奈翁雄・柏原成彦が加わり、季刊として一九七〇年三月から一九七二年十二月まで全十二号を筑摩書房より刊行された同人誌である。金石範という名を一躍日本（語）の読者に知らしめた「万徳幽霊奇譚」もこの同人誌に発表されている。因みに、『火山島Ⅲ』の「あとがき」に言及される『文芸展望』は、筑摩書房の柏原成彦が『人間として』を引き継ぎ、一九七三年四月から一九七八年七月まで全二十三号を刊行した季刊の商業誌である。

本書の第Ⅲ部と第Ⅳ部では、金石範の自作をめぐる随筆が中心になっている。言うまでもなく、金石範文学を代表する作品は『火山島』である。金石範はその文学性を認められ、一九八四年第十一回大佛次郎賞、一九九八年第三十九回（一九九七年度）毎日芸術賞を受賞している。一方、韓国では、一九八七年六月の民主化運動の中で芽生えた「済州四・三民衆抗争」の真相究明運動から一年後の一九八八年、『鴉の死』と『火山島』が翻訳出版され韓国の読者の手に届いた。『鴉の死』（講談社、一九七一年）はソナム出版社より金石禧訳で出版、『火山島』（文藝春秋、一九八三年）第一部（全三巻）が実践文学社より李浩哲・金石禧の共訳で全五巻本として刊行された。そして、〝解放〟七十周年を迎えた二〇一五年四月、金石範はそれまでの創作活動や日本における〈四・三運動〉の先駆的役割が認められ、第一回済州四・三平和賞を受賞した（この賞は、済州四・三平和賞委員会より済州四・三事件の解決に貢献した人物や、世界平和と人権運動に献身した人物に与えられる賞である）。そのことを予想したかのように、『火山島』全七巻が同年十月、日本では岩波オンデマンドブックスとして再刊、韓国では全十二巻本（ボゴ社、金煥基・金鶴童共訳）で翻訳出版された。さらに、同年十一月には、金石禧訳の『鴉の死』が図書出版カクから再刊されたのである。

また、二〇一七年九月、金石範は韓国ソウル特別市恩平《ウンピョン》区が制定した第一回李浩哲統一路文学賞を受賞している。この賞は、「全世界的に起きている紛争、女性、難民、差別、暴力、戦争などによって生じる問題を合わせて思惟し、克服することのできる文学的実践を保証する」（「李浩哲統一路文学賞制定趣旨」）と評価される李浩哲（一九三二〜二〇一六）の小説家としての文学的成就を記憶するために設けられたものである。第Ⅳ部の「『火山島』と私――普遍性へと至る道」は、受賞記念シンポジウムにおける金石範の基調講演である。因みに、李浩哲は一九八八年翻訳された『火山島』の共訳者でもある。

ところで、金石範は『火山島』全七巻刊行後、『海の底から、地の底から』（講談社、二〇〇〇。初出『群像』一九九九年十一月号）や『満月』（講談社、二〇〇一。初出『群像』二〇〇一年四月号）といった作品を発表している。そこに顕著なのは、「四・三事件」の犠牲者を弔う「クッ」（巫儀）というシャーマニズムや憑依状態になる巫女の語りである。死者と生者の仲立ちをする巫女は、人々の心の底に無意識となって沈み込んだ感情や記憶を掬い上げ、ことばによって蘇生させせカタルシスを与える。『火山島』後の金石範は、こうした「巫女性」を創作の方法としようとしているようにみえる。

本書第Ⅳ部の作家論においてもそうした「巫女性」を石牟礼道子や金時鐘の文体から読み取ろうとしている。金石範は、「『椿の海の記』の巫女性と普遍性」において、「石牟礼道子の場合も例外ではなく、伝統的な郷土の風土とともにその世界を私小説的に描いている」と指摘した上で、「そうでありながら、私小説でない」理由として「その文体が持つ超越性故に、いわば自然主義的な文体でないということがあり、さらにその作品世界の巫女性からくるところの超越性が挙げられる」と、石牟礼道子の文体を評価している。（三四七頁）

また、「金時鐘の文体のことなど」では、「芸術家の本質はその属性としての（あるべき）巫女性、現実的なものと非現実（超越的）なものの媒体性にあると私は考える。文明で出来上った意識の層を捨象する天性の持主が巫女であり、巫女性である」と述べた上で、「この小さな文章（「草むらの時」―引用者）を読んでいると、そのようなものを、これが詩人なんだろうと思いながら、感じた」と、金時鐘の詩における「巫女性」に触れている。（三六六頁）

金石範が、石牟礼道子や金時鐘の文学に見いだす「巫女性」は、金石範文学そのものの本質を示すものと言ってよいだろう。つまり、「四・三事件」における死者の記憶、生き延びてもその記憶を殺し、「仮死状態になっていた無意識の記憶」（三〇六頁）に、想像力で分け入り文学的な真実を表わす作品とする。換言すれば、金石範はフィクションの世界で、死者の声と生者の声を紡ぐ巫女となり、沈黙や忘却を強いる権力に抗して語ることのできなかった死者をして語らしめ、生者をして押し殺しているものを語らしめる作家なのである。

［監修］
イ・ヨンスク（李妍淑）　一橋大学大学院言語社会研究科教授、一橋大学韓国学研究センター長。著書に、『「国語」という思想――近代日本の言語認識』（岩波書店 1996）、『異邦の記憶　故郷・国家・自由』（晶文社 2007）、『「ことば」という幻影――近代日本の言語イデオロギー』（明石書店 2009）、『朝鮮の女性（1392-1945）――身体、言語、心性』（共著:クオン 2016）
［編者］
姜信子（カン・シンジャ／きょう・のぶこ）　作家。著書に、『ノレ・ノスタルギーヤ　歌の記憶、荒野への旅』（岩波書店 2003）、『生きとし生ける空白の物語』（港の人 2015）、『はじまりはじまりはじまり』（羽鳥書店 2015）、『声　千年先に届くほどに』（ぷねうま舎 2015）、『あんじゅ、あんじゅ、さまよい安寿』（せりか書房 2016）、『現代説経集』（ぷねうま舎　2018）など。「声」と「語り」をテーマに近代の彼方をまなざす「旅するカタリ」としても活動中。
［解説］
細見和之（ほそみ・かずゆき）　詩人、京都大学大学院人間・環境学研究科教授、大阪文学学校学長。著書に、『言葉と記憶』（岩波書店 2005）、『ディアスポラを生きる詩人　金時鐘』（岩波書店 2011）、『フランクフルト学派』（中公新書 2014）、『石原吉郎――シベリア抑留詩人の生と詩』（中央公論新社 2015）、『「投壜通信」の詩人たち――〈詩の危機〉からホロコーストへ』（岩波書店 2018）など。
［解題］
趙秀一（チョ・スイル）　東京大学大学院総合文化研究科言語情報科学専攻博士後期課程。共著・論文に『在日コリアン文学と祖国』（共著：チグムヨギ（韓国）2011）、「金石範『火山島』論――重層する語りの相互作用を中心に」（『社会文学』第47号 2018）など。
［翻訳・解題］
宋恵媛（ソン・ヘウォン）　著書に『「在日朝鮮人文学史」のために――声なき声のポリフォニー』（岩波書店 2014）、編著に『在日朝鮮女性作品集』（緑蔭書房 2014）、『在日朝鮮人文学資料集』（緑蔭書房 2016）など。
高橋梓（たかはし・あずさ）　東京外国語大学等非常勤講師。論文に「金史良の朝鮮語作品「チギミ」と日本語作品「蟲」の改作過程の考察――朝鮮人移住労働者の集住地をめぐる表現の差異」（『朝鮮学報』第247輯 2018）、共訳書に徐智瑛『京城のモダンガール――消費・労働・女性から見た植民地近代』（みすず書房 2016）など。
［編集協力］
李圭洙（イ・キュス）　一橋大学大学院言語社会研究科特任教授。一橋大学韓国学研究センター チーフ・コーディネーター。著書に『近代朝鮮における植民地地主制と農民運動』（信山社 1996）、共著に『布施辰治と朝鮮』（高麗博物館 2018）など。
李尚炫（イ・サンヒョン）　一橋大学大学院言語社会研究科博士後期課程、一橋大学韓国学研究センター幹事。

This work was supported by the Core University Program for Korean Studies through the Ministry of Education of the Republic of Korea and Korean Studies Promotion Service of the Academy of Korean Studies（AKS-2016-OLU-2250001）.

［著者紹介］
金石範（キム・ソクポム）　1925年生まれ。小説家。「鴉の死」（1957）以来、済州島四・三事件を書きつづけ、1万1000枚の大長編『火山島』（1976～97）を完成。小説集に、『鴉の死』（新装版1971）、『万徳幽霊奇譚』（1971）、『1945年夏』（1974）、『遺された記憶』（1977）、『幽冥の肖像』（1982）、『夢、草深し』（1995）、『海の底から、地の底から』（2000）、『満月』（2001）、『死者は地上に』（2010）、『過去からの行進』（2012）など。『火山島』の続編『地底の太陽』（2006）に続き、2019年に続々編「海の底から」の連載（岩波書店『世界』）を完結。評論集には、『ことばの呪縛――「在日朝鮮人文学」と日本語』（1972）、『民族・ことば・文学』（1976）、『「在日」の思想』（1981）、『故国行』（1990）、『転向と親日派』（1993）などがある。

金石範評論集Ｉ　文学・言語論

2019年6月10日　初版第1刷発行

著　者　金　石　範
監　修　イ・ヨンスク
編　者　姜　信　子
発行者　大　江　道　雅
発行所　株式会社 明石書店

〒101-0021 東京都千代田区外神田 6-9-5
電　話　03（5818）1171
FAX　03（5818）1174
振　替　00100-7-24505
http://www.akashi.co.jp

装丁　桂川　潤
組版　朝日メディアインターナショナル株式会社
印刷・製本　モリモト印刷株式会社

（定価はカバーに表示してあります）　ISBN978-4-7503-4836-0